KB007238

휘어진 쟁기

이타마르 비에이라 주니오르 지음 • 오진영 옮김

일러두기: 모든 주는 역자의 것이다.

나의 아버지에게 이 책을 바칩니다.

땅, 곡식, 빵, 식탁, 가족, 그리고 땅이 반복되며 이어지는 그 안에
사랑, 일, 시간이 있다고 아버지는 말씀하셨다.

— 라두안 나사르(Raduan Nassar)

목차

한국어판 서문

이 소설을 쓰게 된 이유로는 여러가지가 있겠으나, 그 중 한 가지만 꼽으라면 내가 현지에서 조사 활동을 하던 당시에 느꼈던, 지역 주민들이 오랜 세월 토지에 대해 간직해온 사랑을 문학적 형태로 남기고 싶었다. 토지는 이 소설에 등장하는 모든 인물의 삶의 본질을 관통하는 가장 중요한 요인이다. 그럴 수 밖에 없는 것이, 이 작품은 광활한 브라질의 대륙 중에서도 사연 많은 곳인 샤파다 지아만치나 지방의 역사를 배경으로 펼쳐지는 서사이기 때문이다. 브라질의 다른 지역에서도 그렇듯이 이 지역에는 포르투갈 식민지 시절의 야만스러운 유럽식 노예 제도가 남긴 흔적이 오늘날까지 그 영향을 드리우고 있다. 독자들은 소설의 두 주인공 자매인 비비아나와 벨로니시아의 목소리를 통해, 그리고 또 한 명의 주인공인, 이 지역 주민들의 역사 인식을 대변하는 한 신령의 목소리를 통해, 이 지역 사회 모습을 알게 되고 그 땅에서 벌어진 일들과 그 곳에 사는 사람들에 대해 알게 된다.

소설 속 이야기가 전개됨에 따라 독자들은 역사적 사건들이 우리의 몸 안에 계속 살아있으며 우리의 경험을 규정한다는 사실을, 그래서 경험이란 개별적인 것이지만 동시에 근본적으로 집단적이라는 사실을 느끼게 된다. 아주 오래전의 역사적 사건들은 현재 우리가 속한 사회적 위계 서열을 지금도 결정하며, 각자 어느 곳에서 어떤 일을 하며 살고 있는지 그 사회적 환경에 지속적인 영향을 끼친다. 이 현상을 들여다볼수록 개인과 집단은 별개로 존재하지 않는다는 사실을 깨닫는다.

비비아나와 벨로니시아는 과거 식민지 시절, 거대하고 다양한 아프리카 대륙 중 어딘가로부터 노예가 되어 브라질로 이주해 온 이들의 후손이다. 두 자매에게는 토지와 공존하는 삶의 원초적인 방식이 살아있는데 이는 16세기 이후 영토를 정복의 대상으로 삼았던 식민지 경영과는 대척점에 서 있는 세계관이다. 땅과의 공존을 기반으로 세상을 바라보고 이해하는 이 여인들의 고유한 방식에는 식민지 지배와 노예제도가 굴복시키지 못한 위엄이 살아있다. 그러한 품격있는 목소리로 그녀들은 부모들과 이웃의 아프리카 노예 후손들이 노동 착취와 차별을 견뎌냈던 아구아 네그라 농장의 삶에 대해 들려준다. 노예제도는 한참 오래전에 없어졌고 오늘날 이웃이나 친지간 대화에 더 이상 오르내리지 않는다. 하지만 폭력적인 시간을 거쳐 형성된 현재의 사회 구성을 이해하는 데 있어 노예제도가 여전히 결정적인 요소인 건 사실이다. 흐르는 세월이 내게 알려준 건, 역사는 우리의 육체와 삶의 궤적과 유전인자 안에 아로새겨졌으며 벗어나고 싶다 해도 벗어날 수 없는 유산이라는 사실이다.

〈휘어진 쟁기〉의 줄거리는 살아오는 동안 나의 내면에서 여러 차례에 걸쳐 떠올랐다. 처음으로 이 이야기를 구상한 건 20세기 전반기에 발표된 브라질 문학의 중요한 소설들을 읽었던 청소년 시절이었다. 그 당시 읽었던 조르지 아마도 같은 소설가들의 작품들은 브라질 북동부 주민들에 대한 이야기였다. 소설 속 스토리와 인물들에게는 비록 시간과 공간이 달랐지만 내 가족과 친지들에 대한 기억과 어떤 형태로든 연결되어 있었다. '올리베치 레테라 82'라는 상품명이었던 타자기 앞에 앉아 처음으로 두 자매와 그녀들의 가족과 그들의 땅에 대한 이야기를 쓰기 시작한 것이 그 때였다. 80페이지 정도를 쓰고 나서 더 이상 진전되지 못하다가 그 후 오르는 집세를 감당하느라 우리 가족이 잦은 이사를 하는 동안 그 원고는 어디론가 사라졌다.

　20여년이 지난 후에 다시 이 소설을 쓰기 시작했을 때 처음에 쓴 원고를 잃어버린 편이 다행이었다고 생각했다. 16살에 세상과 사람을 보는 나의 시선은 훨씬 단순했을 것이기 때문이다. 첫번째 원고와 두번째 원고 집필 사이에 나는 브라질의 내륙 지방에서 현지 조사를 했고 박사 공부를 마쳤다. 이 과정에서 나는 많은 브라질인들도 사실상 제대로 알지 못하는, 즉 많은 것이 뒤엉켜 있고 시간이 멈춰 있으며 거대한 불평등이 존재하는 브라질을 만날 수 있었다. 아프리카인들과 인디안 원주민들의 후손들이 식민지 시대로부터 300년 넘게 노예제도와 종속 관계 안에서 살아온 세월의 흔적이 가는 곳마다 보이고 상처가 아물지 않은 지역이었다.

내륙 지방의 농촌 주민들을 더욱 가깝게 알아갈수록, 갈등과 폭력이 점철되는 동안 생존 능력을 키웠던 그들의 역사를 알아 갈수록, 나의 소설은 이 땅의 진정한 주인이 누구인지에 대한 메시지를 담아가며 두께와 밀도를 더해갔다. 그들에 대한 이해 가 깊어짐에 따라 나는 땅을 경작하는 자의 권리에 대해 배웠 고, 조상이 물려준 전통의 의미를 알게 됐으며, 주민들이 이루 어 낸 것이 무엇인지를 깨우쳤다. 요컨대 착취와 차별의 역사 에 저항하며 살아온 농촌 지역민들은 내 문학 창작의 원천이 었다. 그들의 언어 속 리듬과 어휘와 멜로디야말로 소설 집필 에 있어 결정적 역할이었다. 그것은 그들 언어 속의 마술 같은 운율, 나를 매혹시켰고 내 안에서 이 소설을 쓰려는 의지를 성 장시킨 그 운율을 소설이라는 형태로 기록해야 한다는 확고한 신념이었다.

<휘어진 쟁기>의 무대는 노예제가 폐지되고 수십년이 지난 후에도 대토지 소유주들에게 예속되어 노동력을 착취당했던 한 농장 마을이다. 소설에 등장하는 '킬롬보'는 300년 이상 지 속된 브라질 노예제도 시절, 탈출한 아프리카계 노예들이 모여 만들었던 피난처를 의미한다.

소설은 이 마을에서 태어난 비비아나와 벨로니시아, 두 자매 의 인생 여정이다. 목소리를 잃어버리는 사연을 겪는 등장 인물 이지만 그녀들의 인생은 잊히지 않는 메시지를 우리에게 건네 는 목소리 그 자체다. 비비아나가 들려주는 이야기는 육체를 발 견하고 억압과 예속을 인식해가는 성장 과정이다. 독자들은 그

녀의 서사를 통해 고통이 임계점에 이르렀을 때 자유와 해방을 원하는 갈망이 생겨나는 원리를 이해한다. 한편 벨로니시아를 통해 듣는 것은 자연이 지닌 치유력이다. 그녀의 서사는 근원적인 생명력을 주는 자연의 힘을 발견하도록 독자를 이끌어간다. 그녀의 목소리는 넘어졌던 우리를 다시 일으켜 세우는 땅에 대한 사랑을 일깨운다. 무엇보다도 두 자매의 목소리는 자유를 갈구하기에 우리에게 폭력과 억압에 대한 분노를 불러일으킨다. 그녀들의 목소리는 메아리가 되어 울려 퍼진다. 땅의 중심으로부터 솟아나와 우뢰처럼 지평선을 울리는 그 소리는 우리에게 힘주어 말한다. 당신의 삶을 온전히 누리고 싶다면 자신의 존재를 정면으로 맞닥뜨려야 한다고.

　〈휘어진 쟁기〉는 한 집단의 사람들을 둘러싼 대지 위를 흘러가며 그들의 인생을 관찰하는 여행 같은 소설이 되고자 했다. 아득히 먼 옛날의 역사가 남긴 흔적이건만 아직도 삶에서 잔혹하게 되풀이되는 도그마와 패러다임을 넘어서는 보다 더 큰 가능성을 제안하고 싶었다. 우리를 둘러싼 세상에 대한 이야기를 들려주는 가운데, 끝내 굴복하지 않고 개별적인 죽음을 넘어 다시 태어나는 삶의 위대한 힘을 우리에게 드러내 보여주고 싶었던 소설이고, 시련과 고통이 꺾을 수 없는 인간의 의지에 대해 말하고 싶었다.

2024년, 4월

이타마르 비에이라 주니오르

칼날

1
~

시커먼 얼룩이 지고 중간이 묶어져 있는 오래되고 더러운 천
으로 싸 놓은 그 칼을 옷가방에서 꺼냈을 때 나는 일곱 살이었
다. 그 자리에 같이 있었던 여동생 벨로니시아는 나보다 한 살
어렸다. 그 일이 벌어지기 조금 전, 우리는 집 마당에서 지난 주
에 베어들인 옥수수로 인형을 만들어 놓고 있었다. 노랗게 시든
잎사귀로 옷을 만들어 옥수수 속대에 입힌 인형을 딸이라고 부
르며 놀았다. 할머니가 집에서 나와 마당 옆 길로 나가는 걸 본
우리는 마침내 기회가 왔다는 신호를 눈빛으로 주고받았다. 도
나나 할머니의 가죽 가방 안에 있는, 상한 기름 냄새가 나는 낡
은 옷들 사이에 숨겨놓은 물건이 무엇인지 알아낼 기회였다. 도
나나 할머니는 호기심이 커질 나이가 된 우리가 어른들 대화에
대해서 또는 그녀의 가방 속 물건처럼 우리가 알지 못하는 사
물에 대해 물어보고 싶어서 할머니 방에 온다는 걸 알고 있었

다. 아빠와 엄마는 우리가 그럴 때마다 못하게 말리곤 했다. 그러지 않아도 우리에겐 도나나 할머니가 엄한 눈빛으로 쳐다보기만 해도 화롯불에 가까워진 듯 살갗에 소름이 돋고 겁에 질리기에 충분했다.

할머니가 뒷마당으로 가는 걸 보자마자 나는 벨로니시아에게 바로 눈짓을 했다. 할머니 물건을 뒤지기로 작당한 우리는 두 번 생각할 것 없이 두꺼운 흙먼지가 덮인 얼룩지고 낡은 가죽 가방을 열기 위해 할머니 방으로 발끝으로 살살 걸어갔다. 우리가 기억하는 한 그 가방은 항상 침대 아래 있었다. 나는 먼저 뒷마당으로 가서 도나나 할머니가 낡은 횟대가 있는 닭장을 지나 과수원과 채마밭 뒤편 들판으로 걸어가는 모습을 확인했다. 당시 할머니는 우리 눈에는 보이지 않는 누군가를 향해, 우리는 만나본 적 없는 카르멜리타 이모에게서 멀리 떨어지라고 야단치는 혼잣말을 자주 했었다. 그녀의 기억 속에 살아있는 그 유령을 향해 딸들로부터 멀리 떨어지라고 호령하곤 했다. 그럴 때면 무슨 말인지 모를 단어들이 할머니의 입에서 마구 쏟아져 나왔다. 할머니는 우리가 본 적 없는 사람들이나 혼령들, 우리는 한번도 들어본 적도 없는 먼 친척과 친구들에 대해 말하곤 했다. 그래서 우리는 도나나가 집 안이나 길로 향한 문 앞에서, 아니면 경작지로 가는 길이나 뒷마당에서 마치 닭들이나 마른 나무들과 대화하듯 혼잣말을 하는 모습에 익숙해 있었다. 그럴 때마다 벨로니시아와 나는 서로를 쳐다보았고, 웃음 소리를 들키지 않으려고 숨죽이며 웃었고, 더 가까이서 들으려고 다가가곤 했다. 우리는 뭔가 가까이 있는 걸 갖고 노는 척 하며 할머니의 말을 엿들은 후에 우리끼리 인형이나 식물이나 짐승들을 상대 삼아 할머니가 심각한 말투로 늘어놓던 얘기들을 따라하곤 했다. 우리는 또 엄마가 부엌에서 아빠에게 낮은 목소리로 말하는 얘기도 따라했었다. "오늘 어머니가 말이 많으시네. 날이 갈수록 말이 많아지셔." 엄마가 그렇게 말하면, 할머니가 노망이 났다고 인정하고 싶지 않았던 아빠는, 우리 어머니는 원래 혼잣말이 항상 버릇이었고 일생 동안 소일거리 삼아 기도문과 주문을 반복해 외는 게 습관인 사람이라고 대답하곤 했다.

그날 우리는 새 소리와 닭 울음 소리 사이로 도나나의 중얼대는 음성이 뒷마당에서 차츰 멀어지는 걸 들었다. 무슨 말인지 모른 채 오래동안 들어왔던 그녀의 기도문과 문장들이 이제 막 우리가 저지르려는 모험을 앞두고 긴장해서 내뱉는 우리 숨소리에 실려 멀리 밀려가는 것 같았다. 벨로니시아가 침대 아래로 기어들어가 가방을 끌어냈다. 흙바닥에 난 홈을 가리는 용도로 덮어둔 카이치투(멧돼지와 비슷한 중남미 서식 포유동물) 가죽이 동생의 몸에 밀려 뒤틀어졌다. 나는 가방을 열었고 우리의 눈빛은 기대 감에 차 반짝였다. 오래되고 닳아빠진 옷 몇 벌을 끄집어냈고, 정확히 뭐라고 표현해야할지 모르겠는 메마른 그 날의 햇빛 아래서 선명한 색깔을 드러낸 옷들도 꺼냈다. 아무렇게나 접어 챙겨놓은 그 옷가지들 사이에서 마침내 우리는 할머니의 모든 비밀을 간직한 소중한 보물처럼 보여 우리의 관심을 집중시켰던 바로 그 물건이 지저분한 천 안에 쌓여있는 걸 발견했다. 여전히 멀리서 들리는 할머니 목소리에 신경을 곤두세운 상태로 나는 천을 묶은 매듭을 풀었다. 벨로니시아의 눈을 보니 땅 밑에서 캐낸 지 얼마 안 된 금속으로 만든 선물을 발견했다는 기쁨으로 광채가 나고 있었다. 크지도 작지도 않은 그 칼을 우리의 눈 앞에 들어올리자 여동생이 만져보고 싶다고 했다. 나는 내가 먼저라고 했다. 냄새를 맡아봤더니, 할머니의 다른 물건처럼 상한 기름 냄새가 나지 않았고 칼에는 얼룩도 긁힌 자국도 없다. 그 짧은 순간에 나는 이 물건의 비밀을 최대한 알아내고 싶었고 손 안에서 찬란하게 빛나는 이 물건의 쓸모를 알아낼 기회를 놓치기 싫었다. 마치 거울처럼 칼날 안에 내 얼굴의 일부가 보였고 조금 떨어져 있는 여동생의 얼굴도 보였다. 벨로니시아가 내 손에서 칼을 빼앗으려 하길래 나는 뒤로 물러났다. "비비아나, 나도 만져볼래." "기다려." 맛이 어떤지 보고 싶다는 호기심을 참을 수 없어 칼을 입 안에 넣은 순간 거의 동시에 칼이 거칠게 내 입안에서 빠져나갔다. 이번에는 칼을 자기 입에 가져다 대려는 벨로니시아의 눈과 놀라서 휘둥그레진 내 눈이 마주쳤다. 혀에 남은 금속의 맛에 뜨거운 피의 맛이 더해졌고 반쯤 벌어진 내 입 한 구석으로 피가 흘러 턱밑으로 한 방울씩 뚝뚝 떨어졌다. 그 피는 칼을 싸두었던 어두운 얼룩이 진 더러운 천 위로 또 하나의 얼룩이 되어 번졌다.

벨로니시아가 칼을 입에서 꺼냈고 뭔가를 붙잡는 것처럼 손을 자기 앞으로 가져갔다. 동생의 입술이 붉은 색으로 젖었는데 그것이 은의 맛을 본 감격 때문인지 아니면 나처럼 다쳐서 그녀

역시 피를 흘리고 있는 건지 도통 알 수 없었다. 나는 할 수 있는 한 피를 삼키려 했고 동생도 눈물이 글썽한 채 손으로 급히 입을 닦아 아픔을 물리치려 했다. 그때 할머니가 비비아나, 제제, 도밍가스, 벨로니시아를 부르며 천천히 걸어오는 발소리가 들렸다. "비비아나, 감자 타는 거 안 보이냐?" 감자 타는 냄새가 나고 있었으나 그에 못지않게 금속 냄새와 나와 벨로니시아의 옷을 적신 피 냄새가 진동했다.

도나나 할머니가 부엌과 방 사이의 커튼을 들어 올리기 전에 나는 바닥에서 칼을 집어 축축해진 천 안에 되는대로 쑤셔넣었으나 가죽 가방을 침대 아래 밀어넣지는 못했다. 그순간 할머니의 두꺼운 손바닥이 무너지듯 나와 벨로니시아의 머리를 내리쳤고 할머니의 아연실색한 눈이 보였다. 거기서 뭐하고 있었고 왜 가방이 나와 있으며 이 피는 뭐냐고 묻는 그녀의 목소리를 들었다. 할머니는 "말하라니까? 안 그러면 혀를 뽑아버리겠다"라고 위협했지만 그녀가 몰랐던 건 혀는 이미 우리 둘 중 한 명의 손 안에 있다는 사실이었다.

2
~

경작지에서 집으로 돌아온 부모님은 두 딸의 머리 아래 물통을 받쳐 두고서 어찌할 바를 모르며 "얘가 혀를 잃었다. 혀가 잘렸어!"라고 소리치는 할머니를 발견했다. 할머니가 그 말을 어찌나 반복했던지 일순간 제카 샤페우 그란지와 살루스치아나 니콜라우는 이해하려면 엄청난 상상력이 필요한 어떤 비밀스러운 의식을 거행하다가 두 딸의 혀가 잘렸는지를 생각했다. 물통 안은 붉은 핏물이 고인 웅덩이였고 우리 둘은 울고 있었다. 부둥켜안은 채 울고 있었기 때문에 둘 중 누구의 혀가 잘렸는지, 그래서 누구를 멀리 아구아 네그라에 있는 병원에 데려가야 하는 건지 알기 힘들었다. 농장 관리인이 우리를 병원에 데려가려고 녹색 포드 지프차를 몰고 도착했다. 이 포드 지프는 농장주들이 농장에 와있을 때 사용하는 차로 관리인 수테리오가 가까운 도시와 아구아 네그라 농장을 오갈 때나, 농장 안에서 말을 타고 다니기 싫을 때 쓰는 차였다.

엄마는 지혈용으로 쓰려고 침대보와 수건과 식탁보를 모아들였다. 공포에 질린 눈빛이 된 엄마는 불안해서 점점 날카로워지는 목소리가 되어 집 옆 텃밭에서 떨리는 손으로 약초를 챙기는 아빠를 다급하게 불렀다. 약초는 병원에 가는 길에 기도하고 주문을 외우는 데 쓸 용도였다. 벨로니시아는 하도 울어서 눈이 새빨개졌고, 나도 너무 울어 눈에 감각이 없을 정도였다. 엄마는 황망해 어쩔 줄 모르며 대체 무슨 일이 있었던 거냐고, 뭘 갖고 놀았던 거냐고 계속 물었지만 우리의 대답은 알아듣기 힘든 긴 신음소리뿐이었다. 아빠는 몇 벌 안 되는 셔츠 중 하나를 꺼내어 혀를 감쌌다. 그러는 동안에도 나는 그 잘려나간 신체 일부가 아빠에게, 우리가 저지른 일을 실토할까봐 두려웠다. 그 혀가 우리의 호기심, 우리의 고집스러움, 우리의 반칙에 대해 털어놓을까 봐, 도나나 할머니를 존중하고 할머니의 물건을 조심스럽게 대했어야 했는데 그러지 않은 우리의 잘못을 고해바칠까 봐 무서웠다. 무엇보다도 칼이라는 건 짐승과 뒷마당 가축을 피 흘리게 하고 사람을 죽이는 물건인 걸 알면서도 그걸 함부로 입안에 넣은 무모함을 일러바칠까 두려웠다.

아빠는 텃밭에서 뽑아온 잎사귀들을 품에 안은 작은 옷보따리 위에 얹었다. 차창 밖으로 도나나 할머니 옆에 있는 동생들이 보였고 이웃집 토냐 아주머니가 할머니의 팔을 부축해서 집으로 들어가는 모습이 보였다. 세월이 지난 후에 그 모습을 떠올릴 때면 어린 손녀들을 제대로 돌보지 못한 죄책감으로 정신없이 울고 있는 할머니를 두고 떠난 것이 오히려 미안했다. 병원에 가는 차 안에서 나는 엄마가 낮은 목소리로 속삭이는 비통한 기도 소리를 들었다. 항상 포근하고 따스하던 엄마의 손이 그 날은 마치 밤새 바깥에 놔두었던 물통에 담궜다 꺼낸 것처럼 차갑고 축축했다.

병원에서 진료받기까지 한참을 기다렸다. 부모님은 우리 옆에 웅크리고 앉아계셨다. 아빠는 갈아입을 틈도 없었던 흙 묻은 더러운 바지를 입고 있었다. 엄마는 머리에 알록달록한 수건을 둘러쓰고 있었는데 경작지에서 일할 때 해를 가리느라 모자 아래 쓰는 수건이었다. 엄마는 들고 온 꾸러미에 넣어 온 수건들을 새로 바꿔가며 우리 얼굴을 계속 닦아줬는데 수건에서는 무슨 냄새인지 알 수 없었지만 매번 다른 냄새가 났다. 아빠는 셔츠로 감싼 혓바닥을 손에서 놓지 않았다. 잎사귀들은 바지 주머니에 넣어 놓고 있었는데 아마도 낯선 공간에 있는 모르는 사람들 앞에서 주술사임을 드러내기 조심스러워서인 것 같았다. 나는 흑인보다 백인이 더 많은 장소에 와본 건 그곳이 처음이었다. 사람들이 일정한 거리를 두고 우리를 호기심 어린 눈길로 쳐다보는 게 느껴졌다.

진료실에 들어가서 아빠가 의사에게 손 안에 시든 꽃잎처럼 간직하고 있던 혓바닥을 보여주자 의사는 가망 없다고 고개를 저었다. 우리 둘이 거의 동시에 입을 열어 보였을 때는 한숨을 길게 내쉬었다. 의사는 우리더러 병원에 입원하라고 했고 이제부터 말하고 음식을 삼키는 기능에 문제가 있을 거라고 했다. 혓바닥을 다시 붙일 방법은 없다고도 했다. 지금은 무슨 뜻인지 알지만 그 순간에는 그 말이 무슨 의미인지 이해하지 못했다. 그건 엄마와 아빠도 마찬가지였다. 벨로니시아는 나를 한번도 쳐다보지 않았지만 그래도 우리는 함께였다.

우리는 상처를 꿰매는 치료를 받았고 병원에 이틀 더 머물렀다가 항생제와 진통제를 한 가득 받아들고 퇴원했다. 실을 뽑으러 두 주일 후에 다시 오라고 했다. 음식은 죽과 미음 같은 유동식을 먹어야 했다. 엄마는 당분간 우리를 집에서 돌보기 위해 경작지에 일하러 나갈 수 없었다. 두 딸 중에서 말하고 음식 삼키는 기능이 손상된 건 한 명이었다. 하지만 그 사건 이후로는 우리 둘 다 침묵이 지배하는 세상에서 살게 될 터였다.

동생과 나는 그전엔 농장 밖으로 나가본 적이 없었다. 우리가 사는 곳에서 아주 먼 곳으로 가는 차들이 양방향으로 달리는 넓은 도로를 그날 처음 봤다. 농장 관리인 수테리오가 그 길이 그런 곳이라고 말해줬다. 병원으로 가던 차 안은 엉겨서 굳어가는 피 냄새와 충격을 받아 어쩔 줄 모르는 엄마 아빠의 기도 소리로 온통 침통했다. 수테리오는 어린아이들은 고양이 같아서 한 곳에 있다가도 부모가 못 보는 어느새 다른 곳에 가서 시도 때도 없이 말썽을 일으킨다고 말하며 웃었다. 자기도 자식들이 있어서 안다고 했다. 돌아오는 길에 동생과 나는 각자 입은 상처는 달랐지만 둘 다 기진맥진했고 둘 다 많이 아팠다. 하나는 혓바닥을 잘라냈고 다른 하나는 혀가 깊게 베이기는 했지만 잃지는 않았다.

　동생과 나는 포드 지프 차에 타본 게 처음이었고 그 어떤 자동차도 타본 적 없었다. 그리고 아구아 네그라 바깥의 세상은 얼마나 다르던지! 벽을 맞댄 집들이 나란히 붙어있는 도시 풍경은 우리 사는 곳과 너무나 달랐다. 도시의 길바닥에는 돌이 깔려 있었다. 우리집과 농장의 길은 흙바닥이었다. 우리에겐 온통 흙뿐이었다. 흙에서 우리가 먹는 거의 모든 것이 싹터서 자랐고, 옥수수 속대로 만든 인형의 밥도 흙으로 만들었다. 태어난 아이의 탯줄 자른 것과 태반을 묻는 곳도 흙이었고 우리가 죽으면 육체를 묻는 곳도 흙이었다. 언젠가 우리 모두 돌아갈 곳이 흙이었다. 아무도 예외일 수 없었다. 병원에서 돌아오던 날 우리는 딸들의 사고로 인해 마음 밑바닥까지 깊은 근심에 잠긴 엄마를 사이에 두고 자동차 뒷자리 양쪽에 앉아서 도시의 풍경을 지켜보았다.

　집에 도착했을 때 토냐 아주머니 옆에는 동생들인 제제와 도밍가스만 있었다. 아빠가 할머니는 어디 계시냐고 물어볼 때 엄마는 문 앞에서 우리의 손을 잡았다. 두어 시간쯤 전에 강 쪽으로 나갔다고 토냐 아주머니가 말했다. 혼자서 가셨다고? 그렇다고 했다. 보따리 하나를 들고 혼자 나갔다고 했다.

3

엄마 살루스치아나에게 나는 맏딸이었고 살아있는 네 남매와 사산한 다른 형제들을 통틀어 첫번째로 낳은 자식이었다. 수유 중인 여자는 임신 안되는 줄 알았는데 엄마가 아직 나에게 젖을 먹이는 동안 벨로니시아가 생겼다. 다른 형제들 사이에는 사산이 있었지만 벨로니시아와 나 사이에는 없었다. 벨로니시아 밑으로 두 아이가 사산되고 2년 후에 제제를 낳았고 끝으로 도밍가스가 태어났다. 두 동생들 사이에도 두 아이가 더 잉태되었다가 사산됐다. 엄마가 출산할 때마다 할머니 도나나가 아이를 받았다. 도나나는 우리의 할머니인 동시에 우리를 받아 키운 엄마 같은 존재였다. 할머니이면서 엄마. 그것이 우리 인생에서 그녀가 누구인지 말해주는 이름이었다. 엄마 살루스치아나 니콜라우의 자궁에서 나온 우리들이—산 아이와 낳자마자 죽은 아이와 죽어서 태어난 아이 모두—가장 먼저 만난 건 할머니의 자그마한 손이었다. 우리가 엄마의 몸 바깥에서 처음 차지한 공간이 그녀의 손 안이었다. 그녀의 오목한 손 안에 흙이나 껍질 벗긴 옥수수나 추려낸 콩이 담긴 걸 무수히 보며 자랐다. 손톱 끝이 뭉툭하고 작은 할머니의 손을 가리켜 토냐 아주머니는 천상 산파의 손이라고 했다. 태어나기 전 움직이다 잘못 앉아있거나 누워있는 아이를 숙련된 손재간으로 돌리기 위해 산모의 자궁 안에 들어갈 수 있는 작은 손이었다. 할머니는 당신의 삶이 다하기 직전까지도 필요하다면 농장 여인들의 출산을 도우러 나설 사람이었다.

우리가 태어나기 전부터 부모님은 아구아 네그라 농장의 일꾼들이었다. 아빠는 내가 태어나기 몇 주 전에 할머니를 여기로 모시고 왔다. 나는 자라면서 우리 할머니가 살았던 곳에서 이 농장이 얼마나 먼 곳인지 모른다는 탄식을 자주 들었다. 그건 충족될 길 없는 그리움을 드러내는 그녀의 방식이었다. 아들 곁에서 당신이 맡을 역할을 잘 알고 있던 그녀는 고향으로 돌아가겠다고 요구한 적 없지만 그로 인한 슬픔을 숨기지도 않았다. 아빠가 자신이 태어났던 집으로 할머니를 모시러 갔을 때 도나나는 오래된 집에서 대부분의 시간을 홀로 지내고 있었다. 그녀의 다른 자식들은 일자리를 찾아 하나씩 떠나고 없었다. 아빠 다음으로 할머니 집을 떠난 자녀는 큰 딸 카르멜리타였는데 그녀는 할머니가 세 번째로 과부가 된 직후 어디로 간다는 말도 없이 떠났다. 도나나는 딸이 어디에 있든지 자신의 인생을 살아가기를 진심으로 소망했다.

할머니가 평생을 산 거주지였던 카샹가 농장의 토지는 당시 이리저리 조각난 상태였다. 힘과 능력이 되는 사람들이 땅 한쪽이라도 더 차지하려고 뛰어들었고 원래 살던 주민들은 쫓겨났다. 그곳에서 일한 지 오래되지 않는 노동자들도 일터에서 밀려났다. 날마다 어디선가 연줄 가진 사람들이 무기를 든 사람들의 호위를 받으며 출처가 어딘지 모를 서류를 들고 나타나곤 했다. 그들은 카샹가의 토지 일부를 자신들이 사들였다고 말했다. 그 중 어떤 이들은 농장 감독관의 확인을 받았다고 했고 어떤 이들은 그것도 아니었다. 아빠는 아구아 네그라로 이주한 뒤에도 몇 번에 걸쳐 고향땅을 방문했었고 엄마는 우리가 자랄 때 아빠의 고향 이야기를 들려줬다. 새 땅 주인들이 도나나 할머니를 내쫓지 않고 놔둔 이유는 그녀가 노령이라서 그렇기도 했고 그녀의 특이한 사연 때문이기도 했다. 산전수전 겪으며 여러 번 과부가 된 늙은 여인의 주술 실력에 대한 소문과 정신이 나간 상태로 몇 주 동안이나 숲에서 표범과 함께 살았던 그녀의 아들에 대한 소문이 입에서 입으로 널리 알려져 있었기 때문이었다.

벨로니시아와 나는 가장 가까운 사이였고 바로 그렇기 때문에 서로 다투는 일도 많았다. 우리는 한 살 차이 자매였다. 동생과 나는 함께 집 안팎을 돌아다니면서 꽃과 흙과 가지각색 모양의 돌맹이를 모아 장난감 화로를 만들고, 나뭇가지들을 모아 장난감 작업대를 세우고, 장난감 농기구를 만들면서 부모님과 조상들로부터 전해오는 작업들을 따라했다. 우리는 공간을 차지하려 서로 다투었고, 무엇을 심고 무슨 음식을 만들지를 두고도 서로 다투었다. 집 주위를 둘러싼 숲에서 따온 넓적한 초록 잎사귀로 만든 신발을 놓고 다투었다. 우리는 나무로 막대기를 깎아 장난감 말을 만들었고 남은 땔감 나무를 가져와서 장난감 가구를 만들었다. 그러다 우리의 옥신각신이 싸움으로 번지면 인내심을 잃은 엄마가 개입해서 우리를 집 안으로 데려갔고 얌전히 굴지 않으면 못 나간다고 했다. 우리는 다시는 싸우지 않겠다고 약속을 하고서 집 밖으로 풀려나 다시 놀기 시작했고 그러다 잠시 후에 또 싸우곤 했고, 때로는 서로를 할퀴고 머리카락을 잡아당기기도 했다.

혀를 잃고 난 후 처음 몇 달 동안은 지속적인 다툼과 싸움으로 인해 살짝 느슨해졌던 연대감이 다시 강해져서 우리를 결속시킨 시간이었다. 처음에는 집 안 전체에 거대한 슬픔이 자리잡았다. 이웃과 친지들이 방문해서 회복을 빌어주었다. 엄마는 상처가 아물 때까지 먹일 죽과 미음을 끓이고 참마나 고구마, 카사바로 만든 퓌레를 만드는 동안 어린 자식들을 돌봐주러 온 이웃 여자들과 교대로 부엌을 드나들었다. 아빠는 늘 그랬던 것처럼 날이 밝는 즉시 경작지로 나갔다. 아빠는 작업 도구를 챙겨 집을 나서기 전에 우리 머리를 쓰다듬으며 수호신들에게 올리는 기도문을 외곤 했다. 다시 장난감을 갖고 놀만큼 회복됐을 때 우리는 더 이상 예전처럼 다투지 않았다. 이제는 한 명이 다른 한 명을 대신해서 말해야 했기 때문이었다. 한 명이 다른 한 명의 목소리가 되어야 했다. 이제부터는 우리의 공존을 지켜낼 감수성을 완성해야 했다. 서로 집중해서 자매의 몸짓과 눈빛을 읽어내는 능력을 가져야 했다. 우리는 하나가 되어야 했다. 목소리를 빌려주게 된 자매는 목소리를 잃은 자매가 몸으로 보내는 신호를 알아보는 눈썰미를 키워야 했다. 또한 목소리를 잃은 자매는 큰 몸짓은 물론 미묘한 떨림으로도 소통하고 싶은 뜻을 표현하는 능력을 연마해야 했다.

두 자매의 협조와 공생이 형성되고 항구적으로 지속되어야 했으므로 다툼은 자연스럽게 뒷전으로 밀렸다. 우리는 서로의 신체 언어를 배워가는 시간을 함께 보냈다. 처음에는 정말 어려웠다. 상대가 하려는 말이 무엇인지 알아내기 위해 같은 말을 반복해야 했고 물건을 들어올려 보여주거나 주위에 있는 사물들을 가리켜야 했다. 시간이 흐르면서 이런 몸짓은 우리가 일상적으로 쓰는 표현이 되었고 우리는 각자의 본질을 잃지 않으면서도 상대방과 하나가 되다시피 했다. 가끔은 뭔가로 불만이 생길 때도 있었지만 둘 중 하나가 원하는 걸 알릴 필요성과 다른 하나는 그것을 알아들어야 한다는 필요성이 워낙 절박했기에 불만의 원인이 곧 잊히곤 했다.

그런 시간을 거쳐 나는 벨로니시아의 일부가 되었고 마찬가지로 벨로니시아는 나의 일부가 되었다. 그렇게 우리는 자랐고 농경지를 일구는 법을 배웠으며 부모님이 드리는 기도를 지켜봤으며 어린 동생들을 돌봤다. 그렇게 세월이 흐르는 동안 우리는 의견을 표명하느라 말소리를 내야 할 때면 같은 내장 기관을 함께 써야하는 샴쌍둥이처럼 서로를 느끼며 성장했다.

4

그날 도나나 할머니는 치맛단이 젖어서 돌아왔다. 강가에 가서

'몹쓸 것'을 버리고 왔노라고 했다. '몹쓸 것'이란 상아 자루가 달린 그 칼을 의미한다고 알아들었을 때 떠오른 칼날의 광채가 어찌나 강렬한지 내 정신이 희미해지는 것 같았다. 아마도 칼은 할머니가 들고 나갔다고 토냐 아주머니가 말한 그 꾸러미 안에 있었을 것이다. 할머니는 기운 없어 보였고 창백했으며 부은 눈꺼풀이 늘어져 있었다. 할머니는 다가와서 우리 머리에 손을 얹고 쓰다듬었다. 굳은살로 옹이진 손으로 우리 얼굴을 어루만지고서 할머니는 아무 말 없이 방으로 들어갔다. 할머니는 다음날까지 방에서 나오지 않았다.

아빠는 신령들을 모신 방으로 들어가서 촛불을 켰다. 엄마는 침실로 우리를 데려가서 침대에 조용히 앉아있으라고 했다. 방 밖에서 우리를 지켜볼 수 있도록 방과 거실 사이 커튼을 열어 두었다. 엄마는 우리가 또 다른 사고를 칠까 봐 두려운 것 같았다. 병원에 가져갔던 피에 젖은 옷을 빨겠다고 엄마가 말하자, 토냐 아주머니가 자기가 그 옷을 빨겠다고 엄마에게 말하는 소리가 들렸다. 엄마는 건장한 체구에 손이 커다란 키 큰 여자, 아빠보다 키가 큰 여자였다. 친지들의 호감을 얻는 온화한 성품이었고 이웃들이 좋아하는 사람이었다. 그러나 그날은 평소의 기품이 간데없었고 처진 어깨에 기진맥진한 안색이었다.

벨로니시아가 손을 뻗어 내 손을 힘주어 잡는 게 느껴졌다. 우리는 둘 다 말하지 말라고 금지된 처지였고 말로 알릴 수 없는 걸 몸짓으로 전달하는 본능적인 방식을 익히는 중이었다. 집에 돌아온 첫날은 그렇게 잠들었다.

할머니는 그 사건으로부터 끝내 회복되지 못했다. 뒷마당 채마밭에도 거의 나가지 않고 집에만 머물렀다. 침대 한 켠에 앉아서 그녀의 오래된 가죽 가방 속 물건들을 꺼냈다가 다시 넣기를 반복했다. 그 안에서 옷, 빈 향수병, 작은 손거울, 오래된 머리빗, 기도책, 문서로 보이는 종잇장 등 물건들을 꺼내곤 했다. 자식들 사진이 한 장도 없다며 한숨짓곤 했다. 자기 물건들을 꺼내 늘어놓았다가 다시 정리하는 혼자만의 시간에 우리가 곁에 있어도 더 이상 개의치 않았다. 그저 시간을 보내기 위해 하는 일이었다. 농장 경작지로 더 이상 안 나간 지는 이미 오래됐고 뒷마당에 심은 채소를 가꾸는 게 고작이었는데 그 일조차도 그만뒀다. 할머니는 자신이 돌보던 식물에 대해서도, 그리고 그녀가 식구들과 이웃들에게 처방하던 약초 뿌리 시럽에 대해서도 모든 흥미를 잃은 것 같았다. 할머니가 맡던 얼마 안 되는 집안 일거리들은 이제 엄마 손으로 넘어갔다. 엄마는 시어머니를 뒷마당으로 불러내어 어떤 작물이 얼마나 잘 피었다거나, 움부 (브라질산 열대 식물의 식용 열매로 젤리, 디저트를 만들고 나뭇잎은 약재로 쓰인다)나무에 꽃이 피었다거나, 손길이 소홀한 틈을 타서 채마밭에 잡초가 생겼다거나, 하는 걸 보여주며 할머니의 관심을 끌어보려 했다. 하지만 할머니는 아무 상관없다는 눈으로 쳐다보다 혼잣말을 중얼거리다가 방으로 들어가서 오래된 가방에서 물건들을 꺼냈다 집어넣기를 계속했다. 그건 마치 남은 삶에서 유일하게 관심을 둔 대상인 고향 땅을 방문하라는 초대장이 언제 올지 모른다며 기다리는 자세 같았다.

우리의 몸이 점차 회복되고 자매 중 하나는 다른 하나가 원하는 걸 대신 전달하는 습관을 익히고 다른 하나는 자신의 요구를 상대가 더 알아듣기 편하도록 표현을 다듬으며 몇 달이 지났다. 그러는 사이 도나나의 관심을 그녀의 오래된 기억 속 세상과 가방 속 물건들 꺼냈다 다시 넣는 일에서 다른 데로 돌리는 일이 생겼다. 경작지로 가는 길에 벨로니시아가 앞발이 부러진 강아지를 발견하고 데려온 것이었다. 꼬리를 야자수 잎사귀처럼 흔드는 그 강아지는 앞다리가 부러졌기 때문에 나머지 세 발로 깡총거리며 걸었고, 세 발로 걷느라 눈물겹도록 애쓰는 사이에 부러진 다리는 공중에서 흔들리고 있었다. 강아지에게 있는 무엇인가가 지난 몇 달 동안 지속됐던 할머니의 침묵을 깨트렸다. 할머니는 강아지에게서 새로운 움직임이 포착되면 와서 그걸 보라고 집 안에 있는 이들을 불렀다. 한동안 할머니는 자신의 가방보다 창문 넘어 강아지가 노는 걸 바라보는 데 더 많은 시간을 보냈다. 당신이 푸스코라고 이름 붙인 강아지는 이제 그녀의 마음에 들어온 하나뿐인 친구인 듯했다.

얼마 후 할머니는 밤에 그녀의 작은 방에 손녀딸들을 데리고 자겠다고 했다. 우리는 그 말을 따랐다. 할머니는 잠자리에서 끝이 없는 이야기를 들려줬다. 때로는 이야기를 마치기 전에 할머니가 먼저 잠들었고, 할머니의 이야기에 결말이 없으리란 걸 알았기에 가끔은 내가 먼저 잠들었다. 새벽녘 어스름이면 푸스코에게 말을 건네려고 뒷마당으로 향한 문을 열고 나가는 할머니 기척이 들렸다. 거의 속삭이는 목소리였지만 다 들렸다. 할머니는 그전에 단 한 번도—그녀가 결코 기억하고 싶지 않았음이 분명한 물건들을 꺼내어 그녀의 과거를 침해함으로써 우리가 어겨서는 안 될 약속을 어겼던 그 날처럼—우리를 때린 적이 없었다. 할머니는 우리의 천진무구한 손이 그녀의 고통의 원인인 칼에 닿지 않기를 바라는 한편, 자신을 살아있게 만든 힘인 기억이 담긴 그 물건을 완전히 없애고 싶지도 않았던 것 같다. 할머니가 인생에서 겪었던 시련들 앞에서 약해진 적 없고 굳세었던 것처럼 그 기억들은 남은 인생의 날들에 의미를 부여하는 존재였기 때문이었다.

어느 날 아침 할머니는 나를 카르멜리타라고 부르며 잠에서 깨웠다. 할머니는 자신이 다 알아서 해결할 것이니 걱정하지 말라고, 이제 집을 떠나지 않아도 된다고 말했다. 그 때 나는 열두 살, 벨로니시아는 열한 살이었다. 다음날 아침 할머니는 이번에는 벨로니시아더러 카르멜리타라고 불렀다. 동생은 어쩔 줄 모르고 웃기만 했다. 우리는 서로를 쳐다보았고 할머니의 말 속에 자리잡은 혼란을 두고 장난하기를 그만뒀다. 할머니는 푸스코를 표범이라고 여기는 것 같았고 우리더러 표범을 조심하라고 했다. 우리에게 숲으로 가는 오솔길로 걸어가라고, 아빠가 자토바(중남미 원산지 식물로 열매, 씨앗, 나뭇잎 등이 식용과 약용으로 널리 쓰인다) 나무 아래 양순한 표범 옆에 잠들어 있다고 사람들이 얘기한다면서, 우리에게 아빠를 찾아가라고 했다. 우리는 아빠가 매일 아침 경작지에 나가 일하는 걸 알고 있었고 할머니 얘기는 전혀 말이 안되는 소리였다. 그래도 엄마는 할머니에게 무슨 일이 생기거나 숲에서 길을 잃지 않도록 우리가 같이 따라가라고 했다. "할머니가 덤불 숲 속에 들어가지 못하시게 해. 뱀 조심해라. 할머니한테 장난치지 말고."

우리는 12월에 접어들어 달콤하게 익은 과일들을 따며 걸어갔다. 그러다 할머니에 대해 잊어버렸고 우리도 길을 잃어 말없이 조용해진 어느 순간 들판 어디선가 카르멜리타와 "아이들"에게 제카를 찾으러 가자고 부르는 할머니 목소리가 들렸다. 우리는 소리 나는 곳으로 달려갔다.

그 날 아빠가 집에 돌아왔을 때 우리가 할머니에게 아빠 제카가 바로 여기 있다고 말했을 때에도, 그녀는 그럴 리가 없다면서, 단지 제카에게서 모자를 돌려받고 싶을 뿐이라고 말했다.

여름 더위가 나른한 2월의 어느 오후에 할머니는 아무도 모르는 사이에 집을 나갔다. 집 근처에서 밭일을 하다 물을 마시러 집에 들어온 엄마는 시어머니가 없어진 걸 알아챘다. 엄마는 나에게 할머니를 찾아보라고 했다. 같이 가려고 벨로니시아를 찾았으나 안 보였다. 나는 할머니가 상상 속의 "아이들"을 데리고 아빠를 찾아나서곤 하던 길로 내려갔다. 근처에 커다란 부리치(브라질 전역에 걸쳐 흔한 나무 열매로 술과 디저트 등 각종 식용으로 널리 쓰인다) 나무가 있었고 땅에는 열매들이 잔뜩 떨어져 있었다. 할머니가 항상 가던 장소에 오늘도 있을 거라고 생각하며 나는 할머니를 만나기 전에 주울 수 있을만큼 열매를 많이 모아 내 치맛단을 바구니 삼아 들고 가기로 했다. 부리치의 열매 껍질은 황동색으로 단단하다. 열매 껍질만 보면 그 과육으로 반죽을 만들어 도시로 팔러나가는 여인들의 몸에 즙이 흘러내려 마치 기름을 바른듯이 반짝거리는 광경을 상상하기 어렵다. 부리치 열매는 홍수나 가뭄으로 시장에 팔 농작물이 부족할 때 갖고 나가 팔면 살림에 도움이 됐다. 열매를 모아들고서 저수지로 향하는 통로인 우칭가 강가에 도착했을 때 나는 도나나 할머니가 물 가장가리에 마치 짐승처럼 엎어져 있는 걸 보았다. 할머니의 하얀 머리칼은 햇볕을 반사하는 거울처럼 반짝였다. 할머니의 낡은 옷을 나는 바로 알아봤는데 그 옷은 어쩌면 내가 태어나기 조금 전에 아빠와 함께 누군가의 트럭을 얻어 타고 이곳에 처음 왔던 날 입었을지도 모르는 오래된 옷이었다. 생전 처음 보는 모습에 너무 놀라 떨어트린 부리치 열매들이 물가로 굴러가 흩어졌다. 혹시 할머니가 깨어날까 달려가서 흔들어보고 그녀의 작고 가냘픈 몸을 뒤집었으나 물에서 꺼내기에는 내 힘이 모자랐다.

충격으로 숨이 막힌 채 도움을 청하러 집으로 달려가는 길에 조금 전 열매를 땄던 부리치 나무 옆에 웅크리고 있는 벨로니시아와 마주쳤다. 동생은 내가 강으로 가던 길에 미처 가져가지 못한 열매들을 따다 말고 내 얼굴에 드러난 비통함을 보았다. 우리 둘 중 하나가 집으로 가서 소식을 전할 차례였다.

5

도나나가 생애 마지막 몇 달 동안 매일같이 풀었다 다시 꾸리던 짐가방은 아무도 열지 않았다. 할머니가 마치 영원히 지킬 의례

인듯 물건들을 전부 꺼내었다 다시 집어넣는 모습을 워낙 여러 번 지켜봤으므로 우리는 그 안에 들어있는 옷과 물건 하나 하나를 다 알고 있었다. 엄마는 일거리를 찾아 길을 떠나는 사람이나 그 가족들이 옷이 필요하다면 가방을 통째로 줘버리자고 했다. 하지만 아빠는 자기 엄마의 물건을 그런 식으로 처리할 엄두가 나지 않았고 그래서 엄마는 더 이상 그 이야기를 꺼내지 않았다. 아무도 상아 손잡이가 있는 그 칼에 대해서 언급하지 않았고 그 칼이 어디에 갔는지도 몰랐으며 왜 그렇게 칼의 존재가 비밀이었는지 끝내 알지 못했다. 할머니가 돌아가실 때까지 그 칼이 왜 오래된 핏자국이 있는 천으로 싸여져 있었는지, 우리 아빠가 자기가 아는 지식으로 볼 때 틀림없이 상아로 만들었다고 말한, 진주빛 영롱한 칼집이 있는 그 비싸 보이는 물건을, 항상 모든 게 부족했던 우리 집에서 왜 안 팔고 놔뒀는지, 우리는 끝내 알 수 없었다.

아빠는 오랫동안 슬픔에 잠겨있었다. 우리집에서 신령들에게 올리던 의례는 한동안 중단되었다. 그 기간 중에도 아빠는 기도문과 주문을 요청하거나 상처를 치료할 뿌리약을 구하러 집으로 찾아오는 사람들을 계속 맞이했다. 제카 샤페우 그란지는 신중한 행동으로만 상중임을 지켰고 검은색 옷을 입는 건 우리의 관습이 아니었다. 아빠의 눈에는 자주 눈물이 맺혀 있었고 말이 거의 없었다. 다만 상중에도 변함없이 매일 농장으로 일하러 나갔다.

할머니의 장례가 끝나고 몇 주 지난 어느 날이었다. 엄마가 문가에 서서 길 쪽을 쳐다보다 놀라 얼굴이 창백해졌다. 나는 엄마 곁에 가서 무슨 일인지 내다보았다. 벨로니시아와 도밍가스는 한쪽 다리를 저는 강아지, 할머니가 돌아가신 후 우리 장난감이 된 푸스코와 마당에서 뛰어놀고 있었다. 엄마의 입에서 흘러나오는 탄식 소리가 들렸다. 벨로니시아와 도밍가스와 푸스코도 밖에서 들려오는 비명 소리에 놀라 멈춰서 길 쪽을 바라봤다. 한 남자가 여자를 밧줄로 묶어 끌고 오고 있었고 다른 여자 한 명이 같이 있었다. 그들은 아직 멀리 있었지만 얼마나 힘겹게 한 발 씩 간신히 내딛는지 알 수 있었다. 여자는 내가 들어본 중 가장 소름끼치게 끔찍한 비명을 지르고 있었다.

　"저기 오는 거 크리스피니아나 아니냐? 아니면 크리스피나인가?" 엄마는 아구아 네그라에 사는 이웃인 사투르니노의 쌍둥이 딸인가고 물었다. 사투르니노는 알아들을 수 없는 소리를 하늘과 땅을 향해 질러대는 정신 나간 딸을 밧줄로 묶어 끌고 오는 중이었다. 크리스피나 아니면 크리스피니아나인 두 딸 중 하나는 정신착란 상태라 밧줄로 팔과 주먹을 짐승처럼 묶은 다른 자매를 붙잡고서 그녀의 야생동물 같은 몸부림에 얻어맞아 가면서 아버지를 뒤에서 보조하고 있었다. 발은 맨발이었고 평소에 쓰는 머릿수건 없이 머리칼을 묶어올린 상태였다.

　엄마가 제제는 어디 갔냐고 물었고 도밍가스가 "아빠랑 같이 있어요"라고 대답하자, "벨로니시아랑 같이 가서 아빠를 모시고 오렴. 아빠한테 가서 사투르니노 대부(자녀의 세례식 때 입회하는 종교상의 남자 후견인)가 딸들이랑 오셨다고, 아빠가 와보셔야 한다고 말씀드려"라고 말했다. 여동생들이 경작지 쪽으로 걸어가는 걸 보면서 나는 엄마의 강인한 몸집 옆으로 바짝 붙어 섰다. 엄마는 새벽녘 이슬처럼 땀을 흘리고 있었다. 그곳에 선 자리에서 우리는 다가오는 여인의 충혈된 눈과 일그러진 얼굴, 거품처럼 입에서 흘러나오는 엄청난 양의 침을 보았다. 나는 호기심과 두려움이 뒤엉킨 채 그 광경을 지켜보았다. 손님들이 가까이 오자 엄마는 무슨 일이 생긴 것이며 묶여있는 건 두 딸 중 누구냐고 물었다. 딸을 산토 안토니오 강에서 우칭가 강까지 끌고 오느라 지치고 기진맥진한 대부가 예를 갖추느라 모자를 벗어들고서 "크리스피나입니다"라고 대답했다.

"아, 그러면 찾아내신 거군요?"라고, 엄마가 떨리는 목소리로 물었다.

"시내 묘지에서요. 거기 숨어서 누워 있었어요."

사투르니노가 집 마당으로 들어서며 말했다.

일주일 전, 사투르니노 대부는 크리스피니아나를 포함한 자녀들과 함께 크리스피나를 찾아 나섰다. 그 가족들이 아구아 네그라 농장에서 살기 시작한 건 아주 오래전이었다. 사투르니노와 다미앙과 우리 아빠는 아구아 네그라에 가장 먼저 정착한 주민들이었다.

크리스피나와 크리스피니아나는 마을에 하나 뿐인 쌍둥이 자매였고 나는 아주 어릴 적부터 그들과 알고 지냈다. 이제 막 사춘기가 지난 두 젊은 아가씨들의 서로 닮은 모습에는 뭔가 신비로운 느낌이 있었다. 그 당시 우리에게 거울은 흔치 않은 물건이었다. 도나나 할머니가 돌아가시기 직전 정신이 온전치 않았을 때 매일 가방 속 물건들을 꺼냈다 다시 넣곤 하는 옆에서 가끔 우리는 할머니 물건 중 하나인 거울 조각을 보며 신기해 했다. 평상시에 우리가 얼굴을 비춰볼 수 있는 거울은 녹슨 쇳빛깔의 어두운 강물뿐이었다. 우리의 검은 얼굴을 비춰 보는 그 검은 강물은 어쩌면 우리 자신을 발견하도록 만들어진 거울인지도 몰랐다. 상아자루가 달린 칼의 광채와 함께 찬란한 거울 역시 잊을 수 없다. 그 날카로운 칼날이 혀와 더불어 혀가 낼 수 있었을 소리들을 함께 잘라냈던 짧은 순간, 그 거울에 비친 우리 얼굴을 어렴풋이나마 보았기 때문이었다. 나란히 함께 걸어오는 크리스피나와 크리스피니아나는 마치 하나가 다른 하나의 복제인 것 같았다. 그들은 서로에게 길이와 높이와 깊이가 있는 거울이되, 도나나의 거울처럼 깨진 모서리는 없는 거울이고, 우리의 얼굴을 비춰보는 강물 가장자리에는 있는 모래밭이나 덤불이 없는 거울 같았다.

우리집 대문 앞에 이르렀을 때 크리스피나가 땅바닥에 넘어졌다. 그녀는 지저분했고 땀과 오줌이 섞인 듯한 악취를 풍겼다. 나는 엄마의 눈에 담긴 두려움을 보았다. 정신착란 상태인 누군가가 집에 온 건 이번이 처음도 두번째도 세번째도 아니었다. 도시에서는 정신질환이 생긴 사람들이 병원에 가는 것처럼 우리 집에 그런 사람이 머무는 일이 늘 있어왔고 이번이 마지막일 리도 없었다. 그들은 투숙객이나 방문자나 초대 손님이 아니었다. 자신이 누군지도 모르고 가족도 못 알아보는 사람들이었다. 사람들이 잘 알거나 혹은 전혀 모르는 별의별 나쁜 귀신이 붙어 정신이 나간 사람들이었다. 자레(브라질 동북부 바이아 지방 주민들의 아프리카 민속신앙)의 치료사로서 자신에게 의지하는 사람들의 몸과 마음의 건강을 돌보며 살아온 제카 샤페우 그란지가 주술로써 병을 고쳐주길 바라며 찾아오는 사람들이었다. 우리는 아주 어릴 적부터 아빠의 이런 주술사적 면모와 더불어 사는 법을 익혀야 했다. 아빠는 우리가 아는 다른 아빠들처럼 우리의 아버지인 동시에, 의사가 없고 병원이 없는 그 지역에서 의학 지식과 약을 필요로 하는 사람들, 아픈 환자들, 고통받는 이들을 아버지처럼 보살피는 사람이기도 했다. 나는 사람들이 아빠를 존경한다는 사실이 자랑스러웠지만 체면 차릴 여력 없이 아픔과 혼란을 드러내는 사람들과 집을 나눠 써야 하는 건 고달픈 일이었다. 우리의 손바닥만한 집은 촛불과 향 냄새와 약초를 담은 약병들과 몇 주 씩이고 머무는, 착하거나 못됐거나 겸손하거나 불쾌한 사람들로 종종 포화상태였다. 엄마는 가족 중에서 가장 고생하는 사람이었는데 왜냐하면 줄곧 집에 머물면서 아픈 이들에게 약 주는 시간을 관리하고 환자와 같이 온 식구들—식구가 같이 와있어야 한다는 게 "입원" 조건이었다—의 간병을 보조하는 역할이기 때문이었다.

환자가 와 있으면 생활의 내밀한 질서가 깨지곤 했고 가족 모두의 삶이 어수선했다. 어린 우리들은 밤새 켜져 있는 램프와 촛불이 집안 구석에 드리운 그림자를 무서워하며 자랐다. 새벽녘이면 종종 쉰 목소리로 지르는 비명이 들리거나 땅의 미세한 흔들림이 느껴질 때도 있었는데 우리는 그 원인이 환자에게 붙은 나쁜 기운 때문이라고 믿었다. 그로 인해 자다 깰 때마다 무섭지 않으려고 우리는 혼자 자는 일 없이 아이들끼리 붙어 자곤 했다.

크리스피나는 타는 불 같은 눈을 뜨고 머리카락에는 한창 피어났을 때의 색깔과 향내가 아직 얼마간 남아있는 꽃잎과 나뭇잎 부스러기를 붙인 채 입가에는 침이 허옇게 흘러나오고 몸에서는 구역질나는 냄새를 풍기면서 여동생 크리스피아나 옆에서 땅바닥에 누워있었다. 그 모습을 봤을 때 나는 가방에서 칼을 꺼내던 날 우리를 덮쳤던 재앙의 기운을 다시 느꼈다. 부모님과 이웃들이 지키는 금기사항에 아랑곳하지 않은 자유로운 상태로—마치 그런 자유가 가능하기라도 한 것처럼—그 금지된 아름다움의 신비를 느껴보고 싶어서 칼을 입 안에 넣었던 날의 불길함이 다시 돌아온 것 같았다. 그건 마치 지금도 침대 아래 두꺼운 흙먼지에 덮여 있는 가방 속 할머니의 거울 한 모서리가 더 부서져서 우리의 모습을 일부만 보여주는 것 같았다. 몹시 격앙돼 있던 크리스피나가 내 발을 세게 움켜쥐었고 나는 엄마가 붙잡을 새도 없이 바닥에 쓰러져 울음을 터뜨렸다. 그 울음 안에는 바로 얼마 전에 우리 인생에서 일어났던 그 장면의 기억도 들어있었다.

그러자 참다못한 사투르니노 아저씨가 크리스피나의 얼굴을 세게 때렸고, 얻어맞은 딸은 아무 반응하지 않았는데 오히려 옆에서 이 광경을 지켜본 크리스피니아나가 마치 아버지의 손이 자기 얼굴을 향하기라도 한 것처럼 손을 들어 자기 얼굴을 가렸다.

나는 경작지로 향한 길로 걸어가는 벨로니시아와 도밍가스를 울면서 지켜봤다. 오래지 않아 아빠가 자루와 호미를 들고 집으로 들어왔다. 제카 샤페우 그란지는 이런 일에 어찌 대처할지 모르고 당황한 우리와는 달랐다. 우리집 문 앞에 도달한 이 황당한 난관에 침착하게 대응했다. 아빠는 즉시 사투르니노 아저씨에게 딸을 묶은 줄을 풀라고 했고 아저씨는 되묻지 않고, 조금 전처럼 손을 떨지도 않고 시키는 대로 했다. 아빠가 크리스피나를 일으켜 앉혔다. 아빠의 두꺼운 입술 사이로 그의 주술을 믿는 우리들을 안심시키는 기도문이 흘러나왔다. 아빠가 엄마와 크리스피니아나에게 크리스피나를 목욕시키라고 말하는 동안 벨로니시아와 도밍가스는 내 옆에 서 있었다. 아빠는 신령들을 모신 방에 들어가 짚으로 만든 깔개를 펴고 오래된 가죽 의자를 그 옆에 놓았다.

아빠가 초에 불을 붙였고 이제 집 안에 있는 모든 이들의 관심은 그 불빛에 집중됐다. 불이 계속 켜져 있다면 제 정신이 아닌 크리스피나는 여기 머물 것이지만, 만일 촛불이 공중에 떠도는 나쁜 기운을 못 버티고 꺼진다면 그건 치료할 약이 없다는 뜻이었다.

6

크리스피나의 증세가 호전되기까지 여러 주가 소요됐다. 그때까지 우리는 밤낮 없이 그녀의 비명과 신음소리를 들어야 했다.

낮에 깨어있을 때는 그러려니 했지만 밤에 들으면 소름이 끼쳤고 비명 소리에 잠이 깨면 현기증이 일었다. 아빠와 엄마는 한밤중에 일어나서 환자를 보러 가곤 했다. 우리 형제들이 뒤엉켜서 자는 작은 방 안까지 소리가 들렸지만 그들이 하는 이야기는 뜻을 알아들을 수 없는 속삭임일 뿐이었다. 엄마는 아이들의 잠이 편안하길 기원하는 불을 램프에 켜 놓았다. 이런 생활이 몇 주간 계속됐다.

어느 날 아침 뒤뜰에서 야채를 거둬 집 안으로 들어오는 중이었다. 크리스피나는 아빠가 지어준 뿌리 약물과 기도문에 잘 적응하고 있었다. 두 자매가 머무는 방 안에서 처음에는 조용히 이야기하다가 점차 목소리가 높아지며 다투는 말소리가 들렸다. 그들은 치료사가 다녀오라고 시킨 산책에서 막 돌아온 참이었다. 모든 내용을 다 들은 건 아니었지만 다음과 같은 말들이 온종일 내 머릿속에서 맴돌았다. "그게 아니야", "맞아, 그랬어", "크리스피나, 너 미친 거야", "크리스피니아나, 나 안 미쳤어", "그런 바보 같은 말은 아버지 앞에서 꺼내지도 마", "네가 숲에서 그이랑 같이 있었잖아", "이지도로는 그 시간에 거기 있지도 않았어", "이지도로가 나랑 같이 살자고 약속했어", "약속 좋아하시네. 네가 만들어낸 얘기잖아", "네가 그이를 좋아하니까 이러는 거지. 둘이 들판에 같이 있었지", "너 돌았구나? 그러니 여기 있는 거야".

나는 엄마가 어디선가 대화를 엿듣는 나를 볼까 봐 신경을 곤두세우고 숨소리를 낮추고서 그녀들의 대화에 귀 기울였다. 자매들의 이야기를 몰래 듣다가 들키면 야단맞으리란 건 잘 알고 있었다. 크리스피나가 크리스피니아나에게 방에서 나가라고, 자길 혼자 놔두라고 큰소리로 외쳤을 때, 나는 방 문에 드리운 커튼 사이로 타는 숯불 덩어리처럼 붉어진 그녀의 눈을 봤다. 크리스피나는 침을 흘리기 시작했고 입가에 허옇게 점액질이 생겼다. 울음과 비명이 섞인 울부짖는 소리를 냈다. 그 순간 난장판이 되었고 두 자매는 울고 소리지르며 서로의 머리칼을 움켜쥐고서 침대보가 끌어내려진 방바닥을 뒹굴었다.

나는 기겁을 했으나 벨로니시아는 그 광경을 보고 웃으며 내 옆에 다가왔다. 그 날 아침 내가 강에서 길어온 물로 설거지를 하고 있던 엄마는 그릇들을 작업대에 놔둔 채 방으로 뛰어갔다. "이게 무슨 일이야?" 두 자매를 떼어놓으려 끼어들며 말했다. "애들아, 어서." 엄마가 나와 벨로니시아를 보며, "이리 와서 도와라!"고 말했다. 우리는 크리스피니아나의 팔을 붙들었다. 그녀는 울고 있었고 크리스피나가 세게 잡아당긴 머리칼이 한껏 끌어올려져 있었다. 엄마는 미친듯이 눈을 희번덕거리며 자매에게 욕설을 퍼붓는 크리스피나의 두 팔을 붙잡았다. 엄마는 사투르니노 아저씨를 불러서 둘 다 여기서 내보내겠다고 위협했다. "그러고 나면 약도 안 줄 거고 치료도 못 받는 거야. 크리스피나, 너 여기 다시는 못 온다."

한껏 격앙돼 있던 크리스피나가 엄마의 두 팔 안에 잡힌 채 엄마 가슴에 머리를 기대고 울기 시작했다. 엄마는 크리스피니아나에게 우리 둘을 데리고 나가 있으라고 말했다.

크리스피니아나는 구겨진 옷을 손으로 만져 펴고 뒤뜰로 나가 소리 죽여 한참을 울었다. 눈물이 마를 즈음이 되자 엄마가 하던 설거지를 끝내러 갔다. 나와 벨로니시아는 크리스피나가 하는 말을 엿듣고 싶어서 거실에서 조용히 노는 척 했다. 크리스피나는 같은 말을 반복했는데 경작지에서 자기 약혼자 이지도로와 크리스피니아나가 함께 누워있는 걸 봤다는 얘기였다. 그 순간 처음 겪어보는 비참한 충격에 빠졌다고 했다. 더 이상 앞뒤를 헤아릴 수 없었고 뭔가에 홀린 것처럼 정신이 온통 돌아버렸다고 했다. 몇 주 전에 우리집에 와 머물면서 의식이 돌아왔고 실종 전에 있었던 일을 조금씩 기억해내는 중이었다.

그 이야기의 나머지 사연은 그들이 우리집에 왔던 날 사투르니노 대부가 이야기했고, 다른 이웃들과 대부, 대모들이 경작지로 가는 길에 마주칠 때마다 여러 번 말하는 걸 들어서 우리 모두 알고 있었다. 아무 단서 없이 크리스피나가 사라진 후에 아버지와 약혼자 이지도로와 그의 형제들이 경작지와 산토 안토니오 강을 둘러싼 들판과 숲 속과 늪지대를 찾아 헤매었으나 아무 성과 없었다. 딸이 갑자기 사라져 속이 타 죽을 지경인 사투르니노는 결국 시내로 가서 경찰의 도움을 청했다. 크리스피나가 농장 주변 다른 동네로 가고 있었다거나, 도시로 가는 버스에 올라타는 걸 누군가 봤다거나, 미친 여인이 짐승처럼 울부짖는 소리를 새벽에 누군가 들었다고 하는 등 날마다 새로운 소식이 들려왔다. 한번은 도밍고스 대부로부터 어떤 사람이 뒤뜰의 과일을 따가려던 사람을 여우인 줄 알고 쏘았다는 말을 전해들고 사투르니노가 허겁지겁 달려갔으나 헛소문인 적도 있었다.

　사라진 지 여드레만에 크리스피나는 시내 묘지 안 무덤 사이에 누워있다 땅 파는 인부에게 발견되었다. 누구인지, 어디 사는지, 왜 거기서 그러고 있는지 묻는 질문에 대답도 못하는 상태였다. 고인들을 추모하는 성묘일이 바로 얼마전이어서 그녀 주위에는 생기를 잃고 정해진 수명에 따라 점차 줄어드는 중인, 아직은 향기를 간직한 시든 꽃들이 있었다. 경제적으로 여유있는 가족들이 놓고 간 안젤리카, 백합, 국화 등의 생화와, 가난한 사람들이 놓고 간, 시간이 지나 변색된 종이와 철사로 만든 조화 사이에 그녀가 누워있었다. 그녀는 여위어 있었고 아무렇게나 방치된 상태였으며 죽은 자를 묻기 위해 퍼낸 흙이 묻어 더러웠고 긴 시간 헤매며 생긴 상처가 손과 발에 나 있었고 땀과 오줌 악취가 코를 찔렀다. 사투르니노 대부는 불의의 사고를 접할 때 운명에 순응하는 심정으로 딸을 데리러 갔다. 관리인 수테리오는 포드 지프차로 딸을 데려오게 해달라는 사투르니노의 요청을 거절했다. 농장주의 차를 써야할 다른 작업이 있어서 안된다고 했다. 그래서 경작지에서 짐승을 운반할 때나 정신나간 사람들을 자레의 치료사에게 데려갈 때 하듯이 딸을 밧줄로 묶게 된 것이었다. 그 상태로 제카 샤페우 그란지의 집까지 한참을 걸어와서 판단력을 무너뜨린 정신착란의 불행으로부터 딸을 치료해달라고 우리 아빠에게 맡겼다.

　사람들은 아빠가 오래전 젊었을 때 정신질환을 앓았기 때문에 정신병을 잘 이해한다고 말했다. 치료사들이 아빠의 육체와 정신의 건강을 회복시켰다는 사연은 우리가 태어났을 때부터 들어서 잘 알고 있었다. 영혼이 분열되어 고통받는 사람들, 자신의 역사와 기억을 잃어버리고 자신이 누구인지도 몰라 들판의 길 잃은 짐승이나 다름없어진 사람들. 우리집을 찾아오는 이들 중에는 이런 사람들이 가장 많았다. 사람들은 그들이 그렇게 된 이유는 이 지역에 와서 살기 시작한 주민들이 원래 다이아몬드를 캐러 온 채굴꾼이었기 때문이라고 말했다. 다이아몬드를 발견하는 행운을 쫓느라 얼이 빠져서 밤에 그 빛을 추적해서 산속을 헤매고 강물에 들어가던 채굴자들의 과거 때문이라고 했다. 채굴자들은 행운을 꿈꾸고 일확천금을 소망하며 날이 지고 샜으나 어느 빛나는 돌이 그의 팔자를 바꿔주는 일은 끝내 없었고 그저 바윗돌을 깨고 자갈을 씻는 긴 시간의 고된 노동을 버티다 절망한 사람들이었다. 다이아몬드를 발견한 이들 중에서도 정신병에서 치유된 이가 몇 명이나 있었을까? 그들은 간신히 얻은 행운을 이웃의 탐욕으로부터 지키기 위해, 옷 속에 다이아몬드를 숨기고 다녔고, 강물에 들어가 씻지도 못하고 여러 날 잠도 못 자면서 예상치 못한 곳에서 나타날 수 있는 강도나 속임수를 경계해야 했다.

크리스피나는 엄마에게 크리스피니아나를 집으로 돌려보내고 자기 혼자 여기 머물게 해달라고 애원했다. 하지만 엄마는 이 요구를 단호히 거부했다. 과거는 지나간 것이며, 그들은 자매이고, 그녀들이 우리집에 오던 날 크리스피니아나는 마치 어머니처럼 크리스피나를 돌보았다고 들려주며 타일렀다. "한 배에서 나온 자매들이 원수처럼 싸우는 경우를 어디서 봤는가?"
라고 묻고는, 자신은 그런 경우를 한 번도 본 적 없으며, 그렇게
싸우는 자매의 인생은 둘 다 불행해질 거라고 했다. 결국 그녀
들은 화해를 했고 우리집에서 보낸 남은 기간 동안 같이 지냈
다. 다시 싸우는 일이 생기진 않았다. 하지만 언젠가 그녀들을
두고 엄마가 아빠에게 말했듯이 "한 손 안의 손가락들처럼 붙
어다니는" 모습은 다시는 볼 수 없었다.

크리스피나는 피부에 탄력이 돌아왔으며 농장에 거주하는 다
른 여자들처럼 젊은 농사꾼의 기력을 되찾았다. 눈빛이 예전처
럼 맑아졌고 다시 크리스피니아나의 거울이 되었다. 곧 산토 안
토니오 강가의 자기 집으로 돌아갈 시간이었다. 이제부터는 전
보다 더 강한 연대가 두 집 사이에 생겼으니 아빠의 손이 살아
있는 한 크리스피나의 머리 위에 남아서 그녀를 보호할 것이고,
아빠의 손이 그들 가족 모두의 머리에 놓여져 있을 것이기 때문
이었다. 제카 샤페우 그란지는 평범한 대부가 아니었다. 아구아
네그라 모든 사람들의 영혼의 아버지였다.

우리집을 떠나 집으로 돌아간 크리스피나는 그녀 아버지의
반대를 무릅쓰고 이지도로와 살기 시작했다. 각자 물건을 챙겨
부모 집을 나와서 농장 일꾼들의 숙소가 있는 지역에 흙집을 짓
고 살림을 차렸다. 크리스피나가 그토록 열렬히 사랑하는 남자
와 함께 살기 위해 떠나는 모습을 크리스피니아나는 아버지 집
문가에 서서 말없이 지켜보았다. 그녀들의 이야기가 여기서 이
렇게 끝나리라고는 우리들 중 아무도 믿지 않았다.

7

두 딸 중 하나가 말을 못하게 되는 사고가 있고 나서 몇 년이 지
난 후였다. 아빠는 소작농이 더 필요하다는 관리인 수테리오의
말을 듣고서 엄마의 오빠에게 아구아 네그라에 살러 오라고 권
했다. 수테리오는 "일을 많이 하는 사람", "일하는 데 겁이 없
는 사람", 우리 아빠의 표현으로는, "농사에 기꺼이 땀을 쏟을
사람"이 필요하다고 했다. 소작농들은 흙으로만 집을 지을 수
있었고 석공재료는 쓸 수 없었다. 거주를 확정 짓는 건축재료는
아무것도 허용되지 않았다. 집 한 켠에 작은 밭을 일구고 호박
과 콩과 오크라를 재배할 수 있었지만 농장주의 땅에서 일하는
노동을 줄일 정도로 규모가 커져선 안됐다. 그들의 거주가 허용
되는 이유는 농장주를 위한 노동이 필요했기 때문이었다. 아내
와 자녀들을 데려올 수 있었는데 아이들이 크면 늙은 부모의 노
동을 대체할 수 있으니 농장주는 그편을 선호했다. 일꾼이 되면
농장주로부터 신뢰와 보호를 받는다는 식의 관계였다. 월급은
없었지만 먹을 양식이 생기는 일자리였다. 시키는 일을 하기만
하면 정착한 장소에서 평화롭게, 남에게 괴롭힘 당하는 일 없이
살 수 있었다. 나는 아빠가 외삼촌에게, 그의 조부가 살던 시절
에는 지금보다 훨씬 사정이 안 좋았다고, 그때는 텃밭도 집도
가질 수 없었고 일꾼들은 헛간 같은 곳에서 모두 모여 살았다고
말하는 걸 들었다.

　외삼촌을 설득하려고 아빠는 이곳 전답이 얼마나 일하기 좋

은 곳인지 설명했다. 여기는 비도 오고 흙도 좋다고, "저기를 보세요." 팔을 벌려 경작지와 뒤뜰과 주변의 들판을 가리키면서 "여긴 부족한 게 없어요"라고 말했다. "형님의 어린 아들들도 도움이 됩니다. 이렇게 작은 까만 새들이 있거든요." 아빠는 손가락 마디로 어림짐작하여 슈핑(농작물, 특히 벼를 먹어치우는 해충 같은 새)의 크기를 보여주며 말했다. "이놈들이 아침 일찍 벼를 먹으러 올 때 어린애들이 나와서 슈핑을 쫓는 거에요. 모두 일찍 일어나서 슈핑을 쫓으면 수확을 잘 거둘 수 있어요."

그 말은 사실이었다. 내륙 지방의 강가 근처에서 오래전부터 쌀농사를 지어온 땅이었고 우리들은 아침 해가 뜨기 전에 일어나서 농장 경작지로 나갔다. 아침 햇살 속에서 파란 빛으로 반짝이는 검은 깃털이 달린 조그마한 슈핑을 쫓는 도구로 쓸 수 있는 나뭇가지나 돌맹이를 들고 갔다. 우리가 재빨리 움직여서 새를 쫓아내지 않으면 그것들은 익은 벼 속에 주둥이를 넣고 작은 혀로 그 안에 있는 걸 전부 빨아먹었다. 어른들이 농사일을 하는 동안 새를 쫓는 건 어린 아이들 몫이었다. 남자아이들은 새총을 가져와서 작은 새를 쏘기도 했다. 한번은 죽은 새를 보고 벨로니시아가 울음을 터뜨렸고 내가 들에서 따온 꽃과 함께 양초 상자 안에 새를 넣고 묻어주자고 해서 겨우 울음을 그쳤다.

외삼촌과 외숙모는 아이들과 함께 당나귀 두 마리를 식구들이 번갈아 타고 나머지는 걸어서 이사를 왔다. 농장에 새로 도착한 소작농들이 임시로 거처하는 곳인 빈 돌집에 짐을 풀었다. 새로 온 가족들이 그들의 생산성과 일할 의지 등을 심사 받아 거주가 인정될 때까지 머무는 용도의 집이었다. 거주가 결정되면 한 조각의 땅이 주어지고 그곳에 몹시도 염원하던 집을 짓고 채마밭을 일구고 작은 동물들을 키울 수 있었다.

세르보 외삼촌은 아내 에르멜리나와 여섯 명의 자녀를 데리고 왔다. 우리 남매들이 외삼촌네 식구들을 만난 건 이번이 처음이었다. 엄마는 언제나처럼 감정 표현에 신중했지만 이날만큼은 무척 감격한 모습이었다. 뒤뜰에서 키운 닭 두 마리를 잡아서 푸짐한 점심상을 차렸다. 우리는 각자 접시를 놓고 땅바닥에 둘러 앉았고 부끄러움 타는 어린애들은 부모 뒤에 숨었다. 엄마는 올케와 처음 대면하는 인사를 나누었고 조카들의 이름을 하나씩 물었다. 외숙모가 "이 아이는 자네가 대모를 맡아주시도록 세례를 기다렸다네"라고 큰 아들을 가리키며 말했다. 큰 아들의 이름은 세베로였다. 거의 총각이라고 해도 될 정도로 컸지만 동생들처럼 수줍어 했다. "아니 세르보 오빠, 이렇게 오랫동안 아이를 세례 받지 않고 놔뒀다니요?" 엄마는 외삼촌을 나무랐다.

점심을 먹은 후에 사촌들은 근처로 흩어져서 어울려 놀았다. 그들이 살게 될 집은 산토 안토니오 강을 사이에 두고 건너편이었다. 그렇다보니 우리는 자주 만나지는 못할 것이고 잔칫날이나 공휴일에, 또는 우리집에 이웃들이 모이는 자레 의례가 있을 때나 만날 것 같았다. 실제로 그 후로 산토 안토니오 들판의 논에서 사촌들을 본 적 없었기에 그들이 우리만큼 재빠르게 슈핑을 쫓는지는 알 길 없었다. 하지만 수줍은 사촌 세베로는 가끔 외삼촌 내외와 함께 우리집에 놀러왔다. 자레 의례가 있는 밤이면 우리는 집 주위를 뛰어다니고 큰 소리로 웃고 얘기하며 거의 새벽까지 깨어있곤 했다. 나와 벨로니시아는 하나처럼 붙어 지내다가도 이런 날 밤이면 이상하게도 서로 거리를 두곤 했는데 그건 아마도 의식하진 못했지만 세베로의 눈길을 두고 경쟁했기 때문이었다. 도밍가스와 제제는 어린 사촌들과 어울려 놀았고, 우리는 가슴이 나오고 엉덩이가 모양새가 잡히고 체취가 진해진 사춘기 소녀에게 또래 소년이 불러일으키는 설레임을 조금씩 경험하고 있었다. 우리 둘은 외모를 꾸미기 시작했고 집 안에 거울이 하나뿐이라고 불평하면서 시간이 날 때마다 머리를 빗고 몇 개 안 되는 옷들로 만들 수 있는 조합을 이리저리 시도했다.

세베로는 언제부턴가 더이상 수줍어하지 않았고 우리와 만날 때마다 끊임없이 대화를 이어갔다. 우리 중 둘의 목소리를 다 내는 역할인 자매는, 학교에서 배운 적 없이 우리가 개발해낸 신호를 사촌이 이해하기 쉽게 가르쳐주려고 노력했다. 세베로는 우리와 소통하는 방법을 빠르게 익혔고 때로는 집안 식구 누구보다도 우리를 잘 이해했다. 그는 자매 사이에 생겨난, 남자 사촌의 관심을 둘러싼 경쟁뿐만 아니라 그토록 짧은 시간에 획득한 그의 이해력에 대한 우리의 부러움까지 파악했다. 어쩌면 사촌은 우리 부모님보다도 우리의 속내를 정확히 들여다보고 있었다.

매일처럼 해가 뜰 무렵이면 슈핑이 떼 지어 날아들었다. 우리는 각자 도구를 챙겨서 새를 쫓으러 집을 나서곤 했다. 새들은 교활하게 우리를 속여먹는 약삭빠른 족속이었다. 우리는 어릴적부터 슈핑은 사람이 힘들여 농사지은 쌀을 먹어치운다고, 스스로 먹이를 구하러 일하지 않는다는 이야기를 들으며 자랐다. 여기 늪지대에 사는 슈핑들은 샤냐(새 이름)의 둥지에도 알을 낳고 깃털이 불꽃처럼 붉은 상기지보이(새 이름)의 둥지에도 낳아 놓고서, 그 알들이 둥지 주인의 새끼인 것처럼 속이느라 "티에, 티에" 소리를 내며 운다. 또한 자기 새끼들을 키우려고 집을 지은 카헤가 마데이라(새 이름)의 둥지에도 알을 낳는다. 번식력 강한 자기 알들을 쇼호다구아, 카베사 벨류, 사비아 보스테이라, 사비아비코디오수, 벵치비, 파투다구아(모두 다 새 이름)의 둥지에 낳아 다른 새들이 알을 품게 한다. 슈핑의 알들은 소프레와 자벨레(새 이름) 노랫소리를 들으며 자란다. 하지만 파투리(오리의 일종) 둥지에서는 슈핑 알을 본 적 없다. 그건 무슨 까닭일까? 사촌 세베로를 우리집에서 만날 때나 산토 안토니오 강가에 있는 세르보 외삼촌네 집에서 만날 때면 새들에 대한 이런 이야기들을 나누었다.

외삼촌은 신령들에게 올리는 우리 동네 자레 의례를 더욱 흥겹게 하는 피리 연주를 맡았다. 그전까지 잔치 행사는 주로 타악기에 의존했다. 그 후로 여러 해 동안 외삼촌은 우리 동네뿐만 아니라 멀리 상프란시스코나 레만수나 파우지콜레르의 지역으로 우리가 모시는 신령들 의례에 아빠가 참여할 때 동행해서 피리를 연주하러 갔다.

아빠가 가장 헌신적으로 모시는 신령인 성 세바스치앙 의례는 아빠의 생일날 열리는 행사였다. 마을에서 사람들이 가장 많이 모이는 날이었고 농장 밖 다른 지역에서도 많은 신자들이 참석하러 온다. 신령들이 베푼 은총에 감사하고 술과 음식으로 이를 축하하는 잔치에 참석하러 많은 이들이 멀리서부터 왔다. 우리처럼 어린아이들은 주요 행사에서 멀리 떨어져 있어야 했다. 행사에 참석한 젊은이들은 어른들의 관심을 끌려고 집 주위를 맴돌았다.

벨로니시아와 나는 카르메니우자 아주머니와 토냐 아주머니의 딸들이 주고받는 대화를 엿들었다. 그녀들은 농장주 가족들의 방문에 대해 얘기하고 있었고 또한 주인들이 이곳에 다녀갔는지, 우리 뒤뜰의 감자도 가져갔는지, 알고 싶어했다. "우리가 뒤뜰에 심는 감자는 그 사람들 거 아니잖아"라고 누군가 말했고, "그 사람들 몫은 쌀과 사탕수수만이야. 그런데 우리가 키운 감자도 가져가고 콩과 호박도 가져가. 찻잎사귀까지도 가져가. 심지어 감자알이 작다면서 우리에게 땅을 파헤쳐서 더 큰 걸 찾아오라고 한단 말이지"라고 산타가 눈을 동그랗게 뜨고 격분해서 말했다. "고리대금업자 같으니라구! 그들은 쌀과 사탕수수 팔아서 번 돈을 이미 가졌잖아."

그 돈으로 도시의 시장에서 감자와 콩을 얼마든지 살 수 있을 터였다. 반면 우리는 농장의 금지령을 몰래 어겨가며 만든 부리치 열매 반죽이나 덴데(야자수의 일종) 기름을 팔지 않으면 아무것도 살 돈이 없었다. "하지만 땅이 그 사람들 거니까. 우리는 나가라면 갈 데가 없어. 우리더러 꺼지라고 하는 건 일도 아니야." 누군가 야유와 분노를 섞어 말했다.

세베로는 마른 흙을 나뭇가지로 긁으면서 멀리서 우리를 지켜보고 있었다. 새벽이 될 무렵 엄마가 벨로니시아와 도밍가스를 보았냐고 물었다. 도밍가스는 집 옆에서 잔디라의 딸과 놀고 있었다. 벨로니시아는 보이지 않았다. "사람들이 집에 갈 시간인데 애는 어디 간 거냐"라고 엄마가 말했다. 여동생을 찾아서 집에 데려오라고 했다. 나는 그때까지도 잠자리에 들지 않으려는 도밍가스를 놓아두고 벨로니시아를 찾아 집 주위를 한 바퀴 돌았다.

그다지 멀지 않은 곳에서 마른 움부 나무 아래로 밤의 어둠과는 구분되는 어떤 그림자가 보였다. 기온이 서늘한 밤이었고 집에 가려고 길을 나서는 사람들이 두꺼운 옷을 차려입고 있었다. 추위를 막으려고 몸을 움추린 이들도 있었다. 나는 그 그림자가 있는 나무를 향해 천천히 다가가던 중 그림자가 둘로 나눠지는 걸 보았다. 벨로니시아가 나무 아래에서 아무 일도 없다는 듯이 걸어나왔다. 고개를 들고 웃음을 띤 채 내 곁을 스쳐 지나갔다. 이어서 세베로가 나무 아래에서 걸어나와 손에 든 램프를 흔들어 길을 비추며 집으로 돌아갈 채비 중인 부모들이 있는 쪽으로 걸어갔다. 나는 그날밤 한숨도 잠들지 못했다. 여동생을 쳐다볼 수도 없었다. 그전까지 한 번도 느껴본 적 없는 절망과 질투심에 휩싸여 밤을 지샜다.

8

다음날 아침 나는 엄마에게 벨로니시아가 전날 밤 사촌 세베로와 함께 움부 나무 아래 있었다고 일러바쳤다. 확신은 없었지만 둘이 입맞추는 걸 봤다고 짐작으로 덧붙였다. 엄마의 눈이 경련으로 떠는 모습은 처음이었다. 엄마는 여동생의 변명을 듣지도 않고 신발짝으로 딸을 때렸다. 벨로니시아가 얻어맞는 소리를 듣는데 내 살갗이 타는 것 같았다. 전날 밤 목격한 동생의 배신때문에 기이한 복수심에 사로잡혔으면서도 생전 처음 여동생이 얻어맞는 장면을 보는 건 고통스러웠다. 사고가 발생한 이후 우리는 사투르니노 대부의 쌍둥이 자매들보다 더 강력한 상호 의존 관계로 묶여있었다.

그전까지 벨로니시아는 엄마와 더 가깝고 나는 아빠와 더 친밀한 편이었다. 그러나 그날의 구타는 피부에 남은 매질 자국보다 더 큰 상처를 동생의 마음에 남겼다. 아빠가 어떤 반응을 보일까 두려웠던 엄마는 그 일을 남편에게 알리지 않았다. 정확히 알 수는 없었으나 세르보 삼촌에게는 전갈을 넣은 것 같았다. 엄마는 글을 쓸 줄 알았기에 누군가를 통해 편지를 전달한 듯했다. 그 후 꽤 한참 동안 우리는 세베로를 만날 수 없었다. 정기적으로 우리집에서 열리는 자레 의례에도 사촌은 한동안 오지 않았다. 벨로니시아는 그 후 몇 주 동안 내 쪽을 쳐다보지 않았다. 방에서 거실로 나갈 때, 뒤뜰과 경작지로 나갈 때, 동생들과 이야기할 때에 내가 곁에 없는 것처럼 무시했다. 한편 의례

날 밤 내가 느낀 배신감은 여동생이 노골적으로 드러내는 적대감 앞에서 조금씩 허물어졌다. 엄마가 벨로니시아를 때리게 만들었다는 죄책감이 밀려왔고 또 한편으론, 앞뒤 생각 없이 저지른 행동으로 세베로가 우리에게서 멀어진 것도 내 탓임을 자책했다. 제제가 경작지에서 아빠를 도울 때가 아니면 도밍가스와 집에서 장난을 치며 떠들어도, 제카 샤페우 그란지의 치료술을 찾아 거의 매일 오는 방문객들이 있음에도, 집 안은 눈에 띄게 적막해졌다. 엄마의 얼굴에도 자신이 딸에게 한 일에 대해 후회하는 기색이 보였다. 엄마 살루스치아나는 활기 넘치는 사람이었고 할말을 망설임없이 단호하게 말하는 성격이었지만 자식들에게 손을 대는 일은 한번도 없었다. 더구나 신발로 때리는 일은 상상할 수도 없었다. 엄마는 나한테 강에서 물 길어오기를 시킬 때 벨로니시아에게는 그릇 설거지를 시키는 식으로 여동생에게 덜 힘든 집안일을 배당하거나, 식사 시간에 자식 중에 제일 먼저 벨로니시아 그릇에 스프를 떠주는 행동으로 미안한 마음을 전하려 했다.

여동생이 엄마에게 실망감을 내비쳤다면 나에게 드러낸 분노는 한층 심각했다. 그 몇 주 동안 벨로니시아가 나에게 보인 건 완전한 경멸이었다. 내가 전달한 화해의 제스처를 여동생이 철저히 무시할 때마다 나는 점점 더 후회스러웠다. 여동생은 자존심이 강했고 아직 어렸지만 한번 결심하면 대차게 밀고 나가는 성격이었다. 나는 그날 밤 무슨 일이 있었는지 정확히 몰랐고 어쩌다 여동생이 세베로와 단둘이 있었는지도 알지 못했다. 항상 모든 것을 함께 나눴던 우리 자매는 사촌의 등장이 불러일으킨 감정에 대해서는 한 번도 얘기해본 적 없었다. 어쩌면 우리둘 다 사촌에게 느낀 매혹을 잘 알고 있었기에 그 사실을 건드리면 서로 낙담할까 봐 두려웠는지도 모른다. 어쩌면 우리는 그경쟁을 숨겨둔 채로 놔두고 우리 둘 중 아무도 상상 속에 그어놓은 선을 넘지 않으리라고 믿는 편이 마음 편했는지도 모른다.

그러다 새로운 국면이 시작된 건, 갑자기 비가 내려 불어난 강물에 떠내려온 물고기를 잡으러 엄마가 우리를 데리고 산토 안토니오 강으로 깡통과 바구니를 들고 갔던 어느 날 오후였다. 나와 벨로니시아는 서로 떨어져서 각자 도밍가스에게만 말을주고받으며 걸어갔다. 엄마는 예전처럼 우리 둘 중 하나에게 뭔가를 시키면 나머지 하나에게 전해지길 기대했지만 우리는 서로 무시했고 부득이 도밍가스가 엄마의 말을 전달하는 역을 맡고 있었다. 우리 사이의 불화가 아직도 계속되고 있다는 걸 알아챈 엄마는, 한 집에 사는 자매들이 그래서는 안 된다고, 한 배에서 태어나 자랐으며, 나고(아프리카 노예 후손들이 믿는 출산을 담당하는신) 신령의 손길에 의해 세상에 같이 보내진 자매들이 이래선 안된다고 우리를 호되게 꾸짖었다. 당신은 자매를 낳았지 원수를낳은 게 아니라면서 더 이상은 우리의 싸움을 용납치 않겠다고했다. 다시 예전처럼 지내라고, 더 이상은 두 딸의 불화를 두고보지 않겠다고 했다. 우리는 엄마의 꾸지람에 반발하지 않았지만 화해하려는 시도도 하지 않았다. 그날의 고자질과 매질 이후 꽤 긴 시간이 지난 후인 그날도 우리는 도밍가스가 묻는 질문이나 그녀가 길에서 발견한 것들을 두고 같이 웃는 정도로만 소통하고 있었다. 두 여동생은 길에서 잘 익은 오렌지 하나를 따서 나눠 먹으려 했고 도밍가스는 나도 여기 끌어들이려 했다. 도밍가스는 자기가 차지한 몫이 더 크고 맛있는 조각이었다며 자랑했다.

산토 안토니오 강에는 거센 물줄기가 흐르고 있었다. 엄마는 강물 줄기가 만든 작은 호수 중 한 곳으로 우리를 데려갔다. 우리는 호숫가의 젖은 흙을 파서 낚시 미끼로 쓸 지렁이를 잡았다. 도밍가스는 엄마와 내가 잡은 것보다 더 큰 지렁이를 잡았다며 깔깔 웃었다. 손재간 좋은 엄마는 불쌍한 지렁이들을 낚시 바늘에 가지런히 꿰어서 줄어든 아코디온처럼 만들었다. 도밍가스가 그걸 가리키며 "성 세바스치앙 같다"고 해서 모두 웃어대자 엄마는, "신령 이름으로 장난하면 안된다, 도밍가스. 어디서 그런 걸 배웠니?"라고 꾸짖었다.

호수는 온통 진흙탕이었다. 표면은 푸른 수초로 덮여있었지만 범람에 떠밀려온 물고기들이 물 속에서 부지런히 미끼를 물어댔다. 도밍가스가 엄마에게 물어보며 물고기 이름을 배우려고 했다. 잡히는 고기는 카스쿠두가 제일 많았다. "카스쿠두가 떼로 몰려왔구나, 도밍가스." "카스쿠두는 생선이 얼마 없어요.—고기가 얼마 없다는 뜻이었다—다른 걸로 잡아요" 도밍가스가 웃으며 말했다. 엄마가 비가 더 올 건지 하늘을 살펴보며 "낚시대하고 낚시 바늘에 조심해라"라고 말했다. "미끼를 물었어요, 엄마" 도밍가스가 눈을 커다랗게 떴다. 내가 붙잡고 있는 줄에서도 입질이 느껴졌고 벨로니시아가 낚시대를 들어올리는 게 보였다. "아파냐리로구나" 엄마가 말했다. "잘 잡아라, 벨로니시아. 이 녀석이 오늘 우리 점심이다. 기다려라, 내가 도와줄게"라면서 같이 잡아당기려고 달려갔다. 내 낚시대에 걸린 물고기가 바늘에서 풀어나려고 몸부림을 쳤고 도밍가스가 내 쪽으로 왔다. "애야, 언니를 도와라" 엄마가 잡은 물고기를 놓치지 않으려고 애쓰면서 여동생에게 말했다. 물 속으로 돌아가려고 발버둥치는 생선을 들어올린 엄마는 덴데를 넣어 요리할 큼지막한 물고기를 잡아서 흐뭇한 얼굴이었다.

그날 아침 우리는 한 시간을 더 머물면서, 불어난 빗물을 따라 아구아 네그라 호수까지 흘러온 물고기들을 잡았다. 집으로 오는 길에 숲 속 늪지대를 지날 때는 신발을 벗어야 했다. 진흙이 바닥에 달라붙어 신발을 신고서는 발을 들어올릴 수 없었다. "천천히 걸어라"라고 엄마가 말했다. 늪지대를 건너는 동안 진흙 안에 있을 수 있는 나무 조각이나 돌에 발을 다치지 않도록 주의를 줬다. 갑자기 발에 단단한 것이 밟히면서 아파서 얼굴이 일그러졌다. 사기그릇 조각 같은 것에 발이 깊게 베었다. 마침 가까이 있던 벨로니시아가 부축해줘서 나는 한쪽 발을 들어 올린 채 마른 땅으로 올라왔다. 벨로니시아는 늪을 헤치며 나오는 중인 엄마가 큰 소리로 외치는 지시에 따라 내 발에 박힌 물건을 빼냈다. "조심하라고 했잖니?" 가시처럼 발에 박힌 건 깨진 조개였다. 그걸 내 손으로 빼내기가 무섭고 아파서 울기 시작했는데 벨로니시아가 나를 붙잡고서 대번에 조각을 빼냈다. 도밍가스가 가까이 와서 "어디 봐, 내가 볼게"라고 말했다. 우리는 함께 강가로 가서 발을 씻었다. 끈적하고 굵은 핏줄기가 내 몸에서 흘러나와 붉은 색깔로 땅을 적셨다. 엄마는 집에 가서 아빠의 치료를 받기 전까지의 임시조치로 나뭇잎 여러 장을 따서 손가락으로 으깨어 상처 위에 붙였다.

9

그 날 나는 엄마와 벨로니시아에게 의지하여 한 발로 깡총거리며 집으로 돌아왔다. 발을 심하게 다쳤으므로 앞으로 여러 날 땅을 딛기 힘들겠지만 여동생이 나와 다시 어울리기 시작했다는 사실에 한편으론 안심이 되었다. 여동생은 그 후로 수 주일 동안 도밍가스와 함께 내가 이동할 때마다 그녀의 어깨에 손을 얹고 다닐 수 있도록 부축해줬다.

다리 상처 때문에 마당과 뒤뜰, 경작지와 강가를 걸어다닐 수 없어 답답하고 힘든 날들이었다. 그럴 때 자매가 서로를 지키는 건 할머니의 칼이 우리 삶에 균열을 내고 혀를 자르고 목소리를 내지 못하게 만든 운명의 날 이래로 서로의 목숨을 건 약속이었다. 그 사고는 물의 어머니(아름답고 허영심이 강한 바다의 수호신)의 자부심에 상처를 낸 일이었지만 한 배에서 다른 시간에 태어난 두 자매를 평생 함께 묶어준 사고이기도 했다. 사촌 세베로에게 느낀 매혹이 아무리 강렬한들 나와 여동생 사이에 있는 서로를 지키고 보호해야 한다는 약속보다 클 수는 없었다. 그 날 물고기를 잡으러 갔다가 발을 다치지 않았다면 어쩌면 벨로니시아와 화해가 더 늦었을지도 모른다. 우리 둘이 서로 소통하지 않는다면, 우리 사이의 가장 내밀한 교감이 없다면, 우리는 둘 다 침묵 속에 갇힌 거나 다름 없었다. 벨로니시아는 나를 만질 때 내 몸 속 호흡의 떨림을 느낄 수 있었고, 나는 벨로니시아를 만질 때 그녀의 혈관 속 흐르는 피의 속도를 감지할 수 있었다. 우리는 서로를 접촉할 때 상대방 내면의 동요를 알아보았고 상대의 마음이 차분한지 아니면 격앙됐는지 알 수 있었다. 우리는 서로의 눈을 쳐다보고 몸짓을 확인하는 것만으로 상대의 의도를 알아챌 수 있었다.

그날부터 서서히 우리는 앙금을 해소했고 다시 전처럼 가까워지는 한편 세베로에 대한 언급은 회피했다. 그 소년은 여러 친척 중 한 명이 되었고 우리 감정의 영역 안에서 그가 일으켰던 모든 매혹은 사라져 없어진 듯 했다. 그 갑작스러운 매혹을 시간이 흘려보낸 후 우리에게는 가족 간의 유대만을 남겨놓길 바랐다. 이상하게도 아빠는 우리에게 일어난 일을 모르는 것 같았다. 혹은 알았더라도 안다는 기색을 우리가 이해 못할 도덕적이거나 주술적인 이유로 드러내지 않는 것 같았다.

이윽고 시간이 흘러 사촌 세베로가 우리집에서 열리는 자레의례에 다시 참석하기 시작했다. 세르보 삼촌과 에르멜리나 숙모와 벼에 모이는 새를 쫓으며 자란 사촌동생들과 함께였다. 우리는 사촌이 처음 농장에 왔을 때 그랬던 것처럼 별다른 감정없이 그와 형식적인 인사를 주고받았다. 우리는 부쩍 자라 있었다. 벨로니시아와 나는 이미 월경을 시작했고 젖꼭지가 옷 위로 드러나지 않도록 가슴을 천으로 감쌀 만큼 자란 나이였다. 농장의 남자들은 여자를 탐내는 시선으로 우리 둘을 쳐다보았다. 하지만 거기까지였다. 우리는 치료사인 제카 샤페우 그란지의 딸이었으므로 그 이상 선을 넘는 일이 없었다. 아빠는 이웃들과 대자들 뿐 아니라 농장주 가족과 관리인 수테리오로부터 존중받는 사람이었다. 불평 없이 맡은 일을 해내는 우수한 일꾼의 모범으로 언급되는 사람이었다. 아빠는 아무리 어려운 상황에서도 고품질의 농작물을 납품하기 위해 이웃들을 조직하고 이끌었다. 관리인 수테리오가 농장 일꾼들에게 저수지 관리를 지시하면 강물을 막으러 나서는 것도 아빠였다. 대부들을 불러모아 나무 막대기를 깎은 다음 절묘한 솜씨로 흐르는 물 안에 세워넣었다. 농장의 가축들을 돌보고 풀이 있는 곳에 데려가 먹이를 먹이는 일도 아빠가 이끌었다. 아빠는 농장주 페이쇼투 가족이 가장 신뢰하는 소작인이었다. 아구아 네그라에서 일할 일꾼들을 데려오라고 아빠에게 요청하는 것도 그가 가장 믿음직한 인물이기 때문이었고, 울타리를 둘러싼 분쟁이나 남의 밭에 피해를 주는 가축들 때문에 종종 벌어지는 이웃간의 갈등을 해결하고 화해시키는 그의 능력을 믿기 때문이었다. 아버지 덕분에 우리는 남자들이 쳐다보는 마치 꽃잎을 벗기는 것 같은 폭력적인 시선을 받기는 했어도 농장의 다른 여자애들에게 흔한 성희롱은 겪지 않았다. 많은 여자애들이 아직 육체가 다 성숙하기도 전에 주위 남자들의 집요한 접근을 물리치지 못하고 부모들의 허락을 받아 살림을 차렸다. 여자들은 농장주와 관리인의 지배 아래일 뿐 아니라 남자들의 지배 아래 있었다.

페이쇼투 가족은 농장에서 나오는 수확물만 원했고 아구아 네그라에서 살지 않았다. 그들은 자신들이 땅의 주인임을 우리가 잊지 않도록 이따금씩 와서 주인 행세를 하고는 곧 도시로 돌아가곤 했다. 하지만 이 지역에는 지배자로서의 역할을 열의와 자부심을 갖고 수행하는 다른 농장주 가족들도 있었다. 오래전 식민지 관리의 후손들도 살고 있었고 금 채굴로 행운을 잡아 남들 위에 군림하는 권력을 거머쥔 이들도 있었다.

어느 날 아침 엄마가 심상치 않은 안색으로 옆집 토냐 아주머니와 얘기하는 모습을 보았다. 남의 일에 무심한 편인 벨로니시아에 비해 나는 이웃들의 소문에 관심이 많았다. 개수대에서 그릇을 씻으며 그녀들의 대화에 귀를 기울였다.

엄마와 아주머니는 점점 배가 불러오는 중인 크리스피니아나에 대해 이야기하고 있었다. 사투르니노 아저씨가 임신 사실을 알고 딸을 때린 모양이었다. 두 사람은 홀아비 혼자서 얼마나 힘들게 딸들을 키웠느냐며 아저씨의 처지를 안타까워했다. 딸들은 큰 다음에도 말썽이었다. 처녀가 애를 가졌으니 이제 어쩔 것인가? 아이는 누가 키울 것이고? 크리스피니아나는 애 아빠가 누구냐는 질문에 입을 다물고 대답을 않는다고 했다. 사투르니노가 딸을 죽일까 봐 걱정된 이웃들이 그녀를 며칠간 집 밖에서 지내게 했다고 했다. 이 소문이 농장 사람들 입에서 입으로 퍼지는 중이었다. 과연 누가 아이 아빠일까? 이웃 농장의 어느 일꾼일까? 아구아 네그라에 사는 사람일까? "그 아버지가 딸을 때렸다면 말이죠, 대모님." 토냐 아주머니의 추측은 이러했다. "혹시 제부의 아이 아닐까요? 지난번에도 크리스피니아나와 약혼자 사이를 의심해서 크리스피나가 거의 미칠 뻔 했잖아요?" 엄마는 믿을 수 없다는 듯 눈을 반쯤 감고서 "설마요, 대모님? 이지도로가요? 크리스피나랑 살고 있잖아요?"라고 했다.

며칠이 지난 후 이번에는 벨로니시아가 엄마와 토냐가 주고받은 대화를 듣고 와서 내게 알려주었다. 크리스피나와 크리스피니아나는 서로 말도 안 한다고 했다. 크리스피나는 지금 이지도로의 아이를 임신했는데 크리스피니아나의 배가 더 많이 불렀고 그녀의 아이 아빠가 누구인지는 여전히 아무도 모른다고 했다. 크리스피니아나는 아버지에게 흠씬 두들겨 맞았다고 했다. 사투르니노 아저씨가 딸에게 화를 내면서 '제카 대부의 딸처럼 혀를 잘라 버리겠다'고 했다는 말을 전해 듣고 엄마는 몹시 분개했다. 이제 그 두 쌍둥이 자매는 더 이상 한 배에서 태어난 자매로 서로를 여기지 않고 남남처럼 굴며 상대를 모욕하는 말을 하며 싸운다고 했다. 그래서 아버지는 울화통이 터져 하루 종일 술만 마신다고 했다. 이 말을 전할 때 벨로니시아의 표정은 단호했다. 이 이야기에서 그녀가 취하는 입장은 분명했다. 이제 사촌 세베로는 더 이상 우리의 자매애에 방해가 될 수 없으며, 그에게 느꼈던 매혹은 빛이 바래어 사라졌음이 명백했다. 그녀의 확고한 태도가 내게는, 자매 사이엔 반드시 지켜야 할 의리가 있다는 다짐처럼 보였다.

10

그 무렵 엄마는 마을의 공식적인 산파 역할을 맡고 있었다. 이전까지 산파 일을 해왔던 아빠로부터 책임을 넘겨받았다. 격식을 차리는 고지식한 남자였던 아빠는 친구들과 대부들의 아내들의 아이를 받는 일을 거북해 했고 아내가 해산을 돕는 책임자가 되는 편을 원했다. 도나나 할머니가 건강하셨을 때는 새 생명의 탄생을 돕는 일은 할머니가 하셨고 이 일에 마땅히 바쳐질 공경을 받았다. 하지만 할머니는 아이를 낳는 건 산모이고 당신은 옆에서 도울 뿐이라고 말하곤 했다. 할머니는 일찍 남자와 살림을 차렸거나 여행객이나 일꾼들과 관계하고 임신한 젊은 여인들뿐만 아니라 암소, 암말, 암캐가 새끼를 낳을 때도 도왔다. 할머니의 손은 아주 작아서 자궁 안에서 태아를 돌릴 수 있는 손이었다. 사람들은 태동이 없을 때나 아이가 제대로 앉아있지 못했을 때 그녀의 손이 이를 해결한다고 믿었다.

도나나 할머니가 아구아 네그라 주민들과 가축들의 해산을 돌보던 시기에 엄마는 할머니를 옆에서 도왔다. 아이를 받는 몸동작과 기도문, 그리고 무엇을 먹고 마셔도 되거나 안 되는지, 어떤 일을 해도 되거나 안되는지, 출산 과정에서 지켜야 할 사항들을 배웠다. 아이와 산모를 목욕시키기 적당한 시간이라든가 아이가 나오길 기다리는 동안 베개 아래에 새 가위를 준비해두기 등을 익혔다. 특히 생명의 안전을 위해 지켜야 할 주의사항들을 엄수했다. 할머니가 그 일을 더 이상 감당할 수 없어지자 엄마가 그 자리를 맡았고 산모들의 건강을 돌보는 치료사인 아빠와 동행했다. 나는 아빠가 아이를 받는 장면을 목격한 적 없었지만 엄마는 아빠가 출산하는 여성의 몸을 만지는 일을 얼마나 민망해 하는지를 친구들에게 들려주곤 했다. 산모가 가족이나 이웃 여자의 부축을 받아 바닥에 눕게 하고 아빠는 오른발로 배를 건드려서 태아의 움직임을 감지하여 아이가 나올 시간을 가늠할 때도 있었다고 했다.

그러나 정확히 말하자면 그 자리를 주관하는 이는, 옷으로 제대로 가리지 못한 젖가슴이나 생식기를 드러낸 불편한 자세로 누워 살을 찢는 아픔에 거칠게 몸을 비트는 여성 옆에서 위축되어 부끄러워하는 내 아빠가 아니었다. 그 자리를 지휘하는 이는 아구아 네그라 주민들이 오래전부터 섬겨온 나고 신령이었다. 나고 신령은 우리 아빠의 육체와 영혼의 주인이었고 이 땅과 이 땅에 사는 이들에게 주어지는 축복과 치료를 관장하는 신령이었다. 우리 엄마, 살루스치아나 니콜라우를 산파로 지명한 것도 나고 신령이라고 아빠는 설명했다. 아기를 받을 때 살루스치아나의 손과 출산 지식을 지휘하는 이도 나고 신령이라고 했다. 그것이 우리의 삶을 잘 모르는 사람이 질문할 때 내놓는 대답이었다. 그 날도 강아지 푸스코는 집 앞 마당에서 아침부터 짖고 있었다. 벨로니시아가 손님을 문에서 맞아 거실로 안내하고 엄마를 불렀다. 산토 안토니오 강가에 있는 흙집에서 사투르니노의 쌍둥이 딸 중 하나가 진통을 시작했다는 소식을 전하러 온 손님이었다. 황급히 달려오느라 두 딸 중 누구의 출산인지는 모른다고 했다. 엄마는 아파서 우리 집에서 치료 받았던 크리스피나를 곁에서 보살폈던 크리스피니아나의 출산일 거라고 추측했다. 나는 당시 자매들 사이에 벌어졌던 험악했던 싸움을 기억했다.

소식을 들고 온 이의 다급한 얼굴을 보니 위급한 상황 같았다. 고통에 몸부림치는 딸이 집 안 물건을 쓰러트리지 않도록 아버지가 딸을 묶었다고 했다. 딸한테 뭔가 사악한 기운이 씌운 것 같다고 했다. 눈이 장작불처럼 붉게 타올랐고 멀리까지 고함 소리가 들릴 정도라고 했다. 마을에 메아리쳐 울려퍼진 비명 소리에 사람들이 놀랐고 오후의 미지근한 바람을 타고 소문이 전해지고 있었다.

엄마는 벨로니시아에게 집을 지키라고 했고 쌍둥이 자매의 상태를 걱정하며 달려가는 길에 나를 데려갔다. 산모의 비명 소리가 마치 감기에 걸린 뜨거운 입김이 우리 얼굴에 와닿는 것처럼 가까워질수록 엄마가 점점 긴장했던 모습을 지금도 기억한다. 아빠가 산파 역을 수행할 때처럼 환자의 상태를 파악하려면 집중력을 모아야 했지만 너무 긴장한 엄마는 나고 신령에게 자비를 구하는 기도를 올리고 있었다.

그날 엄마와 함께 달려가 도착한 그 집은 마치 살아있는 사물들로 이루어진 집 같았다. 사투르니노 대부의 집 마당에는 무너져서 조각난 나무 한 그루가 있었는데 그 집과 근처에 사는 자녀들 집 난로 땔감으로 쓰는 나무 같았다. 한구석에는 익은 자카(열대 과일) 몇 개가 쌓여있었고 그 주위로 엄청나게 많은 파리떼와

꿀벌들이 몰려 있었다. 건초용 갈퀴와 흙더미가 있었고 깡통 몇 개에도 흙덩어리가 담겨 있었다. 사투르니노 가족들이 아구아 네그라에 짓고 있던 양봉소에 집 한 채를 더 지으려고 모아놓은 재료 같았다. 문 앞에는 온갖 잡동사니가 흩어져 있었다. 빗, 빈 향수병, 에나멜 칠한 찻잔과 접시들과 비록 찌그러졌지만 골동 품이라고 봐도 될 만한 커다란 대야가 있었다.

이런 일이 발생했을 때 할머니가 발휘하던 힘이 엄마에겐 아직 없었다. 엄마 살루스치아나는 할머니 도나나보다 인간적이 었고 그래서 실수하기 쉬웠다. 할머니는 이런 비상사태에서 거의 초인적인 존재, 살아있는 능력 그 자체로 변하곤 했었다. 그렇기는 해도 엄마는 제카 샤페우 그란지 치료사의 위임을 받은 산파답게 당당하고 권위있게 집 안으로 들어섰다. 출산 중인 여성의 일그러진 얼굴이 즉시 보였다. 통제불능 상태인 산모가 엄마에게 달려들었다. 그 순간 나는 눈 앞에 나타난 놀라운 기적을 목격했다. 나는 아빠와 할머니와 엄마의 종교심 속에서 성장했다. 종교적 성물들, 풀뿌리 약물, 기도문, 주술, 가끔씩 인간의 육체에 깃들어 지배하는 신령님들, 그 모든 것이 우리가 자란 세상 풍경의 일부였다. 여기 오는 길에 신의 자비와 행운을 빌며 시종일관 전전긍긍하던 엄마는 별안간 다른 사람 같았다. 통증이나 혹은 우리가 알지 못하는 어떤 나쁜 기운 때문에 정신을 잃고 괴성을 지르는 산모를 단번에 진정시키는 기적을 일으켰다. 아빠 제카의 단호한 환자 응대를 많이 보아왔음에도 나는 이번처럼 놀란 건 처음이었다. 내 눈앞에서 엄마는 오른손을 들어 산모가 뻗은 팔을 힘있게 붙잡았고 자신을 향해 거세게 뿜어대는 폭력성을 막아세웠다. 산모의 신음 소리와 광란이 멈추는 데는 그 몸짓 하나로 충분했다. 어느새 고요한 흐름이 그들 사이에 자리잡았다.

산모는 크리스피니아나였다. 어쩌면 그녀는 자매의 남편을 사랑하는 절망이 너무 고통스러운 나머지 언젠가 자매가 밧줄에 묶여서 우리집에 오게 만들었던 것과 거의 비슷하게 격심한 괴로움에 휩쓸리도록 자신을 내던졌는지도 몰랐다. 엄마는 오는 길에 만난 에르멜리나 아주머니와 함께 산모를 침대로 데려가서 휴식을 취하게 했다. 그로부터 얼마 후에 사내아기가 태어났다. 생의 출발을 알린 아기 울음소리가 몇 시간전까지 엄마의 고통과 비명이 울려 퍼졌던 공간을 채웠다. 기진맥진한 크리스피니아나는 아기를 가슴에 안고 잠들었다. 더 이상 자신과 아기의 미래에 대한 고뇌로 울지 않았다. 나고 신령의 손길이 그녀의 몸의 통증을 가라앉혔고, 아들은 그동안 받은 수모로 상처입은 엄마의 마음을 위로했다.

사투르니노 아저씨도 사내아기의 얼굴을 보는 순간 바보 같은 웃음을 지었고 이는 곧 딸을 용서하리라는 예고였다.

크리스피나는 이 모든 걸 마당 건너편 자기 집 창문으로 지켜보았으나 아버지와 자매가 기다리고 있는 용서를 어떻게 표현해야 할 줄 몰랐다. 이지도로는 경작지에 일하러 나가고 없었는데 이 상황이 부끄럽고 두 자매를 마주 대할 자신이 없어서인 것 같았다.

달이 스물여덟 번 뜨고 진 후에 엄마는 이번에는 크리스피나의 해산을 도우러 와달라는 요청을 받았다. 그날도 보름달이 뜨는 날이었다. 이번에는 벨로니시아가 엄마를 따라갔는데 얼마 후에 어두운 안색으로 혼자 돌아와서 아빠를 모시고 갔다. 엄마가 뭔가 불길한 낌새를 느끼고 아빠를 불러오는 편이 낫겠다고 판단한 거였다. 오른쪽 발을 산모의 배에 얹은 아빠는 태동을 느끼지 못했다. "천사가 되었구나"라고 엄마가 말했다. 아무도 바라지 않던 말이었다.

11

한동안 모두 걱정했다. 크리스피나가 예전처럼 또 정신줄을 놓고 사라지지 않을까, 또는 영혼의 병을 치료하기 위해 우리집에 다시 입원하는 건 아닐까 걱정했다. 아이를 잃은 그녀가 심한 우울증에 빠져 먹지도 않고 씻지도 않는다는 소식이 들려왔다. 이지도로는 아내의 상태가 걱정되어 경작지에 안 나가고 집에서 크리스피나를 돌보았다. 길 건너편 아버지 집에 크리스피니아나와 아마도 그녀의 남편의 아들로 추측되는 조카가 건강하게 자라고 있다는 사실도 크리스피나에겐 큰 부담이었다.

쉽게 풀리진 않았지만 시간이 지남에 따라 격렬했던 감정들은 차차 누그러졌다. 우리는 크리스피나가 크리스피니아나의 힘들었던 출산을 냉랭하게 외면했음에도 불구하고 크리스피니아나는 크리스피나가 아이를 잃고 우울증에 빠지자 기꺼이 자매를 돌보러 갔다는 말을 전해 들었다. 크리스피나도 마치 세상을 떠난 엄마의 보살핌을 받는 것처럼 당연하게 크리스피니아나의 도움을 받았다고 했다. 처음에 크리스피니아나는 자기 아기를 보면 크리스피나가 죽은 아기를 떠올리고 슬퍼할까 봐 아기를 데려가지 않았다. 크리스피나가 아기의 얼굴에서 이지도로와 닮은 점을 알아볼까 두렵기도 했다.

하지만 결국은 아기의 천진난만한 울음소리와 웃음소리 덕분에 크리스피나는 무기력한 상태에서 다시 생기를 되찾는 일이 생겼다. 우리가 이해할 수 없고 설명할 수 없는 여러 일들이 그렇듯이 어느 날 크리스피니아나의 모유가 끊긴 것이다. 그것이 산모 본인이 의도한 결과였는지, 또는 아구아 네그라 사람들의 삶에서 흔히 일어나는 신비스러운 사건 중 하나인지, 우리는 끝내 알지 못할 것이다.

아기를 잃고 우울증에 빠져있던 크리스피나는 배고픔에 계속 울어대는 조카의 곤경에 관심을 보이더니 어느 날 아무도 부탁하지 않았건만 아기를 품에 안고 젖을 먹였다. 어쩌면 그건 사산되고 꽤 여러 날이 지난 후에도 샤파다 벨랴 지역을 둘러싼 산맥에 흐르는 샘물처럼 아직 나오고 있던 젖줄을 아이가 스스로 찾아내도록 본능적으로 놔둔 것 같았다. 이로써 두 자매는 당분간 화해하게 되었고 이 화해는 아마도 그들의 생이 끝나는 날까지 계속 이어질 애증의 세월 속 다음번 싸움이 일어나기 전까지 지속될 것이었다.

그 후 우리집에서 열리는 여러 행사와 자례 의례에서 첫걸음을 걷기 시작한 그 아기가 이모의 품속으로 달려가는 모습을 보았다. 사람들과 어울려 대화를 나누면서 가슴에 조카를 안고 젖을 먹이는 크리스피나를 마지막으로 본 건 아이가 거의 두 살일 때였다. 아이는 건강했고 활발했고 두 쌍둥이 자매와 할아버지 사투르니노를 꼭 빼닮았으며 아버지일지도 모르는 이지도로와는 닮은 구석이 하나도 없었다.

12월의 바르바라 신령(카톨릭 성인으로 포르투갈과 브라질에서는 태풍과 천둥 번개로부터 보호해주는 성인으로 대중화되었다)의 날 밤이었다. 자레 행사를 주관하는 책임자인 아버지는 아침부터 기분이 저조한 안색이었고 사람들이 묻는 질문에 짧게만 대답하고 있었다. 우리처럼 가까운 사람들만이 아버지가 왜 그리 표나게 불편해하는지 이유를 알고 있었다. 늦은 오후에 토냐 아주머니가 행사에서 아빠가 입게 될 옷과 장식을 담은 오래된 상자를 가져왔다. 아빠가 기도를 올린 후에 그 옷을 입고 장식들을 걸치면 신령이 아빠의 몸에 접신해 들어와 아빠의 입을 통해 말하는 의식이었다. 상자 안에는 작년 행사에서 아빠가 입은 후에 빨아서 다림질하여 보관한, 오늘 밤의 주인장인 바르바라 신령과 이안사(브라질에 온 아프리카 노예들이 섬기는 바람과 태풍을 다스리는 여신령) 신령의 의상이 있었다. 아버지는 그 의상이 여자 옷이라서 거부감이 심했고 그래서 다른 신령들 의상처럼 집 안의 신령의 방에 보관하지 않고 토냐 아주머니가 가져가서 보관하곤 했다. 토냐 아주머니 역시 잔치에서 신령의 접신을 받는 참석자였다.

아버지는 농장에서의 지도자 지위를 의미하는 남자 옷을 벗고, 종교 지도자의 역할을 하러 여자 복장으로 갈아입고 자신의 육체에 여신령을 모시는 일을 쑥스러워했다. 그러면서도 그 일을 하는 이유는, 그가 안다라이에 있는 조앙 도 라제도 치료사의 집에서 정신병을 치료받았을 때 약속했던 의무이기 때문이었다. 의무이기에 수행하면서도 아버지는 그가 여자 옷을 입고 마주하는 의례 참석자들이 농장에서 그가 지휘하는 이웃들과 대부들이라는 사실을 늘 거북해 했다.

그날 밤, 나는 의식 중간에 아버지가 옷을 갈아입을 때 돕는 신령의 딸들 옆에 서있었다. 마당에 피워놓은 장작불 앞에서 악사들은 점점 가열차게 북을 두드렸다. 기도문을 외우고 횃불이 일제히 피어오르자 오늘 예배의 주인인 바르바라 신령이 강림했다. 토냐 아주머니가 가져온 상자 안에는 빨간 치마와 이안사의 장식술과 칼 등 신령이 입고 걸칠 장식물들이 있었다. 기도를 올리는 장소인 신령의 방 안에는 촛불이 환하게 켜졌고 신령 모양의 조각과 그림들이 가득했다. 갖가지 크기의 나무와 석고로 만들어 보존해놓은 신령 상들이 있었다. 성 세바스치앙, 십자가에 매달린 예수, 부활한 예수, 성 나자로, 성 호키, 성 프란시스코, 시세로 신부 등의 상이었다. 성 다미앙, 성모 마리아, 성 안토니오를 그린, 어떤 것은 색깔이 생생하게 살아있고 또다른 것은 색이 바래 있었다. 부모님과 도나나 할머니와 여러 신자들을 찍은 작은 사진들도 있었다. 종이 꽃도 어떤 것은 새것이고 어떤 것은 오래된 것이었다. 집 근방 길가와 바위 틈에서 꺾어온 생화도 있었다.

더운 날이었다. 참석자들은 땀을 줄줄 흘렸고 입술을 달싹여 기도문을 외우면서도 연신 손등이나 손바닥으로 땀을 훔쳤다. 사람은 많고 방은 작았기 때문에 여자들과 나이 많은 남자들은 대부분 거실에 있었다. 젊은이들과 어린이들은 기도문을 외우는 이들로부터 조금 떨어진 곳에서 낮은 목소리로 이야기를 주고받고 있었다. 어린 아이들이 장난치다 너무 시끄러운 소리를 낼 때면 여자들 중 한 명이 아이들 쪽으로 돌아서서 눈을 커다랗게 뜨고 손가락을 입술 앞에 올리고 조용히 시키곤 했다.

신령의 현신을 기다리며 다 함께 노래를 불렀고 아버지가 신령의 방에서 거실 한복판으로 나와 북소리에 맞춰 주술사의 춤을 추는 동안 현신이 이루어졌다. 아버지는 엄마보다 키가 작고 마른 체격에 우리보다 피부색이 밝은 편이었는데, 얼굴에는 살아온 나이만큼의 흔적이 있었다. 가족들이 농장에서 살 권리를 지키기 위해 매일 경작지에 나가 일하며 마주하는 태양과 바람에 침식된 골짜기처럼 깊은 주름살이 있었다. 그 당시 제카 샤페우 그란지는 지역의 노익장이자 아구아 네그라와 인근 주민들을 이끄는 리더였고 작업 분류에서부터 질병 치료까지 모든 문제를 상담해주는 안내자였다.

라벤다 향과 땀냄새와 열기로 가득한 신령의 방에서 기도를 마친 아버지에게 바르바라 신령이 접신되었고, 토냐 아주머니가 빈틈없이 풀을 먹인 붉은 색과 흰 색이 섞인 치마를 입고 얼굴 위에 윤기나는 붉은 장식술을 늘어뜨리고 그 자신이 나무를 깎아 만든 칼을 손에 들고 방에서 나왔다. 아버지가 민첩한 몸짓으로 그 작은 칼을 휘둘러 공기를 갈랐다. "금발 머리 처녀, 바르바라 신령이다, 황금칼을 들고 내려오신다"라고 참석자들이 북소리에 맞춰 손뼉 치며 노래했다. 북소리가 점점 빨라지고 바르바라 신령의 춤사위도 빨라졌다. 여인 두 명이 눈을 반쯤 감으며 바닥에 주저앉았다. 바르바라 신령이 그들에게도 접신했다는 동작이었다. 엄마와 토냐 아주머니가 그 여인들이 의상을 갈아입도록 방으로 데려갔다.

최근 열린 자레 의례 때면 세베로는 북치는 사람들 가까이 있곤 했다. 북치는 장단을 눈여겨보다 연주가 한창 무르익으면 혼자 리듬을 따라하기도 했다. 햇볕 아래서 일하느라 까매진 피부에 미소가 눈부셨다. 빠르게 커진 몸에 걸친 작아진 옷은 터질 것 같았다. 내 눈길처럼 벨로니시아의 눈길도 세베로를 쫓는 게 보였고 그녀도 나의 눈길을 알아채고 있었다. 한편 세르보 삼촌은 행사 초반에 잠깐씩 북 연주를 맡거나, 그가 가장 좋아하는 투피남바 신령을 모실 때 참석자들과 더불어 거실에서 몸을 빙빙 돌리는 주술사의 춤을 같이 췄다. 관리인 수테리오도 종종 행사에 와서 춤과 춤 사이 쉬는 시간에 북 연주를 함께 하곤 했다.

이날밤은 아구아 네그라 시장이 참석한 특별한 자리였다. 5년 전에 아버지가 시장의 아들 한 명을 치료해준 적 있었다. 당시 시장은 아구아 네그라에서 처음 보는 붉은 고르디니(르노에서 60년대에 생산한 차)를 보내 아버지를 태워갔다. 그전까지 우리가 본 자동차는 농장의 포드 지프차와 사고로 병원에 갔을 때 고속도로에서 본 차들 뿐이었다. 아버지가 아들을 치료해준 이후로 시장은 바르바라 신령 축일 잔치마다 왔다. 처음 시장이 왔을 때 아빠는 현금 사례를 거절하고 그 대신 시청에서 교사를 보내 농장 아이들에게 공부를 가르쳐 달라고 요청했다. 에르네스토 시장은 난처한 기색을 보였으나 빠져나갈 구실을 못 찾았고 결국 그렇게 하겠노라고 약속했다. 아빠가 했던 주술 치료에 감사하는 뜻에서 약속을 지켜야 했다. 지키지 않으면 아들을 낫게 한 주술의 마법이 풀려 아들이 다시 아플까봐 두려워하는 마음도 있었다. 몇 달 후부터 일주일에 세 번씩 시청의 차를 타고 여교사가 와서 하루에 세 시간씩 피르미나 아주머니 집에서 수업을 했다. 피르미나 아주머니가 혼자 사는 집에 작은 창고가 있었고 흙을 담은 깡통 두 개로 나무 판자를 지탱해서 아이들 예닐곱 명이 앉을 수 있는 긴의자를 만들었다. 마를레니 선생님 수업의 숙제를 집에서 할 때 봐주는 사람은 엄마였다. 엄마는 산수 숙제는 못 봐준다면서 "글자는 알지만 숫자는 못 배웠다"고 말했다.

처음에 시장은 엄마가 글을 읽고 쓸 줄 안다는 사실을 알고서, 엄마가 교사로 일하면 어떻겠냐고, 시청에 부담이 덜 가는 대안을 제안했었다. 엄마는 자신의 한계를 잘 알았고 이를 거절했다. "글자는 알지만 숫자를 못 배워서"라는 말을 거듭했고 그녀가 낳은 아이들과 출산 구완으로 받은 아이들이 공부를 해서 자신보다 나은 삶을 살기를 간절히 원했다. 아빠도 같은 걸 원했기에 교사를 데려 오기 위해 노력했고 교사 한 명으로는 충분하지 않다는 걸 알고 나서 학교를 세우고자 했다. 아빠는 문맹이었다. 서명을 해야 할 때는 이름을 쓰는 대신 과일을 따고 숲에서 일하느라 가시 박혀 생긴 티눈과 벤 상처가 있는 손가락으로 손도장을 찍어 서명했다. 서류에 손도장을 찍느라 검은 잉크가 묻은 손을 숨기곤 했다. 내가 목격한 바 아빠가 인생에서 얻고자 가장 애썼던 일은 자식들이 글을 배우도록 한 것이었다. 아빠가 농장 일을 이끄는 모습과 자레 신앙을 지키는 엄격함을 지켜본 이들은 일과 종교가 아버지 인생에서 가장 중요한 자산이었다고 여길 것이다. 하지만 자식들이 글 공부를 하게 되었을 때 아버지가 얼마나 자랑스러워했는지 지켜본 우리들은 교육이야말로 아버지가 우리에게 가장 물려주고 싶어했던 자산이었음을 알 수 있었다.

그랬으므로 그날 밤 다른 신령들이 아직 오기 전에 아빠의 몸에 접신한 바르바라 신령이 거실 가운데서 돌고 돌다가 멈춰서서 칼을 시장에게 겨누고, 마치 왕족을 대하듯이 예를 갖추었으나 한편으로는 마치 신하에게 명령하듯이 단호하게, 모든 참석자들 앞에서 그가 과거에 했던, 농장 노동자 자녀들을 위한 학교를 세워주겠다는 약속을 지키라고 요구했을 때―그 약속을 우리가 알고 있었는지는 기억나지 않지만―나는 전혀 놀라지 않았다. 시장은 그를 쳐다보는 아구아 네그라의 40여 가족들 앞에서 겸연쩍은 웃음을 지으며 어쩔 줄 몰랐다. 이어서 그는 치료받은 은혜를 기억하고 신령과의 약속을 지키지 않을 경우에 닥칠 불행을 두려워하며 약속을 지키겠노라고 말했다.

12

몇 달 후부터 학교를 짓기 시작했다. 시장과 페이쇼투 농장주 가족 사이 협상에서 어떤 이해관계가 조절되었는지는 몰라도 건축이 허가되었다. 주민들은 가축은 돌봐야 하지만 농장 일은 안 나가도 되는 일요일마다 모여 공동작업으로 교실 세 개짜리 작은 건물을 지었다. 학교를 짓는 장소는 산토 안토니오 강과 우칭가 강이 교차하는 지점이었다.

학교 건설 사업은 마침 하늘이 도운 일 같았다. 왜냐하면 그 해에 최악의 가뭄이 지속되었기 때문이었다. 학교 건설 노동에 지불되는 임금은 쥐꼬리만했고 번번히 늦게 나왔지만 그래도 학교 건설에 배당된 그 적은 돈이 많은 농장 가족들의 생계에 큰 도움이 됐다. 그만큼 고난의 시기였다. 아빠는 그 해의 가뭄이 1932년 이래 최악의 가뭄이었다고 말했다. 그 해는 대규모 쌀 농사를 농장에서 마지막으로 보았던 해이기도 했다. 물을 많이 필요로 하는 작물인 벼는 가뭄과 함께 가장 먼저 말라죽었다. 그다음으로 사탕수수, 콩, 움부 나무가 죽었고 토마토와 오크라와 호박이 말라버렸다. 집에는 비상용으로 저장해둔 곡물이 있었고 농장에도 곡물 창고가 있었다. 가뭄과 더불어 농사 일거리가 없었으므로 우리들을 내쫓을지도 모른다는 두려움이 번졌다. 그다음으로는 굶주림에 대한 보다 즉각적인 두려움이 밀어닥쳤다. 곡식이 점점 바닥났고 콩이 먼저 떨어졌고, 쌀은 얼마 남지 않았다. 일부 가족들이 재배해서 다른 곡물이랑 바꿔먹던 식량인 만지오카(고구마와 비슷한 구황작물) 가루가 어느 정도 공급되었다. 이제는 모두들 매일같이 강으로 물고기 낚시를 나갔다. 잡아오는 물고기 크기는 점점 작아져서 만지오카 가루에 조금씩 섞어 먹을 양밖에 안되었다. 예전에는 큰 물고기들이 강 상류에서 내려왔었는데 가는 비 한 번 안 오다보니 카스쿠도나 피아바 같은 잔챙이 물고기밖에 없었다.

움부 열매가 있는 동안엔 소금과 함께 양념을 해서 생선과 함께 요리할 수 있었다. 만지오카 가루가 떨어지자 아빠는 도나나 할머니가 만들어주던 자토바(금규속이라는 브라질산 식물)로 만드는 베이주(타피오카나 만지오카로 만드는 빵. 여기선 타피오카와 만지오카도 부족해 자토바로 만들었다는 뜻)를 기억해냈다. 자토바 열매는 아직 많았다. 자토바는 물 부족에 잘 견디고 잎사귀가 많은 식물로 다른 식량이 충분할 때는 뒷전으로 밀리지만 이럴 때는 유용한 대체 식품이었다. 우리는 자토바로 만든 베이주를 몇 달 동안 물리도록 먹었다.

우리는 파우마(식용 선인장)를 두고 농장 가축과 다투는 신세가 됐다. 농장 안엔 파우마 재배지가 있었고 우리집 뒤뜰에도 음식으로 먹는 선인장을 키웠다. 가뭄이 지속되며 파우마는 점점 부족해졌고 자기 밭에 키우는 파우마가 없는 사람들은 덴데 기름을 넣고 뭉근하게 끓인 선인장 요리를 식탁에 올리려면 이웃의 나눔에 기대야 했다. 동물 사냥도 음식 조달 방책이었다. 하지만 가뭄 시기에는 짐승을 사냥하기보다 먹이가 없어서 굶어 죽은 짐승의 시체를 찾는 게 더 쉬웠다. 사냥당하기도 하고 메

마른 땅에서 물 부족에 시달리기도 하면서 사슴도 점점 드물어졌다. 열심히 찾아보면 가끔 마림부(브라질 북동부에 있는 강을 끼고 펼쳐진 숲)에서 무리지어 물을 먹는 모습이 보였지만 그 숫자가 점점 줄었다. 그렇게 흔하던 파카(설치류 동물)는 자취도 없었다. 카피바라도 쿠치아도 안보였다. 자쿠나 이남부나 주리치 같은 새들은 잡혔지만 몸통이 너무 작아서 고기가 거의 없었기에 우리는 뼈를 씹어먹는 걸로 만족해야했다. 에르멜리나 아주머니가 전해준 바에 따르면 파우 디 콜레르에 사는 어떤 가족은 배고픔을 견디려고 사리에마 새를 잡아 먹었다가 죽었는데 독사를 잡아먹은 새의 고기에 독이 남아있었기 때문이라고 했다.

도마뱀은 비교적 쉽게 잡아 먹을 수 있었다. 도마뱀은 물과 풀이 없어서 굶어죽은 짐승의 고기를 먹고 살기 때문이었다. 도마뱀을 잡으려면 죽은 짐승이 있는 곳에서 망을 보기만 하면 됐다. 우리가 도마뱀들을 잡아먹지 않는다면 도마뱀들이 우리를 잡아먹을 판이었다.

어린아이들이 가장 취약했다. 성장이 멈추었고 몸이 허약해졌고 원인 모를 병에 쉽게 걸렸다. 영양실조를 견디지 못하고 목숨을 잃어서 비라썽(농장 안에 있는 노예와 일꾼들을 묻는 묘지)에 보낸 아이가 몇 명인지 셀 수도 없었다. 죽음의 그림자가 이웃들의 집에 내려앉았고 아빠가 아픈 아이들의 회복을 위해 모든 노력을 다 했지만 많은 아이들이 버티지 못하고 숨졌다. 아빠가 아이 한 명마다 켜놓은 촛불은 켜져 있길 원하지 않는 것 같았다. 바람이 불지 않고 공기가 흔들리지 않는데도 불이 꺼지곤 했다.

약이 없었고 아빠는 아이들을 치료하지 못하는 자신의 무력함을 괴로워했다. 사람들에게 다른 치료사를 찾아가라고 하거나 신의 뜻에 순응하라고 말했다.

우리는 부리치와 덴데 열매를 모아서 월요일마다 읍내에 서는 장터에 내다 팔았다. 엄마와 이웃집 대모들과 나, 벨로니시아와 도밍가스는 마림부 옆 들판에서 나무 열매를 따왔다. 아빠와 제제와 이웃 남자들은 덴데 기름을 만들기 위해 덴데를 송이째 거둬들였다. 부리치 나무는 키가 크고 부리치 열매는 송이째 따면 열매가 소용이 없었으므로 열매가 적당히 익어서 떨어질 때까지 기다려야 했다. 부리치 열매들은 껍질이 물러지도록 큰 대야 물에 담궈 놓았다. 과육이 다치지 않도록 손으로 조심스럽게 껍질을 벗겨서 만든 과육 반죽을 아마포 자루에 담아 머리에 얹어 도시에서 부리치로 주스와 케이크를 만드는 여인들에게 팔기 위해 먼 길을 걸어갔다.

도시로 가는 길엔 뜨거운 태양 아래서 부리치 과육 반죽이 즙이 되어 아마포 자루 실매듭을 따라 흘러내렸고 우리 몸은 오렌지색 기름진 과즙으로 온통 번들거렸다. 우리의 검은색 피부는 거의 구리색이 되었다. 시내에 도착할 때면 옷과 머리가 온통 지저분해서 창피스러웠다. 우리는 무게의 균형을 잡고 광주리에서 흘러내리는 기름을 막아보려고 천을 둘둘 말은 수건을 머리에 쓰고 다녔다. 하지만 햇볕이 거꾸로 치켜든 횃불처럼 이글거리는 날이면 우리 몸뚱이는 부리치 과즙에 담갔다 꺼낸 것 같아졌다. 나는 연신 흘러내리는 과일 반죽을 밟고 미끄러진 적도 있었다. 집 뒤뜰에서 제조한 덴데 기름이 있을 때는 빈 술병에 기름을 채우고 재활용 코르크로 막아서 들고 갔다. 운반에 쓸 짐승이 없었고 덴데유를 가득 채운 병들을 타보아풀로 엮어 만든 바구니에 넣어 들고 다녔기에 시장에 도착할 때면 손이 붓고 감각이 없었다.

태양은 우리에게 굶주림이라는 벌을 내렸고 우리는 농사를 지을 수 없어 낙담했다. 아빠는 쇠약해졌고 자레 의례는 활기를 잃었다. 어느 날 엄마는 아마포 자루에 부리치 반죽을 싸서 넣는 작업을 한 후에 열이 올랐다. 아무것도 먹은 것 없는 위장이 심한 복통을 일으켰다. 그래도 우리에겐 돈이 필요했으므로 시장에 부리치 반죽을 팔러 가야했다. 이럴 때면 보통 벨로니시아가 도밍가스와 집에 남고 내가 토냐 아주머니 딸들과 시내에 가는 일을 맡았다.

그 날 나는 자루 하나만 머리에 이고 도시로 가는 길을 나섰다. 학교를 지은 교차로에 있는 그늘에 앉아서 토냐의 딸들을 기다렸다. 해가 막 뜬 직후였고 나는 자토바 베이주와 레몬풀 차로 아침을 먹은 참이었다. 벨로니시아는 엄마와 집에 남았다. 도밍가스는 아직 어려서 머리 위에 아마포 자루를 메고 균형을 잡고 걷지 못했다. 토냐네 딸들과 한 약속이 뭔가 잘못되었는지 시간이 지나도 그녀들이 오지 않았다. 나는 학교 건축 부지 표시용으로 꽂아 놓은 철사 울타리에 기대어 잠이 들었다가 누군가 내 이름을 부르는 소리가 들려 소스라쳐 일어났다. 허리띠에 큰 칼을 꽂은 세베로였다. 자기 어머니가 기름을 짤 수 있도록 덴데 송이를 자르러 가던 길이었다. 그 집 식구들도 물건을 사고 팔기 위해 자주 시장에 나가곤 했다.

나는 세베로에게 시장에 같이 가려고 토냐의 딸들을 기다리는 중이라고 했다. 엄마가 아파서 벨로니시아는 엄마와 동생과 집에 있다고 했다. 세베로는 아침 일찍 시작해서 정오까지 열리는 시내 시장에 나와 같이 가주겠다고 했다. 우리에겐 돈이 필요했고 부리치를 팔 기회를 놓칠 수 없었다. 세베로는 내 사촌이었고 가족의 일원이었고 우리는 함께 고난을 겪는 처지였다. 우리가 같이 시장에 다녀와도 부모님들이 이 일로 야단칠리 없었다. 우리 식구 모두 세베로를 좋아했고 아빠는 세베로가 자레에서 북 치는 걸 흐뭇해했으며 신앙심 깊은 조카를 자랑스러워했다.

우리는 함께 길을 떠났다. 길은 멀었고 세베로는 요즘 마을에 생긴 일들에 대해 얘기했다. 건설 중인 학교는 우리들이 공부를 마치는 데 충분하진 않겠지만 모든 것이 부족한 아구아 네그라에 사는 우리에게는 큰 도움이 될 것이라고 했다. 가뭄에 대해서, 죽어버린 가축에 대해서, 점점 잔챙이만 남는 물고기와 최근 몇 달 사이 죽어버린 아이들에 대해서 세베로는 계속 말을 이어갔다. 우리 식구들과 자레 의례에 대해서도 말했지만 벨로니시아 이야기는 하지 않았다. 나도 여동생 얘기는 하고 싶지 않았다. 세베로의 키스가 우리집에 일으켰던 소동을 기억하고 싶지 않았다. 사촌은 이미 건장한 남자였고 하루종일 밖에서 일했고 처음 이곳에 올 때의 어린 소년이 아니었다. 키는 중간 정도였고 활짝 웃는 얼굴로 마치 우리가 항상 대화를 나눠온 사이인 것처럼 스스럼없는 말투로 얘기했다. 지금 우리에겐, 벨로니시아에게 내가 느낀 질투와 사촌 사이인 우리들이 사귀게 될까 봐 걱정하는 부모들의 감시 때문에 그간 우리 사이에 있었던 어떤 거리감은 사라지고 없는 것 같았다. 사촌끼리 하는 결혼은 좋은 말을 듣지 못했다. 기형아나 뭔가 부족한 아이가 태어날 거라고 들 했다. 그런 경우는 많았고 사촌간 결혼은 안된다고 예를 들어 경고할 이야깃거리를 누구나 하나씩 갖고 있었다. 사촌간의 결혼을 권하지 않는 데에는 경제적인 이유도 있었다. 정확히 무슨 논리인지는 잘 이해할 수 없었지만 아무튼 있었다. 그 날 우리가 시장에 갔다 돌아오는 길에 함께 시간을 보내면서 나는 그런 이야기들을 전혀 생각하지 않았다. 우리가 친척이라는 사실은 잊고 싶었다. 세베로는 땅에서 하는 일에 대해 이야기하기 좋아하고 우리 부모와 자신의 부모와 가족 모두를 사랑하고 존중하는 젊은 남자라는 생각만 했다. 세베로는 자신의 꿈에 대해 거침없이 말했다. 공부를 계속할 계획이 있으며 아구아 네그라 농장에서 평생 일하고 싶지 않다고 했다. 그는 자신의 땅에서 일하고 싶다고 했다. 자신들이 가진 땅에 대해 아는 것이 거의 없고 땅을 일굴 줄도 모르고 땅에서 무엇이 자라는지도 모르고 달의 주기에 따라 무엇을 심어야 하는지는 더더욱 모르는 그곳 땅주인들과는 다르게 자기 땅에 대해 잘 아는 주인이 되고 싶다고 했다. 그는 자신을 가리켜 땅이 낳은 아들이라고 했다. 농사일에 소질을 타고났다고 강조하기 위해 이런 표현을 사용하는 그가 재미있었다. 나는 땅이 나를 낳았다고는 한 번도 생각해본 적 없었다. 땅은 식물과 돌들을 "낳는다." 우리가 먹을 양식과 지렁이들을 낳는다. 가끔은 다이아몬드를 낳는다는 말도 들어봤지만 사람을 낳는다는 말은 처음이었다. 세베로는 인생을 변화시킬 새로운 지식을 계속 공부할 것이며 자연과 농사에 대해 그가 아는 경험과 일에 대한 열정을 합칠 것이라고 했다. 나는 그 모든 이야기가 흥미로웠다. 나는 우리가 왜 거기 있는지, 우리의 삶에서 무엇을 바꿀 수 있는지, 나 자신이 바꿀 수 있는 건 무엇이고 환경이 결정하는 건 무엇인지를 진지하게 생각해본 적이 한 번도 없었다. 하지만 그의 이야기를 듣는 건 나의 하루를 빛나게 만드는 일 같았고 그래서 더 듣고 싶었다. 그전까지 아무도 나에게 농장 밖에서의 인생이 가능하다는 말을 해준 적 없었다. 그곳에 사는 대부분의 사람들이 그렇듯이 여기서 태어났으니 여기서 죽을 거라고 생각했었다.

우리는 시장에 도착했고 아마포 자루에 담아간 부리치 반죽을 별로 힘들이지 않고 다 팔았다. 그 돈으로 가게에 가서 쌀과 콩, 설탕, 옥수수 가루와 커피를 샀다. 아버지가 이웃 임산부에게 처방해서 내가 사다주기로 한 소화제도 구입했다. 오후에는 태양이 이글거리는 뜨거운 길을 걸어 돌아왔고 우리는 점심도 못 먹었지만 세베로가 옆에 있었다. 그날은 잊을 수 없었고 집으로 돌아오는 길에 나는 마음 속으로 만일 그가 나와 어울리고 싶어한다면 더 이상 그를 피하지 않으리라고 다짐했다. 나는 사람들과 멀리 떨어진 곳에서 그와 단둘이 이야기할 수 있도록 혼자 부리치를 따러 마림부스 숲에 가겠다고 둘러댈 구실을 찾기 시작했다. 나는 무슨 일이 일어날지 인생을 경험해보고 싶었다.

13

월요일마다 거의 항상 같은 장소에서 세베로를 만났다. 엄마는 몸이 괜찮아졌고 벨로니시아는 다시 전처럼 시장 가는 길에 나와 동행했다. 아버지도 제제를 데리고 시장에 가곤 했지만 무엇인가를 심어보기 위해 땅에서 땀 흘리는 편을 선호했다. 아버지 스스로도 "요행"을 바란다고 말하면서 물기가 있는 곳을 찾아서 땅을 파고 씨를 뿌렸다. 경작지는 이미 강 가까이로 바짝 옮겨갔고 물 없이 드러난 강바닥 일부에까지 씨를 뿌리는 지경에 이르렀다. 거기까지 갔어도 강바닥 흙 중에는 점토질이 너무 많아서 작물을 재배할 수 없는 경우가 많았다. 그 와중에 조금이라도 자란 것들을 식탁에 올렸다. 약간의 오크라와 작은 호박들이었다. 만지오카는 뿌리가 물에 닿으면 자라지 않았다. 그 가뭄의 시기에는 식물이 땅을 뚫고 나와도 더 이상 자라나질 못했다. 이제는 부모님들도 세베로가 우리와 함께 시내에 가는 걸 알게 되었다. 토냐 아주머니네 딸들도 같이 다녔고 세베로는 우리 그룹의 보호자처럼 보였다. 벨로니시아는 좀 소심해졌는데 세베로가 나에게 보이는 관심을 눈치챈 듯 했다. 부리치 열매가 두 자루를 넘지 않는 몇 번인가는 시장에 안 가고 집에 있겠다고 했다. 집에서 부모님을 도와 타보아 잎을 따 모아 아직 살아있는 가축들을 먹이겠다고 했다. 벨로니시아는 풀을 벨 때 칼 다루는 솜씨가 나보다 좋았고 솔직히 그게 부러웠다. 그녀는 농사 도구를 다루는 재간이 뛰어났다. 그 모습을 볼 때면 내 능력은 땅을 다루기엔 부족하다고 느꼈다. 기질상으로 벨로니시아는 점점 아빠를 닮아갔고 남동생과 함께 아빠의 동반자가 되어 농사일에 대한 결정에 참여했다. 아빠가 매번 벨로니시아에게 여자임을 상기시키며 어떤 일들은 남자의 일이라며 하지 말라고 막았지만 소용없었다. 여동생은 결코 물러나는 법이 없었다. 그녀는 언제든 자기 능력과 지식과 재능을 드러낼 기회를 기다리는 사람 같았다.

사촌네 집과 우리 가족의 교류가 다시 전처럼 일상이 된 후, 벨로니시아가 한 발 물러나기는 했어도 자레 의례에 세베로가 있으면 평소보다 들떠 있는 기색인 게 보였다. 한동안 소원했던 두 집안 사이는 그 해 가뭄의 역경을 함께 겪으면서 다시금 긴밀해졌다. 나는 세베로의 관심을 끌려고 벨로니시아가 보이는 잔잔한 움직임을 지켜보았고, 세베로가 벨로니시아에게 감탄하면서도 내 근처에 줄곧 머문다는 걸 의식했다. 어쩌면 우리는 나이 차이가 적은 두 청소년이었기에 어울리기 쉬웠을지도 모른다. 시장 가는 길에 발견한 건 비슷한 나이였기에 생겨난 친화력이었는지도 모른다. 나에게도 더 공부하고 싶다는 욕구가 생겼고 우리가 원하는 미래를 주기에는 피르미나 아주머니의 집 교실은 너무 작아 보였다. 세베로에게 있던, 농장을 떠나 세상에 나가고 싶다는 욕망이 내 안에서도 일깨워졌다.

부리치를 내다 팔아야 자토바 베이주 말고도 다른 음식을 식탁에 올릴 수 있었으므로 수확 기간이 끝나가는 부리치 열매를 따러 마림부 숲에 가서 내가 긴 시간을 보내도 아무도 뭐라하지 않았다. 아무래도 열매가 점점 적어지니 열매를 찾는 시간은 더 많이 소요되기 마련이었다. 그 무렵 나는 산토 안토니오 강변 가까이에, 그러니까 세베로와 삼촌 집이 있는 근처로 더욱 가까이 가곤 했다. 우리는 같이 웃거나 따로 떨어져 있거나 때로는 아무 말 없이 점점 오래 함께 있었다. 그러다 어느 날엔 어떤 몸짓을 제지하려고, 또는 그저 장난으로 서로의 손이 스치기도 했다. 나는 세베로가 표현하려는 의도에 따라 때로는 침착하고 때로는 맹렬해지는 그의 호흡을 느꼈다. 마침내 어느 날 물도 없고 바람에 흔들리는 잎새도 없고 먹을 것이 없기에 날아드는 새도 없어서 온통 고요하기만 한 숲 속의 침묵 속에서 그의 심장 뛰는 소리를 듣기에 이르렀다. 그의 손은 어느새 내 손이 아니라 내 어깨를 만지고 있었다. 나는 가볍게 그의 가슴팍을 밀어냈다. 열매를 따다 피곤해지면 우리는 강가 아무데나 누워서 좀처럼 시원하게 불지 않는 바람을 느끼곤 했다. 하지만 바람이 제대로 불 때면 우리 몸 위로 마른 흙먼지를 날렸다. 그러면 나는 그의 얼굴에 얹힌 먼지를 손으로 씻어냈고 세베로도 나한테 같은 행동을 했고 그러다 어느 날 그의 입술이 처음 내입술에 닿은 날, 나는 그가 벨로니시아에게 키스하는 것을 봤던 그날밤 느꼈던 감정만 떠올렸다. 여동생을 배신한 것 같아서 집에 돌아오는 길에 마음이 불편했다. 하지만 배신의 죄책

감은 오래가지 않았고 오히려 반대로 바뀌었으니 왜냐하면 그 모든 느낌이 너무 찬란했기 때문이었다. 부리치 열매는 이미 다 없어졌지만 나는 계속 강변으로 나갔다. 말없이 집을 빠져나갔고 엄마는 어디를 나가 돌아다니는 거냐고 묻고 야단쳤다. 아직은 사실대로 말할 수 없었기에 근처 사는 여자애들과 같이 있었노라고 대답했다.

　모든 것은 거부할 수 없이 강렬한 힘으로 이루어졌다. 내 몸은 마치 혼자 저절로 움직이는 것 같았고 세베로 역시 우리가 같이 붙들린 거미줄 속에서 나와 마찬가지 신세였다. 우리는 가뭄으로 인해 뿌리째 흔들린 메마른 땅을 우리의 땀으로 적셔서 위로해야 했다. 새들이 없어지고 물을 찾아 짐승들이 떠나버린 숲의 적막을 우리의 속삭임으로 채워야 했다. 죽은 아이들 이야기를 너무 많이 듣고, 납득할 수 없이 폭력적이기만 한 자연의 횡포에 너무 많이 지친 나머지 우리가 삶을 잉태해야만 했다.

14

매일같이 현기증과 구역질이 느껴지기 시작했을 땐 두려워 죽을 것 같았다. 나는 열여섯살이었고 농장의 임신한 여인들을 많이 보아왔다. 처음으로 입덧을 한 건 자토바 베이주를 먹고서였다. 나는 슬그머니 뒤뜰로 나와 멀리 떨어진 곳에 가서 먹은 걸 토해냈다. 무슨 일이 생겼는지 부모님 얼굴을 보며 털어놓을 엄두가 나지 않았다. 벨로니시아가 어찌 받아들일지는 더욱 걱정

됐다. 임신이 맞는다면 집을 나와 세베로와 살아야 할 일이었다. 이는 우리 두 자매를 묶은 실이 풀어지는 걸 의미했다. 우리는 단순한 자매 사이 그 이상이었고 되돌릴 수 없이 같이 연결된 사이였다. 지난 10년 동안 우리는 각자의 개별성을 간직하면서도 둘만이 이해하는 몸짓과 표현, 둘만의 긴밀한 유대를 견고히 쌓아왔다. 거기다 나는 예전만큼은 아니어도 벨로니시아가 아직 세베로를 연모하고 있을지도 모른다고 의심하고 있었다. 아무튼 여동생에겐 이 소식이 달갑지 않을 것이고 그녀를 아프게 할 수도 있었다.

　나는 계속해서 세베로와 만났고 아무도 보지 못할 멀리 떨어진 곳에서 둘이 같이 땅에 눕곤 했다. 일어날 때면 그가 내 머리칼에 붙은 마른 잎사귀를 떼어냈다. 결국 그가 나의 걱정을 알아차렸다. 그 무렵 나는 산만했고 들은 말을 잘 기억하지 못했고 집중을 못 해 듣는 이야기를 절반만 이해하고 있었다. 월경이 멈추었다고 나의 고민을 털어놓자 세베로의 얼굴이 환해졌다. 우리 부모님이 이 사실을 알고 보일 반응을 걱정했던 것처럼, 그의 표정에 드러난 의외의 감정도 내겐 당혹스러웠다. 세베로는 신이 나 어쩔 줄 모르더니 가뭄으로 마른 나무들 사이에서 드물게 잎이 울창한 자카(잭프루트 과일) 나무에 올라가서 같이 먹을 열매를 따왔다. 언제나 몸에 갖고 다니는 큰 칼로 점성이 찐득한 자카 열매를 쪼개며 나에게 웃어보였다. 껍질을 벗겨내고 드러난 눅진한 과즙을 보자 구역질이 올라왔다. 하지만 그가 기뻐하는 모습을 보는 게 좋아서 목구멍으로 넘기려고 엄청나게 애를 써가며 두 조각을 먹었다. 잘 익은 자카였고 나는 삼킨 걸 위 속에 가둬두려고 숨을 멈추기까지 했다.

세베로는 농장에서 나가 길을 떠나고 싶고, 공부하고 싶고, 기회를 찾고 싶고, 아구아 네그라에서 평생 일하고 싶지 않다는 이야기를 다시 꺼냈다. 이곳엔 더 이상 일자리가 없으니 우리는 여기를 떠날 때가 된 것 같다고 말했다. 자기와 함께 떠나자고 했다. 그 말에 나는 한층 더 정신이 없어졌고 아무것도 생각할 수 없었다. 감당하기 힘든 일이 일어나고 있었고 우선은 내 몸부터 추스러야 했다. 그러고 난 후에 부모님과 벨로니시아에게 사실대로 말할 생각이었다. 내겐 무엇보다도 여동생이 가장 걱정스러웠다. 엄마가 된다는 상상은 아직 나에게는 세베로의 얼굴에 떠오른 그런 환희로 다가오지 않았다. 적어도 그때까지는 아무런 특별한 감정을 느낄 수 없었다.

시간이 흐르고 배가 부풀기 시작했다. 원래 마른 몸이었기 때문에 강에서 목욕할 때 내 눈에 띌 뿐 아무도 못 알아보는 것 같았다. 나는 점점 외로웠다. 모든 이유에서 설레임보다 슬픔이 더 컸다. 아무 일에나 눈물이 터져나왔다. 세베로는 시간이 충분히 되었다고, 자기가 우리 부모님께 말씀드리겠다고, 더 이상은 미룰 수 없다고, 시간이 더 지나면 모두에게 안 좋은 상황이 될 거라고 말했다. 나의 사촌은 젊었지만 어릴 때부터 책임감이 강했다. 그는 담대했고 한 순간도 의무를 피하려 들지 않았다. 시간이 갈수록 나는 그와 더욱 친밀해졌다. 도대체 어디를 쏘다니는 것이며 혼자 나가있는 시간이 왜 그리 많으냐는 엄마의 잔소리를 들으면서도 하루도 세베로를 만나지 않곤 넘길 수 없었다.

벨로니시아는 아무 말도 하지 않았지만 무슨 일이 내게 일어나고 있는지 아는 것 같았다. 어쩌면 임신까지는 의심하지 않았어도 내가 날마다 뭘 하러 나가는지는 짐작한 것 같았다. 그녀는 더욱 외톨이가 되었고 동생들과도 거의 어울리지 않았다. 엄마는 딸들의 우울한 기색이 가뭄 때문이라고 여겼고 날씨 탓이라고 말했다. 아빠는 두 딸을 덮친 우울증을 낫게 할 목욕 치료에 쓸 나뭇잎을 숲에서 가져와서 엄마에게 준비시켰다. 나는 식구들에게 내게 일어난 일을 숨겼을 뿐만 아니라 아무에게도 말하지 않고 한밤중에 아구아 네그라를 떠날 작정이었기에 그들을 볼 면목이 없었다. 식구들에게 알리는 걸 내가 너무나 두려워했기 때문에 세베로는 몰래 도망가자는 내 말에 동의할 수밖에 없었다. 우리는 떠나기 좋은 시간과 날짜와 경로에 대해서, 무엇을 가져갈 것이며 길을 나선 후엔 무엇을 할 것인지에 대해서 의논했다. 처음에는 농장을 떠나서 내가 아는 모든 이들에게서 멀어진다는 걸 생각만 해도 힘들었다. 하지만 나는 농장 너머에 있는 새로운 삶이라는 가능성으로 나의 세상에 빛을 밝혀준 세베로가 너무 좋았다. 그의 계획과 열정에 동화되지 않을 수 없었다. 오래 이어진 가뭄이 이곳의 모두에게 퍼뜨린 절망과 비교할 때 새로운 미래가 우리 몫이 되리라는 삶의 희망은 너무나 눈부셨다. 모든 일이 잘 풀린다면 우리는 부모님과 형제들에게 지금보다 나은 환경을 제공하러 돌아오리라. 그들을 이곳에서 데리고 나가리라. 농장에는 항상 주인들이 있을 것이고 우리는 언제까지나 아무 권리 없는 노동자에 불과할 것이었다. 세르보 외삼촌의 아이들이 벼농사를 해치는 슈핑을 쫓으며 자라는 걸 언제까지고 지켜볼 순 없었다. 내 아버지와 어머니가 노후의 휴식을 보장받지 못하고 쉼 없이 일하면서 늙어가게 놔두고 싶지 않았다. 하지만 이 미래의 가능성에 대한 나의 기대는 세베로의 열정만큼 강렬하지는 않았기에 나는 가끔 우울했고 혼란스러웠다.

예전보다 규모는 소박해졌지만 대지에 비와 다산을 내려달라고 신전에 모여 호소하는 심정으로 자레 의례가 계속되던 어느 날, 한 번도 들어본 적 없는 신령의 현신이 나타났다. 입에서 입으로 소문으로 전해지던 신령이 아니었거니와 지역의 자레 의식에 나타난 적은 더더욱 없었던 신령이었다. 마을 길이 끝나는 곳 빈터에 홀로 사는 과부인 미우다 아주머니는 우리집에서 열리는 자레에 항상 왔는데 그녀가 이 신령의 신내림을 받았다. 그녀가 자신은 어부들의 신령인 히타 페스카데이라라고 선언했을 때 북소리는 잠잠해졌고 사람들은 놀라 술렁거렸다. 우리집의 자레는 농장과 이 땅의 개척자들만큼이나 오래된 의식이었다. 그렇기에 참석자들은 이런 신령이 실제로 존재하는 거냐고, 존재한다면 왜 이전엔 나타나지 않았던 거냐고, 의심스러워 했다.

그 순간 해진 옷을 입고 찢어진 낡은 베일을 머리에 쓴 그녀가, 거의 들리지 않을 정도로 가는 목소리로 노래를 부르기 시작했다. "히타 페스카데이라, 내 낚시바늘은 어디 있지? 어디 있지? 물고기 잡으러 바다로 왔다네"라는 노래였다. 미우다 아주머니의 고령에도 불구하고 아주머니 몸에 들어온 신령은 마치 물고기 잡는 그물을 사람들 한가운데 던지는 것처럼, 또는 거센 강물이 점점 불어나 생긴 급류처럼 빠른 동작으로 몸을 빙빙 돌렸다. 참석자 중 어떤 이들은 당황한 기색을 감추지 못했고 처음 보는 신령이 느닷없이 나타난 까닭을 알고 싶어했고, 또 어떤 이들은 믿을 수 없다고 웃으면서 미우다가 노망이 난 것 같으니 우리 아버지의 치료를 받아야 한다고 말했다.

미우다 아주머니는 즉석에서 만들어진 듯한 노래를 늙은 여인의 기운없는 목소리로 읊조리던 중 별안간 내 팔을 힘주어 잡았다. 자레 의식 도중 일어나는 신령의 현신에 워낙 익숙한 나는 그녀의 손에서 내 팔을 풀려들지 않고 놔두었다. 여기는 내 아버지, 치료사 제카 샤페우 그란지의 집이었고 나는 광기와 기도와 비명과 풀뿌리 시럽과 양초와 북소리 사이에서 자랐다. 알지 못했던 새로운 신령이 나타났다 해도, 그것이 진짜 신령의 현신이든 아니면 미우다의 정신착란이든 어느 쪽이라도 내겐 두렵지 않았다. 베일 너머로 보이는 미우다 아주머니의 눈은 혼탁했고 회색에 가까운 흰색이었다. 아마 백내장 증세였을 것이다. 하지만 그녀는 뭔가 아주 은밀한 사실을 말했고 나는 그걸 설명할 순 없었지만 무슨 의미인지 알아들었다.

그녀는 자식에 대한 말을 했는데 맥락 없는 문장이었고 정확히 기억나지 않지만 "아이와 함께 가라" 같은 말이었다. 또한 그녀는 우리 가족에게 없는 동물인 말을 타고 내가 세상을 달릴 것이라고 말해서 나는 더욱 어리둥절했다. 모든 것이 달라질 거라고 했다. 그 중 한 대목이 내 기억 속에 정확히 남았고 그 후로 숱한 시련을 겪으면서도 잊히지 않았다. 그 말은 "너의 행동이 네 힘과 인생 행로를 만든다"는 것이었다. 그녀의 목소리가 너무 작아서 나 혼자만 그녀의 말을 들을 수 있었다. 그 메시지는 바위에 새긴 표식처럼 내 안에 아로새겨졌고, 이 땅에서 사는 시간 내내 나의 영혼 속에 머물렀다.

15

할머니의 물건이었던 가방 안에 옷 몇 벌을 접어 넣다가 벨로니시아에게 들켰다. 그녀의 놀라는 눈빛을 보았지만 나는 내가 뭘 하고 있는 건지 설명할 수 없었다. 여동생도 할말을 잃은 듯했다. 의문 부호가 떠오른 그녀의 시선은 우리를 둘러싼 날씨처럼 건조했고 나는 너무 부끄러운 나머지 그럴듯한 구실을 둘러댈 수조차 없었다. 내가 떠나면 그녀에게 상처가 되리라는 사실이 명백했기에 동생이 방에서 나가자 눈물을 터뜨렸다. 나는 우리의 사촌과 사귀는 중이었고 어쩌면 동생도 나의 임신을 알고 있을지도 몰랐다. 하지만 그보다 더 마음 아픈 건, 우리는 서로에게 비밀이 없거나 적어도 없고자 노력했던 자매였건만 지난 몇 주 동안 나는 내 비밀 안에 갇혀 가족을 잊고 있었고 특히 그녀로부터 점점 멀어졌다는 사실이었다.

동생의 눈빛을 떠올리기만 해도 너무 슬퍼서 나는 집에서 멀리 나와 한참을 울었다. 그녀를 두고 아구아 네그라를 떠날 수 없을 것 같았다. 세베로를 만나서 나는 이대로 농장에서 살고 싶다고, 부모님께 사실대로 말씀드리면 결국은 잘 해결되지 않겠느냐고, 말하기로 결심했다. 우리는 세르보 삼촌과 에르멜리나 숙모가 사는 집 가까이에 우리가 살 집을 지을 수 있으리라. 두 젊은이가 결혼하면 그렇게 하는 게 관례였다. 부모의 집 근처에 있는 땅을 물색하고 농장 관리인에게 알려서 거기에 집을 지어도 좋다는 허가를 받을 때까지 기다리는 게 순서였다. 다른 이들이 하듯이 우리도 그렇게, 경작지 들판에서 가져온 흙과 숲에서 베어온 나무들로 집을 지으면 될 것이다. 심한 가뭄으로 흙이 드러난 우칭가 강 바닥에서 베어온 갈대로 지붕을 덮을 것이다. 결혼을 허락 받고 새 살림이 자리잡고 난 후에 우리의 꿈을 쫓아 길을 떠날 계획을 계속 추진할 것이다. 여기서 남은 평생을 부모님들이 살아온대로 살고 싶지 않았다. 농장 일꾼들에게는 살고 있는 집과 농사짓는 땅에 대한 아무런 권리가 없었다. 언제든 무슨 사고라도 생기면 우리는 몇 가지 안되는 소지품을 들고 농장을 떠나야 했다. 농사일을 하지 못하게 되는 어떤 사정이 생기면 일꾼들은 그들의 모든 자녀가 태어난 이 땅에서 나가야 했다. 이 착취의 제도 안에서 계속 살고 싶지 않은 건 분명했다. 하지만 나는 아직 너무 어렸고 우리가 떠나기에 지금은 적절한 시간도 상황도 아니었다.

나는 침대 밑에서 여행 가방을 꺼내고 안에 넣었던 짐을 풀었다. 그리고 도시에 도착할 때까지 세베로와 이 농장에서 저 농장으로 떠도는 길에 나서지 않을 작정이었다. 오늘 바로 그를 만나서, 부모님에게 모든 걸 말씀드리자고, 그가 동의한다면 이 곳에서 함께 살자고 말할 생각이었다. 만일 세베로가 당장 농장을 떠나고 싶어한다면 자유롭게 혼자 가도 괜찮다고 말하리라. 그렇게 된다면 나는 혼자 아이를 키울 것이고 우리 가족은 내 곁에 있어 줄 것이다. 우리 부모님은 나를 내치지 않을 것이다. 부모님은 자녀들을 엄격하게 가르친 분들이지만 어쨌든 나는 그들의 딸이었다. 결국은 나와 아기를 도와줄 것이고 오래 괘씸해하거나 원망하지 않고 우리를 거둬줄 것이다. 아이가 태어나면 벨로니시아도 웃음짓는 조카를 보며 마음이 풀릴 것이고 지난 몇 달 동안 우리 사이가 소원했던 것에 용서를 구하고 화해를 제안하는 의미에서 그녀에게 조카의 대모가 되어달라고 부탁할 수도 있을 것이다.

게다가 미우다 아주머니에게 접신한, 히타 페스카데이라는 신령이 한 말도 있었다. 나는 신령이라는 존재에 크게 좌우되지 않는 편이었고 신령의 접신 현상에 워낙 익숙했던 나머지 신령을 둘러싼 믿음과 금지의 규율에서 오히려 한 발 물러나 있었다. 신앙과 거리를 두는 편이 차라리 신령이 내리는 축복이나 불행으로부터 나를 보호할 거라고 기대했다. 하지만 내게 온 메시지는 우연일 수 없었다. 혹시 우연이더라도 분명히 나를 겨냥해서 온 것이었고 오로지 나와 세베로만 아는 비밀을 알고 있는 이가 보낸 메시지였다. 나는 믿음과 불신 사이의 경계선 위에 서 있었다. 나는 밤새 잠 못 이루며 신령이 말한 "승리"와 "인생 행로"의 의미에 대해 생각했고, 그 메시지가 나의 가출 결심과 태어날 아이와 세베로와 함께 하는 내 인생에 대해 무엇을 말해주는지 생각했다. 생각을 거듭할수록 마음이 불안하고 괴로웠다. 그 신령은 내 옆에 있던 토냐 아주머니나 또는 그 옆에서 조카와 크리스피니아나의 손을 잡고 있던 크리스피나의 팔이 아니라 왜 내 팔을 붙잡았을까? 혹시 미우다 아주머니는 내가 세베로와 숲 한가운데 누워있는 걸 본 적 있었을까? 하지만 그녀의 집은 우리가 만나던 장소에서 그다지 가깝지 않았고, 그녀는 숲 속을 돌아다니며 두 젊은이가 사랑하는 순간을 엿보기에는 너무 나이 들어 보였다.

항상 만나던 장소에서 세베로를 만났다. 예상보다 오래 지속된 가뭄 때문에 주위에서 보기 드문 나뭇잎 그림자를 자카 나무가 늘어뜨린 곳이었다. 나는 세베로에게, 그와 길을 떠나려고 옷가방을 챙기다가 벨로니시아한테 들켰다고 털어놓았다. 가출을 앞두고 내 심경이 얼마나 복잡한지 이해시키려다 보니 몸짓이 절로 격렬해졌다. 집을 떠나기에는 내가 아직 너무 어리다고 했다. 그를 당황하게 할 결정 번복이 미안해서 나는 손으로 머리를 짚었다 가슴에 얹는 몸동작을 반복했다. 이런 식의 가출은 가족과의 단절을 가져올 것이며—이 말을 할 때 나는 팔짱을 끼었다 풀었다—우리 부모님들에게 용서할 수 없는 배신이 될 거라고 했다. 그들이 살아온 세월과 우리에게 베풀어준 모든 것에 대한 배신이라고 했다. 마찬가지로 세르보 삼촌과 에르멜리나 숙모에게도 할 짓이 아니라고 했다. 그들이 얼마나 상심할 것이냐고 했고—이 말을 하며 오른손으로 얼굴을 가렸다—내가 맏이로 태어나 동생들을 조금씩 돌보았던 육아 경험이 있기는 하지만 그래도 엄마가 곁에 없다면 태어날 아기를 어떻게 길러야 할지 모를 것이라고 말했다.

세베로는 말없이 걸어와서 나를 팔로 안았다. 그는 내가 이렇게 걱정하는 것은 당연한 일이지만 자신은 이미 성인이고 농장을 떠날 준비가 되었다고 말했다. 지금 당장은 반대에 부딪칠 것이기에 바로 부모에게 말하지 않겠지만 곧 정착할 곳과 일자리를 찾게 되면 소식을 보내겠다고 했다. 나는 그에게 갈 테면 혼자 떠나라고, 나는 여기 남아서 아이가 태어나기를 기다리겠다고 말하고 싶었다. 여기 아구아 네그라에서 일하면서 부모님 곁에서 남겠다고 하고 싶었다. 그가 자리를 잡고 나면 아버지와 엄마의 축복을 받으며 그에게로 가겠다고 말하고 싶었다. 하지만 그럴 용기가 없었다. 세베로이든 우리 가족이든 둘 중 하나와는 이별이 임박했단 사실에 가슴이 찢어지는 것 같았다. 우리는 결론을 내지 못한 채 힘겨워하며 헤어졌다.

다음날 아침 수테리오가 우리집을 방문했다. 아버지에게 개울가에 짓는 작은 댐 작업을 마무리해달라는 말을 하러 온 거였다. 일꾼들을 동원해서 잡초를 뽑고 산불을 놓고 비가 올 때를 대비해서 수습 작업도 해야 한다고 했다. 그는 우리집 부엌에 들어와서 고구마를 보더니 어디서 캔 것이냐고 물었다. 아버지는 시장에서 사왔다고 대답했다. 무슨 돈으로 사왔냐고 관리인이 물었다. 집에서 만든 덴데 기름을 팔아서 번 돈이라고 말했다. 수테리오는 들어올릴 수 있는 만큼 가득 고구마를 집어서 우리집 문가에 세워놓은 그의 포드 지프차에 가져가 실었다. 그는 우리가 강에서 잡은 작은 물고기로 요리 할 때 쓰는 덴데 기름 두 병도 가져갔다. 그는 아빠에게 뒷마당에서 수확한 작물의 삼분의 일은 지주에게 내놓아야 한다는 계약 조건을 상기시켰다. 하지만 그 고구마는 뒤뜰에서 자란 것이 아니었다. 가뭄 때문에 마른 땅에서는 고구마는커녕 풀도 자라지 않았다. 가뭄이 어찌나 심했는지 강바닥에서조차 아무것도 자라지 않았다. 물이 없는 강바닥에는 돗자리와 가방, 지붕을 만드는 데 쓰이는 갈대풀 말고는 아무것도 자라지 않는, 씨를 뿌리면 씨가 썩는 진흙만 있었다. 나는 아무 말 못하고 참담한 표정만 짓고 있는 아버지를 보았다. 제카 샤페우 그란지는 아구아 네그라와 근방에서 널리 알려진 존경받는 치료사였다. 하지만 그곳, 페이쇼투 가족의 농장—그 가족들은 어쩌다 와서 명령을 내리고 관리인에게 월급을 주고 우리들은 벽돌로 집을 지어서는 안된다고 말하러 올 때 외에는 거의 농장에 오는 법이 없는—그곳에서 수테리오가 관리하는 일꾼으로 살아온 아버지는 그 옛날 땅과 일자리를 찾아 떠돌아다니던 시절에 거주지를 제공한 지주에게 감사해야 한다는 의무감이 더 큰 목소리를 냈다. 엄마는 분노로 붉어진 눈빛으로 자리에서 일어났지만 아버지가 아무런 항의도 하지 못하는 모습을 보고는 더 이상 나서지 않았다. 아버지는 지금까지 언제나 농장 일꾼 가족들이 명령에 잘 따르도록 자신의 종교적 지도력을 발휘해 협조해온 사람이었다. 수테리오나 농장주 가족들은 다른 집 땅으로 넘어가서 목초를 뜯어먹은 가축이라든가 주민들에게 금지된 자재로 세워진 건축물로 인해 발생한 다양한 갈등에 개입해서 해결하는 역할을 아빠에게 요청하곤 했다.

우리의 노동으로 시장에서 사온 고구마를 되찾으라고 요구함으로써 아빠의 굴욕에 상처를 더할 수는 없었다. 그날 밤은 얼마나 길었는지 모른다. 난 한숨도 자지 못했다. 지난 몇 주간 불면증은 내 동반자였다. 세베로가 농장 일꾼들의 삶에 대해 했던 말들을 떠올렸다. 여기서 계속 산다면 앞으로도 평생 우리 음식을 빼앗는 약탈 앞에서 아무 말 못하는 치욕을 참아야 할 것이고 부당한 요구에 복종해야 할 것이다. 부모님의 인생이 달라지도록 내가 맡을 역할이 있다는 생각이 들었다. 우리 소유의 땅을 사서 부모님을 모시러 올 수 있을 것이다. 그렇게 함으로써 우리는 인간으로서 위엄을 갖춘 삶을 살 수 있을 것이다.

미리 약속은 하지 않았지만 세베로를 만나러 갔다. 세베로는 내 얼굴을 보자마자 내가 그와 떠날 결심을 한 걸 알아차렸다. 우리는 떠날 날짜와 시간, 어디까지 걸어가서 어디서 차를 얻어 타고 샤파다 벨랴 지방을 떠날 것인지를 의논했다. 떠나는 날 새벽 도나나 할머니의 오래된 여행 가방에서 먼지를 털어내고 미래를 위한 내 약간의 소지품을 가방 안에 챙겨넣었다. 아직 모두 잠들어 있을 때 나는 일어나서 내가 없는 사이에 가족들 모두 건강하게 잘 지내게 해달라고 신에게 기도했다. 신령들에게는 식구들이 나를 불명예스럽게 여기지 않게 해달라고, 언젠가 훗날에 우리의 땅을 갖게 되어 가족들을 데리러 돌아오는 날, 나의 가출이 가족 모두를 위한 것이었음을 이해하게 해달라고 기도했다. 특별히 벨로니시아를 위해 기도했다. 10년 전 우리의 인생을 결정적으로 달라지게 한 그 사건을 나와 함께 겪은 여동생을 위해 기도했다. 사방이 조용한 한밤중에 뒤뜰 문을 열고 나가 세베로를 만나러 걸어가는 동안 나는 몇 번이고 뒤돌아보지 않을 수 없었다. 지금 들고 가는 물건들과 뒤에 남겨놓는 모든 것들을 하나씩 헤아려봤다. 한순간 나는 거의 포기할 뻔 했고 세베로를 혼자 떠나게 할 뻔 했다. 하지만 수테리오가 우리의 얼마 안되는 식량을 가져가던 모습과 그 후에 배고픔을 참으며 상에 차렸던 식사를 떠올리자 다시금 집을 떠날 확신이 생겼다. 그날 내가 들고가는 것 중에 가장 나를 슬프게 만든 것은 아마도 나의 혀였을 것이다. 지난 몇 년 동안 벨로니시아가 자신이 내는 이상한 소리가 부끄러워 입 밖에 내지 않으려 했던 말들을 대신 표현했던 나의 상처 난 혀. 다른 아이들의 따돌림과 조롱이 두려워 스스로를 가둔 침묵으로부터 동생을 밖으로 끌어낸 나의 혀. 셀 수 없이 여러 번, 그녀를 침묵의 감옥으로부터 자유롭게 풀어줬던 나의 혀.

휘어진 쟁기

1

나는 마림부 숲 가장자리에 자란 파피루스와 카벨로스 지 네고, 카핑스 나발랴(모두 나무 이름)사이를 달려가고 있었다. 내 마른 피부에 깊은 상처가 있었지만 피는 흐르지 않았다. 고름도 흐르지 않았다. 내 몸에서는 옷을 적시고 가슴을 묶은 천을 적신 땀이 흘러내릴 뿐이었다. 서로 연결된 작은 두 나뭇배는 춤추는 무희처럼 혼자 돌고 미끄러지다가 내 피부 색깔처럼 어두운 물살의 소용돌이 속에 사라졌다.

나는 키 큰 나무들이 우거진 오래된 관목 숲을 헤치고 집으로 가는 길을 찾아 뛰어가는 중이었고 투쿰 나무 가시에 긁혀 팔의 살점이 뜯겼다. 낮도 아니고 밤도 아니었고 땅에서 치솟는 뜨거운 연기가 내 발을 태웠다. 하얀 피부에 좋은 옷을 차려입은 남자가 나타나 웃는 얼굴로 내가 가던 길을 가로막았다. 나는 비명을 지르며 다른 방향으로 도망치려 했지만 사방이 막혀 있었다. 은으로 만든 것처럼 빛나는 철사 울타리가 땅을 둘러싸고 있었고 거기에는 투쿰과 만다카루, 파우마와 제니파페이로(모두 나무 이름)와 마른 나무들만 있었다. 집으로 돌아갈 길이 보이지 않았다. 그러다 빛을 뿜는 돌이 하나 보였는데 마치 보석처럼 빛나는 돌이었다. 가까이 다가가 돌 위에 손을 얹었다. 멀리서 볼 땐 돌처럼 보였지만 사실 상아조각이었고 온 세상의 무게를 다 가진 것처럼 땅에서 떨어지지 않았다. 있는 힘을 다 해 두 손으로 상아를 들어올렸더니 내 손에 잡힌 것은 순수한 금속의 광택이 찬란한 도나나 할머니의 잃어버린 칼이었다. 그 날 비비아나의 입에서 피가 흘러나오는 줄도 모르고 그저 손위 자매가 하는 대로 따라하고 싶어서 충동적으로 빼앗았던 그 칼. 파괴적인 불빛을 일으키며 칼날이 남길 절단의 위험을 모르고 잡았던 칼. 칼날의 불빛은 다시금 내 혀를 자를 것이고, 나는 이 들판에서 은빛 철사 울타리 안에 갇힌 것처럼, 내 자신에게 한 일을 부끄러워하며 말 못하는 침묵 안에 갇히게 될 것이었다. 마른 땅에서 꺼낸 할머니의 단검에서 피가 흐르기 시작했고 땅 위로 붉은 강물이 되어 번졌다.

나는 여러 해 동안 이런 꿈을 꾸다 한밤중에 땀에 흠뻑 젖은 채 깨어나곤 했다. 꿈 속 상황이 전개되는 순서는 여러가지로 달랐지만 잘 차려입은 남자와 울타리와 도나나 할머니의 단검과 땅에서 솟아나는 피는 항상 똑같았다. 꿈을 꿀 때 기분 좋은 일이 딱 하나 있었다. 꿈 속에서 나는 쉬지 않고 말을 쏟아내며 외치고 있었는데 그건 내가 몇 년 동안 해보지 못한 일이었다.

비비아나가 집을 떠났던 그날 밤에 같은 꿈이 지금 말한 이 순서로 반복되었고 그 후로 이 꿈을 떠올릴 때면 그날의 순서대로 기억하게 됐다. 그날 밤 자다가 숨이 답답해서 깨었을 때 나는 언니의 자리가 비어있는 걸 보았다. 일어나 물 한 잔을 마시러 나갔을 때 그녀는 집 안에 없었다. 만일 언니가 잠시 뒷마당에 나간 거라면 문을 열어놓았을 것이다. 닫혀있는 문을 열자 거기 누워있던 푸스코가 내 손을 핥으려고 절뚝거리며 다가왔다.

나는 방으로 돌아와 할머니의 낡고 남루한 여행가방이 없어진 걸 확인했고 비비아나가 우리 곁을 떠났다는 사실을 깨달았다. 그날 내가 갑자기 들어갔을 때 낡은 가죽 가방에 옷을 챙겨 넣고 있던 그녀의 눈은 자신의 마음을 숨기지 못했다. 언니는 우리 몰래 도망갈 작정이었음이 틀림없었다. 나는 몇 년 전 어느 자레 의례 날 밤 언니가 나와 세베로에 대해 했던 것처럼 언니의 가출 계획을 엄마에게 일러줄 수도 있었다. 그 때 엄마의 체벌이 잘못됐음을 밝히고, 나와 사촌에 대해 언니가 꾸며낸 거짓말 때문에 내가 얻어맞은 만큼 되돌려 줄 수도 있었다. 하지만 너무 오랜 시간이 지난 일이었고 나는 언니가 슬퍼하는 걸 보고 싶지 않았다. 이미 지나간 일을 복수하고 싶지도 않았다. 진작에 상처가 아문 일이었다. 세베로와 키스했다는 이유로 혼나면서도 내 결백을 증명할 수 없어서 내가 상처받았듯이 그녀가 나로 인해 상처받길 원하지 않았다. 당시 12살이었던 나는 사촌과 함께 집의 불빛에서 멀리 떨어진 나무 아래서 밤의 반딧불이를 구경했을 뿐이었다.

언니의 가출은 나에게는 놀랄 일이 아니었지만 나머지 가족들에게는 몇 년 전 내가 혀를 잘렸을 때에 버금가는 충격이었다. 믿었던 딸이 여느 다른 집 여자들처럼 한밤중에 몰래 도망가버린 사실에 엄마가 슬퍼 무너진 모습을 보았을 때 나는 할머니 가방에 챙겨넣은 비비아나의 옷을 엄마에게 보여줄 걸 그랬다고 후회했다. 나로선 며칠 전에 눈치챘던 그 사실을 엄마에게도 알려줬어야 했던 것이다.

나는 언니에게 그녀가 하려는 일이 무슨 의미인지 다시 한번 생각하도록 기회를 줬어야 했다. 언니가 우리 곁에 있어줘야 한다고, 내 곁에 머물러야 한다고 말해줌으로써 그녀의 고민을 덜어줬어야 했다. 통제할 수 없이 배가 불러오는 상태에서 입덧과 더위와 견디기 힘든 가뭄에 더해, 수테리오가 우리의 고구마를 빼앗아가도 아버지는 그걸 막지도 못하는 이런 상황들이 아구아 네그라를 떠나고 싶어한 이유였다면 그녀에게 그럴 필요가 없다고 말해줬어야 했다. 잘못된 결정을 내리기 전에 조금 더 신중하게 생각하라고 말했어야 했다. 우리 부모님은 처음에는 노발대발 하더라도 결국은 아이를 받아들이실 거라고. 이미 일은 저질러졌으니 세베로와 헤어지라고 하지 않겠다고. 언니는 이미 다 큰 여인이니 엄마가 전에 나한테 했던 것처럼 언니를 때리지는 않을 것이라고, 언니는 이미 어린애가 아니므로 엄마가 전에 나에게 했던 것처럼 언니를 야단쳐 바로잡으려 들지 않을 것이라고 얘기했어야 했다. 만일 그랬다면 그녀는 가출을 감행하지 않았을지도 몰랐다.

언니가 떠난 후로 침울한 날들이 이어졌다. 아버지는 신령들의 방에 들어가 한참을 기도하곤 했다. 신령들에게 딸의 소식을 묻는 것 같았다. 촛불과 나뭇잎과 향불과 오랜 기도 사이에서 아빠는, 다른 이에겐 없는 리더로서의 자질을 알아보았기에 아들처럼 여기고 좋아했던 조카 세베로와 딸 비비아나의 앞날이 어찌될지 묻고 싶은 것 같았다. 아버지는 슬픔에 겨워 날마다 눈물짓는 엄마를 위로하려고 애썼다. 자신들의 장남이 아직 미성년인 사촌 누이를 데리고 떠났다는 사실에 비통해하는 세르보 삼촌과 에르멜리나 숙모도 위로했다. 아버지는 집안에서나 이웃들에게 이 일에 대해 언급하지 말라고 금지했다. 그건 딸과 조카에게 화가 나서가 아니라 그게 누구이든 본인이 없는 자리에서 그 사람 이야기를 하는 건 부적절하다고 여겼기 때문이었다. 내가 짐작하기로 아버지는 비록 비비아나가 가족들이 서로를 지켜야 한다는 약속을 깨트렸지만 우리는 변함없이 그녀의 행복을 기원하길 바라는 것 같았다. 아버지는 아구아 네그라의 주민들을 이끄는 지도자였으면서도 본인이 타인의 잘잘못을 심판하려 들지 않았다. 아버지는 어떤 사람이든 그가 저지른 실수나 오류로부터 용서받고 기회를 다시 얻을 수 있어야 한다고 믿는 분이었다.

그로부터 몇 주 후에 첫번째 비구름이 도착했고 일꾼들이 축복이라고 부르는 청량함이 땅에서 올라오기 시작했다. 사람들은 마른 흙을 조금 파내면 땅 아래 습기가 차서 서늘해진 걸 느낄 수 있다고 말했다. 가뭄이 끝나간다는 신호였다. 얼마 지나지 않아 하늘에서 첫 빗방울이 떨어졌다. 비비아나가 떠난 후로 우리집을 온통 가라앉힌 울적함을 완전히 떨치지는 못했어도 엄마는 모처럼 미소를 지으며 물통에 물을 채웠다. 농장의 여인들은 불어난 강물에 빨래를 하러 가거나 땅을 일구고 잡초를 뽑으러 괭이를 들고 나선 길에 힘찬 목소리로 노래 불렀다. 남자들은 농장주들의 경작지를 개간하는 작업을 먼저 끝내고 나면 자기들 땅에서 일하는 여자들과 합류할 수 있었다.

비는 날이 갈수록 세차게 더 오랜 시간 내렸다. 비와 더불어 하늘과 동물들과 아구아 네그라에 사는 사람들까지도 새롭고 신비로운 색깔을 드러냈다. 가장 나이 많은 농장 후계자인 프란시스코 페이쇼투가 자주 농장에 나타났고 그 앞에서 수테리오는 평소의 거만한 태도는 간데 없이 겸손하게 고개를 숙였다. 프란시스코는 우리 일꾼들에게 인사를 할 때도 있었고 못 본 척할 때도 있었다. 농장에는 농장주가 와서 머무는 숙소가 없었다. 농장주가 지은 건물로는 작물을 쌓아놓는 큰 창고가 있었다. 우리는 시내에 갈 수 없을 때면 시장에서 사는 가격보다 훨씬 비싼 값을 내고 그 창고에서 농산물을 사야했다. 농장에 농장주의 집이 없는 까닭은 페이쇼투 가족들은 다른 지역에 아구아 네그라보다 더 크고 수확량이 많은 농장들을 갖고 있어서 거기서 머물기 때문이라고 했다.

그 해 여름, 성 요셉의 날이 되기 전에 학교가 완공되었다. 일꾼들의 집엔 놓을 수 없는 세라믹 지붕을 얹은 학교 개교식이 시청 주관으로 열렸다. 학교 건물에는 페이쇼투 가족의 아버지인 안토니오 페이쇼투의 이름을 붙였다. 농장의 소유주라고 얘기만 들었을 뿐 그곳에 한 번도 온 적 없는 사람이었다. 모든 주민들이 개교식에 참석했다. 여인들은 머리 수건을 쓰고 왔고 남자들은 모자를 쓰고 손에는 자루가 긴 호미를 들고 왔다. 아이들은 새 건물을 가리키며 웃었다. 교실이 세 개 있는 작은 건물이었고 이 지역에선 어느 집에도 없는 화장실이라는 건 여기에도 없었다. 이 날 참석한 페이쇼투 가족 중에는 이곳에 한 번도 온 적 없는 큰 딸도 있었다. 살찐 체격에 피부가 무척 흰 그 여성은 한 순간도 우리 쪽을 쳐다보지 않았다. 그녀는 시장이 연설하는 동안 손수건을 연신 눈에 가져다 댔다. 돌아가신 아버지의 이름이 새겨진 돌판을 덮어놨던 종이를 벗겼을 때 그녀는 울음을 터뜨리며 거의 쓰러질 뻔해서 옆에 있던 형제들이 부축했다. 지난번 바르바라 신령의 날 밤에 온 시장에게 학교 건설 약속을 이행하라고 거의 명령하다시피 요구했던 내 아버지의 수고를 치하하는 인사말은 한 마디도 없었다. 하지만 아버지는 도밍가스의 손을 잡고 엄마 옆에서 시종 기쁜 얼굴로 청중 맨 앞줄에 서 있었다. 남들이 알아주는 것엔 상관 않는 아버지의 얼굴에는 자녀들이 자신과는 달리 문맹자가 되지 않을 것이며, 자신과는 다른 인생을 살 수 있도록 바르바라 신령의 힘을 동원해 싸웠다는 긍지가 보였다. 아버지는 자기 이름조차 쓸 줄 몰랐지만 농장에 학교를 지어서 우리가 글과 산수를 배울 수 있도록 할 수 있는 최선을 다했다. 자녀를 학교에 보내고 싶어하지 않거나, 아들은 보내더라도 딸은 공부시킬 필요 없다고 말하는 이웃들의 생각을 바꾸려고 아버지가 노력하는 모습도 여러 번 보았다. 아버지와 의견이 달랐던 이웃들은 결국 아버지의 설득을 받아들였으니 오랜 세월 지속되어온 아버지의 리더쉽을 모두 존중하기 때문이었다.

피르미나 아주머니네 집의 좁은 거실에서 일주일에 세 번씩 수업을 가르치던 교사를 대신하여 새 교사가 오기까지 또 한참이 걸렸다. 아침마다 학교로 가는 길엔 움부 나무 초록색이 짙어지고 만다카루스 꽃이 활짝 피었으며 성 요셉의 날이 지난 후에도 비가 계속 내렸다. 나는 비비아나와 세베로가 있는 곳에도 비가 오고 있는지, 그들은 어느 먼 도시나 농장에서 머물 곳을 찾았는지, 혹시 가장 큰 도시인 주도까지 갔을지 궁금했다.

2
~

나를 도와주던 비비아나가 없는 학교 생활은 일종의 고문처럼 견디기 힘들었다. 엄마는 새 교사 루르데스 선생님이 오자마자 농아라는 사실을 알렸다. 선생님은 특별히 신경을 써줬고 내가 수업을 따라갈 수 있도록 배려해줬다. 당시 나는 글을 읽을 줄 알았는데 피르미나 아주머니네 거실에서 수업을 가르쳤던 그 저그런 교사에게 배운 건 아니었고 엄마와 언니의 노력 덕분이었다. 나에게는 글을 읽고 쓸 줄 아는 것만으로도 충분했다. 교사가 되고 싶어하던 비비아나와는 다르게 나는 공부보다 농사, 요리, 부리치 열매 손질해서 기름 만들기 같은 일이 좋았다. 나는 수학 공부도 루르데스 선생님의 국어 수업도 재미없었다. 인디안 원주민과 흑인과 백인이 섞여 사는 우리나라는 행복하고 축복 받았다는 이야기를 하는 브라질 역사 수업에도 아무 흥미를 못 느꼈다. 브라질 국가를 배울 마음도 안 들었다. 어차피 나는 노래를 못하니까 배워봐야 쓸 데 없었다. 다른 아이들도 마찬가지였다. 내가 보기에 아이들의 마음은 개척자 영웅이나 군인들이나 포르투갈의 유산 같은, 우리에게 별 의미 없는 지루한 동화 같은 역사 이야기를 듣느라고 놓치고 있는 강가의 물놀이나 음식 생각에 가 있었다.

　나는 학교 수업에 점점 흥미를 잃었다. 이 더운 날 강한 향수를 뿌리고 오는 섬섬옥수 여선생의 말을 푹푹 찌는 교실에서 듣느라고 내 시간을 낭비한다는 느낌이었다. 예쁜 글자들이 가지런히 쓰여진 칠판을 바라보아도 내 머리로 이해되지 않는 어려운 단어와 문장들이었고, 경작지에서 땅에 심을 새로운 작물을 궁리하고 있을 아버지와 뒤뜰을 가꾸고 가축을 돌보고 바느질을 하고 있을 엄마 생각만 자꾸 났다. 어서 집에 가고 싶은 마음 때문에 졸린 수업 시간은 더욱 더디게 흐르는 것 같았다. 그 교실에 비비아나가 있었다면 그녀는 수업을 재미있게 들었을 것이고, 내가 수업에 관심을 갖도록 선생님 곁에서 도와줄 수도 있었으리라는 생각도 했다. 나보다 훨씬 어린 같은 반 아이들 중에는 배우려는 열의가 높아서 큰 소리로 글을 틀리게 읽는 아이들이 있었고 그럴 때마다 루르데스 선생님이 두 단어에 한 번씩 중단시키고 발음을 교정해주는 모습을 보는 일도 수업에 대한 의욕을 반감시켰다. 나는 글을 쓰고 읽을 수 있었고 전에 배운 진도 덕분에 아이들의 발음이 맞는지 틀리는지 알 수 있었다. 도밍가스와 제제는 학습 수준의 차이가 있는 다른 시간에 학교에 다녔는데 그나마 동생들이 있어서 학교 다니는 일이 견딜 만했다. 나는 지금 이곳에 없는 언니가 어디선가 손에 책을 들고 있을지, 괭이를 들고 있을지, 교사가 되는 꿈은 여전히 꾸고 있을지 궁금했다. 어쩌면 그녀와 나는 꿈이 서로 달랐기 때문에 우리 관계가 일종의 균형을 이뤘는지도 몰랐다.

어느 날은 머리가 아프다고, 또 어느 날은 배가 아프다는 핑계로 학교에서 일찍 나와 경작지나 집으로 가는 날들이 점점 많아졌다. 공책과 연필은 방 한구석에 팽개쳐 두었고 내가 학교 가기 싫어하는 걸 아버지가 못마땅해 하는 기색을 알면서도 내가 하고싶은 대로 했다. 머리가 아파서 학교에 못 가겠다고 한 날에도 등교 시간만 넘기면 두통이 씻은듯이 나았으므로 엄마와 함께 부엌에서 점심을 준비하거나 뒤뜰 채소밭에 필요한 물을 길으러 물동이를 들고 나서곤 했다. 엄마는 내가 학교를 싫어해서 안타깝다는 내색을 여러 차례 하였으나 마침내 내 뜻을 받아들였다. 따지고 보면 나는 이미 읽기와 쓰기를 할 줄 알았고 간단한 셈을 할 수 있어서 시장에서 물건 값 계산도 엄마보다 잘했다. 엄마는 더 이상 문제삼지 않았다. 아구아 네그라든 다른 가까운 마을이든 어디서도 내가 교사가 될 일은 없을 것이므로 학교에 계속 다닌다고 해서 내 미래가 크게 달라질 건 없다는 사실에 동의할 수 밖에 없을 테니까. 우리가 아는 곳 그 어디에도 놓아 교사가 있다는 말을 들어본 적 없었다. 엄마도 속으로는 말 못하는 딸이 선생이 되어 수업을 가르칠 일은 없을 것이라고 생각했을 것이다. 언젠가 그들이 내 곁에 없을 때 나 혼자 살아갈 수 있도록, 경작지와 뒤뜰과 부엌과 마림부 숲과 길과 시장에서 살아남는 법을 익히는 시간을 보내는 편이 낫다고 생각했을 것이다. 나는 루르데스 선생님의 메스꺼운 향수 냄새를 맡으며 땅에 대한 거짓말과 역사 이야기를 듣는 것보다 아버지 옆에서 일하는 편이 훨씬 좋았다. 선생님의 역사 수업 속에는 군인, 교사, 의사와 판사들의 이야기만 나왔고 정작 우리가 왜 거기에 있는지, 우리는 어디서 왔는지, 우리가 어떻게 살아왔는지에 대한 이야기는 없었다. 내가 말을 못한다는 사실을 끝도 없이 반복하며 놀리는 아이들 웃음소리를 더 이상 듣고 싶지 않았다. 나에게 정말 혀가 없는지 보고 싶다면서 입을 크게 벌려보라는 아이들도 있었다.

나는 아버지와 함께 숲 속 길을 걸어 다니며 약초와 풀뿌리에 대해 배웠다. 구름 모양을 보고 비가 올 것인지 예측하는 방법을 배웠고 하늘과 땅에 살아 숨쉬는 비밀스러운 변화에 대해 배웠다. 움직이는 자연 속 모든 것을 아버지에게 배우는 시간은 학교에서 가르치는 생명 없는 수업과는 사뭇 달랐다. 아버지는 나를 바라보며 "바람은 불어오는 게 아니라 그 자체로 살아있는 움직임이야"라고 의미심장하게 말했다. "공기가 움직이지 않으면 바람이 없다. 마찬가지로 우리는 움직이지 않으면 살 수 없단다"라고 가르쳐줬다. 나는 동물, 곤충, 식물의 움직임을 관찰하고, 아버지가 자연에서 얻은 지식을 나의 몸으로 전수 받아서 내가 아는 세상의 영역을 넓혔다. 아버지는 글을 모르고 산수도 몰랐지만 달의 변화에 대해 알고 있었다. 달이 만월일 때가 농작물을 심는 시간이었다. 만지오카와 바나나와 과일들은 달이 새로 차오를 때 심어야 하고 달이 기울 때는 잡초를 제거하고 땅을 고르는 일을 했다.

아버지는 나무 하나가 튼튼하게 자라려면 전염병이 생기지 않도록 매일 청소를 해줘야 한다고 했다. 어느 식물이든 줄기 주위를 깨끗이 치우고 흙으로 동산을 만들어줘야 하고 튼튼히 자라도록 매일 같은 시간에 물을 줘야했다. 아버지는 농사일을 하다 어려운 문제가 생기면 땅에 누운 자세로 스스로에게 질문을 던졌다. 무엇을 사용할 것이며 어떤 작업을 할 것인지, 어떤 일을 앞당기고 어떤 일은 뒤로 미룰 지를 결정했다.

그럴 때의 아버지는 심장박동을 듣는 의사 같았다.

3

학교가 문을 열고 몇 달이 지났을 때 새 일꾼들이 농장에 도착했다. 그 중에는 검은 직모 머리칼을 가진 마리아 카보클라라는 가녀린 여성이 있었다. 남편과 여섯 아이와 함께 온 여자였다. 그 집 가족은 예전에 세르보 삼촌이 처음 왔을 때 머물렀던 오두막에서 살기 시작했다. 아버지와 나이가 비슷하고 키 크고 마른 체격인 남자도 한 명 와서 목동이 되었다. 태도가 점잖고 말이

적은 남자였다. 그의 이름은 토비아스였고 우리집에서 열리는 자레 의례에 참석했다. 토비아스는 곧 아버지와 가까워졌고 아버지의 이야기를 듣기 좋아했다. 그들은 곧 농장 관리자의 작업 지시를 들으러 들판과 경작지로 같이 다니기 시작했다. 가끔 경작지나 강 옆 들판에 가는 길에 그와 마주칠 때가 있었다. 그가 건네는 인사말에 고개를 숙여 인사하고 가던 길을 계속 갈 때면 내 등 뒤를 쳐다보는 눈길이 마치 불꽃처럼 뜨겁게 느껴졌다.

시간이 지남에 따라 토비아스는 내 장애에 대해 알았고 쓸데없는 질문으로 나를 성가시게 하지 않았다. 모자에 꽂고 있던 꽃가지를 꺼내어 내 머리칼에 꽂아줄 때도 있었다. 나는 부끄럽고 불편했다. 낯선 사람의 호의에 어떻게 대응해야 할지 몰라 난처했다. 웃어주고 싶기도 했지만 다른 사람들과 어울리는 일에 재간이 없는 터라 눈길을 피하고 가던 길을 갔다. 자레 의례가 열리는 밤에 그 목동이 다른 이웃들과 어울리는 모습을 보았다. 가끔은 토냐 아주머니네 딸들 같은 여자들과 함께 있었고 술 몇 잔을 마신 후에 미소를 지으며 여자들 기분을 맞춰주고 있었다. 처음에는 별로 관심을 두지 않았다. 도밍가스와 엄마 옆에 조용히 앉아서 토비아스가 사람들과 흥겹게 어울리는 걸 구경하는 게 나쁘지 않았다. 그러다 언제부턴가 그 남자가 보이면 초조하고 안절부절 못하면서 나를 쳐다봐주길 바라기 시작했다.

토비아스는 수테리오의 신임을 얻었다. 비가 그치고 목초지가 건조한 상태라서 소 떼를 먹이려면 길을 나서야 할 때 무리를 이끌게 되었다. 가축에게 먹일 목초를 구하기 위해 일꾼들은 경작지에서 농사 지어야 할 시간을 쪼개어 마림부 숲에 가서 나무를 베어왔다. 그래도 여전히 먹이가 모자라서 토비아스와 목동들은 가축들을 차가 다니는 도로로 몰고 가서 우칭가 강변 너머 먼 곳까지 데려가곤 했다.

얼마 후에는 토비아스가 수테리오를 대신해서 도시로 가서 농장 일을 처리하기도 했다. 주문을 받아 도시에서 물건을 사오거나 농장 창고에 가져다 놓고 일꾼들에게 높은 가격으로 판매하는 물건을 사오는 일이었다. 수테리오가 없는 자리에서 일꾼들은 창고를 '강도'라고 불렀다. "오늘은 시내에 나갈 틈이 없으니 '강도'한테 사야겠어." 이런 식으로 소근거리다가 결국 그게 창고를 가리키는 이름이 되었다. 토비아스는 말을 타고 수레를 끌고 도시에 갔다가 주문 받은 물건들을 수레에 실은 자루에 가득 담아 돌아오곤 했다. 어느 날 그는 도시에서 오는 길에 뭔가 좋은 소식을 가져온 듯 의기양양하게 우리 집에 나타났다. 기분이 들떠 우쭐거리는 그의 모습을 보며 나는 상상의 나래를 폈다. 다이아몬드를 발견하는 행운이라도 얻은 모양이고 이제 곧 옷가지를 챙겨서 여기를 떠날지도 모른다고 생각했다. 토비아스는 말에서 내려, 들판에서 막 도착한 아버지에게 봉투 하나를 건넸다. 아버지는 글을 몰랐으므로 엄마에게 봉투를 넘겼고 엄마가 이게 뭐냐고 묻자 토비아스는 시내에 갔다가 제카 대부에게 전해달라며 받았다는 같은 말을 반복했다. 엄마는 나이가 들어서 밤에 램프 불빛으로는 글을 잘 볼 수 없었다. 루르

디스 선생님처럼 엄마도 안경이 필요했다. 엄마는 도밍가스에게 봉투를 넘겼고 여동생은 희미한 불빛이 반사된 눈을 깜박이며 봉투 겉면에 쓰인 글을 읽었다. "엄마, 비비아나가 보낸 편지에요." 아버지는 의자에 앉았고 다른 식구들을 제대로 쳐다보지도 못했다. 엄마의 입에서는 제발 좋은 소식이게 해달라고 신에게 기도하는 소리가 흘러나왔다. 도밍가스가 봉투를 열자 그안에 또 다른 봉투가 있었다. 세베로의 아버지인 세르보 삼촌에게 보내는 편지였다. 토비아스가 내 근처로 다가오자 윗도리에서 갓 무두질한 가죽 냄새가 났다. 그의 눈길은 도밍가스를 거쳐서 나에게 향했다. 여동생은 가끔씩 종이를 램프 가까이로 가져가며 편지를 읽었다. 글씨가 희미하게 쓰여진 것 같았다. 비비아나와 세베로는 잘 지내고 있으며 이타베라바 지역에 있는 농장에서 일한다고 했다. 비비아나의 출산이 얼마 안 남았다고 했다. 엄마가 출산을 도와줬으면 좋겠고 그래서 출산 즈음에 집에 오고 싶지만 만일 안된다면 연말에 오겠다고 했다. 세베로는 사탕수수 자르는 일을 하고 있고 그곳 노동조합 사람들과 친분을 쌓았다고 했다. 이곳의 긴 가뭄을 끝낸 비 소식을 들었다고 했고 그곳에도 비가 왔다고 했다. 땅을 사기 위해 돈을 저축하겠다는 말도 했다. 자기 땅을 가진 주인이 되고 싶다고 했다. 부족한 것 없이 잘 지낸다고 했다. 비비아나는 내년 초에 농촌 노동자들에게 제공되는 학력 보충 과정을 들을 것이고 교직 양성과정을 거쳐 교사가 될 계획이라고 했다. 나와 도밍가스와 제제의 안부를 물었고 우리 모두가 보고 싶다고 했다. 곧 또 소식을 전하겠다고 했다.

"얘네들은 도대체 어쩌자는 생각인 거냐?"라고 아빠가 물었지만 누군가의 대답을 기다리는 건 아니었다.

엄마는 눈물을 닦고 램프를 부엌으로 가져가더니 도밍가스를 불러서 편지를 다시 읽어달라고 했다. 나는 언니와 세베로가 잘 있고 거처를 구했으며 일자리를 구해 밥벌이를 한단 소식에 마음이 놓였다. 그러면서도 한편으론 엄마가 편지에 쏟는 지대한 관심이, 그리고 멀리 가버린 식구가 집안에 일으킨 이 야단법석이 언짢았다. 특히 언니가 쓴 단어의 간결함이, 우리에게 충분히 속죄하지 않는 태도가, 그리고 나를 무시하는 듯한 편지 말투가 고깝고 서운했다. 어떻게 내 이름을 도밍가스와 제제와 같이 묶어 한 명인 것처럼 쓸 수 있단 말인가. 언니는 내가 학교는 잘 다니고 있는지, 누구와 친구가 됐는지, 내게 필요한 언어 소통은 누가 도와주는지, 자기 없이 내가 어떻게 사는지 한마디도 물어보지 않았다.

토비아스가 입은 윗도리에서 나는 냄새는 아직 무두질 중인 가죽에 땀이 섞인 냄새였다. 파리들이 살코기 조각을 찾아 옷 위에 앉아있는 게 보일 정도였다. 그는 아버지와 몇 마디 말을 주고 받은 후 그만 가보겠다고 했고 나에게 인사를 하고는 말 위에 올라탔다. 멀어져가는 그를 보면서 나는, 그가 말을 돌려 다시 와 줬으면 좋겠다고, 와서 아버지에게 나를 자기 집으로 데려가게 해달라고 청했으면 좋겠다고 생각했다. 그는 나를 돌보고, 나는 그를 돌보며 살고 싶었다. 비비아나가 편지에서 그녀

의 단정한 글씨체로 전해준 삶을 나도 살아보고 싶었다. 엄마를
눈물 흘리게 하고, 아빠가 울렁이는 약한 불빛에 보였다 안 보
였다 하는 심각한 표정을 짓고서 속으로는 기쁘면서도 겉으로
만 무슨 말을 해야 할지 모르겠다며 투덜거리게 만든 그 삶을.
아빠는 언니와 세베로가 잘 지내고 있고 가족들을 잊지 않고 있
음에 만족스러워 했다. 나는 토비아스가 지금 당장이나 다음날
이나 그 후에라도 돌아오기를 바랬고 머지않아 나를 자기 아내
로 삼아주기를 기다렸다.

4
~

마을에 새롭게 아기들이 태어날 때마다 내 몸은 출산이 임박한
태동에 들어가 전율하는 것 같았다. 마치 촉촉한 땅이 씨를 뿌
려달라고 기다리는 것 같았다. 만일 씨를 뿌리지 않는다면 자연
은 홀로 생산을 시작해서라도 잡목 숲을 이루고, 마라쿠자 열매
를 익게 하고, 육체와 영혼의 질병을 치료하는 온갖 종류의 잎
을 피워낼 것이다.

　가뭄이 끝나자, 물이 빠져나간 빈 구덩이 속 썩은 나무 토막
에 버섯이 돋아나듯이 아이들이 태어났다. 나는 거의 매주마다
엄마를 도와 출산을 구완하러 다녔다. 크리스피나와 크리스피
니아나는 다시 같은 시기에 임신했는데 이번엔 아무도 크리스
피니아나의 아이 아버지가 누구인지 묻지 않았다. 우리집에 들
려온 소식에 따르면 그 자매들은 밤낮없이 다툰다고 했다. 크리

스피나의 두번째 아이는 건강하게 태어났고 엄마는 안도의 한 숨을 쉬었다. 이번에도 또 천사가 태어나 산파로서 자격 없다는 말을 듣게 될까 봐 걱정했었다. 엄마는 집집마다 태어나는 아이들이 나고 신령의 은덕임을 항상 상기시켰고 "신이 축복을 내리시길" 이라는 인삿말로 보람과 즐거움을 표현했다. 엄마는 출산하는 여자들이 너무 많아서 산파 일이 힘들다거나, 출산 후 부작용을 방지하는 태변 처리와 탯줄을 자르는 수고와 뒤뜰에 태반을 묻는 마무리 등이 고되다고 불평한 적이 한번도 없었다. 불에 달군 숟가락으로 신생아의 탯줄을 태우는 소리와 방을 가득 채운 돼지 기름 녹는 냄새는 내 기억 속에 아로새겨져 있다. 출산 구완 일이 많았던 그 해의 냄새는 어린 천사들을 비라썽 묘지에 묻었던 가뭄 시절과 다른 크나큰 축복의 냄새였다.

하루하루가 바람처럼 지나갔다. 비비아나와 세베로는 편지에 약속했던 것처럼 연말에 오지 않았다. 아이는 태어났는지, 남자인지 여자인지, 이름은 세베로인지 조제인지 또는 살루스치아나인지 에르멜리나인지 말해주는 편지 한 장 오지 않았다. 아니면 우리가 어린 시절 옥수수 속대로 만든 인형에 붙인 이름처럼 마리아이거나 플로라인지 알 길 없었다. 엄마는 몹시 슬퍼했고 담요나 냄비를 파는 보따리 상인이 농장에 왔다는 소식만 들려도 민감하게 반응했는데 혹시나 비비아나의 편지를 전해줄지도 몰라서였다. 한번은 언니가 아이를 낳는 꿈을 꾸었다. 지금보다 훨씬 늙고 허리가 구부러진 아빠가 출산을 돕는 꿈이었다. 꿈 속에서 나는 강에서 여인들이 빨래할 때 하는 노래를 불렀고, 아기는 현실 속 출산처럼 울지 않았고 전에 한 번도 본 적 없는 환한 미소를 지으며 태어났다.

12월이 오고 바르바라 신령의 날에 천둥을 동반한 폭우가 내렸다. 이번에도 토냐 아주머니는 작년에 입은 후 풀을 먹여 보관해온 의상을 가져왔고, 아버지는 나이 들수록 치마를 입고 장신구를 다는 일을 점점 더 거북해 했다. 신령의 접신을 받는 아버지도 연이은 폭우가 지난 한 해 동안 경작지에서 열심히 지은 농사를 망칠 줄은 내다보지 못했다. 가뭄에서 탈출한 지 얼마 안되었건만 이번엔 홍수의 피해였다. 일부 부실한 집들은 물과 바람의 위력 앞에서 속수무책으로 무너졌다.

"물이 쓸어가지만 않으면 식량이 생긴다"고 아빠는 밭에서 괭이질을 하며 말했었다. 하지만 물은 모든 것을 쓸어가 버렸다. 경작지는 늪과 연못으로 변했고 만지오카와 고구마는 잠긴 물 아래서 썩었다. 우리는 예전에 마른 땅이었으나 물웅덩이가 된 곳에서 쿰바와 몰레, 카스쿠도와 준지아(모두 물고기 이름)를 잡았다. 대부분의 가족들은 지난 몇 개월 동안 만지오카 가루를 식량으로 저장해놓았다. 아구아 네그라 사람들은 관리인 몰래 해가 뜨기 전에 숲길을 걸어 도시에 가서 물고기를 팔아 식료품을 사왔다. 주민들은 물고기가 이빨이 약해 미끼를 물지 않는 초승달 뜨는 밤만 제외하고 매일같이 낚시질을 갔다. 수테리오 관리인에게 들키지 않으려고 농장 일꾼들은 호숫가 숲 속에 낚시용 막대기와 갈고리를 숨겨두거나 나뭇가지에 매달아 감췄다. 그해 여름에 나는 물고기를 잡으러 도밍가스와 엄마와 함께 수없이 여러 번 늪 속에 들어갔다. 비가 계속 내리는 동안에도 제제와 아빠는 물에 잠긴 땅에서 멀리 떨어진 강 상류 경작지에서 계속 농사일을 했다. 우리는 오랜 가뭄 끝에 뒤뜰에서 작물을 가꾸기 시작했고 다른 주민들도 같은 사정이었으므로 몇 달 동안의 노동의 결과가 물 아래 잠기는 걸 보면서도 한탄하지 않았고 그래도 비가 내리는 편이 다행이라고 여겼다. 밭에 열린 작물이 물에 잠긴 걸 보는 건 물론 고통스러웠지만 우리에겐 다시 땅을 일굴 힘과 물이 있었다.

그해에도 나는 계속해서 토비아스를 눈여겨 보았다. 그가 나를 쳐다보거나 내게 정중한 몸짓을 보내는 걸 의식했지만 그런 일은 갈수록 뜸해졌다. 농장의 다른 소녀들에게도 관심을 가지는 것 같았다. 그게 괘씸해서 나는 길이나 자레 의례에서 그를 못 본 척하기 시작했다. 한동안 나는 그가 내 시선을 끌려고 유치하게 군다는 생각도 했다. 자레가 열리는 밤에 그를 일부러 외면함으로써 상심한 그가 술에 취하면 무슨 소동까지 벌일지 알고 싶기도 했다. 그를 원할수록 내가 갇힌 침묵의 감옥을 떠올리지 않을 수 없었고 일부러 무뚝뚝하게 대해서 사람들을 멀어지게 만드는 나의 무례하고 사나운 소심함이 마음에 걸렸다.

토비아스가 와 있는 의례날 밤이면 그의 시선을 피하기 위해 계속 눈길을 돌렸다. 하지만 그가 다른 소녀들이나 사람들과 어울리거나 자레 의례를 돕는 모습을 멀리서 지켜보는 동안 그에 대한 관심은 더 커졌다. 내 육체는 망아지처럼 통제 불능이었다. 땀을 흘렸고, 체취를 발산했고, 몸이 떨렸고, 심장 박동이 두방망이질 쳤다. 세베로가 아구아 네그라에 처음 온 아직 어린 소년이었을 때가 기억났다. 하지만 그때는 이렇게 터질 듯 솟구치는 욕망이 아니었고, 몸 안에 살랑거리는 날개가 생긴 것처럼 달콤한 기분이었다. 지금의 나는 우리가 내쫓던 슈핑이 쌀알을 먹으러 벼에 꼬이는 것처럼 과육을 찾아 새들이 모여들게 하는 농익은 과일 같았다.

어느날 아침 아버지는 엄마가 갓 내린 커피 향이 그윽한 식탁에 나를 불러 앉혔다. 토비아스가 찾아와 예를 갖추고서 나를 데려가 같이 살고 싶다고 허락을 구했다고 말했다. 토비아스는 산토 안토니오 강둑에 있는 오두막에서 혼자 지내기 외롭다는 말도 했고, 나를 무척 좋아하고 있으며 존중한다는 말도 했다고 했다. 잠깐동안 나는 아빠가 토비아스에게 내 딸은 말도 못하고, 마음씨는 곱지만 성질이 암표범처럼 거세고 사납단 걸 알아두라고 했을지도 모른다고 상상했다. 또 나는 아빠가 내 딸을 고생시키지 않고 잘 돌보겠노라는 약속을 하라고 토비아스에게 요구하는 장면도 상상했다. 아버지가 나에 대해 뭐라고 했는지 아무 말도 하지 않았기에 나로서는 결코 알 수 없는 대화를 상상했다. 아빠는 나에게 빨리 대답할 필요는 없으며 충분히 생각하라고, 기꺼이 갈 준비가 됐다고 느낄 때에만 그의 제안을 받아들이라고 했다. 딸을 아무에게나 맡길 생각이 전혀 없다고 말했다. 그리고 지금 이 이야기를 내게 하는 이유는 한 해 동안 토비아스를 지켜봐 잘 알게 되었고 그가 성실한 일꾼이라고 생각하기 때문이라는 말도 했다.

그 순간 왜 도나나 할머니가 생각났는지 모르겠다. 할머니가 얼마나 대담한 여성이었는지 전해 들었던 무용담과 함께 커다란 모자를 쓴 할머니의 모습, 상아 손잡이가 달린 단검을 든 할머니가 떠올랐고, 그녀의 세 번의 결혼과 어디로 갔는지 아무도 모르는 카르멜리타 고모를 둘러싼 수수께끼 같은 이야기들이 생각났다. 할머니가 내 처지에 있었다면 이 청혼에 어떤 대답을 할 것인지 궁금했다. 청혼을 수락할지 아닌지, 내 인생이 가야 할 방향을 그녀의 침대 아래 보관한 갈색 종이 조각에 적어 줄지도 모른다는 생각을 했다.

5

작은 옷 보따리를 들고 토비아스와 함께 말을 타고 부모님의 집을 떠나던 날, 나는 비비아나가 침대 밑에서 꺼내 간 할머니의 낡은 가죽 가방을 기억했다. 언니가 가져가지 않았다면 아마도 내가 그 가방을 들고 갔을 것이다. 가슴 한 켠에 돌을 얹은 것처럼 먹먹했고, 말발굽 소리가 골반 아랫부분에 메아리처럼 울려 퍼졌다. 우리는 천천히 길을 갔고 내 불안함을 달래 줄 아무 말이라도 해주길 기다렸으나 토비아스는 말이 없었다. 나는 한 손으로 그의 허리춤을 잡았고 다른 한 손으로 보따리를 쥐었다.

"여기가 당신 집이오, 아가씨." 주위를 둘러보니 집에서 20미터 정도 떨어진 자토바 나무 꼭대기에서 긴 그림자가 드리워져 있었다. 나무의 생생한 초록색이 가장 먼저 눈에 들어왔다. 우리는 말에서 내렸고 토비아스는 그날 아침 나를 데리러 오기 전에 채워 놓았을 신선한 풀이 있는 구유로 말을 데려갔다. 나는 온몸이 굳어버린 것 같았고 벌써부터 부모님 집으로 돌아가고 싶었다. "들어오시오." 세 칸짜리 작은 집 안은 더러운 옷들과 고약한 냄새와 구석마다 흩어져 있는 온갖 잡동사니로 어찌나 엉망진창인지 충격적이었다. 벽에는 구멍이 뚫리고 지붕 틈으로는 빛줄기가 들어오는 상태라 집을 전반적으로 수리해야 하고 지붕은 아예 새로 씌울 필요가 있었다. 이곳에서 꾸려갈 내 생활이 녹록치 않을 것 같다는 예감이 들었다. "갈게요"라고 갈색 종이에 적어서 엄마에게 내밀었던 걸 조만간 후회막심할 것 같았다.

토비아스가 낡은 옷장 문을 열더니 그 안에 있는 것을 꺼내어 이미 집 안 잔뜩 흩어져 있는 정체 모를 물건 더미에 얹었다. 그렇게 해서 만든 옷장 속 공간에 내 물건을 두라고 말했다. 그 순간 서러움이 밀려왔지만 상심한 기색을 드러내지 않으려고 안간힘을 다했다. 두렵고 불안했지만 그를 기분 상하게 하고 싶진 않았다. 나로서는 한 번도 집을 떠나본 적 없기에 일종의 거부감은 어쩌면 당연한 일이었다. 토비아스의 오두막집은 모든 게 낯설었다. 하지만 얼마 안 가 내가 좋아할 장소가 되리라고 기대해 보기로 했다. 여자들의 손길이 닿으면 무엇이든 고칠 수 있다고, 집에서, 그리고 피르미나 아주머니네서 가르치던 선생님에게서 나는 그렇게 배웠다.

토비아스는 기분이 좋아 보였다. 내 손에 들린 보따리를 가져가 침대 위에 던져놓고는 내 팔을 붙들고 집 안을 수선스럽게 돌아다니며 별별 잡동사니와 쓰레기 더미와 망가져 복구 불가능한 물건들을 보여주었다. 그는 호들갑스럽게 나를 뒷문으로 이끌었는데 거기에는 작은 개수대와 통나무 장작과 무너지기 직전인 진흙 곤로가 있었다. 나는 심란했지만 그가 나에게 보여주는 것들에 관심을 가져보려고 애썼다. 새들이 쪼아먹은 익은 과일이 땅에 떨어져 있는 아라사 나무의 모양을 기억해 두었다. 그는 내 옆에 와서, 열매가 익기만 하면 새들이 와서 쪼아먹는다고, 자기는 상관 않고 그냥 놔둔다고 말했다. 뒤뜰에는 나무 줄기에 묶어놓은 새끼 돼지 한 마리가 있었고 작은 파우마 선인장도 있었다.

다시 집 안으로 들어와 이번에는 오래된 난로와 불에 타 검게 그을린 냄비 두 개를 보여줬다. 그는 마치 내가 도시에서 와서 이런 시골 살림을 전혀 모르는 어린애라서 일일이 가르쳐줘야 하는 것처럼 모든 걸 반복해서 말했다. 부엌에는 벌레 먹은 구멍이 많은 개수대 위에 기름기에 절은 꾸러미들이 있었고 찌그러지고 부서진 통들 사이에 콩알, 쌀알이 흩뿌려져 있었고 음식 찌꺼기 위로 파리 떼가 날아다니고 있었다. 그는 내게 점심을 만들어 보라면서 필요한 건 뒤뜰 채마밭에서 따오면 된다고 했다. 이 누추하기 짝이 없는 돼지우리에 대해 무슨 말을 해야 할지 몰랐으므로 나는 차라리 벙어리인 걸 신에게 감사했다.

집 안내를 마친 토비아스는 밖으로 나가 가죽 모자를 쓰고 말을 줄에서 풀고 경작지로 나간다고 했다. 점심 먹으러 돌아오겠다고 했다. 그는 말을 타고 멀리 사라졌고 나는 혼자 남았다. 나는 가장 가까운 이웃집이 얼마나 떨어져 있는지 몰랐고 집 안에서 카나나 뱀이나 방울뱀 같은 위험을 발견하면 어떻게 해야 할지도 몰랐다. 한참 동안을 나는 짚으로 만든 낡은 의자에 주저앉아 있었다. 파리떼의 웅웅거림만이 귓전에 들리는 유일한 소리였다.

거기에 혼자 있는 것도 아주 나쁘지는 않다는 생각을 했다. 왜냐하면 토비아스가 이 아침 시간에 나를 잠자리로 데려가려 했다면 나는 더욱 어쩔 줄 몰랐을 것이기 때문이었다. 밤까지는 시시각각 다가오는 이 괴로움을 미룰 수 있었다. 견뎌낼 수 있다면 앞으로 내 집이 될 이 돼지우리를 어느 정도 정돈할 필요가 있었다. 일단 부엌부터 시작하기로 했다. 탁자 위에 늘어놓은 곡물들을 종류별로 분류했다. 파리 떼가 마치 구름처럼 뒤덮고 있는 것의 정체는 그 날 아침 해 뜨기 전에 잡아 온 걸로 보이는 두 마리의 쿰바스 물고기였다. 파리들이 다 먹어버리기 전에 물고기를 덮어 씌웠다. 콩에서 작은 돌맹이와 껍질을 골라내고 불리려는데 물이 없었다. 그렇다면 가장 먼저 할 일은 강에 가는 길을 찾는 거였다. 녹 냄새를 풍기는 깡통을 하나 찾아내어 뒤뜰로 나갔다. 거기서 숲길을 걷고 산토 안토니오 골짜기 방향으로 가파른 언덕길을 내려갔다. 그 시기에는 강물이 많이 불어 있었으니 곧 물가를 찾을 수 있을 거였다. 주민들은 되도록 물을 쉽게 공급 받고자 대부분 강 근처에 집을 지었으므로 집 모양이 보이는 길을 찾아 걸었다. 마침내 검은 색 물줄기가 물고기들과 나뭇가지며 잎사귀를 끌고 다른 강을 향해 거침없이 흘러가는 강 기슭에 도착했다. 물을 가득 채운 통을 들고 다시 오는 길도 험난했다. 하지만 일단 길을 알았으니 머지않아 익숙해지면 눈 감고도 강을 찾아오게 될 거라고 나 자신을 다독였다.

개수대 옆에 물통을 내려놓고 잡동사니 속에서 끄집어낸 그릇에 콩을 넣어 물에 담갔다. 부엌에 널려있는 물건들 중 쓸모없는 것들을 한 쪽에, 아직 쓸 만한 것들을 다른 쪽으로 모았다. 생선을 개수대에 가져와서 칼로 손질을 했다. 그리고서 생선의 내장을 제거하고 소금을 뿌리고 뒤뜰에서 따온 야채와 레몬으로 만든 양념에 재워 뒀다. 그러는 사이 거의 망가진 오래된 난로에 장작을 넣었다. 그런데 불을 어떻게 붙인다? 성냥도 등유도 안 보였다. 난로 근처와 식탁 위와 잡동사니 속을 찾아봤으나 없었다. 망가진 물건들과 아직 쓸 만한 물건들을 분류하면서 나는 집 안 모든 것을 손보기로 결심했다. 그 안을 사람 사는 곳으로 꾸며 보기로 했다. 구석 구석에 있는 거미줄을 쓸어내면서 나는 가까운 이웃집에 가서 불을 지필 불씨나 등유를 얻어올까 생각했다. 이웃에는 누군가 아는 사람이 살고 있을 거였다. 그곳에서 오래 살아오는 동안 농장 일꾼들은 하나의 대가족처럼 살았고 진짜 친척들이 그렇듯이 소소한 언쟁과 다툼도 나누는 사이였다.

나는 나가서 불을 구해오기로 했다. 해는 이미 높이 솟았고 미지근한 바람이 땀에 젖은 몸에 불어왔다. 길에서 사람을 만나면 불이 필요하다는 뜻을 전할 수 있도록 나무 조각을 하나 들고 나갔다.

6
~

토비아스가 집에 돌아왔을 때는 해가 이미 기울어 수평선 위로 가라앉기 시작했다. 나는 배가 너무 고파서 새들이 쪼아먹다 땅에 떨어트린 아라싸 열매를 주워 먹으며 허기를 달랬다. 마리아 카보클라의 집을 찾았고 거기서 불씨를 가져왔다. 그녀와는 자레 의례에서 알고 지내던 사이였으므로 내가 나타났을 때 놀라지 않았다. 처음에 마리아는 장작이 필요 없다고 말했다. 내가 아무 대답 없이 그녀 앞에 서있는 모습을 보고는 장작이 필요하냐고 내게 물었다. 마침내 그녀는 내가 원하는 게 불이라는 걸 이해했고 그녀의 난로에서 나무 끝이 타고 있는 장작 한 개를 꺼내어 내게 줬다.

토비아스는 집에 들어서자마자 미소를 지었다. 잠깐동안 나는 그가 자기 물건을 함부로 만지고 정리했다고 불평하지나 않을까 걱정했다. 혼자 있는 동안 집안 정리를 다 끝내지는 못했지만 달라진 차이는 확연했다. 그는 치워진 구석, 정돈된 침대, 찢어진 부분이 꿰매어진 옥수수 껍질 매트리스—내 보따리에 넣어 온 바늘이 있었다—깨끗해진 식탁, 좀 멀리서 날아다니는 파리떼, 난로 위에서 끓고 있는 음식 등을 보았다. 그는 고맙다는 인사를 하지 않았고 나는 속으로, '그래, 남자니까, 남자가 왜 고맙다는 말을 하겠어' 라고 생각했지만 오두막에 여자를 데려온 건 잘한 일이었다는 만족감을 그의 눈에서 볼 수 있었다. 그에게 접시 가득 음식을 담아 주었고 옆에 서서 그가 먹기를 기다렸다. 그가 내 요리를 맛보고 기뻐하는 모습을 보고 싶었다. 토비아스는 음식 위에 만지오까 가루를 가득 붓고는 게걸스럽게 두 손으로 음식을 먹어치워 접시를 말끔히 비웠다. 나는 그가 밥을 먹는 동안 생선 가시들을 덤불에 버리고 왔다. 더 달라고 말할 때까지 기다리지 않고 콩과 생선을 접시에 더 부었다. 그는 첫 접시를 먹을 때와 같은 속도로 두번째 접시도 비웠다. 토비아스는 내가 집 정리를 마무리하고 강에 다시 가서 길어온 물로 몸을 씻었다. 식사 뒷정리를 마치고 산토 안토니오 강에 몸을 씻으러 갔을 때는 나는 완전히 녹초가 되었다.

밤이 내려앉았고 나는 쓰레기 뭉치 속에서 찾아낸 등유로 램프에 불을 밝혔다. 불 옆에 앉아서 그 날 아침에 세탁한 닳아 빠지고 많이 찢어진 침대보 두 개 중 하나를 꿰매기 시작했다. 온통 뒤숭숭한 마음 상태를 바느질에 집중하려고 애썼다. 토비아스는 식탁 위에 놓아둔 카샤사 술을 마시면서 그날 하루 생긴 일과 가축과 관리인 수테리오와 농장 일에 대해 이야기했다. 내가 이 시간에 바느질을 하는 것이 그를 무시해서가 아님을 알리느라 가끔씩 손을 멈추고 그의 눈을 마주보았다. 오늘 빗자루 손잡이로 먼지를 털고 찢어진 곳을 꿰맨 그 침대에서 우리 둘에게 일어날 일을 내가 피하려고 이런다고 생각하지 않길 바랐다. 하지만 그와 눈이 마주치는 즉시 천의 한쪽에서 다른 쪽으로 실을 찌르는 바늘로 다시 눈길을 돌리게 되곤 했다. 두근거리는 심장은 나에게 "순간 순간이 괴롭다"고 말하고 있었다.

이윽고 그가 나를 침대에 눕히고 목에 입을 맞추고 옷을 밀어

올렸을 때는 정작 두려워할 게 아무것도 없었다. 음식을 만들거나 마당을 빗자루질 하는 것처럼 그건 또 하나의 일일 뿐이었다. 한번도 해본 적 없고 모르던 일이지만 남자와 함께 사는 여자로서 해야 하는 일을 이제 하게 됐을 뿐이었다. 뒤뜰에 출몰하는 짐승들을 떠올리게 하는 오르내리는 동작으로 그가 내게 들어왔다 나갈 때 나는 아침에 말을 타고 올 때 느꼈던 것과 같은 불편함을 내장 안에 느꼈다. 고개를 창가 쪽으로 돌렸다. 하늘에 일찍 솟아오른 달빛을 작은 창문 너머로 보고 싶었다. 그의 몸에서 내 몸 안으로 뭔가 밀려나오는 걸 느꼈다. 그는 일어나서 남은 물로 씻으러 갔다. 나는 옷을 내리고 등을 돌리고 누워 천장을 바라보며 틈새로 들어오는 빛줄기를 찾았다. 어느 잃어버린 별이 오랜 친구처럼 다가와서 나에게 혼자가 아니라고 말해 주길 기다렸다.

다음날 아침 토비아스가 일하러 나간 후 엄마가 도밍가스와 함께 나를 보러 왔다. 말린 고기, 꿀, 달걀과 껍질 벗긴 녹색 콩 등 음식을 잔뜩 들고 왔다. 엄마는 내가 어쩌고 있는지 보고 싶어서 일찌감치 집에서 출발해 해가 아직 중천에 이르기 전에 길을 걸어온 거였다. 두 사람을 보자 마음이 한결 놓였다. 엄마의 눈에는 걱정이 가득했다. 내가 첫날밤에 아내 역할을 제대로 했는지, 토비아스가 나를 잘 배려해줬는지 묻고 싶지만 차마 입이 안 떨어졌을 것이다. 엄마와 여동생은 내가 분리해 놓은 쓰레기 더미를 보고 기겁을 했다. 나는 하고 싶은 말이 너무 많아서 급한 손짓을 연신 휘저었다. 도밍가스는 내가 전하려는 말을 이해하려 애썼고 처음 주부가 된 내가 해 놓은 일들을 보며 웃었다. 그 날 아침 우리는 행복한 시간을 보냈지만 엄마와 동생이 집으로 돌아갈 길을 나서자 가슴이 아프게 조여왔다.

토비아스는 늦은 오후에 돌아오곤 했다. 집에 와서 가장 먼저하는 일은 식탁 위에 있는 카샤사 술병을 들어 입 안에 털어넣는 거였다. 그런 다음 목욕을 하거나 아니면 곧장 식사를 하러 식탁에 앉았다. 나는 하던 일을 멈추고 그의 식사를 차렸다. 처음에는 내가 만든 음식을 좋아하는 것 같았고 항상 더 먹곤 했다. 그러다 언제부턴가 음식이 너무 짜다거나 너무 싱겁다고 불평하기 시작했다. 생선이 덜 익었다며 나는 못 봤던 덜 익은 부분을 가리키거나, 혹은 너무 익었다면서 가시와 함께 부서진 살을 가리켰다. 그럴 때면 나는 움츠러들었고 심장이 두근거렸고 밥도 제대로 못 하는 멍청이라는 자괴감이 들었다. 하지만 그의 불평은 거기서 더 심해지지는 않았고, 말투가 험악해지거나 큰 소리로 말하지도 않았다. 마치 농사일을 하던 중 잘 자라지 못한 작물이 눈에 띄어 거슬린다는 말투였다.

시작이 흐를수록 토비아스는 내가 하는 일이 점점 마음에 안드는 것 같았다. 찾는데 안 보이는 물건들에 대해 불평하는 일이 잦았다. 내가 자기 물건들 위치를 마음대로 바꿔 놓아서는 안 된다고 했고, 내가 보기에 물건의 제자리가 아닌 것 같더라도 그가 놓아둔 자리가 맞는 위치이니 옮기지 말라고 말했다. 알겠다고 했다. 그의 말에 고개를 끄덕였지만 그의 눈을 마주 보는 건 피했다. 이런 말을 들을 때면 다 집어치우고 집으로 돌아가고 싶은 마음이 굴뚝 같았지만 그랬다가는 이웃들이 뭐라고 수군거릴 것인가? 우리는 아버지 집에서 열리는 자레 의례에 같이 참석하고 있었고 이제는 모두들 내가 더 이상 "제카 샤페우 그란지의 벨로니시아"가 아니라 토비아스와 살고 있는 "토비아스의 벨로니시아"라는 걸 알고 있었다. 하루 중에서도 밤에 잠들기 전에 그가 내 안으로 들어올 때면 나는 서글픔을 가슴 깊이 눌러 삭였다. 그는 코를 골며 잠들었고 옆에 누운 여자에 대해 더 이상 불평하지 않았으므로 나도 마치 모든 것이 괜찮은 것처럼 가만히 있었다.

매일 아침 해가 뜨기 전 그가 잠에서 깨는 기색이 느껴지는 즉시 나는 자리에서 일어났다. 그의 불평은 일어나자마자 시작됐다. 어느 날은 커피가 천사의 오줌처럼 너무 묽다고 투덜댔고, 또 어느 날은 커피가 찌꺼기처럼 너무 쓰다고 투덜댔다. 호미나 괭이처럼 나는 건드리지도 않은 물건들을 찾았다. 어딘가에 놓아두고서 기억 못하는 물건들을 나에게 어디 있냐고 묻곤 했다. "여자! 그거 어딨어?" "저건 어딨지?"라는 질문에 어쩔 줄 몰라서 나는 하던 일을 멈추고 물건을 같이 찾았다. 내가 물건을 찾아내면 그는 마치 자기가 찾은 양 내겐 고맙다는 말 한마디 하지 않았다. 상황은 점점 나빠져 갔다. 나는 그가 나를 "여자"라고 부르는 소리를 듣지 않으려고 그가 물건을 찾아 달라고 말하기도 전에 벨트, 신발, 모자, 조끼, 큰 칼 등을 미리 그의 손에 들려주었다. 이 빌어먹을 인간은 왜 나를 '여자'라고 불러서 마치 팔려온 물건처럼 느끼게 하는 거냐고 머리 속으로 비명을 질렀다. 토비아스는 보름에 한 번씩 부모님 집을 방문할 때나 엄마와 도밍가스가 와 있을 때면 내 이름을 제대로 불렀지만 나는 못들은 척 했다. 엄마가 내 표정과 시선을 피하는 모습과 뭔가 불만스러워하는 태도를 걱정하는 것 같았지만 나는 아무 일 없는 척했다. 가장 참기 힘든 건 내가 나답게 살지 못하고 있다는 사실이었다. 아버지가 그토록 원했던 걸 알면서도 나는 내 뜻대로 학교를 그만둔 고집 센 딸이었다.

아구아 네그라에 일꾼들의 자녀를 위한 학교를 세우려고 분투했던 아버지. 농장주 가족들은 학교에 농장주 가족 부친의 이름을 붙여 기념하겠다는 시장의 제안에 마지못해서 학교 건설에 동의했다. 그들에게 학교는 농장 주민 자녀를 위한 교육 기관이라기보다는 일종의 자선사업이었다. 농장주들의 비협조적인 태도에 맞서가며 학교 건설을 추진했던 아버지에게 실망스러운 일인 줄 알면서도 나는 학교를 그만뒀다. 농장의 젊은 남자들은 나한테 좀처럼 접근하지 않았는데 그 이유로는 내가 못생겼거나, 비비아나가 중간에 있지 않으면 나와 대화할 수가 없어서이기도 했지만 무엇보다도 나는 힘있는 자에게 맞서는 사람이었기 때문이었다. 그들의 눈에 비친 나는 권위에 맞서 싸우는 자였고 그들은 그런 싸움은 남자들의 특권이라고 생각했다. 나는 싸움을 피하지 않는 사람이었다. 그러나 그곳, 벽이 무너지기 직전인 오두막에서 나와 함께 사는 남자의 집에서 나는 주인이 아닌 나그네 같았다. 격렬한 저항은커녕 차분한 대응조차도 할 의욕이 생기지 않았다.

7

어느날 아침 토비아스가 수테리오와 함께 일하러 말을 타고 집을 막 나간 후였다. 이웃집 여자 마리아 카보클라가 문을 벌컥 열고 집 안으로 들이닥쳤다. 정말이지 깜짝 놀랐다. 그녀는 옷이 찢어진 채 몸을 떨며 울고 있었고 같이 울어대는 막내 아들을 품에 안고 있었다. 그녀가 하는 말은 거의 이해할 수 없었고 몇 번씩 반복되는 "그가 나를 죽일 거야"만 간신히 알아들을 수 있었다. 눈은 희번덕거리고 땀에 젖은 긴 머리카락이 얼굴에 달라붙었고 코에서 끈적한 콧물이 흘렀다.

그녀를 자리에 앉게 했다. 나는 그녀의 두려움을 가라앉히기 위해, 그리고 울음 소리가 문 밖으로 나가지 않도록 문을 닫았다. 나는 마실 물 한 잔을 주고 아기를 내 팔에 받아 안았지만 그 둘을 진정시키는 효과는 별로 없는 것 같았다. 잠시 시간이 흐른 후 마리아 카보클라는 남편이 미쳐서 제 정신이 아니며 다른 자녀들은 숲으로 피신했다고 설명했다. 나는 그 남편이 당장이라도 마리아 카보클라를 찾아 내 집에 올 수도 있다는 생각에 무서웠다. 다른 집 부부 싸움에 끼어들면 안 된다는 주민들 사이의 불문율을 어겼다는 이유로 그가 나를 때릴지도 몰랐다. 나는 침착해지려고 노력했다. 토비아스는 마을에서 남자답다고 인정받는 사람이었다. 마리아의 남편인 아파레시도와는 잘 알고 지내는 무난한 관계였다. 친구는 아니어도 사이좋은 이웃이었다. 그가 우리 집에 함부로 쳐들어오는 일은 없을 것이다. 나는 카핑 산토 잎사귀를 몇 개 따서 끓는 물에 넣었다. 내 쪽을 쳐다보지도 않고 어린애처럼 흐느끼고 있는 마리아 카보클라에게 차를 권했다. 가까이 다가가서 미지근한 찻잔을 그녀의 입가에 가져다 댔다. 그제서야 눈꺼풀 위에 난 상처와 검게 부풀어오른 눈이 보였고 마음이 아파왔다.

부모님과 할머니가 예전에 내게 해줬던 걸 떠올리며 뒤뜰에서 구할 수 있는 풀로 약 반죽을 만들었다. 내가 그런 걸 할 줄 아는 줄은 나도 몰랐다. 반죽을 그녀의 상처에 발라줬다. 헝클어진 긴 머리카락을 손으로 정돈해주고 필요할 때 쓰려고 모아놨던 오래된 천조각으로 머리를 묶어줬다. 그때서야 나는 인디안 혈통이라 피부색이 붉은 마리아 카보클라의 얼굴을 자세히 보았다. 가끔 불을 빌리러 가거나 강에 빨래를 하러 가서 만날 때 그녀에게 살아온 이야기를 들은 적 있지만 그럴 때에도 지금처럼 얼굴 생김새를 찬찬히 살펴본 적은 없었다. 마리아가 지금껏 거쳐왔던 여러 농장들 이야기는 잘 알고 있었다. 사냥개의 추적을 받으며 도망가다 숲에서 붙잡혔다는 그녀의 할머니 이야기도 들어서 알고 있다. 마리아는 어찌나 여위었는지 항상 굶주린 사람처럼 보였다. 밝은 낮에 보면 그녀의 작은 몸에는 보라색 반점이 있었다. 엄마라면 그녀를 가리켜 예쁜 여자라고 하겠지만 마리아는 혹사당한 여자였다. 우리들 시골 여자들은 모두 태양과 가뭄에 혹사당했다. 힘든 노동과 집안 일에 혹사당하고, 어린 나이에 출산한 아이들, 차례차례 태어나서 우리의 젖가슴을 시들게 만들고 엉덩이를 퍼지게 만드는 아이들에게 혹

사랑했다. 의자에 앉은 마리아 옆에 선 채로 그녀의 작은 가슴이 서러운 숨결을 몰아쉬느라 진정되지 못하는 모습을 지켜보았다. 나는 그녀의 처지에 연민을 느꼈고 얼마 안 되는 내 점심밥을 나눠 먹고 싶었지만 토비아스가 알면 싫어할지도 몰라서 말을 꺼내지 못했다.

잠시 후 마리아 카보클라는 고맙다는 인사를 하고는 들어왔을 때처럼 갑자기 문을 나섰다. 그녀의 아들은 울음을 멈추고 엄마 품에 안겨 잠들어 있었다. 마리아는 다른 아이들을 찾으러 가겠다고 말했고 지금쯤은 남편이 화가 풀렸을 것이며 집에 없을 거라고 말했다. 그녀는 겁에 질려 집을 뛰쳐 나온 걸 후회하는 것 같았다. 여자가 있을 곳은 남편 옆인데 괜히 여기 왔다고, 집에서 무슨 일이 있었는지를 이웃에게 말하고 다니는 건 결국 자기 삶을 남의 화제거리로 내돌리는 일이라고 자책하는 것 같았다.

나는 문가에 서서 그녀가 잰 걸음으로 멀어지는 모습을 바라보면서 그녀와 자녀들을 지켜달라고 신령들에게 기도했다.

그날 토비아스는 땀에 흠뻑 젖고 눈이 빨개져서 집에 왔다. 멀리서도 술에 취한 게 보였다. 그는 힘겹게 말을 묶어 놓고 비틀거리며 집 안으로 들어왔다. 나는 얼른 곤로에 음식 냄비를 올려놓았지만 그는 자리에 앉기도 전에, 식사 준비가 늦다고, 새벽부터 일해서 배고프다고 투덜댔다. 나는 울화가 치밀었다. 이 울화는 우리가 함께 산 짧은 기간 동안 내 생활의 일부가 되었다. 집을 나와 여기 온 건 큰 실수였다는 생각이 들었지만 이날 따라 토비아스가 이웃들과 수테리오와 페이쇼투 농장주 가족을 험담하는 거친 말을 쏟아내는 바람에 내겐 생각할 틈조차 없었다. 나는 아파레시도의 아내 마리아 카보클라에게 내가 피신처를 제공했던 사실을 그가 길에서 만난 누군가에게서 들었을지도 모른다는 상상으로 마음이 조마조마했다. 음식 접시를 탁자 위에 올려놓자 그는 더러운 손으로 음식을 집어 입 안에 넣었다. 이어서 알아들을 수 없는 말을 외쳤는데 뜨거운 음식에 손가락을 덴 것 같았다. 나는 그 옆에 서 있었다. 그는 손으로 한 입 더 집어먹더니 음식이 싱겁다고 소리를 버럭 질렀다. 입가로 침이 흘렀다.

이렇게까지 고주망태가 된 모습을 본 건 처음이었다. 자레 의례에서 술을 많이 마시는 걸 봤지만 몸을 가누지 못할 정도는 아니었다. 얼굴이 붉어지고 눈꺼풀이 처져 눈이 감긴 모습은 봤지만 지금처럼 혀가 풀려 못 알아들을 말을 지껄이는 모습은 본 적 없었다. 그가 무슨 말을 하는 건지 이해하려고 애쓰는데 피할 틈도 없이 접시가 나에게 날아왔다. 나는 바닥에 떨어져 팽개쳐진 음식을 보았다. 내 몸을 굽혀가며 열심히 쓸고 닦았던 바닥에 흩어진 음식을 보는 순간 뜨거운 분노가 치솟았다. 이 형편없는 소몰이꾼은 자기가 뭐라고 생각하는 건가. 진작부터 나는 그에게서 드러나기 시작한 포악함을 불안한 마음으로 지켜보고 있었다. 전에는 억제되었지만 지금은 고삐가 풀린 상태였다. 얼마 후면 그는 마리아 카보클라의 남편처럼 나를 때릴 것이었다. 하지만 내 마음은 이미 달라져 있었다. 더이상 남자가 두렵

지 않았다. 나는 마을 남자들이 말을 걸기 전에 혓바닥을 조심
하던 상대인 도나나의 손녀이며 살루스치나의 딸이었다.

토비아스는 의자를 뒤로 기울여 벽에 등을 기댔다. 내가 즉시
바닥을 치우리라 기대했겠지만 나는 흩어진 콩과 닭고기 옆에
떨어진 에나멜 접시를 지나쳐 걸어나왔다. 옷자락에 손을 문지
르고서 뒤뜰로 나와 토마토와 쪽파를 심어 놓은 채소밭을 파헤
치기 시작했다. 그가 격분해 내 뒤를 쫓아와서 때리려고 손을
치켜들기를 기다렸다. 나에게 천치라고 그가 외치는 소리가 집
에서 들려왔다. 그가 나를 벙어리라고 불렀다. 내가 혀가 짤린
불구자라고 했다. 나는 그의 입에서 나오는 모든 모욕을 삼켰
다. 커다란 흙덩어리를 떼어 내가며 힘차게 땅을 파헤쳤다. 그
가 감히 나에게 주먹질을 한다면 똑같이 되돌려 줄 작정이었다.
단 한번의 일격으로 얼굴에서 살점을 뜯어낼 것이다. 어떤 남자
라도 나를 때리려 든다면 그의 손이나 머리를 뽑아낼 것이며,
나의 노여움을 똑바로 알게 해 줄 것이다.

토비아스는 계속해서 욕설을 퍼부었지만 내 마음은 차분해졌
다. 땅을 만지는 일은 어지러운 가슴을 진정시키고 나를 괴롭히
는 분을 삭이는 효과가 있었다. 몇 발짝 떨어진 곳에 있는 잠시
동안 내가 집이라고 불렀던 오두막 안에서 소동을 피우는 중인
토비아스를 제외한 다른 멀리 있는 모든 것들에 대해 생각했다.
어느새 해가 지고 밤이 되었을 때는 채소밭이 보기 좋게 일궈져
있었다. 집으로 들어와 부엌을 청소했다. 바닥에 아무렇게나 내
동댕이쳐진 음식은 푸스코에게 줄 몫으로 그릇에 담았다. 그가

뭐라 하든 상관없이 나는 내일 아침에 부모님 집으로 갈 것이다. 내 손바닥처럼 잘 아는 그 장소에 대한 그리움이 가슴을 짓누르는 것 같았다.

토비아스가 먹을 음식은 해놓지 않을 것이다. 나는 자존심이 강하고 온순하지 않았으며 좀처럼 용서하지 않는 성격이었다. 음식이 마음에 안 든다면 네가 직접 해먹으렴. 이 얘기를 어떻게 전해야 할까? 그는 읽을 줄 모르니 글로 써보일 수도 없다. 토비아스는 대부분의 일꾼들이 그렇듯이 자기 이름 밖에 쓸 줄 몰랐다. 그러니 그의 미쳐 날뛴 행동에 대한 내 불만을 전달하기 위해서 나는 음식을 안 만들 것이다. 방에 들어가니 그는 코를 골며 자고 있었다. 강에 들러 씻고 오지 않아서 농장일로 더러워진 상태 그대로 자고 있었다. 참자, 짐승더러 목욕하라고 깨웠다가는 또 나한테 욕을 할테니까.

다음날 그는 평소보다 일찍 나갔다. 나는 일어나지 않았다. 눈을 감은 채로 그가 문 닫는 소리를 들었다. 말발굽 소리가 멀어지는 것까지 들은 다음에야 일어나서 외출할 준비를 시작했다. 뒤뜰 채소에 물을 주고 푸르타빵 열매를 따서 요리했다. 부엌 안에 퍼지는 음식 냄새에 기분이 좀 나아졌다. 마리아 카보클라를 생각했다. 어제 내내 생각했고 자기 전에도 그녀를 위해 기도했다. 나는 그녀와 아이들이 무사하고 남편과도 화해하기를 기도했다. 신께서 그 남자의 화를 진정시켜 주십사고 기도했고 마리아 카보클라가 이미 많은 이들을 약초와 기도를 통해 술병에서 고친 바 있는 우리 아빠에게 도움을 청하게 해주십사고

기도했다. 인생의 모든 것을 도와주시는 신께서 그 남자의 중독도 치료해 주시길 기도했다. 마리아는 나나 비비아나보다 훨씬 나이들어 보였다. 우리 엄마보다는 젊었고 가장 큰 아이가 열한 살이라고 했다. 고생하느라 시들어버린 외모 때문에 나와 함께 있으면 내 엄마로 보일 지경이었다.

집 문을 잠그고 길을 나섰다. 내 진짜 집으로 가는 길이었다. 마음이 가볍게 들떠 양팔에 소름까지 돋았다. 오래 전부터 기다리던 선물을 드디어 받은 것 같았다. 내게 익숙한 길과 강과 부리치 나무들을 보면서 나는 토비아스와 헤어지더라도 나한테는 우칭가 강변으로 돌아가는 길이 있으니 괜찮다는 낙관적인 심정이었다. 이미 알고 있는 장소로 가거나 새로운 장소를 만날 가능성은 항상 있을 것이다.

저 멀리 집이 보이자 저절로 웃음이 나왔다. 엄마를 깜짝 놀래켜 줄 수 있도록 엄마가 문 가에 나와 있지 않길 빌었다. 우리는 함께 웃을 것이고 식탁에 앉아 언제나 해오던 일들을 같이 할 것이다. 엄마는 내게 있었던 일을 묻고 자기에게 생긴 일도 얘기할 것이다. 자신이 질문하고서 마치 내 말인 것처럼 자신이 대답할 것이다. 그게 아니라고 내가 끼어들 때까지 계속 그럴 것이다. 좋은 일들이 언제나 계속될 것 같은 밝은 기운이 우리를 둘러쌀 것이다. 나는 현관문을 천천히 발로 두드렸다. 안에서 여자 목소리가 들리길래 토냐 아주머니가 와있는가 생각했다. 문을 열고 들어섰을 때 아이를 안고 앉아있는 여자의 옆모습이 보였다. 비비아나가 돌아와 있었다.

시간이 많이 지났지만 사고가 났던 그날은 지금도 생생하다. 비통해 하는 엄마 아버지와 함께 수테리오가 몰고 온 포드 지프차를 타고 병원으로 달려가던 그날. 항상 타보고 싶었던 지프차였는데 그렇게 울음소리와 피 범벅이 되어 타게 될 줄은 꿈에도 몰랐다. 가는 길 내내 할머니 생각을 했다. 할머니로서는 어쩌면 잊고 있었을지도 모르는 낡은 천에 싸 놓은 칼, 침대 밑에서 꺼낸 가방, 우리 입에서 흘러내리는 피를 보고 놀라 어찌할 바 몰랐던 할머니. 토냐 아주머니의 연락을 받고 황급히 도착한 엄마가 대체 무슨 일이 있었던 거냐고 묻기를 반복하고, 엄마가 그 전에 본 적 없는 거친 몸짓으로 나와 비비아나를 흔들었을 때에야 언니는 피 흘리며 울먹이는 입으로 할머니 가방에서 물건을 꺼냈다고 대답했다. 자신이 간직해온 물건이 손녀들에게 입힌 위해를 알았을 때, 손녀들이 순전히 호기심으로 그걸 손에 넣었다가 뭔가에 홀린듯이 입에 넣어 발생한 사고를 알았을 때 할머니의 심정이 어떠했을지를 나는 결코 알 수 없을 것이다. 불길한 징조였던 황홀한 빛이 눈을 사로잡았을 때 우리는 세상을 잊었고 날카로운 물건에 대해 숱하게 들어왔던 "칼날 조심"이라는 경고를 잊었다. 그리하여 우리의 천진난만한 시절은 영원히 마침표를 찍었다.

그날 아침, 옥수수 속대로 만든 인형 놀이가 시들했던 나는 비비아나에게 뒤뜰로 나가자고 했다. 이웃집 아이들이 동물에게 했던 것처럼 우리도 주방에서 불붙은 나무 조각을 갖고 나가서 도마뱀을 붙잡아 장난치자고 했다. 언니는 싫다고 했다. "그럼 도나나 할머니 가방 보러 가는 건 어때?" "할머니 지금 감자 삶고 있어"라고 하자 "기다려 봐"라고 말했다. 할머니는 혼자 공상에 잠겨 있을 때가 많았다. 할머니는 과거 속에서 살고 있었고, 잠시 후면 과수원과 오래된 닭장 뒤로 이어지는 숲으로 나가 공상에 빠져 헤매 다닐 거였다. 우리는 문가에 앉아서 할머니의 그림자가 뒷문을 지나 멀어지는 걸 지켜보았다. 비비아나는 우리가 뭘 찾게 될지 아마 몰랐을 것이다. 나는 나이가 어리지만 내가 그녀보다 영리하다고 여기고 있었다. 9월과 10월에 부는 바람에 날려온 흙먼지가 두껍게 덮여 있는 겉모습이 마치 오랫동안 가방을 열지 않은 것처럼 보였지만 사실 나는 할머니가 가방을 풀었다 다시 싸는 모습을 여러 번 보았다. 어느 날 아침엔 꾸러미를 풀고 상아 손잡이가 달린 칼을 꺼낸 것도 보았다. 할머니가 집을 나간 딸인 카르멜리타를 부르는 혼잣말을 하면서 더러운 천으로 칼을 닦는 모습을 보았다. 나는 우리가 그 칼을 가지고 밖으로 나가서 덤불을 자르고 땅을 파고 사냥 놀이를 할 수 있을 것이며 우리에게 있는 토막 연필 끝을 날카롭게 다듬을 수도 있을 거라고 생각했다.

그 칼은 세상 무엇보다 번쩍거렸다. 할머니 가방 안에 있는 깨진 거울 조각보다 그 칼이 우리 모습을 훨씬 잘 보여줬다. 새 울음소리조차 들리지 않는 조용한 방 안에서 나는 언니에게 속삭였다. "무슨 맛일까?" "숟가락 같은 맛일 거야"라고 비비아나가 말했다. 나도 좀 볼래. 나는 안달이 나서 울퉁불퉁한 흙바닥을 덮은 카이치투 가죽 위에서 펄쩍 뛰었다. "아냐, 내가 먼저야"라고 비비아나는 평소 과시하기 좋아하는 손위 언니의 권리를 주장했다. 할머니가 와서 언니가 칼을 입에 물고 있는 걸 보면 어떻게 될까? 자기가 먼저라고 건방 떨다 따끔하게 혼날 것이다. 할머니가 밖에서 소리를 듣고 빨리 돌아오도록 내 몸을 뒤로 젖혀 침대를 밀었다. 할머니가 와서 우리를 야단치면 이 장난은 끝나리라. 어쨌든 칼을 꺼내자고 한 건 나였다. 하지만 할머니는 내가 침대 미는 소리를 못 듣는 것 같았고 소리를 질러야할 것 같았다. 언니는 아마도 재빠르게 내 탓을 하며 둘러대겠지. 그전에 나도 칼을 만져보고 싶었다. "숟가락 같은 맛이야?"

언니의 입에서 칼을 휙 빼앗았다. 그녀의 손에 실린 힘에 맞서 잠깐 몸싸움이 벌어졌다. 뭔가 자기 걸 빼앗길 때처럼 또는 내 것을 그녀가 빼앗으려 할 때 나도 그러는 것처럼 언니가 더 힘주어 버틸 줄 알았다. 휘둥그레 커진 그녀의 눈에 신경 쓸 여지가 없었다. 빼앗은 칼의 광채에 매혹되어 내 입으로 가져갔다. 할머니는 여전히 자기 생각에 잠겨 세상 밖 먼 곳에 있었다. 내 손에 들린 그 물건은 마치 돌덩이처럼 무거웠다. 이 광경을 할머니에게 들키면 내가 혼날 것이고 그 칼에 깃든 마법이 나를 해칠 거라고 깨닫는 순간 거칠게 칼을 입에서 빼냈다. 비비아나에게는 아무 잘못 없었다. 칼을 입에서 꺼냈을 때 비비아나가 피 흘리는 게 보였고 내 입 안에서도 뭔가 끊어졌다는 걸 느껐다. 하지만 그 순간엔 곧 들킬 거라는 두려움으로 감정과 호흡이 너무 격앙된 나머지 아픔이 아직 느껴지지 않았다. 잘려진 혀의 일부를 손 안에 쥐고서 나는 아빠와 할머니의 능력이 이 조각을 제 자리에 돌려놓을 거라고 생각했다. 치료사 제카 샤페우 그란지는 모든 걸 고칠 수 있으니까. 아빠는 자레 의례가 열리는 밤마다 수많은 신령으로 변했다. 숲과 물과 산과 공기의 정령의 힘을 받아 목소리가 바뀌었고 노래를 부르며 방 안을 빠르게 빙빙 돌았다. 아빠는 정신병자와 주정뱅이를 치료하는 사람이니 내 혀를 입 안에 돌려놓을 것이었다. 이 재앙을 어찌 벗어날지 정신없이 궁리 중인데 비비아나가 가방을 제 자리에 집어넣기 전에 할머니가 들이닥쳤다. 바로 조금 전에 상상했던 것처럼 할머니는 손바닥으로 언니의 머리통을 내리쳤고 같은 기세로 내 머리를 내리쳤다. 나는 이미 피를 너무 흘려 기운을 잃기 시작했다.

병원 의사들이 나는 앞으로 말하기도 밥을 먹기도 어려울 것이라고 했다. 말하는 연습을 하려면 큰 병원이 있는 도시에 와서 계속 치료 받아야 한다고도 했다. 하지만 그건 불가능했다. 우리가 사는 아구아 네그라에서 도시까지 그 먼 길을 그렇게 자주 올 방법이 없었다. 보다 가까운 시내 병원에는 치료법을 아는 의사가 없었다.

그렇게 나는 말을 잃었다.

시간이 꽤 많이 흐른 뒤에 나는 도나나 할머니가 헤매고 다녔던 그 숲길에 혼자 있을 때 입 밖으로 말해보기를 시도했다. 그

때 내가 골랐던 단어를 지금도 기억한다. 그건 '쟁기'라는 말이었다. 나는 갈아엎은 갈색과 붉은색 땅에 볍씨를 심기 위해 농장의 낡은 쟁기를 소에게 씌우고 흙덩이를 부수고 다니는 아버지 모습을 보는 게 좋았다. 쟁기라는 단어의 둥글고 발음하기 수월한 소리도 마음에 들었다. "나는 쟁기질을 할 거야." "나는 땅을 쟁기질 할 거야." "이 쟁기는 망가지고 낡았으니 새 쟁기가 있다면 좋을텐데." 내 입에서 나오는 건 혀를 잃어버린 자리에 뜨거운 달걀이 놓여있기라도 한 것처럼 뒤틀리고 고장난 소리였다. 마치 휘어서 형태가 변한 쟁기 같았다. 그런 쟁기로 땅을 일군다면 불모의 땅, 파괴된 땅, 갈갈이 찢어진 땅이 될 것이었다. 나는 같은 단어를 계속 발음했고 다른 단어들도 입 밖에 내어 봤다. 예전의 벨로니시아의 몸으로 돌아간 것처럼 다시 말해보려 했지만 뜻대로 되지 않았고 포기할 수 밖에 없었다. 잘린 상처의 부종이 가라앉은 후에도 내가 듣기에도 알아들을 수 없는 발음만 나왔다. 토냐 아주머니네 딸들이나 피르미나 아주머니 집에서 공부하는 아이들의 놀림거리가 되어 내게 굴욕감을 안길 소리는 아예 밖으로 내지 않는 편이 나았다.

이 모든 세월 내내 나는 오로지 혼자 있을 때에만, 그것도 아주 가끔씩만 무언가를 말해보려 했다. 그건 끊임없이 내가 나에게 가하는 일종의 고문이었다. 도나나 할머니의 칼이 내 안으로 뚫고 들어와 그 사건 이후로 내 안에서 불러 일으키려는 모든 힘을 찢어발기는 것 같았다. 마치 낡고 뒤틀린 쟁기가 내장을 파고들어 살을 토막치는 것 같았다. 그럴 때면 가뭄은 지긋지긋하게 계속되고 비는 이따금씩만 내려 우리를 학대하는 이 땅, 사람들이 아무 도움도 못 받고 죽어가고 가축처럼 살아가며 아무 보상도 휴식도 없이 일하는 곳, 우리에게 있는 유일한 권리는 농장주들이 놔둔다면 아구아 네그라를 떠나지 않고 살다가 비라쌍 묘지에 묻히는 것 뿐인 이 땅에서 살아가고자 내 자신에게 북돋으려던 용기마저 한 줌 연기처럼 흩어지곤 했다.

혼자 길을 걸을 때면 나 자신을 포함해 누구도 듣고 싶지 않을 거친 단어들을 입 밖에 내어 반복했고 그런 일은 시간이 지날수록 더욱 빈번해졌다. 사람들이 들으면 진저리를 칠 독살스러운 말들을 주저없이 내뱉었다. 여러 해에 걸쳐 자라난 나의 뒤틀리고 괴상한 목소리, 너무 많은 원한을 품은 내 목소리로 그 말들을 되풀이했다. 이제 토비아스의 폭력적 행동으로 인해 그 말들은 더욱 악랄해졌고, 그 거친 말을 도나나 할머니와 엄마와 내가 알지 못하는 나의 조상들이 외치고 있었다. 내 목에서 나오는 괴이한 소리로 반복된 단어들은 잊지못할 슬픈 형상을 만들었고 나를 살아있게 만드는 힘이 되었다.

9

고작 2년이 지났건만 언니는 너무나 나이 들어 보였다! 골반이 펑퍼짐해졌고 젊은이다운 신선함은 더 이상 없었다. 그녀를 여전히 젊어 보이게 하는 건 얼굴에 노란 점처럼 튀어나와 반짝이는 여드름 뿐이었다. 그것말고는 10년은 더 나이 들어 보였다.

남자 아기의 엄마가 된 그녀에게 그동안의 시간은 결코 수월치 않았던 것 같았다. 언니가 입고 있는 옷 위로 드러난 가슴이 아들 이나시오를 젖먹이느라 처진 게 보였다. 사실 우리 같은 시골 여성들에게는 특별한 일도 아니었다. 우리는 일찍부터 지금 사는 곳이든 다른 어디서든 주인들에게 필요한 새 일꾼을 낳아 키울 준비가 돼있었다. 지금의 변한 모습은 그녀가 소녀에서 성인이 된 세월이 흘렀다는 확인이었다.

그녀의 얼굴에선 내가 잘 지내고 있다는 걸 알게 된 안도감과 사촌과 함께 살려고 가족을 버리고 도망쳤다는, 다른 처녀들도 많이 하는 철없는 모험을 저질렀다는 겸연쩍음 사이에 애매하게 걸친 감정이 보였다. 마을에는 이런 비슷한 사연들이 얼마든지 많았다. 지금껏 살아오면서 주변의 동물들에게서 많이 보아 낯익은 모성 본능이 그녀의 몸짓에 이미 자리잡은 게 보였다. 그녀가 나를 끌어안기 위해 자리에서 일어나면서 아기를 우리 엄마 품에 넘겨주는 동작에서도 그게 보였다. 언니의 얼굴을 다시 마주할 수 있고 조카를 드디어 만났다는 기쁨에 겨워 나는 진심으로 반갑게 그녀를 끌어안고 싶었다. 하지만 그러면서도 그녀가 떠난 후 내가 느꼈던 모든 아픔이 지난 세월과 뒤섞여 되살아나는 걸 피할 길 없었다. 우리의 상봉은 언니가 떠나기 전 우리 사이에 살아있던 일체감이 없어져 맥빠진 느낌이었다.

그날 아침 내가 집을 나올 때 세웠던 계획은 당분간 미뤄야 했다. 이렇게 갑자기 비비아나를 만나게 될 줄은 꿈에도 몰랐다. 나는 도밍가스와 엄마 옆에 같이 앉아서 언니가 농장을 떠난 후 살아온 이야기를 들었다. 나는 오래 전 우리가 함께 살 때 비비아나를 통해 다른 이들에게 뜻이 전달되던 예전의 그 동작들을 사용해서 대화에 참여해보려고 했다. 이전에 우리를 하나로 묶었던 매듭을 다시 이어보려고 얼마나 노력했는지 모른다! 하지만 언니는 내 몸짓을 바로 알아듣지 못했고 이해할 때까지 같은 몸짓을 여러 번 되풀이하다 지칠 정도였다. 차라리 도밍가스가 내 의도를 잘 이해하는 듯 했다. 그녀가 떠난 이후로 나의 의사소통과 감정 표현 능력은 줄곧 잠들어 있었고 그 일부가 이미 손실된 것 같았다.

비비아나는 학력 보충 과정을 마쳤고 내년에는 공립 사범학교에 다닐 거라고 했다. 지금은 일 나가는 이웃집 여자들의 아이를 돌보는 일을 하고 있었다. 벌이가 얼마 안 되지만 갓난 아기를 데리고 할 수 있는 일은 그것뿐이었다. 세베로는 농장에서 일하고 있으며 농업노동조합 활동에 참여하고 있었다. 노조 활동을 통해 많은 걸 배우는 중이라고 했다. 두려움과 어려움을 극복해가며 함께 일하는 노동자들의 삶을 개선하기 위해 노력하는 중이고 나이 많은 노조원들로부터도 인정받고 존중받는다고 했다.

세베로가 아빠와 제제와 함께 뒷문으로 들어왔다. 그는 모자를 벗고 나에게 인사를 건넸다. 나를 사촌 벨로니시아라고 불렀다. 나는 그를 다시 보게 되어 기뻤다. 세베로 역시 많이 달라져 있었다. 청소년기를 뒤로 하고 이제는 다 큰 어른, 성인 남자가 된 것 같았다. 예전에 보였던 도전 정신은 지금도 남아있는 것 같았다. 그를 보면서 나는 어린 시절의 둘의 가출이 남긴 상처는 이제 표면상으로는 과거의 일이 되었음을 깨달았다. 한동안은 식구들 사이에 단절이 생겼다고 생각한 적도 있었지만 가족의 일부인 한 사람이 돌아왔다는 사실은 축복이었고 모든 걸 용서하게 만들었다.

그들을 보면서 몇 년 전에 비비아나가 나와 세베로를 두고 상상했던 말도 안 되는 소동을 떠올리지 않을 수 없었다. 그 때 내가 사촌에게 매력을 느낀 건 사실이었다. 하지만 그건 연애 감정이라고 할 수 없었다. 나이가 조금 더 많은 또래 소년의 행동과 몸짓과 이야기가 발산하던 에너지와 활력에 대한 감탄과 동경심이었다. 숲 속 동물들이 그 민첩함으로 우리를 놀라게 하는 것처럼 세베로에게는 타고난 매혹이 있었다. 그 매혹은 신체적인 특징이 아니라 그가 세상을 대하는 태도로부터 우러나왔다. 그를 향한 나의 동경은 나도 세베로 같은 힘과 리더십과 지혜를 갖고 제카 샤페우 그란지의 맏아들 역할을 하고 싶다는 소망이었다. 내가 세베로에게서 부러워한 그 모든 능력은 다름 아니라 아버지가 농장 사람들을 이끌어온 험난한 과정에서 발휘했던 능력이었다.

다시 돌아온 세베로를 보니 전에 왜 그가 부러웠고 닮고 싶었는지 새삼 알 것 같았다. 세베로는 아버지가 난감해 할 정도로 격한 어조로 농장 주민들의 생활 상태가 얼마나 열악한지 성토했다. 아버지는 우리를 그곳에 거둬주고 살게 해준 이들을 비난하는 건 배은망덕이라고 기회 될 때마다 강조하던 사람이었다. 하지만 그날은 세베로의 말에 아무 반박도 하지 않았다. 그건 어쩌면 오랜만에 만난 자리라 그랬을 수도 있고, 혹여 서운한 감정이 있더라도 앞으로는 묻어두고 지내야 하기에 그랬을 수도 있다. 그날 풍경은 언젠가 그들이 농장에 다시 와 살게 된다면 우리가 겪게 될 변화의 조짐 같았다.

우리가 하는 노동과 우리가 묶인 종속 관계에 대해 세베로가 제시하는 의견 속에는 강렬하고 단호한 어떤 의지가 느껴졌다. 그는 다른 지역에서의 경험을 가져와 우리의 역사를 해석하고 새로운 의미를 전하고 싶어했고, 나는 그가 전하려는 메시지를 이해하고 그의 이야기를 될 수 있는 한 많이 기억에 남기려고 집중했다.

나는 비비아나의 팔에 안겨 있는 아이를 한참을 바라보았다. 내 시선을 알아차린 언니가 내게 다가와 아이 이름을 말해주었다. 나는 이름이 이쁘다고 생각했고 마음에 든다는 미소를 지었다. 아이를 안아보려고 했으나 아이는 자기 엄마 어깨에 머리를 기대며 내 손길을 피했다. 나의 조카, 나의 혈육인 이 아이는 심각한 질병에 걸리지만 않는다면 아구아 네그라든 그 어디서든 땅에 씨를 뿌리며 살아갈 것이다. 아이의 눈은 엄마와 아빠 중 누구를 닮았는지 알아보기 어려웠다. 나는 손을 내밀어 아이를 어루만졌다. 엄마는 감격에 겨워 어쩔 줄 모르며 당신이 할머니가 되었다는 말을 몇 번이나 반복했다. 이나시오를 만지자 손 끝으로 온기가 전해졌다. 꽃에서 갓 따온 꿀처럼 생생하고 따스한 아기 살결의 감촉이 내 마음을 힘과 기쁨으로 충만하게 채웠다.

비비아나는 곧 아이를 다시 데려와 교회에서 세례 받을 것이라고 했다. 나에게 대모가 되어 달라고 했다. 그건 우리가 비록 멀리 떨어져 살고 있으며, 우리 사이에 차이점과 거리감이 있을지라도 나는 여전히 그녀의 삶에서 중요한 인물이라는 뜻이었다. 우리를 하나로 묶는 줄은 이렇게 다시 굳세어질 수 있을 것이었다.

그로부터 며칠간 비비아나와 세베로는 부모님 집과 세르보 삼촌 집에서 번갈아 가며 머물렀고 나는 거의 날마다 그들을 만나러 갔다. 그들이 다른 지역을 다니며 살았던 이야기를 들을수록 더 자세히 듣고 싶었다. 아구아 네그라에서 사는 우리 생활에 대해 세베로가 뭐라고 설명하는지 더 많이 듣고 싶었다. 그의 이야기는 내 마음에 맺힌 절망, 나를 괴롭히고 나를 토막내는 뒤틀린 목소리, 그리고 멀리 떨어져 있을지라도 우리를 하나로 연결시키는 모든 시련에 대해 말해주는 이야기였다. 만일 우리가 함께 한다면 어쩌면 우리에게 주어진 운명을 바꿀 수도 있을 것 같았다. 곧 돌아온다는 약속을 남기고 그들이 떠날 때까지 나의 방문은 계속되었고 토비아스가 성질을 부리고 포악을 떨어도 내 외출을 막을 수 없었다.

그들이 마침내 살던 곳으로 갔을 때 나는 비와 변화를 가져오는 좋은 바람이 불어오는 어느 날 그들이 이곳으로 돌아올 거라고 예감했다. 그날이 곧 오게 해달라는 기도를 올렸다.

10

그 후 몇 달 사이 토비아스의 폭력성은 점점 심각해졌고 마침내
엄마가 아버지의 뜻을 전하러 왔다. 아버지는 나를 걱정하고 있
으며 집으로 돌아오길 바란다고 했다. 내가 돌아와도 전혀 가족
에게 부끄러운 일이 아닐 것이며, 아버지는 내게 나쁜 일이 일
어나지 않도록 딸을 보호하고 싶을 뿐이라고 했다.

　토비아스는 온갖 사소한 일로 불평을 늘어놓았고 거의 언제
나 모든 잘못이 내 탓이라고 했다. 카샤샤 술을 엄청나게 마셔
댔고 술에 취해 붉어진 눈으로 내 몸을 훑어보며 나를 모욕하
고 트집 잡을 거리를 찾았다. 그는 내가 벙어리라고 끊임없이
상기시켰고, 시집 온 지 한참이 됐는데도 언니처럼 아이를 낳
지 못한다고 불평했고, 내가 만드는 음식이 형편없다고 했고,
하루종일 뒤뜰에서 쟁기질만 하느라 시간을 낭비한다고 했으
며, 마리아 카보클라와 어울리는 게 꼴보기 싫다고 했다. 한편
마리아 카보클라는 아이가 생기지 않는 건 나 때문이 아니라고
했다. 토비아스는 전에도 다른 여자들과 동침했으나 아이가 생
기지 않았다고 했다. "분명해. 그 인간은 불임이야."라고 마리
아가 말했다.

　한참 전부터 나도 아버지 집으로 돌아가겠다는 결심을 했다.
하지만 이렇게 떠날 수는 없었으며 남자에게 뭔가 갚아줘야 했
다. 비겁하게 도망칠 순 없었다. 어려서부터 내가 깨달은 사실
이 있다면 나 자신은 내가 지켜야 한다는 거였다. 스스로를 보

호하지 않는다면 아무도 나를 지켜줄 수 없었다. 과거에 비비아나가 나를 잘 보살펴줬지만 그건 아빠의 신앙에 영향을 받은 그녀가 어릴 적부터 자신도 모든 사람을 돕고 싶다는 마음을 키우며 자랐기 때문이었다. 사실은 일상적인 활동 중 아이들이 겁을 낼 상황이 생겼을 때 그녀를 보호한 건 동생인 나였다. 숲이나 강, 마림부 습지를 지나다 뱀이나 야생 동물이 보이면 내가 앞장섰고, 사람들이 나를 가리켜 용감한 아이라고 부르게 했던 몸짓으로 짐승을 놀래켜 쫓았다.

한동안 토비아스는 자레 의례에 참석하러 집에 오는 날이면 아버지와 마주치길 피했다. 술에 취해 큰 소리로 떠들어 사람들의 관심을 끌려고 들었다. 하지만 그런 식으로 난리 피우는 사람이 한둘이 아니었고 아무도 그에게 신경 쓰지 않았다. 자레의 밤은 매일 이어지는 고된 노동을 잠시 잊는 휴식 시간이었으므로 사람들 술 주정은 다반사였다. 하지만 나는 그가 술 마시고 큰 소리로 떠드는 꼴을 집에서 거의 매일 봐야 했으므로 자레에 와서까지 그를 보거나 목소리를 듣는 게 견디기 힘들었고 가까이 있기도 싫었다. 엄마가 하는 일을 돕거나 도밍가스나 토냐 아주머니 딸들과 어울리면서 토비아스로부터 멀찌감치 떨어져 있었다.

그 무렵 나는 토비아스와 같이 살기로 한 나 자신을 심하게 책망하곤 했다. 그는 마리아 카보클라의 남편이나 다른 남자들처럼 여자를 때리는 추악한 짓은 하지 않았다. 딱 한 번, 내가 얼마 전에 꿰매 놓은 낡은 바지를 찾아내라고 다그치다가 나를 때릴 듯이 위협한 적은 있었다. 언제나처럼 난폭하게 소리질러대는 그에게 노여워진 나는 수건을 꿰매며 앉아있던 의자에서 꼼짝도 하지 않았다. 그는 나를 때리려는 듯이 손을 치켜들었지만 내가 바느질을 멈추고 성난 눈으로 마주보자 허공에서 팔을 멈추었다. 그 순간 나는, 할 테면 해보라고, 너의 폭력이 나의 강단을 이길 수 있나 한번 해보라고 맞선 심정이었다. 내 속에 사는 미친 짐승이 나를 안으로부터 갉아먹는 걸 느꼈고 그 순간 남편도 내 안에 쌓여 폭발 직전인 분노를 감지한 것 같았다. 토비아스는 손을 내리고 말을 멈추었고 머쓱한 얼굴로 술을 마시러 나갔다. 얼마 후에 취해 비틀거리며 돌아와서는 더러운 옷을 입은 채 누워 잠들었다.

집을 떠나 여길 오던 날 차라리 죽었으면 좋았을 거였다. 말에서 떨어져 힘없이 땅을 뒹굴다 죽는 편이 나았을 것이었다. 그러나 이제 와서 탄식은 부질없는 일이었다. 몇 년이 지난 후에도 나는 내가 그의 사탕발림에 혹했던 바보였음을 창피해하고, 여자를 꼬셔서 부모 집에서 데려와 노예처럼 부려먹으려고 남자들이 지껄이는 입에 발린 소리에 넘어갈 만큼 순진했다고 부끄러워할 것이었다. 그들은 여자들의 피와 생명이 다할 때까지 때려서 그녀들의 몸에 증오의 흔적을 남기고 삶을 지옥으로 만들었다. 그들이 여자를 데려간 건 음식과 청소에 대해 불만을 늘어놓고, 말 안 듣는 자식들과 날씨와 벽이 허물어내리는 집이 다 아내 탓이라고 불평하기 위해서였다. 여자의 인생이 어떤 지옥이 될 수 있는지를 보여주기 위해서였다.

우리 부모님의 평화로운 결혼 생활이나 적어도 그때까지의 비비아나와 세베로처럼 화목한 혼인은 드문 경우였다. 물론 엄마와 언니도 여자로서 감당해야하는 수고를 해야 했고 그로부터조차 자유로운 여자는 아무도 없었다. 하지만 그녀들의 노고는 존중 받았고 집안에서 결정권을 가졌다. 나는 아버지가 엄마를 모욕하는 말을 하는 걸 한 번도 본 적 없었다. 두 사람은 다정다감하진 않았지만 서로에게 무심하지도 않았다. 상대가 필요로 하는 걸 채워줄 줄 알았고 서로 양보할 줄도 알았다. 토비아스와 같이 산 시간이 얼마 되기도 전에 나는 내게 그런 결혼 생활은 없으리란 걸 알았다. 오히려 상황이 더 악화되어 이 남자는 언젠가는 아파레시도가 마리아 카보클라에게 저지르는 것 같은 폭력을 행사할 수도 있었다.

토비아스는 이유도 말하지 않고 집 밖에서 보내는 시간이 많아졌다. 아빠의 자레에도 안 가고 먼 곳의 다른 자레를 방문하기 시작했다. 자레가 아니면 어디선가 열리는 잔치에 갔고 아니면 아는 사람의 생일이나 세례식에 다녔다. 항상 술에 취해서 돌아왔고 흙부터 여자 화장품까지 온갖 종류의 얼룩을 묻힌 더러운 옷차림으로 집에 돌아왔다. 집 밖에서 자고 오는 날도 많았다. 처음에는 그의 욱하는 성미와 그로 인해 일어날 수 있는 누군가와의 싸움과 싸움 후에 생길 수 있는 보복을 걱정했다. 또한 수테리오가 토비아스의 행실이 불량하다는 소문을 듣고 농장에서 나가라고 할까 봐 걱정되었다. 만일 그런 일이 생긴다면 나는 내가 태어난 이 곳을 결코 떠나지 않을 작정이었다.

불길한 예감으로 몸이 싸늘해지는 걸 여러 번 느꼈다. 토비아스가 나가고 없을 때마다 이 삶을 견딜 힘을 달라고 기도하곤 했다. 나는 계속 뒷마당에서 일하며 밭을 일구었고 그가 더 이상 하지 않는 농사일들을 했다. 다만 나는 목동처럼 말을 타고 동물을 몰 수는 없었다. 나는 말을 탈 줄 몰랐다.

몇 주가 지나고 토비아스가 어딜 돌아다니는 지 모르는 채 잠 못 이룬 밤을 보낸 어느 날 아침, 농장의 목동인 제니바우도가 모자를 손에 들고 우리집 문 앞에 서있었다. 그가 말을 꺼내기 전에 이미 그의 얼굴이 나쁜 소식을 전하고 있었다. 불길한 징조를 알리는 새가 날아든 것 같았고 온몸에 소름이 돋았다. 목동이 나에게 따라오라고 했다. 나를 이 집에 데려왔던 남자가 쓰러져 있는 곳으로 같이 가자고 했다.

11

무릎을 꿇고 앉아 토비아스의 눈을 감겼다. 자리에서 천천히 일어나 길 한 쪽 모퉁이에서 머리를 숙이고 귀를 흔들어 파리떼를 쫓으면서 풀을 먹고 있는 말에게 걸어갔다. 지금 이 순간 세상에서 가장 중요한 일인 것처럼 말의 배를 어루만졌다. 이제 그만 가자는 표시로 말 등을 두 번 두드렸다. 말 고삐를 손에 쥐고서 토비아스의 시신을 집으로 옮겨주는 주민들과 함께 걸어왔다.

한번은 마리아 카보클라로부터, 예전에 토비아스가 도시에 사는 바우미라라는 치료사네 집에서 쫓겨나는 소동이 있었다는 얘기를 들었다. 술 취해 소란 피우는 토비아스를 그 집 아들들이 밖으로 몰아냈다고 했다. 우리 아버지의 자레 의례에서 미우다 아주머니에게 접신한 적 있는 히타 페스카데이라 신령이 그 원인이었다. 이날도 신령이 바우미라의 집에 온 미우다에게 접신했는데 토비아스가 그런 신령은 없다면서 정말 있다면 능력을 보이라고 떠들었고 신령이 그 소릴 들었다. 토비아스는 집주인인 바우미라에게도 당신은 사기꾼이고 신령을 모시는 능력 따위 없다고 말했다. 바우미라 치료사가 토비아스에게 헛소리 그만하라고 몇 번이나 말렸지만 토비아스는 물러나거나 사과하지 않았다. 그때 토비아스는 미우다 아주머니의 몸에 현신한 신령으로부터 딱 한 문장의 말을 들었다고 했다. 옆에 있던 아무도 못 듣고 바우미라도 못 들은 그 말은 오로지 그에게만 들렸다고 했다. "그런데도 그는 신령을 모독하는 말을 계속 했던 거야." 마리아 카보클라가 말했다. "그러니 언젠가 당신네 집에 불행한 사고가 생겨도 놀라지 마."

"네 할머니 같구나, 벨로니시아. 네 할머니"라고, 검은 스카프로 머리를 감싸고 있는 내 어깨에 손을 얹으며 엄마가 말했다. 도나나 할머니도 여러 명의 남편들을 먼저 떠나보냈다는 뜻이었다. 나는 울지 않았고 내 눈은 긴 가뭄 기간처럼 건조했다. 내가 혼인에 동의했던 날, 쓰레기 더미가 쌓여있던 그 집으로 들어갔고 토비아스가 내 옷을 들어올리게 놔뒀던 그 날부터 내면에 있던 무엇인가가 메말라버렸다. 그가 한 모욕적인 말에 대해 내가 하고 싶은 말로 반격하지 않고 참았을 때부터 그렇게 됐다. 나는 관에서 조금 떨어져 문 옆에 서서 이웃들의 조문을 맞았다. 온종일 사람들이 들어오고 나가는 걸 지켜보느라 피곤했으나 마음은 전혀 힘들지 않았다. 도밍가스와 엄마는 가끔 내게 필요한 게 있는가 물었다. 사람들은 내 곁에 왔다가도 내 무표정한 얼굴을 보고 금방 자리를 떴다. 사람들은 내가 감당하기 힘든 슬픔에 잠긴 과부처럼 행동하길 기대했다. 내가 같이 살던 남자를 존중하는 의미로 나의 서러움을 여실히 드러내길 바라는 눈치였다. 그런 기대에 어긋나는 웃음이 내 표정으로 새어나와 그 자리에 온 사람들과 특히 부모님에게 무례한 태도로 보이지 않도록 몇 번이나 눌러 참아야 했다. 나는 방문객들의 과장된 회한과 애도를 지켜보며 혼자 속으로 생각했다. 여러분은 나한테 절망한 미망인 역할을 기대하지 마세요.

문상을 받는 동안 나는 딱 한 번 토비아스의 얼굴을 쳐다보았고 그것도 멀찌감치 떨어져서였다. 그의 이마에는 작은 상처가 있었고 닦아낸 후에도 빛 바랜 피 같은 투명한 액체가 흘러나오고 있었다. 하지만 나는 관을 장식한 레이스 그물코 하나 바로 잡기 위해서도 손 내밀 생각이 없었다. 내 인생에서 이 시간이 빨리 지나가기만 바랐다. 나는 언니 손을 잡고 힘을 주어서 이제 그만 문상을 종료하고 장례 행렬이 나가게 앞장서달라고 부탁했다. 문상객들은 바칠 수 있는 모든 애도를 바쳤고 대모들은 묵주를 들고 기도하며 영혼의 안식을 빌었다. 물론 나도 그를 위해 기도할 것이다. 그만하면 충분했다. 손님들은 내 눈에서 눈물이 흐를 때까지 기다릴 필요 없었다. 토비아스의 몸이 그가 지은 집, 길에서 주워들인 모든 것들을 마치 보물인양 끼고 살았던 그 집, 나와 1년 조금 넘게 사는 동안엔 없었던 평온함과 함께 땅에 묻히기 위해 그 집을 나가는 모습을 나는 그렇게 지켜보았다.

엄마는 내가 살던 오두막의 문을 닫아 걸고 부모님 집에 돌아와 살길 원했다. 하지만 나는 그러고 싶지 않았다. 혼자 있고 싶었고 모두에게서 멀리 떨어진 곳에서 조용히 살고 싶었다. 엄마의 걱정을 물론 이해했다. 어쨌든 나는 혼자 사는 여자였고 엄마는 동반자 남자 없는 여자에게 생길 수 있는 위험을 우려했다. 내가 식구들에게 최근 몇 달 동안 만취해서 침대에 곯아 떨어지기나 했으므로 침입자를 막는 데 아무 쓸모 없었던 토비아스를 보호한 건 오히려 나였다고 얘기한들 그들은 믿지 않을 것이다. 그걸 알기에 나는 처음 며칠 동안 도밍가스가 나와 함께 있도록 놔두었다. 여동생은 내가 산토 안토니오 강 유역으로 살러 온 이후 생긴 일상에 적응했으며 혼자서도 잘 지낼 거라고 곧 알아보았다. 혼자 있어도 무섭지 않겠냐고 묻는 도밍가스에게 나는 괜찮다고 여러 번 고개를 흔들어 대답했다. 이미 죽은 푸스코 같은 개 한 마리를 구해 키울 작정이었다. 침대 밑에는 토비아스가 남긴 산탄총 한 자루도 있었다. 게다가 나는 그토록 열심히 일해 가꿔 놓은 뒤뜰의 채소밭을 남이 와서 혜택을 누리도록 넘겨줄 생각이 손톱만큼도 없었다. 나와 토비아스의 노동을 쏟아 키운 작물들에 몹시 애착을 갖고 있었다. 하지만 집

상태가 너무하다고 도밍가스가 말했다. 그래, 험한 상태이긴 하지. 하지만 나는 집을 짓는 과정을 많이 보아왔다. 이런 무너져 가는 오두막을 살기 좋은 집으로 고치려면 어떤 작업이 필요한지 잘 알고 있었다. 우선 토비아스가 아무렇게나 방치해둔 쓰레기들을 들고 나가 전부 치워버릴 것이다. 커다란 자토바 나무그늘이 우거진 이 집은 내가 처음 왔을 때와는 완전히 다른 곳이 될 것이다. 나는 누군가와 다시 같이 살고 싶지 않았고 다시는 결혼이란 걸 하고 싶지 않았다. 내가 인생에서 가질 수 있는 유일한 것일지도 모르는 이 집과 집을 둘러싼 한 귀퉁이의 땅을 가꾸며 혼자 살고 싶었다.

그렇게 함으로써 나는 아구아 네그라에 사는 우리들, 그리고 우리처럼 다른 농장에 일꾼으로 사는 이들 모두에게 공통된 감정인 고통을 체험했다. 우리 부모님들이 평생 동안 겪어온 고난을 나는 홀로 견디었다. 나에겐 부양할 자식이 없었지만 그 지역에 사는 어떤 남자들보다 더 열심히 일했다. 항상 잘 풀리지는 않는 일들을 계속 해야 하는 고단함이 나를 살아있다고 느끼게 했고 나와 비슷한 불운으로 고통받는 모든 노동자들과 내가 공동 운명체라고 느꼈다. 운이 없다고 불평할 수 없었으니 행운은 그 매혹을 뽐내며 내 옆에 서 있었다. 나는 셀 수 없이 많은 옥수수를 따서 자루를 채웠고 만지오카 가루를 담은 포대를 잔뜩 만들었고 매일 채소밭에서 몸이 부서져라 일했다. 무자비한 가뭄의 태양이 농작물을 죽게 하고 시들고 타버린 흔적만 남기거나, 아니면 강물이 넘쳐나 미처 추수하지 못한 작물을 다 쓸어가는 일이 생기는 날이 온다면 나는 어디든 일손이 필요한 곳을 찾아가 내 노동을 쏟아부을 작정이었다. 농장 일이 없을 때면 부리치와 덴데 열매를 따서 마리아 카보클라와 다른 여인들과 함께 도시 시장으로 갔다. 열매에서 흐른 즙으로 온 몸이 얼룩진 채 우리가 길을 걷고 있노라면 가끔 지나가던 차가 멈추고 태워주겠노라고 했다.

하루는 부리치 나무에 올라가다가 가시에 발을 깊이 찔렸다. 나는 총맞은 짐승처럼 땅바닥에 쓰러져 나뒹굴었다. 마리아 카보클라가 아들 두 명을 우리집에 보내 제제와 도밍가스를 불러와서 나는 그들의 부축을 받아 걸어 돌아올 수 있었다. 식구들은 나에게 다시 부모님 집에 돌아오라고 설득했다. 결국은 제카 샤페우 그란지까지 아버지와 치료자로서의 권위를 앞세우고 나섰다. 아버지는 나에게 혼자 살겠다는 고집을 내려놓으라고 했다. 나는 나의 신앙이기도 한 아버지의 신앙에 호소하며 내 의지를 전했다. 손으로 하늘을 가리키고 거실 안에 차려놓은 내 작은 제단을 가리켰다. 그 제단에는 온 몸에 화살을 맞은 성 세바스치앙의 성상, 성 코스메와 성 다미앙을 그린 그림이 들어있는 측면 가장자리 장식이 떨어진 액자, 노사 세뇨라 아파레시다(브라질의 수호성자)와 바르바라 신령을 그린 작은 그림, 니니 대모에게서 선물 받은 성모 마리아 그림과 농장에서 따온 꽃다발이 담긴 코카 콜라 병이 한 개 있었다. 신과 성자들이 항상 곁에 있으니 나는 결코 혼자가 아니라는 뜻이었다.

내 발은 두 번 다시 예전으로 돌아가지 않았다. 가시가 마치 단검처럼 발 한 쪽에서 다른 쪽으로 관통한 후유증으로 부기와 발적을 동반하는 지속적인 통증이 생겼다. 도밍가스와 엄마와 토냐 아주머니와 함께 큰 병원에 몇 번인가 갔고 의사들이 약을 처방했지만 낫지 않았다. 아빠는 풀뿌리로 약을 만들어 주셨고 인내심을 갖고 기다리라고 했다. 아픔이 거의 사라질 정도로 완화된 후에도 며칠만 일을 많이 하면 부기가 돌아오고 통증이 재발했다. 그래도 내 주변 환경을 나의 노동으로 변화시키려는 의지는 꺾일 줄 몰랐다. 나에겐 부양가족이 없으므로 수테리오가 노동의 산물 대부분을 가져갈 걸 알면서도 그랬다. 나는 종종 아침 해가 뜨기 전에 부모님의 집으로 내가 거둔 작물들을 가져가 나눠드렸다. 마리아 카보클라가 아이들을 데리고 내가 어떻게 지내는지 보러 올 때면 내가 농사지은 카사바, 동부콩, 호박, 감자를 반드시 들려보냈다.

다리 상처가 나아갈 무렵 새 집을 짓기 시작했다. 진흙으로 만든 집은 고칠 방법이 없었으므로 땅 위에 새 집을 짓는 것이 해결책이었다. 농장에 사는 사람들은 다들 그렇게 했다. 새 집을 만드는 동안 옛 집은 허물어 무너지게 했다. 제제는 강에서 점토를 날라 오고 기둥과 벽을 만들 나무 토막들을 자르는 걸 도와줬다. 씨를 뿌리면 작물을 키워내는 바로 그 흙이 새 집을 잉태하는 과정은 마법처럼 경이로웠다. 새 집을 세우고 오래된 집을 해체하는 작업을 지금까지 많이 지켜봤으면서도 새 보금자리가 될 벽이 세워지는 모습은 여전히 감격스러웠다.

옛집에서 새 집으로 옮겨올 물건들 운반을 마치던 날이었다.

마리아 카보클라가 입술이 찢어진 채 공포에 떨며 집으로 들어왔다. 무슨 일인지 말할 필요도 없었다. 아파레시도는 갈수록 심해지고 있었다. 마리아는 집을 나오지 않았다면 남편이 아이들 앞에서 자기를 죽였을 거라고 했다. 분노가 치밀었고, 고인이 된 사람을 이런 식으로 기억하긴 싫었지만 토비아스가 했던 쓰레기 짓들이 기억났다. 마리아는 아이 셋만 데려왔고 나는 집으로 같이 가서 나머지 애들을 데려 오자고 설득했다. 아이들을 주정뱅이 손에 맡겨 둘 수 없었다. 의지할 곳 없는 그녀의 처지를 보는 것도 지긋지긋했다. 마리아는 두려움이 가득한 눈빛으로 가기 싫다고 했지만 결국 내 제안에 동의했다. 나는 옷장에서 물건 몇 가지를 꺼내어 작은 바구니에 담았다. 이웃에 사는 남자들 중 누군가에게 도움을 청할까 생각하고 있는데 그 얘기를 꺼내기도 전에 마리아가 다른 남자가 같이 가면 상황이 더 나빠질 것이라고 했다. 아파레시도에겐 의처증이 있어서 자칫 살인이 벌어질 수도 있다고 했다. 그렇다면 그녀와 나 둘이서만 가기로 했다.

새 집의 문은 아직 완성되지 않아서 문을 닫으려면 두 손으로 잡고 힘을 줘야 했다. 그러느라 내려놓은 바구니 안에 있던 물건들이 굴러 나왔고 마리아 카보클라는 주워 담으려고 몸을 굽혔다가 거기 있는 칼을 보았다. 마리아는 오랜 시간이 지난 후에도 은과 같은 광채를 발하는 칼의 상아 손잡이를 잡고서 감탄하는 얼굴로 바라보았다. 칼을 보는 그녀의 시선은 언젠가 그 칼을 입에 넣었던 날 내가 보았던 비비아나의 눈빛과 닮아 있었다. 가방을 한 손에서 다른 손으로 옮겨 나에게 되돌려주면서 그녀는 왜 그걸 가져가느냐고 묻지 않았다.

12

길을 가던 도중 발이 아프기 시작했다. 멈춰서 신발을 벗어보니 발이 퉁퉁 부어 있었다. 마리아 카보클라의 집까지 발을 절뚝이며 갔다. 집에 들어가 처음 눈에 들어온 건 거실 한 구석에 나뒹구는 술병 두 개였다. 더러운 옷과 식탁 위 접시에 남긴 음식과 수많은 파리떼, 우리가 남긴 음식으로 살아가는 충직한 동반자들이며 아마도 우리의 몸을 먹어치울 시간을 기다리고 있을 엄청난 파리떼들이 거기 있었다. 어쩌면 우리가 죽기 전에도 몸에 상처 하나만 열리면 애벌레를 거기 낳을지도 몰랐다. 우리는 파리와 더불어 같이 살았다. 파리가 웅웅대는 소리가 하도 커서 잘 때나 깰 때나 그 소리를 듣는 때가 많았다. 파리 소리가 사라지거나 조용해지는 일이 생긴다면 우리는 뭔가 심상치 않다며 의아해 할 것이다.

벽은 침식되어 구멍이 나서 한 쪽에서 다른 쪽이 보일 정도였다. 나는 아이들을 목욕시키는 일을 도왔고 식탁 주위나 바닥에 쌓여있는 접시와 컵, 그릇들을 설거지했다. 날이 흐려서 선선한 오후였지만 시간이 갈수록 마리아 카보클라의 얼굴엔 피할 수 없는 폭풍을 기다리는 것 같은 긴장이 고조됐다. 그녀는 나에게 이제 괜찮으니 집에 가라고 여러 번 말했지만 나는 듣지 않았다. 제자리 밖에 나와 있는 물건들을 정돈하고 망가진 것들을 고치는 일을 계속했다. 그 날 왜 나는 전혀 무섭지 않았는지 그 이유는 지금도 모르겠다. 어쩌면 토비아스가 죽은 이후 줄곧 혼자 살아왔기 때문인지도 모른다. 아니면 어린 시절 엿들었던 어른들 대화에 나오던 도나나의 용맹스러움을 기억했기 때문인지도 모른다. 혹은 스무 살도 채 되기 전인 그때까지 내가 겪었던 시련 때문인지도 모른다. 또 아니면 마리아가 남편으로 인해 겪는 수모가 어떤 것인지 너무나 잘 알기에 그녀의 편이 되어주고 싶었는지도 모른다. 토비아스는 나에게 손을 댄 적 없었지만 그가 나를 모욕하는 말을 할 때마다 가슴 속에서 치밀던 울분은 아직도 생생했다. 마리아 카보클라가 남편의 횡포에 대항하려면 딱 한 뼘만큼의 용기만 있으면 된다고 믿고 싶었다. 그녀가 남편을 두려워하지 않으며 그녀도 그를 때릴 수 있다는 사실을 안다면 남편은 아내를 때리려고 손을 들기 전에 한 번 더 생각할 것 같았다.

밤이 천천히 내려앉았고 나는 아이들이 먹을 고구마와 커피를 만들었다. 손바닥으로 연신 모기를 때려잡아야 했지만 그럼에도 열어 둔 문과 창문으로 서늘한 공기가 들어와 퍼졌다. 마리아 카보클라는 집 안에 하나 뿐인 램프에 불을 켰고 등유 냄새가 집 안에 들어온 차가운 저녁 내음과 섞였다. 언젠가 마리아는 자신이 채 서른 살도 안 됐다고 말한 적 있지만 그보다 훨씬 늙어 보였다. 어깨에 닿는 생머리 사이엔 흰 머리칼이 많았다. 그녀의 얼굴은 몸에서 분비된 기름으로 항상 번들거렸는데 램프가 비추는 빛과 그림자 사이에서 얼굴의 기름기가 더욱 반짝였다. 나는 자기 엄마 옆에 있다가 이따금 내 옆으로 와서 같이 놀자고 조르는 아이들을 바라보았다. 집과 학교, 경작지와 숲을 오가며 노는 그 아이들을 볼 때면 우칭가 강가에서 보낸 내 어린 시절, 옥수수 속대로 인형을 만들고 벼가 자라는 들판에서 슈핑을 쫓던 내 어린 시절이 아련히 떠올랐다. 아이들 중 일부는 엄마를 닮았고 일부는 아빠를 닮았지만 제대로 보살핌 받지 못한 흔적을 공통적으로 지니고 있었다. 튀어나온 배와 연약한 신체와 더불어 아이들 눈빛에는 가정에서 일상적으로 발생하는 폭력 때문에 슬픔과 공포가 서려 있었다.

아이들이 잠든 후 방문을 닫고 거실에서 그녀와 마주앉아 아구아 네그라에 오기 전 살던 이야기를 들었다. "너처럼 나도 어느 농장에서 농노로 태어났어." 마리아는 상자 안에 있는 천 조각과 실과 바늘과 여러가지 색깔로 서툴게 만든 물건들을 만지작거리며 말했다. "우리 아버지는 아이들을 키우기에 더 나은 조건과 일자리를 찾아서 이곳 저곳을 집시처럼 떠돌아다니셨어." 나를 쳐다보지 않는 채로 계속 말했다. "나는 여기 오기 전까지 농장 여섯 군데를 돌아다니며 살았어. 그래서 글을 읽지도 쓰지도 못해." 그녀는 손바닥만한 크기의 동그란 천 조각 세 장을 꺼내어 무릎에 올려놓고는 실과 바늘을 찾아 천 조각들이 꽃봉오리 모양이 되도록 바느질하기 시작했다. "사실 더 이상은 농장 일꾼으로 살고 싶지 않았어." 그녀는 바늘에 실을 꿰려고 눈 가까이 가져갔다. "하지만 아파레시도가 할 줄 아는 건 농사일 밖에 없었고 결국 지난번 가뭄이 닥쳤을 때 이 농장 주인에게 여기 살게 해달라고 부탁한 거지. " 그녀는 아구아 네그라에 정착한 이들과 인근 다른 농장에 살고 있는 모든 이들에게 공통된 사연인 오래된 기도문 같은 기억을 풀어냈다. "처음 여기에 왔을 땐 이곳이야말로 우리가 찾던 행운의 농장일 거라고 생각했지만 천만의 말씀이었어." 그녀는 쓸쓸한 미소를 지으며 말했다. "남편은 좋은 땅이 있고 일꾼들을 위한 괜찮은 집이 있는 행운의 농장을 찾겠다는 소릴 입에 달고 살았지만 우리가 와서 보니 다른 농장과 다른 게 하나도 없었고 행운 같은 건 아무데도 없었어. 아파레시도와 결혼했을 때 난 열네 살이었지." 그녀는 커피를 더 가지러 일어섰다. "너도 커피 더 마실래?" 그녀에겐 이미 익숙한 몸짓으로 대답하길 기다리며 내게 물었다. "그때는 지금처럼 술을 마시지 않았어. 좋은 남자였어. 하지만 이제는 술이 다 망쳐놓았어." 마리아는 내가 기대고 있는 작은 탁자 위에 커피를 가득 담은 잔을 올려놓았다. "남편에게 제카 대부를 찾아 치료약을 처방 받으라고 아무리 말해도 남편은 듣지 않아."

남편이 언제 들이닥칠지 모른다는 불안과 초조를 달래려고 시작한 대화에 더 이상 집중하기 힘들었는지, 마리아 카보클라는 반짇고리 상자를 옆으로 치우고 내 옆으로 와 앉았다. 작은 램프가 희미하게 밝힌 어둠 속에서 그녀의 굳은살 박힌 떨리는 손이 내 머리로 다가왔다.

"너는 과부가 되었지만…… 의지할 남자가 없다는 건 물론 고달픈 일이지만 지금 나처럼 사는 것보다는 날 거야"라고 말하며 내 머리 수건을 벗길 때 가슴 속으로 따뜻한 물결이 퍼지는 것 같았다. 마리아는 내 곱슬거리는 머리카락 안에 손가락을 넣어 쓰다듬었다. 누구의 손길에서도 느껴본 적 없는 편안함이 나를 감쌌다. 나는 지금 마리아처럼 머리를 만져주는 도나나 할머니나 엄마의 무릎에 누워 본 적도 거의 없었다. 마리아의 숨결에서는 내게 익숙한 달콤한 물 냄새가 났다. "네 머리칼은 아주 검은 색이구나, 벨로니시아. 그러고보니 머리 수건 안 쓴 너를 보긴 처음이네." 고개를 돌려 그녀의 눈과 마주치는 일 없이 나는 그녀의 손이 내 머리칼을 계속 어루만지도록 가만 있었다. 그녀는 동작을 멈추고 뭔가를 가지러 방으로 갔다. 이번에는 방에서 가져온 빗으로 머리칼을 빗어줬다. 엉키거나 뭉친 머리칼이 풀리도록 빗긴 다음 두피에 촘촘하게 붙여 머리를 땋기 시작했다. 잠들기 시작할 때처럼 점점 느려지는 내 숨결과 대조를 이루는 그녀의 쌔근대는 숨결만 들리는 침묵과 이따금 꺼내는 말소리, 그 사이에서 머리카락 속을 오르내리는 그녀의 손가락 끝을 더 잘 느끼고 싶어서 나는 눈을 감았다. 머리 땋기가 끝났을 때는 거의 졸고 있었고 내 머리 가까이에 있는 그녀의 몸의 온기가 포근했다. 거울이 없었으므로 머리 모양을 알아보려고 내 손을 머리로 가져갔을 때 의도치 않게 그녀 손의 거친 피부에 닿았다. 내 몸 안을 관통하는 뜨거움이 지나가는 길이 머리 위에 만들어진 느낌이었다.

그날 밤 이후 무수한 세월 동안 나는 그 순간의 마리아 카보클라를 다시 느끼고 싶어 눈을 감곤 했다. 그녀는 "피곤할 테니 침대에 가서 눈 좀 붙여. 나는 잠이 안 오니 내가 깨어 있을게"라고, 빗을 제자리에 간수하러 들어가며 말했다. 나는 머리 수건을 접어 칼이 있던 가방에 넣으려다가 집에서 가져온 감자를 보고 꺼내놓았다. 나는 혼자 잘 순 없다고 잠시 사양했지만 그녀의 말대로 하기로 했다. "걱정 안해도 돼." 그녀가 말했다. "티앙은 잠버릇이 나쁘니까 여기 내가 눕는 자리에 누워." 그녀는 자기 침대에서 잠든 아들과 두 딸의 다리를 곧게 펴서 내가 누울 자리를 만들어주며 말했다. "남편이 오면 깨워줄게."

침대를 덮은 이불보에선 맑은 물 냄새가 났다. 마리아가 베풀어준 온정의 손길에 감동받아 두근거리는 심장을 진정시키느라 한참을 더 깨어 있었다. 마침내 잠들었을 때는 꿈에 토비아스가 나왔다. 그는 멀리서 바라보고 있었고 나는 그에게서 도망치려고 했다. 힘겹게 계곡의 비탈길을 올라가다가 번쩍이는 울타리와 또 마주쳤다. 반대편으로 나가려 했으나 거기도 다른 울타리가 보였다. 울타리로부터 달아나려하자 이번엔 숲이 불타고 있었다. 나만 제외하고 모든 것이 잿더미로 변한 후에도 내게는 여전히 빠져나갈 길이 없었다. 강으로 돌아오는 길에 도나 할머니의 상아 자루 달린 칼이 내 앞에 나타났다. 비비아나와 세베로가 내 앞에 나타났지만 그들은 나를 보지 못했다. 목청 높여 불렀으나 그들은 내 말을 듣지 못했다. 칼을 땅에서 집어들자 땅이 갈라지기 시작했고 벌어진 구덩이가 그들을 집어삼켰다.

나는 놀라서 잠에서 깨어나 가쁜 숨을 몰아쉬었다. 침대에서 일어나니 새벽빛이 밝아오고 있었다. 마리아 카보클라가 남편이 나타나서 침대에 있는 내가 놀라지 않도록 문 앞을 지키고 앉아 졸고 있는 모습이 보였다. 나는 해가 뜨기 전에 집으로 돌아왔다. 가축들에게 밥을 줘야 했다. 집에 오는 길에도 걱정이 됐지만 마리아와 아이들이 무슨 일이 생기면 내게 도움을 청할 거라고 생각했다.

13

그러고 일주일이 지나기 전에 마리아의 아들 하나가 밭에서 일하는 나를 찾아왔다. 아빠가 또 미쳐 날뛰며 엄마를 때린다고 했다. 아이에게 거기서 기다리라고 손짓으로 일렀다. 집으로 가서 필요한 물건을 챙겼다. 가방을 싸는 김에 카사바와 바나나도 챙겨 넣어 아이와 같이 들고 갔다. 일하느라 흙 묻어 더러워진 바지에 토비아스의 옷이었음을 거의 잊고 지내는 긴 팔 셔츠를 입은 채였다. 지나는 길에 음식을 나눠 줄 겸 들린 것처럼 보일 요량이었다. 집이 가까워지자 내가 총총걸음으로 걸어가는 길까지 울음소리가 들렸다. 집 문이 열려 있었지만 나는 사람이 온 기척을 내려고 문을 두드렸다. 아파레시도가 동작을 멈추고 나를 돌아봤다. 그의 얼굴은 아내의 울음소리가 밖으로 퍼져나가도 비겁한 이웃들은 아무도 간섭하지 않을 거라고 확신하고 있었다. 나는 마치 내 집 인양 들어가서 탁자 위에 음식을 내려놓았고 겁에 질린 아이들을 한 곳에 모았다. 난로 한 켠에 걸려 있던 천조각으로 아이들 얼굴을 닦아줬다.

남자가 나에게 꺼지라고, 가서 네 할 일이나 하라고 소리쳤다. 나는 방 안에서 울고 있는 마리아 쪽은 쳐다보지 않았다. 그녀가 내 머리를 봤다면 며칠 전에 그녀가 땋아준 머리 그대로인 걸 알아봤을 것이다. 그녀가 내 눈을 봤다면 그날의 친절한 보살핌에 내가 얼마나 감사하고 있는지 알아봤을 것이다. 나는 그 자리에 선 채 움직이지 않았다. 내 발로 나가지는 않을 것이며 그가 나를 밖으로 끌어낼 지 두고 볼 작정이었다. 아파레시도가 자신의 대부인 내 아버지를 존경하지만 내가 자기 집 안에서 무례하게 군다면 용납할 수 없다고 말했다. 마리아가 자리에서 일어나 그를 말리려고 다가갔다가 남자가 휘두르는 손에 맞아 바닥에 쓰러졌다. 여자보다 훨씬 센 남자의 손, 험난한 삶과 노동으로 다져진 두꺼운 손이었다. 남편이 나를 내쫓지 못하게 막으려다가 얻어맞고 쓰러진 마리아를 보는데 가슴 밑바닥에서 악이 받쳐 올랐다. 나를 문 밖으로 밀어내려고 남자가 다가왔을 때 내 심장은 터질 것처럼 뛰었고 몸 안이 새벽 바람처럼 싸늘했지만 나는 내 선조들이 언젠가 그랬던 것처럼 굳세게 버텼다. 내 힘만으로는 아파레시도가 내 멱살을 쥐고 밖으로 밀어내는 걸 막을 수 없었다. 나는 등 뒤에 숨기고 있던 칼날을 그의 턱에 가져다 댔다. 내 행동에 놀라 휘둥그레진 그의 시뻘건 눈을 똑바로 마주보았다. 강에서 막 집어낸 조약돌처럼 차가운 칼자루가 내 오른손에 쥐어져 있었다. 마리아는 이 광경에 일순 기겁을 한 것 같았지만 주저하지 않고 아파레시도에게 집에서 나가라고 외쳤다. 방으로 달려가 작은 꾸러미를 들고 오더니 더 이상은 그에게 얻어맞지 않겠으며 지금 당장 자기와 아이들을 놔두고 떠나라고 소리쳤다. 그의 턱에 바짝 들이댄 칼은 금방이라도 그의 살을 벨 것 같았다.

광폭하게 달아올랐던 남자의 눈빛이 잠잠해지더니 숲에서 길을 잃어 무서워하는 아이의 눈 같아졌다. 아파레시도가 울기 시작했다. 자기는 이러려던 게 아니었다고 했고, 이게 다 술 때문이라고 했다. 마리아 카보클라는 그가 나약해진 틈을 타서 집에서 쫓아낼 결심을 한 것 같았다. 자기 몸에 있는 다 나은 것 같은 상처와 아직 낫지 않은 상처와 지금 막 생긴 상처를 남편 눈 앞에 내밀었다. 몸에 생긴 상처를 가리키고 있지만 사실 그 분노는 그녀가 말하지 않는 영혼의 상처에서 오는 것이었다. 치유하기까지 오랜 시간이 걸릴 것이며 그로 인해 절망하지 않기 위해 때론 기억 속에서 지우려고 부정하는 영혼의 고통에서 비롯된 분노였다. 마리아는 남편에게 두 번 다시 집 안에 발 들이지 말라고 했다. 마리아가 남편의 옷 꾸러미를 문 밖으로 던지자 가장 어린 두 아이가, "엄마, 그러지 마요, 아빠를 내쫓지 말아요"라며 울었다. 하지만 마리아에게는 아무 말도 안 들리는 것 같았다. 남편을 향해, 그가 같이 잤던 창녀들에게 가버리라고, 이 집에서 영원히 나가라고, 계속 고함을 질렀다. 아파레시도는 울면서 이 집은 자기 집이고, 자기가 지은 집이며, 이곳에 머물 허가를 받은 것도 자기라고 외쳤다. 마리아는 물러서지 않았고 나는 그녀의 곁을 계속 지켰다.

　남자가 비틀거리며 멀어진 후 우리는 집 안을 정리하고 아이들의 식사를 챙겼다. 나는 마리아 카보클라의 상처를 치료해주고 먹을 것도 만들어 주고 싶었으나 마리아는 괜찮다고 사양했고 이제 그만 집에 가보라며 정중한 감사 인사를 했다. 길에서 헤매고 있을 남자 생각에 갑갑한 심정으로 집에 돌아왔다. 한 무리의 아이들을 먹여 살려야 하는 마리아의 처지를 생각하니 심란했다. 그녀는 어떻게 살아야 할까? 농장에서 나가라고 하면 어떡하나? 남편이 수테리오에게 가서 자기 권리를 주장한다면? 하루 종일 머리 속에서 이런 걱정들로 맷돌을 돌리는 것 같았다. 얻어맞은 상처의 아픔을 참으며 혼자 있을 마리아를 찾아가서 위로해주고 이번에는 내가 그녀의 머리카락을 빗어주고 곱게 땋아주고 싶다고 생각하며 잠들었다.

　농사가 아주 잘 되었다는 핑계로 나는 매주 그녀를 방문해서 카사바와 감자를 가져다줬다. 실제로도 수확량은 나 혼자 먹기에 부족함이 없었다. 따지고 보면 우리 부모님이나 마리아 카보클라나 그 밖에 농장 주민들은 비록 서로 다른 곳 출신이지만 오랜 시간이 흐르면서 서로의 대부, 대모, 이웃, 남편과 아내, 동서, 사촌지간으로 인척이 되어 살아왔다. 많은 이들이 결혼을 통해 실제로 혈연이 섞이는 친척이 되었다. 아직 친척이 아닌 사람들은 언젠가 될 사람들이었다. 그렇기에 우리는 가진 걸 함께 나누었고 그 덕분에 최악의 어려움이 닥칠 때도 이겨내고 살아남았다.

몇 주 후에 아파레시도가 집에 돌아왔다는 소식을 들었다. 안타까웠지만 "아이들의 아버지이니 용서할 수밖에 없겠지"라고 생각했다. 사람이 변할 수도 있는 일 아닌가? 어쩌면 그간의 불화에도 불구하고 마리아가 아직 그를 좋아하는지도 몰랐다. 아니면 그녀는 자기 혼자 농사를 지어서는 그 많은 자식들을 다 먹여 살리기 어렵다는 현실에 부딪쳤을 수도 있었다. 바로 그런 이유 때문에 그날, 내 피 속에 흐르는 용기를 긁어모아 그에게 맞섰던 그날 나를 집에 부른 게 후회스러워 마리아는 나에게서 멀어졌는지도 몰랐다. 그녀는 시간이 지나면서 더욱 침울해졌고 더욱 외톨이가 되었다. 나와 마주치면 인사는 했지만 요즘은 무엇이 힘들다든가, 남편의 구타는 여전하다든가, 식탁에 음식을 올리기 어려워졌다든가 등의 사는 이야기를 하지 않았다. 나역시 나를 불편해하는 그녀를 더 이상 힘들게 하지 않으려고, 내가 거둔 농작물을 가져다 주는 일을 그만 두었다.

얼마나 많은 사람들이 나 혼자 일하는 한적한 경작지에 들어와 보고서, 남자 여러 명이 일하는 장소보다 훨씬 크고 잘 가꾸어진 땅이라고 감탄했는지 모른다. 나 혼자 그 일을 다 해낸 걸 다들 놀라워했다. 그들은 내 몸의 위아래를 눈으로 훑어내리기 바빴는데, 할 수만 있다면 남자들과 팔씨름이라도 시켜서 정말 이 모든 땅을 일군 힘이 내 몸으로 가능한지 확인하고 싶은 눈치였다. 지역 주민들이 믿는 신령의 힘을 빌린 건 아니냐고 의심스러워했다. 수테리오는 매주 와서 가져 갈 수 있는 양만큼의 작물을 어김없이 가져갔다. 나는 아버지가 보은의 뜻으로 그랬던 것처럼 제일 좋은 농산물을 내어주지는 않았다. 큼직한 채소는 따로 놔뒀다가 집에 가져가 부모님에게 드렸다. 관리인이 못 가져가도록 작물이 줄기에 달린 채 썩게 놔둘 수도 있었지만 그러는 건 땅에 대한 예의가 아니었기에 하지 않았다. 동물에게 먹이로 줄 수 있는 작물은 동물 몫으로 주었다. 내 땀과 허리 통증과 손의 굳은 살과 발에 입은 상처의 댓가로 얻은 수확물을 수테리오가 자기 것 인양 가져가는 걸 조금이라도 줄이고 싶었다.

14

비비아나와 세베로는 몇 년 후에 아이들 네 명을 데리고 농장으로 완전히 돌아왔다. 그러기 전까지는 새해 첫 날과 성 세바스치앙 축일마다 방문을 왔다. 그들이 방문 왔을 때 나는 전에 약속했던대로, 큰 아들 이나시오와 셋째 마리아의 대모가 되어 세례식에 참석했다. 이제 이나시오는 나만큼 키가 컸다. 도밍가스와 제제는 둘째인 플로라의 대모, 대부가 되어 세례를 주었다. 할머니의 이름을 따서 아나라고 이름 붙인, 이제 세 살인 막내 딸의 대모는 토냐의 딸인 산타가 맡았다. 엄마는 둘째가 태어날 때 비비아나 집에 가서 아이를 받았고 그 아래 두 아이를 비비아나가 병원에서 출산할 때도 엄마가 곁을 지켰다. 그들이 돌아와 정착한 그 해에 농장에 처음으로 텔레비전이 들어왔다. 도시에서 일하는 아들 중 하나가 아버지 다미앙에게 보낸 텔레비전이었다. 회색 상자처럼 생긴 흑백 텔레비전이었고 잘 작동하지 않는 안테나 끝에는 철 수세미가 꽂혀 있었다. 처음에는 방송 화면보다 비 오는 화면이 더 많았다. 그 후에 다미앙이 자레 의례에서 우리 아버지에게 "별을 향해 펼친 큰 접시"라고 설명했던 위성 안테나가 들어왔다. 도시에 갔을 때 본 적 있어서 텔레비전이라는 걸 알고는 있었지만 우리 마을에는 처음 들어온 그 물건을 보고 놀라서 웃던 사람들이 기억난다. 전기보다 텔레비전이 먼저 도착했고 다미앙의 집에서는 시내에 가서 충전을 해와야 하는 차량 배터리를 연결해서 텔레비전을 켰다. 그래서 우리는 15일 동안 연속극을 본 후에 가족 중 누군가 배터리를 들고 도시에 다녀와야 다음 15일 동안 티브이를 볼 수 있었다. 그 때부터 마을 사람들은 밤마다 다미앙네 집에 모였고 배터리가 방전되면 논밭과 시장 온갖 곳에서 불평을 해대어 누군가 배터리를 충전하러 가게 만들었다. 가끔 수테리오도 사람들 표현에 따르면 "우리를 감시할 겸" 텔레비전을 보러 왔다. 다미앙네 집 거실은 얘기하는 사람들과 그들에게 조용히 하라고 핀잔주는 사람들로 늘 북적거렸다. 거실이 가득 차면 늦게 온 이들은 창 밖에 기대어 서서 방송을 봤다. 비비아나는 전기가 들어오면 우리 부모님에게 텔레비전을 하나 사드리겠다고 했다.

언니가 돌아오기 전에 우리는 또 다른 홍수와 가뭄을 번갈아 겪었다. 농장 풍경은 점차 달라졌다. 일꾼들이 일하던 넓은 경작지는 해마다 조금씩 규모가 줄었다. 페이쇼투 가족은 이제 더 이상 농업에 관심이 없었다. 농장 관리를 맡아 수테리오에게 지시 사항을 보내던 아들이 사망했다. 이미 나이가 많은 사람이었고 그의 자녀들은 농장을 계속 운영할 관심이 없는 것 같았다. 몇 번의 가뭄이 워낙 혹독했기에 더 이상 벼를 심지 않게 되었다. 비료와 씨앗을 살 돈이 충분치 않다고들 했다. 그래도 강옆 경작지와 마림부 숲과 다미앙의 텔레비전과 사람들이 모이는 자례 의례는 지속됐다. 내 아버지는 노인이 되었고 세월이 흘러 등이 굽었고 머리칼이 희어졌지만 여전히 일요일부터 다음 일요일까지 하루도 쉬지 않고 일했다. 일을 그만둔다는 말은 입 밖에 내지도 않았다. 아버지를 비롯해서 아구아 네그라 농장 초창기부터 정착해 살아온 일꾼들은 이제 퇴직을 할 시기였다. 수테리오는 자신도 사실은 근로자 등록증이 없다고 실토했고 같은 처지인 일꾼들에게 정부에 연금 지급을 신청하는 방법을 알려줬다. 사실상 도움이 되었고 주민들의 상황을 변화시켰다. 토지세 문서 사본이 사람들의 손에서 손으로 전달되었고 나이 든 일꾼들은 지금껏 한번도 못 가져본 걸 얻게 되었다. 빈약한 연금을 수령하러 도시 은행에 갈 때면 그동안의 모든 기다림과 노동의 시간이 이 마지막 순간을 위해 존재한 것 같았다. 그토록 오랜 세월 아무런 보수도 받지 못했던 사람들이 비로소 매달 급여라는 것을 받는 권리를 이해한 것 같았다. 주민들은 언제나 해온 것처럼 변함없이 들판에서 일을 했고 땅을 경작해 농산물을 수확했으며 도시의 시장에 가서 노점을 차렸지만 많은 이들의 건강을 앗아 갔던 혹독한 노동, 조부모와 증조부모 시절과 다름 없이 노예처럼 일하는 노동은 이젠 더 이상 없었다.

변화가 천천히 일어나고 있기는 했지만 농장주들이 부과한 여러 금지 조치들은 아직 완강했다. 여전히 석재를 쓸 수 없어 흙으로만 집을 지어야 했기 때문에 주민들은 돈이 생겨도 집을 고치는 데 그 돈을 쓸 수 없었다. 그 대신 사람들은 집 내부를 개선했다. 옥수수 껍질로 만든 매트리스 대신 깃털을 채운 매트리스를 사들였고 침대와 식탁 의자 등 가구를 들여놨고 약품과 옷과 식료품 소비가 늘어났다. 부엌 살림과 침구류를 파는 집시 행상들이 우리가 사는 집 문을 주기적으로 두드렸다.

비비아나는 마침내 교사 자격을 획득했다. 그녀는 교양 있는 표준어를 썼고 아버지는 딸이 아이들을 가르치는 모습을 보며 자랑스러워했다. 아버지는 평소에 아구아 네그라 학교 교사로 일하는 딸을 보는 게 소원이라고 입버릇처럼 말했다. 자레 의례에 시장이 오면 딸을 교사로 학교에 채용해달라고 부탁하겠다고 했다. 비비아나와 세베로는 부모님 집 근처에 집을 지었다. 농장 젊은이들이 결혼하고 다른 곳으로 떠나지 않을 때 흔히 하는 일이었다. 나는 산토 안토니오 강 근처에 지은 집에서 계속 혼자 살았고 주말마다 부모님 집에 갔다. 거기서 조카들과 어울리고 세베로에게서 농장의 달라진 형편을 듣는 게 좋았다. 그에게서 세상의 변화에 대해 배울 수 있었다. 사촌은 농장일을 그만 두고 노동조합에 참여해 정치 활동을 시작했다. 나는 세베로의 얘기를 많이 듣고 싶었지만 언니가 나를 포함, 남편 가까이 오는 여자들을 경계하는 것 같아서 일정한 거리를 유지했다. 세베로가 하는 현명한 말들, 유창한 언변, 내가 그에게 매력을 느끼고 나도 세베로처럼 되고 싶었던 어린 시절처럼 지금도 빛나는 그의 환한 미소에 여자들이 감탄하는 기색일 때 언니가 눈살을 찌푸리는 걸 보았기에 나는 형부와 너무 가까워지지 않도록 조심했다.

세베로는 여러 지역으로 사람들을 만나러 다니고 농장 노동자의 불안정하고 힘든 현실에 대해 강연하는 출장을 다녔다. 형부가 출장 가고 집에 없을 때면 나는 비비아나네 집에 가서 자곤 했다. 나의 대자인 이나시오는 어느새 성인처럼 몸이 자란 청소년이었고 뒤뜰에서 나와 함께 채소 가꾸는 일하기를 좋아했다. 이나시오는 나나 자기 엄마가 들고 있는 곡괭이를 달래서 우리가 지켜보는 가운데 흙 구덩이를 팠다. 조카는 자기 엄마와 아빠처럼 책 읽기도 좋아했다. 나의 또 다른 대녀인 마리아는 장난꾸러기여서 항상 우리를 조마조마하게 했다. 어느 틈엔가 움부 나무와 캐슈 나무에 올라가 매달려 있는가 하면 금세 숲으로 사라지곤 했다. 마리아가 나무에서 떨어져 팔을 부러뜨린 날, 나는 오래전 어렸을 때 우리를 병원으로 데려갔던 포드 지프차를 떠올렸다. 잊고 지냈던 기억이지만 이런 일이 생기니 마치 꿈처럼 되살아났다. 엄마는 손녀를 바라보며 말했다. "얘는 누굴 닮아서 이런다니. 너희들 데리고 병원에 가던 날 내가 얼마나 혼이 났는지 그 일은 정말 잊을 수가 없구나." 비비아나는 속상해 어쩔 줄 몰랐지만 나는 우리 인생이 옛날 이야기를 반복하는 게 신기해서 혼자 속으로 웃었다. 아버지는 비비아나와 함께 마리아를 걱정하면서, 손녀가 천방지축인 건 당신이 맞아들이고 싶지 않았던 신령들 때문이니 아이를 야단치지 말라고 했다. 우리 자매가 어릴 적에 사고를 당한 것도 아버지가 코스메와 다미앙 신령을 맞아 들이기 싫어했고 받아들일 때도 마지못해 했기 때문이었다고 말했다. 그 신령들이 접신했을 때면 아버지는 어린아이처럼 굴면서 말썽을 부렸고, 나무를 올라가거나 창문을 뛰어넘기도 했으며, 만일 기와로 얹은 집 지붕이 있었다면 잠시도 가만있지 못하는 아이처럼 지붕 위로도 올라갔을 것이라고 했다.

비비아나가 돌아온 그 해에 아버지와 엄마는 엄마의 고향이기도 한 봉 제주스 다 라파에서 열리는 축일에 참석하는 순례를 마지막으로 다녀왔다. 부모님의 순례길은 오래전 비비아나와 세베로가 집을 떠났을 때 자식들이 언젠가 돌아오게 해달라는 기도를 바치기로 약속하며 시작된 행사였다. 부모님이 그런 약속을 했었다는 사실을 우리는 내내 몰랐다가 그 해 8월에 부모님이 아구아 네그라와 인근 농장 주민들과 함께 목적지를 향해 도보로 떠날 때에야 알았다. 순례길은 우기에 내리는 비가 점점 줄어들기는 하지만 그래도 비를 내려주는 하늘에 감사하는 행사이기도 했다. 많은 주민들, 특히 나이 많은 이들이 그 이유로 순례길을 떠났다. 왕복 17일 동안의 도보 여행이었기에 자식들은 부모가 무사히 돌아올 때까지 걱정을 놓지 못했다. 특히 비비아나는 자신 때문에 시작한 순례길이라 더욱 부담스러워 했고 혹시 여행 중간에 사고라도 생겨서 평생 자책하게 될까 봐 노심초사했다. 그러나 부모님은 햇볕에 그을리고 피곤에 지치긴 했어도 활기찬 모습으로 돌아왔다. 순례길을 다녀올 수 있는

다리와 건강이 있다는 사실에 감사하며 봉 제주스의 땅에 여행을 다녀올 때면 부모님은 항상 새롭게 기운을 얻는 것 같았다. 언제나처럼 작은 가톨릭 성상들 몇 개와 기도 묵주를 짐보따리에 챙겨서 은혜 충만한 모습으로 돌아왔다. 도보 여행으로 지친 만큼 더 늙어 보였고, 신체 각 부위에서 몇 주나 몇 년, 혹은 평생 지속될지도 모를 통증을 얻어 돌아왔지만 부모님 눈빛이 촛불처럼 밝게 빛났기에 그것만으로 우리에겐 여행의 이유가 충분히 설명되었다.

하지만 그해의 마지막 여행 이후 아버지는 다시는 예전 같지 않았다. 체력이 급격히 떨어졌다. 긴 도보 여행을 견디느라 쏟은 힘은 그 나이에 너무 지나쳤는지도 몰랐다. 엄마도 많이 지쳐서 돌아왔지만 제카 샤페우 그란지는 훨씬 더 허약해져서 돌아왔다. 기도와 주문을 외우며 태양 아래 뜨거운 아스팔트 길을 걷고, 오래전에 아구아 네그라로 그를 데려왔던 같은 길을 다시 한번 걸어본 것은 여행에서 돌아와 신령과 자식들과 손자들을 다시 만나는 감동과 더불어 어쩌면 그가 떠날 준비를 하는 과정이었는지도 몰랐다.

15

인생 마지막 해에 아버지는 자레 의례를 통해 그 자신이 설파했고 준수해왔던 윤년에 하면 안된다던 금기사항들을 모두 어겼다. 윤년인 그해 첫 몇 달 동안 아버지는 사위와 아들의 도움을 받아 새 집의 기반을 다지고 중심과 기둥을 세웠다. 우리는 안 좋은 일이 일어날지도 모른다며 전전긍긍했지만 그런 말을 입 밖에 내면 액운을 부를까 봐 아무 말 하지 않았다. 아버지는 새로 짓는 집 앞 마당에 자카 나무 두 그루를 심고 갓 세운 문 앞에 캐슈 나무 세 그루를 심었으며 옛날 집으로 향한 짧막한 길에는 망고 나무 한 그루를, 뒷마당에는 바나나 나무들을 심었다. 원래 아버지는 윤년에는 뿌리가 깊은 나무 종류를 심거나 커피 같은 다년생 작물을 심으면 안 된다던 분이었다. 윤년에는 집의 중심이나 기둥을 세우면 안 된다고도 했었다. 윤년에 문을 달고 지붕을 씌우고 벽에 칠을 해서 집을 완성하는 건 괜찮지만 기반과 기둥만큼은 그 전해에 미리 세워놓아야 한다고 했었다. 하지만 그 해에 아버지는 그런 금기에 대해 일절 말하지 않았고 금기를 어겼을 경우 생길 수 있는 불운이나 죽음 같은 위험도 언급하지 않았다. 우리들도 아버지가 묘목을 심고 집의 기둥을 세우는 작업에 일손을 요청할 때에 아무 질문하지 않았다.

유일하게 엄마만이 내년까지 기다렸다 집을 지으면 어떻겠냐고 의견을 냈다. 그러자 아버지는 기다릴 필요가 없다고만 짧게 대답했다. 결국 우리는 그전까지 믿던 금기는 모두 미신이었고 해야 할 일이 있다면 세부적인 제약에 얽매이지 말고 해야 한단 걸 알게 됐다. 지난 겨울엔 비와 강풍이 잦아서 자녀들이 분가한 후 아버지와 엄마 단둘이 살던 집에 피해가 많았다. 겉에 바른 흙이 떨어져나가 벽 안을 지지하는 나무 기둥이 노출되었다. 마치 뼈가 드러나도록 부식된 육체 같았다. 벽에 구멍과 틈새가 많아져서 밖에서 안이 다 들여다보일 정도였다. 집 내부에 있는 살림살이는 우리가 가진 전부였다. 집 안은 드러내선 안 될 비밀을 간직한 곳이었다. 삶의 보금자리에서 우리가 누구였는지를 의미하는 비밀들이었다. 아버지는 집 건축을 서두르는 이유를 말하지 않았지만 우리 모두는 직감했다. 아버지의 육체는 허물어져가는 집 벽처럼 무너지고 있었다. 그 시간은 아버지가 우리 곁에 머물 마지막 몇 달일 것 같았다. 아버지는 이미 노령이었고 영원한 안식의 시간이 가까웠다는 걸 짐작하기 어렵지 않았다.

그 와중에도 아버지는 매일 아침 동이 트자마자 괭이와 자루를 들고 강둑으로 걸어갔다. 노쇠한 몸으로 길 이편에서 저편으로, 집의 이 문에서 다른 문으로 걷는 모습에선 일을 계속하려는 의욕이 남아있었다. 우리는 그가 일요일부터 다음 일요일까지 노동하는 일상을 변함없이 유지하는 모습에, 옥수수를 가득 채운 자루나 만지오카 뿌리를 담은 그물을 끌고 집에 돌아오는 모습에 위안을 받았다. 아버지는 검은 강물에서 낚시로 잡은 물고기도 들고 왔다. 건강할 때와 같은 식욕으로 식사를 했고, 신령의 방에 촛불을 켜고 기도를 드렸고, 예전처럼 약초를 모았으며 이웃을 위한 약을 만들었다. 평생 그와 함께 했던 신령들이 더 이상 그에게 접신하지 않았지만 세바스치앙 신령 축일 자레를 여는 전통을 지켰다. 박수소리와 노래 소리, 북소리도 그의 몸을 일으켜 날렵한 춤을 추게 만들지 못했고 심지어 아버지는 의자에서 일어나지도 않았지만 자레 의례는 진행했다. 강둑에 자라난 갈대만큼 많은 그의 대자와 대녀들도 그를 의자에서 일으키지 못했고, 노래 소리에 반응하도록 힘을 북돋지 못했다. 의례에 온 미우다 아주머니에게 접신한 히타 페스카데이라 신령이 그물을 공중에 던졌지만 아버지는 파이프 담배만 피우면서 거실에서 춤추는 사람들 너머 어딘가 먼 곳을 공허한 눈빛으로 바라보았다. 손님들은 파티가 끝난 후 집 앞과 각자의 집으로 돌아가는 길과 며칠 후 동네에서 마주칠 때, 제카 그란지 샤페우가 예전 같지 않다고 수근거렸다.

그러다 성 요셉의 날이 지난 며칠 후, 나는 그에게 남아있던, 일하려는 의지마저 사라진 걸 보았다. 아버지는 아침에 일어나 담배에 불을 붙이고는 들판으로 나가지 않았다. 평소와 같은 시간에 일어나기는 했지만 문가에 앉아서 가장 좋아했던 모든 것들이 있는 곳이며 그토록 오랜 세월 걸어갔던 곳인 지평선 너머를 물끄러미 바라보기만 했다. 아버지는 자신의 손으로 씨를 뿌린 땅을 쳐다보았다. 마당으로 나와 그가 키운 작물들 옆에 조심스럽게 몸의 균형을 잡고 앉았다. 태양이 축복이기도 하지만 형벌이기도 한 강력한 위세를 떨치기 전인 새벽에 잎사귀에 맺힌 이슬을 손으로 만졌다. 아버지는 손에 묻은 물방울을 눈앞으로 가져가 손가락으로 털어버리고는 담배 꽁초를 땅에 버리고 집 안으로 들어갔다.

엄마는 김이 모락모락 나는 커피와 고구마를 차려놓고 부엌에서 아버지를 기다리고 있었다. 아버지는 자리에 앉았지만 음식에 손을 대지 않았고 커피가 식도록 말없이 몇 분 앉아 있다가 거실로 갔다. 엄마가 날씨에 대해 얘기하는 동안 아버지는 문 근처에 앉아 잠들었다. 엄마는 불안한 심정을 밖으로 드러내지 않으려고 애쓰고 있었다. 내가 옆에 없는 틈을 타서 아버지에게 어디 불편한지 묻는 엄마 목소리가 들렸다. 아버지는 대답하지 않았다. 손가락 마디마다 굳은살이 박힌 두터운 왼쪽 손을 들어 올려 아니라는 손짓만 했다.

나는 산토 안토니오 강변에 있는 집을 걸어 잠그고 부모님 집으로 거처를 옮겼다. 수시로 자라나는 작물을 거두느라 아버지가 일하던 경작지로 나가 일하고 있다보면 어느 순간 슬픔이 치밀어 숨쉬기 힘들곤 했다. 가까이 사는 비비아나는 오전에 학교에서 학생들을 가르치고 점심 때 집에 가는 길에 아버지를 보러 왔다. 엄마는 손자들을 돌보았고 식사를 만들었고 마당 채소밭에 물을 주었고 몸과 마음의 병을 치료하러 오는 방문객들을 응대했다. 사람들에게 아버지는 이제 환자를 볼 수 없다고 일일이 설명하는 일도 쉽지 않았다. 우리는 아버지의 건강이 좋아질 때까지 기다려 달라고 했다. 아버지는 이제 대부분의 시간을 졸면서 보냈지만 그래도 여전히 일찍 일어나서 문을 열고 경작지로 걸어가던 길을 바라보았다.

나와 남동생이 번갈아 가며 우리 모두의 경작지를 돌보았다. 남동생 제제는 고추나무에 꽃이 피었다든가 호박은 아직 열리지 않았다든가 하는 농사 이야기로 아버지의 관심을 끌어보려 했다. 하지만 아버지는 세상 일로부터 완전히 마음이 멀어진 것 같았고 날이 갈수록 활동도 줄어들어 드디어는 아침에 일어나서도 침대에서 나오지 않았다. 아버지가 여위고 말이 없어질수록 엄마의 안색은 점점 어두워졌다. 아버지의 요구 사항은 단 하나였다. 당신을 도시의 병원으로 데려가지 말라고 했다. 도밍가스와 제제, 비비아나와 세베로는 이의를 제기했다. 집 안에 내려앉았던 침묵이 깨어지고 식구들은 만일의 경우에 어떤 조치를 취할 것인지를 두고 의논을 거듭했다. 구급차를 부르기로 했지만 아빠의 의지에 반하여 모셔갈 수는 없을 것 같았다. 나도 격한 손짓과 몸짓으로 할 수 있는 한 의견을 내놓았고 가족들의 긴장 상태가 계속됐다.

왕진 온 의사는 아버지를 즉시 병원에 데려가야 한다고 말했다. 아버지의 폐에 물이 차서 폐활량이 위험할 정도로 줄었고 탈수와 영양실조 증세가 있다고 했다. 아버지는 의사 진찰 내내 눈을 감고 있었지만 우리는 아버지가 다 듣고 있고 정신도 말짱하다는 걸 알고 있었다. 아버지는 병원 입원에 대해 아무 말 하지 않았다. 방 밖으로 나온 의사에게 비비아나가 가족들이 다시 의논해서 다음에 구급차를 부르겠다고 말했다. 의사는 "하지만 구급차가 다른 환자를 데리러 가서 바로 오지 못할 수도 있어요. 연료와 시간을 들여 차가 와 있는 지금 모셔가는 게 맞습니다"라고 했다. 우리는 구급차를 그냥 떠나 보냈다.

식구들 모두가 병원에 가자고 아버지를 설득했다. 점점 악화되는 상태를 우리 힘으로 돌볼 수 없다고 했다. "의사가 산소공급을 받아야 한다고 했어요." 아버지가 여전히 눈을 감은 채, 수많은 사람들의 삶과 죽음을 진단했던 목소리로 주저없이 말했다. "나 아직 살아있다. 그 사람 말고 내가 치료사다."

어느 순간부터 아버지는 가슴 속에 차오르는 액체 때문에 질식하지 않도록 침대에 앉아만 있어야 했다. 때로는 도밍가스가 옆에서 아버지 몸이 옆으로 쓰러지지 않게 받쳐줘야 했다. 엄마도 그 일을 같이 했는데 힘들다는 말은 안 했지만 지친 기색이 역력했다. 비비아나도 계속 학교에 나가고 있었지만 시간이 될 때마다 와서 아버지가 기댈 수 있게 옆자리를 지켰고 나도 마찬가지였다. 한 번은 깜빡 잠든 나를 제제가 깨우고 내 무릎 위로 누운 채 숨이 막힐 뻔한 아버지를 일으켰다. 내 팔에 기댔던 아버지의 몸이 미끄러져 위험한 자세로 누운 걸 모르고 자고 있었던 거다. 나의 부주의로 아버지가 돌아가실 뻔했다고 깨닫는 순간 어찌나 절망스러웠는지 어릴 적 사고 이후 처음으로 가족들 보는 앞에서 토막 난 신음 소리를 입 밖으로 내어 울음을 터뜨렸다. 비통하게 울어대는 나를 엄마가 끌어안고 위로하는 동안 형제들은 처음 보는 내 모습에 어찌나 어안이 벙벙했는지 아버지가 하마터면 숨을 거둘 뻔한 것도 잊어버릴 정도였다. 마치 우리에게 기적이라도 일어났으며 곧 이어 아버지마저 일어날 차례인 것처럼 식구들은 넋을 잃고 나를 쳐다보았다. 생각해보면 거의 30년 동안 식구들은 아무도 내 입에서 나오는 소리를 들은 적 없었다. 비비아나는 내가 말을 잃던 날 보던 것처럼 똑같이 놀란 눈으로 나를 쳐다봤다.

고난 주간(예수 그리스도의 부활 전 고난과 죽음을 기념하는 기간)이 됐을 때 아버지는 호흡이 더욱 곤란한 상태였지만 우리가 준비한 미음으로 식사를 했다. 탈수증도 악화되었으나 우리는 아버지의 뜻대로 집에서 임종을 맞기로 했다. 수난의 날인 성금요일에는 전날 아버지에게 드린 고기 국물로 식사를 했다. 수난의 날엔 고기를 안 먹는 관습이 있었지만 엄마는 고기가 생선보다 영양가가 높다며 그냥 먹자고 했다. 엄마가 아버지 옆에 빈 야채상자를 깔고 앉아 국물을 한 숟갈 떠 아버지 입에 가져다 대자 아버지는 이를 꽉 다물었다. 남은 힘을 모두 입에 모은 것 같았다. 우리에게 있어 그것은 제카 샤페우 그란지가 아직 땅에 발을 딛고 있다는 신호였다.

부활절 일요일에 엄마는 찬 바람이 강하게 불고 새벽의 습기가 방을 채운 걸 느끼며 잠에서 깼다. 소스라쳐 자리에서 일어나 창문이 열려있는지 확인했는데 창문은 닫혀 있었다. 아버지에게 필요한 것이 있는지 보려고 등불을 켰을 때 아버지는 고요한 얼굴로 눈을 뜨고 있었다. 그의 얼굴은 희미한 불빛 아래 뼈를 감싼 그림자 같았다. 마당에 울리는 밤 벌레 소리들 사이로 엄마가 자식들을 불러모았다. 제카 샤페우 그란지가 세상을 떠났다.

16

본명이 조제 아우시노인 내 아버지, 제카 샤페우 그란지의 이야기를 어릴 때부터 들으며 자랐다. 그 중 어떤 일화는 아버지가 자녀들이나 대자들에게 직접 들려줬지만 대부분은 엄마를 통해 들은 이야기였다. 엄마는 아버지에 대한 이야기를 그들이 만나서 혼인하기 전부터 알고 있었다. 엄마로부터 우리는 정말 감동적이며 실제로 있었는지 믿기 힘들 만큼 놀라운 에피소드들을 들었다. 어릴 적엔 얘기를 듣고 흘려버릴 때도 많았다. 좀 자란 후엔 동생들이 우리가 어디서 왔는지 물어보는 질문에 대답하는 부모님 젊은 시절 이야기를 또 들었다. 아버지 이야기는 대체로 일이 너무 많으니 줄여 달라는 우리의 불만을 일축할 때 주로 나왔다.

"너희들이 하는 일은 아버지가 젊었을 때 하던 일의 절반도 안 된다"라고 엄마는, 시장에 내다 팔 콩 꼬투리를 까면서 대답했다. "우리가 이 농장에 오기 한참 전, 아주 오래 전 일이지." 아버지는 흑인 노예 해방이 선포(브라질은 1888년 황금법 공포로 서반구 독립국가 중에서 가장 마지막으로 노예제도를 폐지했다)되고 거의 30년이 지난 후에 태어났지만 부모들은 조부모들이 일하던 농장에서 여전히 농노 신세였다. 도나나 할머니는 카샹가 농장의 사탕수수밭 한가운데서 내 아버지 조제 아우시노를 낳았다. 해산이 임박했다는 이유로 일을 쉬는 게 허용되지 않던 시절이었기에 아버지는 들판 진흙 구덩이 사이에서 태어났다. 농장 관리인의 감시 아래 사탕수수를 베는 여인들이 지켜보는 가운데 세상에 나왔다. 할머니는 아버지가 눈을 부릅뜨고 태어났으며 처음 몇 분간 울지 않았다고 했다. 기운 없는 팔을 뻗어 아기를 가슴에 안아 젖을 물리자 아기는 힘차게 젖을 빨고 난 다음 멀리까지 들리는 우렁찬 울음소리로 자신이 세상에 왔음을 알렸다고 했다.

아버지는 할머니가 여러 명의 남편들과 낳은 11명의 자녀 중 첫째였다. 사람들은 할머니를 도나나 샤페우 그란지(샤페우 그란지 chapeu grande는 커다란 모자라는 뜻)라고 불렀는데 할머니가 첫번째 남편의 챙 넓은 밀짚모자를 늘 쓰고 다녔기 때문이었다. 첫 남편은 아빠가 태어나기 조금 전에 돌아가셨다. 할머니는 이를 두고 오랫동안 자신의 운명을 원망했다. 할머니는 키가 작았지만 자신의 삶이 끝나는 날까지 쓰기로 작정한 그 모자 때문에 사탕수수 밭에서 일할 때면 멀리서도 모습이 보였다. 모자는 강한 태양으로부터 눈을 보호하는 동시에 할머니를 더욱 주술사답게 보이게 했다. 우리는 도나나라는 이름으로 할머니를 불렀을 뿐 할머니의 어머니나 아버지가 지어준 이름이 무엇이었는지는 끝내 몰랐다. 엄마는 아마도 '아나'라는 이름이었을 거라고 했다. 그녀가 죽었을 때 사망 서류 절차 없이 비라쌍 묘지에 묻혔지만 거기에 대해 아무도 문제삼지 않았다.

도나나의 입에서 직접 들은 이야기는 거의 없었다. 하지만 우리는 딸 카르멜리타에 대한 집착과 아무도 그게 무슨 이야긴지 정확히 몰랐던 어떤 표범에 대한 두려움은 알고 있었다. 엄마는 할머니처럼 카샹가 출신이었고 우리에게 할머니가 카샹가에서 보낸 젊은 시절에 대해 얘기해 준 것은 할머니가 돌아가신 후였다. 엄마는 어릴 적에 부모님과 함께 봉 제주스 다 라파를 떠나 카샹가 농장에 정착했을 때 이미 그곳엔 도나나 샤페우 그란지와 그의 아들에 대한 믿기 힘든 소문이 무성했다고 한다.

엄마가 내게 해준 이야기에 따르면 도나나는 소녀 시절, 농장 관리인 집에서 일하는 가정부였다. 초경이 시작될 즈음 몸이 몹시 불편함을 느꼈다. 열이 오르고 낮에는 졸음이 쏟아지고 밤에는 잠을 잘 수 없었으며 먹는 음식마다 다 토했다. 집 주인 여자는 그녀에게 나쁜 귀신이 붙어서 그렇다면서 오래가지 않을 것이라고 했다. 월경혈이 다리 사이로 흐르기 며칠 전 도나나에게 사물이 심하게 흔들려보이기 시작했다. 그녀가 걸어다니는 곳 근처 마른 풀에 불이 붙고 빨래줄에 걸려있던 옷들이 마른 짚처럼 사라지는 것도 보았다. 두려워진 주인 가족은 소녀를 카샹가의 유명한 치료사 집에 보내 머물게 했다. 그곳에서도 도나나는 방문과 창문들이 바람도 안 부는 데 저절로 닫히는 걸 보았고 잠자리로 제공된 밀짚 매트리스에도 불이 나는 걸 보았다. 치료사가 결국 치료를 포기했다.

주인 가족은 인근 지역의 이름 있는 치료사들을 수소문해 집집마다 방문했다. "자레 의례를 여는 집 열여섯 곳을 찾아가 문 열여섯 개를 두드렸다"고 엄마는 뒷마당에서 따온 작은 채소의 마른 잎사귀를 다듬으며 말했다. "샤파다 벨랴 지역에서 가장 영험한 치료사들에게 그녀를 데려갔지." 마침내 도나나는 마지막 치료사에게서 신내림을 받았다. 신령 중에서도 주로 나고 신령을 모시는 치료사가 될 것이며 그러면 문제가 해결되었다는 진단을 받았다. 신령들은 도나나가 치료사가 되어 그녀의 힘을 필요로 하는 사람들의 영혼을 인도할 수 있도록 그녀가 성인이 될 때까지 기다렸다는 설명이었다. 그 마지막 치료사인 조앙 두 자레도의 집에 머무는 동안 도나나는 그에게서 허브와 풀뿌리로 시럽과 약을 만드는 법을 배웠다. 농장주로부터 일꾼까지, 도시에 사는 부유한 소녀들로부터 시골에서 농사짓는 부인들에 이르기까지 모든 계층의 사람들에게 발생하는 가장 흔한 질환들을 고치는 방법을 익혔다.

운명이 그녀를 남편인 조제 아우시노(아버지와 아들이 같은 이름)에게 데려갔을 때, 도나나는 지금까지의 시련은 이 남자의 커다란 모자 아래에서 안식처를 만나기 위한 긴 여정이었다고 확신했다. 조제는 다이아몬드 채굴로 부자가 될 수 있다는 소문에 이끌려 레콘카보에서 샤파다로 이주한 청년이었다. 이곳에 도착한 지 얼마 안되어 조제는 금광석을 향한 탐욕이 이 땅을 어떻게 망가뜨렸는지를 목격했다. 빛나는 돌을 얻는 행운에 목숨을 건 이들의 광기와 피를 대가로 부를 쌓은 땅주인들이 일으키는 무장 집단의 폭력이 난무하는 곳임을 알아보았다. 다이아몬드를 찾아 나서는 대신 조제는 도나나가 사는 집 가까이에 그의 몇가지 물건과 갈아입을 옷 두 벌이 담긴 가방을 내려놓았다. 부모에게서 배운 일이자 고향을 떠나는 순간까지 해온 일이고 샤파다에 오기까지 길을 걷는 동안 그의 호구지책이었던 농사일을 하기로 결심했다. 조제 아우시노는 괭이를 달라고 한 다음 땅을 일굴 줄 안다고 보여주었다. 도나나가 먹을 식량만 받고 일하는 곳, 그곳을 떠날 생각이라곤 해본 적 없이 농노로 살고 있던 그 농장에 조제도 거주지를 요청했다. 조제 아우시노는 흙으로 벽을 올리고 갈대로 지붕을 덮은 집을 지었으며 도나나가 가정부로 일했던 집 주인인 농장 관리인에게 신뢰를 얻었고, 혼자 살 수 없으니 아내를 얻어 가족을 부양하겠다는 의지를 밝혔다. 이 윽고 도나나가 그의 시선은 피하면서도 그의 모자에서 눈을 떼 지 않는단 걸 알아챘고 그녀를 자기 집으로 데려갔다.

도나나의 첫 출산이 임박했을 무렵, 조제 아우시노는 사탕수 수 운반 작업에 나갔다가 말에서 떨어져 숨졌다. 이 사고로 인 해, 보통 사람과는 다르다고 이미 소문났던 할머니에 대한 이야 기가 농장 일꾼들 사이에서 다시 화제거리가 되었다. 엄마는 만 삭의 도나나가 이웃 여인들의 부축을 받아 사고가 발생한 장소 로 천천히 걸어갔다고 말했다. 이미 숨이 끊어진 채로 땅 바닥 에 쓰러진 남편을 보았을 때 할머니는 내가 토비아스를 보았을 때 눈물 흘리지 않은 것처럼 할머니도 울지 않았다고 했다. 우 리가 울지 않은 이유는 서로 달랐겠지만 그래도 모든 일이 일 어난 후에 돌아보니 같은 역사가 반복되었다는 게 기이했다. 엄 마 얘기에 따르면, 도나나는 시체에서 몇 걸음 떨어진 곳에 떨 어져 있던 모자를 주워들고, 그녀에게 집을 준 동반자였던 남편 의 시신을 무릎에 눕힌 채 황소가 끄는 수레를 타고 돌아왔다.

할머니가 두 번째 남편을 잃고 과부가 되었을 때, 이미 연로한 치료사 조앙 두 라제두로부터 연락이 왔다. 신이 그녀에게 주신 의무를 수행할 때가 되었다는 내용이었다. 그녀와 동행하는 신 령들을 모실 때가 되었고, 그녀의 집을 찾아오는 몸과 마음이 아픈 사람들을 치료해야 할 시간이라고 했다. 그녀의 능력은 고 통받는 사람들을 돌보며 갚아야 하는 일종의 부채라고 했고 그 일을 하지 않으면 평생 불운에 시달릴 것이라고, 그렇게 되리라는 근거는 이미 충분하다고 했다.

도나나는 이 말에 수긍하지 않았다. 지금 하고 있는 일에서 더 이상은 할 수 없다고 대답했다. 이미 치료사와 조산사로서 자신을 찾아오는 사람들을 많이 돕고 있었다. 하지만 집 안에서 자레 의례를 올리거나 병자를 집안에 들여 머물게 할 수는 없다고 버텼다. 남을 돕느라 언제 끝날지 모를 궁핍을 견디며 살고 싶지 않다고 거절했다. "무슨 말을 하셔도 소용없어요. 나는 안 할 겁니다"라고 치료사의 전언을 가져온 이에게 대답했다.

그런데 얼마 지나지 않아 거의 성인 남자로 자란 첫아들 제카가 심한 두통을 앓기 시작했다. 엄마와 형제들과 함께 일을 나갔다 마치지 못할 정도였다. 몸이 아파 집에 먼저 들어가야 했고 때로는 쟁기와 괭이로 땅을 일구느라 머리카락과 피부에 덮인 흙을 씻어내러 강물에 목욕하러 가지도 못할 정도였다. 제카는 먹지도 자지도 못하고 웅크리고 바닥에 누워있었다. 며칠이 지난 후에는 사냥꾼에 쫓기는 동물처럼 비명을 질렀고 사물과 사람을 번갈아 쳐다보며 사방을 향해 신음소리를 냈다. 도나나는 자신에게 주어진 의무를 거절했기 때문에 장남이 미쳐가는 것을 지켜보았다. 동네 아이들이 창가에서 제카를 들여다보며 "미친놈이다, 미친놈이야"라고 외쳤고 도나나는 항상 쓰는 큰 모자를 머리에 얹고 빗자루를 들고 애들을 쫓으러 나갔다.

도나나는 아들이 제 정신으로 돌아오도록 온갖 방법을 시도했다. 뿌리로 만든 시럽을 먹이고 조앙 두 라제도 치료사와 다른 치료사들에게 조언을 구했다. 모두들 그녀가 마땅히 수행해

야 할 의무를 거부하는 바람에 신령들에게 빚을 져서 생긴 일이
므로 치료사들이 할 수 있는 일이 별로 없다고 말했다. 그래도
도나나는 자신이 그런 큰 희생을 할 능력이 없다고 생각했다.
그녀는 밤낮으로 촛불을 켜놓고 기도했지만 그 중 많은 촛불이
다 타기 전에 꺼지곤 했다. 이는 기도가 받아들여지지 않는다는
표시였다. 마침내 그녀는 경작지에 나갈 때 아들을 집에 가두기
시작했다. 목숨을 끊는 도구로 이용될 수 있는 담요나 홑이불,
천조각 등을 근처에 두지 않고 물컵이나 음식, 촛불 등 아들을
다치게 할 수 있는 아무것도 놔두지 않았다. 제카는 창문도 없
는 방의 어두운 공간에서 며칠을 살았다.

어느 날 도나나가 집에 돌아왔을 때 아들이 집에 없었다.

17

흰 머리칼이 늘어가는 요즘 내가 생각하는 일들과 내게 떠오르
는 기억들이 누군가에게 도움이 될 수 있단 걸 미리 알았더라면
나는 최선을 다해 글을 써보려고 노력했을 것이다. 시장에 가서
농작물을 팔아 번 돈으로 공책을 샀을 것이며 그 공책 안을 내
머리 속에서 지울 수 없었던 말들로 채웠을 것이다. 상아 손잡
이가 달린 칼을 보았을 때 호기심을 가졌던 것처럼 내가 어떤 일
을 할 수 있는지 궁금해하는 마음을 따라갔을 것이다. 우리 같
은 사람들과 우리 아이들이 땅과 도시의 집을 가진 주인들을 섬
기는 신세로 사는 인생에서 벗어나 삶을 바꾸도록 동기를 부여

할 많은 이야기가 내 입에서 나올 수 있기 때문이다.

비비아나가 다시 마을에 돌아와 살게 됐을 무렵부터 나는 그녀와 세베로가 들고 오는 인쇄물이라면 모두 읽어치우기 시작했다. 글을 읽고 싶다는 욕구가 어찌나 강렬했는지 나는 경작지에 일하러 나갈 때도 그늘에서 쉴 때도 읽을 책을 들고 갔다. 책에서 읽거나 사람들에게서 들은 이야기들은 물고기 낚는 그물 짜는 실타래처럼 내 머리 속에서 펼쳐지곤 했다. 낡은 옷을 바느질하며 앉아있을 때에도, 땅을 파고 식물 뿌리를 부수려고 괭이를 들어올렸다 내리칠 때에도, 생각의 실타래가 직물을 짜곤 했다. 남자를 싫어하게 되었고 다시는 남자와 자거나 결혼할 마음 없었던 나는 내 머리 속에서 떠나지 않는 이 이야기들을 들려줄 자식들을 가지고 싶다는 오직 한가지 이유 때문에 어쩌면 남자를 다시 만날지도 모른다는 생각도 했다. 어쩌면 그 아이들이 읽고 우리가 누구인지를 이해하도록 나는 자식들에게 빗물에 얼룩지거나 좀이 갉아먹은 오래된 공책 한 꾸러미를 넘겨주는 날이 있을지도 모른다.

아버지의 장례식은 그의 손으로 치료받았던 이들이 치료사에게 경의를 표하러 찾아왔던 하루 동안의 문상 다음 날 치뤄졌다. 사람들은 제카 샤페우 그란지가 손을 얹고 건강을 빌어줬던 자신들의 머리를 숙여 그의 명복을 비는 기도를 올렸다. 문상객들은 저마다 하나씩 광기, 음주, 낙담과 불운의 사연들을 갖고 있었고 이 날 마을을 온통 채운 추모의 감정 안에서 서로의 사연을 나누었다. 아침 날씨는 미지근했고 엄마와 언니와 나는 사람들의 눈물을 진정시키는 레몬 그라스 차를 번갈아 가며 부엌에서 준비했다. 아버지가 신령들에게 몸을 빌려줘서 춤을 추었고, 아픈 이들을 낫게 했으며, 찾아온 이들을 존중과 관용으로 맞이했고, 이웃들이 함께 일하도록 도왔던 이 허물어져가는 집 거실에 그가 살아 생전 영접했던 사람들이 모여들었다.

여기저기서 자신과 제카와의 만남에 대해 이야기하고 아구아 네그라 사람들이 아버지를 얼마나 그리워할 것인지 말하는 대화가 들렸다. 가까운 곳에 사는 여자들은 부엌에 가서 엄마에게 필요한 게 있는지를 물었다. 그들은 커피 갈아온 것이나 설탕을 담은 봉지, 집에서 가져온 보온병 등을 꺼내놓았고 거실에 음료수를 내가는 일을 거들었다. 시간이 지날수록 점점 먼 곳에 사는 사람들이 도착했다. 자동차와 말을 타거나 소가 끄는 수레를 타고도 왔고 햇볕을 가릴 우산을 쓰고 걸어서도 왔다. "날이 더워 죽는 줄 알았네"라고 미우다 아주머니가 집에 들어서며 외치고는, "대모님, 삼가 주님의 위로를 빕니다"라고 얼른 덧붙였다.

집 안은 온통 문상객들의 속삭임과 열띤 대화로 가득 찼고 우리의 영원한 동반자인 파리떼가 윙윙대는 소리도 빠질 수 없었다. 나는 관 옆에 서있을 때마다 손을 휘저어 파리떼를 쫓았다. 훗날 아버지의 장례식을 기억할 때마다 내 귓전에는 벌레 소리와 사람들 소리가 뒤섞여서 들리는 것 같았다. 그건 토비아스의 장례식 날 들었던 것과 같은 소리이기도 했다. 이웃들과 친척들은 아무 말 없이 모자를 벗어 허리 높이로 내려 들고 상주들에게 인사를 건네었고 가끔씩 낮은 목소리라 내겐 안 들리는 말들을 자기들끼리 속삭였다.

　나는 뭔가 좋은 소식을 기다리는 사람처럼 관에 다가가서 흙으로 된 담요가 덮을 그의 몸 위에 작은 꽃을 모아 올려놨다. 나는 마치 가죽 장갑을 여러 개 겹쳐 긴 것처럼 주름지고 손마디에는 굳은 살이 박힌 아버지의 늙고 투박한 손을 바라보았다. 나뭇가지처럼 비쩍 마른 팔과 불균형을 이루는 그의 큰 손. 마리아 카보클라가 다가왔다. 나를 위로할 말을 찾지 못해 말없이 내 팔을 붙잡기만 했다. 문상으로 밤을 지새고 아침이 밝았을 때 우리는 커피를 내려 마시고 머리를 스카프로 감싼 후 도나나와 토비아스가 잠든 곳인 농장 묘지 비라쌍으로 가는 장례 행렬을 시작했다. 그곳은 태어나자마자 죽은 아이들이 묻힌 곳이었다. 우리와 함께 온 많은 가족들의 슬픔과 기억이 있는 곳이었다. 질병에 걸려 죽고 고된 노동으로 기력이 다해 죽은 자들이 있는 곳이었다. 소문에 따르면 저주하는 마법에 걸려 죽거나 신의 벌을 받아 죽은 사람들도 있는 곳이었다. 무덤은 이미 준비되어 있었고 장례 기도를 드리고나서 관 위에 덮을 흙이 가장자리에 쌓여 있었다.

18

도나나는 사람들이 언제 들이닥쳐 그녀의 아들이 죽은 걸 발견했다는 소식을 전할지 몰라 두려웠다. 제카는 흔적도 없이 사라졌다. 할머니가 집에 왔을 때 문은 박살나 있고 아버지는 어디론가 없어진 그날 이후로 여러 날이 지났다.

농사일을 나가기도 힘들었다. 할머니는 경작지 일을 중단했고 다른 자식들이 길마다 다니면서 맏형을 찾도록 했다. 그녀는 몸소 큰 칼을 들고 숲 속에 들어가 덤불을 잘라 길을 만들어 가며 제카를 불렀고—이름 전체를 부르고 싶을 때는 조제 아우시노—이름을 부르고 나서는 어디선가 들리는 대답 소리를 놓치지 않으려고 숨도 크게 쉬지 않았다. 밤이 되어 집에 돌아온 가족들은 촛불과 등불 주위에 모여앉아서, 강둑 근처에서 발자국을 본 사람이 있다거나, 농장 경계선에서 먼 곳에 사는 어떤 여자가 눈이 침침해서 확실하지는 않지만 미친 듯이 걸어가는 사람이 제카가 맞는 것 같다고 말했다는 등의 이야기를 주고받았다. 어떤 사람들은 숲에 표범이 다니는 곳이 있는데 거기 숨어있을 수도 있다고 했다. 또 어떤 사람들은 집 뒤뜰에 놓아둔 달걀과 과일이 없어졌고 빨래줄에 걸어놓은 옷이 사라졌다고 했다.

시간이 멈춘 것 같았고 소식은 느리게 전해지는 것 같았다. 하늘의 태양이 평소 같은 속도로 뜨고 지지 않았고 밤은 길게만 느껴졌다. 그러던 어느 날 도나나의 아들 중 하나가 집으로 황급히 달려와서 아주 먼 곳에 있는 피에다지라는 농장의 한 목동이 형을 보았다는 소식을 전했다. 젊은 흑인 청년이 부끄러움을 가릴 옷도 안 걸치고 이름 모를 어느 다른 농장과의 경계선에 있는 숲 속 자토바 나무 아래 살고 있는 걸 보았다고 했다. 할머니는 큰 딸 카르멜리타에게 어린 동생들을 돌보라고 맡기고, 관리인에게 그 청년이 아들인지 알아보러 가겠다고 알린 후, 큰 아이들을 데리고 그곳으로 향했다. 아이들에게 먹일 만지오카 가루와 설탕 덩어리와 베이주를 챙겨 떠났다. 얼마나 걸려 도착할 길인지 알지도 못하면서 무작정 떠났다.

그들은 길을 걸어가 피에다지에 도착해 목동을 만났다. 목동은 벌써 며칠째 그 청년을 보지 못했다면서 말했다. "아주머니, 그 광경은 정말 이상했어요. 그 젊은이는 자토바 나무 그늘에서 자고 있었고 표범이 옆에 있었는데, 사람을 해치지 않고 오히려 지키는 것 같았어요." 표범이 그 젊은이가 마치 자기 어린 새끼인양 주위를 맴돌며 보호하는 모습이 마치 마법에 홀린 것 같았다고 했다. 젊은이는 아무 말 없이 조용히 웅크리고 있었다고 했다. 훗날 도나나가 푸스코를 가리켜 표범이라고 했을 때 그 표범을 말했던 거였을까?

할머니는 목동이 말한 장소로 가는 길에 마주친 사람들에게 아이들을 먹일 만지오카 가루를 얻었다. 아이들과 함께 자토바 나무 근처에서 노숙할 장소를 마련했다. 떨어진 나무 열매들을 주웠고 베이주에 넣어 먹을 자토바 씨를 모았다. 베이주는 조상들의 배고픔을 달래줬고 앞으로 후손들의 배고픔을 달래줄 음식이었다. 표범 이야기를 듣고 무서워하는 아이들이 밤이슬에 젖지 않도록 임시로 지은 지붕 아래서 도나나는 잠을 이루지 못했다.

그러던 어느 새벽 도나나는 멀지 않은 곳에서 나뭇잎 흔들리는 소리를 들었다. 아들이 근처에 있다는 신호일 수 있었다. 도나나는 자리에서 일어나 아이들 중 가장 큰 아이의 이름을 불렀다. 아이들은 모두 잠들어 있었다. 그녀는 소리를 따라 숲길을 걸어갔다. 습지가 나왔고 물 웅덩이 근처에서 요란하게 북적거리는 수많은 반딧불이가 보였다. 그 웅덩이에 네 발 달린 야생 동물이 머리를 담그고 물을 마시고 있는 게 보였다. 새벽빛이 밝아오자 할머니는 그 네 발로 엎드린 동물이 몇 달 전에 사라진 아들임을 알아보았다. 그녀가 "조제 아우시노", "제카"라고 부르자 아들은 가시덤불과 마른 가지 사이로 몸을 숨기고 카칭가 숲의 가장 무성한 곳 안으로 사라졌다. 숲에서 관리인과 이웃들이 알아채지 못하게 소리 내지 않고 걸어다닐 줄 알고 있으며, 어떤 남자보다 들판 농사 일을 잘 해내는 힘 센 도나나가 숲 속을 헤치고 들어가 마침내 눈을 휘둥그레 뜨고 이빨을 드러낸 채 웅크리고 있는 제카를 찾아냈다. 할머니는 숲의 신령들에게 기도를 올리면서 아들에게 다가가 송아지를 날뛰지 못하게 묶듯이 아들을 올가미로 묶었다. 아들의 벌거벗은 더러운 몸은 심한 상처 투성이었다. 몸에선 야생 멧돼지보다 고약한 냄새가 났다. 벗은 몸을 홑이불로 덮고 연신 소리지르며 휘두르는 아들의 손을 단단히 묶어 데려온 할머니는 다른 아들들에게 카샹가로 돌아갈 채비를 차리라고 말했다. 임시로 지은 지붕은 허물지 않았고 먹다 남은 베이주도 그대로 두고 떠났다.

돌아오는 길 중간에 조앙 두 라제도의 집을 방문했다. 노인이 문을 열고 나오자 할머니는 "아들이 내 짐을 졌어요. 내가 복종하지 않았기 때문에 아들이 짐을 대신 졌어요. 내가 저항하고 버텼기 때문에 신령들이 나에게 벌을 내렸습니다"라고 말했다. 제카가 도망치려는 개처럼 신음 소리를 내고 몸을 뒤틀고 비명을 지르는 소동이 벌어지자 이웃들이 몰려들었다. "아들을 치료해 주세요, 대부님. 내 아들을 치료해줘요. 아들이 내 짐을 짊어지는 치료사가 되어야 한다면 그렇게 하십시오"라고 말하고는 등을 돌리고 아이들을 데리고 집으로 돌아갔다.

19

아버지의 장례는 오랜만에 비라쌍에서 치뤄진 마지막 장례였다. 사람들이 더 이상 죽지 않은 게 아니라 아버지가 돌아가시고 몇 달 후에 농장이 팔렸기 때문이었다. 페이쇼투 가족의 상속자들은 노령이 되었고 그들의 아들과 손자들은 더 이상 아구아 네그라 농장을 유지할 뜻이 없었다. 나이든 이들은 우리에 대해 알았지만 젊은이들은 우리가 누구인지 관심 없는 채 취급하기 골치 아픈 문제라고만 여겼다. 마치 집에 가구가 딸려 있는 것처럼, 흙으로 지은 집들과 우리들이 딸려 있는 농장이 두 자녀를 둔 어느 부부에게 팔렸다. 오랜 세월 페이쇼투 가문의 소유물로 살아온 우리는 주인이 바뀌어 놀랐고 이제부터 무슨 일이 일어날지 짐작조차 할 수 없어 불안했다. 낙관적인 이들은 모든 것이 있는 그대로 계속되리라고 기대했다. 의심이 많은 이들은 혹시 퇴거 조치가 이루어질 것인지 걱정했다. 우리가 들기로는 지역 최초의 개척자로 알려진 전설적 인물 다미앙이 1932년의 대가뭄 기간에 왔을 때 이래로 농장이 존재했다. 당시 페이쇼투 가문은 미개간지 상태였던 토지를 유산으로 물려받았다. 농장의 초기 역사는 신의 능력으로도 설명하기 힘든 복잡한 얘기였지만 세베로는 이를 집과 학교와 경작지를 오가는 길에 귀기울여 듣는 사람들이 알기 쉽게 설명했다. 설명을 들은 후에 사람들은 자기들끼리 묻고 대화하고 아는 지식을 덧붙여서 이곳에 도착하기 전 각자의 가족사를 복원했다. 나는 세베로가 말하는 내용을 자세히 알고 싶어서 열심히 듣곤 했다. 처음에 백인 식민지 개척자가 도착했고 왕실이 하사한 선물을 받았다는 것. 또 다른 가문의 백인 남자들이 왔고 그들 사이에서 땅을 나눠 가졌다는 것. 인디언 원주민들은 쫓겨나거나 죽임을 당하거나 땅 주인들을 위해 강제로 일하게 되었다는 것. 그 후에는 먼 곳에서 흑인들을 데려와 인디언들이 하던 일을 하게 했다는 것. 자기 고향으로 돌아가는 방법을 몰랐던 우리들은 이 땅에 머물렀다는 것. 주인들은 이미 늙었고 자녀들은 도시에서 전문직으로 훨씬 더 많은 돈을 벌기 때문에 더 이상 농장 일에 관심이 없어서 농작물 생산을 중단하고 주민들을 밀어내기 시작했을 때 사람들은 자신들이 인디언이라고 항변했다. 인디언도 대접 못 받긴 마찬가지지만 인디언에게선 땅을 빼앗지 못한다는 법이 있다는 걸 알기 때문이었다. 흑인 노예들과 인디언들은 각자의 구역을 서로 오가며 살아오는 동안 혼인으로 핏줄이 섞인 것도 사실이었다.

우리보다 훨씬 이전에 이곳에는 다이아몬드 광산이 발견됐다는 소식을 듣고 많은 사람들이 왔었다고 한다. 다이아몬드를 발견한 사람이 우리 선조 중 한 사람이라는 얘기도 들어봤다. 그 조상은 세라노 강에서 채굴한 다이아몬드 원석을 무력으로 빼앗겼다고 했다. 그에게서 다이아몬드를 빼앗으려는 자들이 그가 미나스 제라이스에서 온 여행자를 죽였다고 고발했고, 목숨을 구하기 위해 그는 원석을 발견한 장소를 말해야만 했다. 또 어떤 사람들 얘기에 따르면 그는 단지 다이아몬드를 팔기 위해 운반했을 뿐이고 맨 처음 원석을 발견한 건 프라도라고 하는 지주의 노예들이었다고 한다. 또 다른 어떤 이들은 미나스 제라이스에서 온 남자가 최초로 원석을 발견했다고 말했다. 아무튼 이런 소식이 더 많은 노예와 개인 노동자들을 불러들였고 외국 영사관들이 내륙으로 들어왔고 광산 회사들이 생겨났다고 했다. 이 모두가 다이아몬드를 산에서 캐내기 위해서였다. 많은 사람들이 피를 흘렸고 보석의 유혹과 광기와 마법에 굴복했다. 무수히 많은 이들이 빛나는 돌을 찾으려는 욕망으로 미쳐갔고, 돌에 혼을 빼앗겨 자멸의 길을 걸었고, 많은 이들이 돌 때문에 죽임을 당했다.

긴 세월 동안 이 땅은 대령(포르투갈 왕실로부터 땅과 군대 계급을 받은 땅 주인)들 사이에서 벌어지는 전쟁을 치렀다. 도시에서 노예처럼 일하던 사람들이 광산에서 노예처럼 일하려고 인근에서 몰려왔고, 이제는 예전처럼 생산이 많지 않은 사탕수수 농장에서 왔고, 미나스 제라이스의 금광 지역에서 왔다. 다이아몬드 광산에는 아프리카의 오요(지금의 나이지리아 남서부에 있던 왕국) 왕국이 멸망하기 전까지 나라를 다스린 마지막 왕의 아들이 와서 일하다 자식을 낳았다는 소문도 있었다.

여러 해에 걸쳐 우리들은 다이아몬드를 찾아 몰려든 사람들이라는 그림자 아래 태어났고 살았다. 그 그림자는 어린이들끼리 놀 때조차도 탐욕의 대상인 광석과 비슷한 돌을 구별하도록 배울 때에도 있었고 그 지역을 지배한 대령들이 다이아몬드가 있는 산을 두고 벌였던 전쟁 이야기 속에도 있었다. 중간에 매복한 이들에게 죽임을 당할 위험이 커서 지역간 통행이 가로막힌 일도 종종 있었다고 했다. 샤파다 벨랴 지역에서는 수십년에 걸쳐 다이아몬드 광석을 둘러싼 삶과 죽음이 씨줄과 날줄로 엮여 시간의 피륙을 짰고 이는 우리가 사는 농장과 우리의 선조들에게 지워지지 않는 흔적을 남겼다. 어떤 이가 한 곳에서 다른 곳으로 자유롭게 이동할 수 있는지는 그가 '어느 농장' 소속인가에 달려있었다. 농장의 주인이 '어느 대령'과의 불화를 일으켰다면 농장 주민들도 폭력의 피해자가 될 위험에 처했다. 그렇게 살아온 사연이 우리 사이에 전해져 내려왔다. 두려움은 시간을 초월하여 언제나 우리 역사의 일부였다.

그 두려움은 자신의 땅에서 뿌리 뽑힌 사람들의 두려움이었다. 바다와 땅을 견디지 못할 것 같은 두려움이었다. 처벌과 노동과 뜨거운 태양에 대한 두려움이고 그 땅을 지배하는 자들에 대한 두려움이었다. 길을 걷기도 두려웠고 누군가를 불쾌하게 만들까 봐 두려웠고 존재하는 자체가 두려웠다. 누군가 당신을 좋아하지 않을까 봐, 당신이 하는 일을 싫어하고, 당신의 냄새, 머리카락, 피부색을 싫어할까 봐 두려워했다. 우리의 아이들과 우리의 노래와 우리의 형제애를 달가워하지 않을 거라는 두려움. 그러나 우리는 어디를 가든지 친족을 만났고 결코 혼자가 아니었다. 친족이 없을 때에는 우리가 친족을 만들었다. 우리를 나약한 존재로 만들려는 자들의 지배와 감시 아래 있으면서도 가는 곳마다 적응하고 형제애를 키우는 능력이 우리의 진정한 무기였다. 바로 그렇기 때문에 그들은 두려움을 퍼뜨렸다. 나는 세베로가 이런 말을 할 때마다 그의 모든 이야기를 기억 속에 차곡차곡 모아놓았다.

세베로는 우리에게 이런 역사를 설명했고 사람들은 여기에 각자의 경험으로부터 아는 것을 추가하여 서사의 완성을 도왔다. 언제부턴가 다이아몬드는 더 이상 많은 사람들을 끌어들이지 않았고 거대한 양의 물이 흐르는 강과 모든 작물이 자라는 강 옆 평야로 알려진 아구아 네그라의 땅들만 남았다. 아구아 네그라는 거의 모든 방향으로 흐르는 두 줄기의 강으로 둘러싸여 샤파다 벨라의 중심부에 형성된 섬과 같은 한 덩어리의 세상이었다. 심한 가뭄이 들어 살기 어려워질 때마다 수많은 노동자들이 정착지를 찾아 이곳으로 흘러 들어왔다. 농장 관리인을 통한 인맥으로 오거나 이미 거주하고 있던 이들이 형제와 친구를 불러서 왔다. 그저 발길 닿는대로 살 곳을 찾아 헤매다 이곳에 와서 땅 주인의 허가를 받고 소작농이 되는 사람들도 있었다.

여러 해 동안 농장은 풍요로운 물 덕분에 사막 한가운데 오아시스 같은 곳이었다. 새로운 주인은 마림부 숲 가장자리에 근사하고 화려한 집을 지었고, 은퇴한 수테리오를 대신한 새 관리인을 보내서 앞으로 비라쌍에 사람을 묻을 수 없다는 통보를 했다. 강둑 가까운 곳에 묘지가 있다는 건 숲과 자연에 해를 끼치는 범죄라고 했다. 도시에 공공 묘지가 있으며 시정부가 거기까지 운송 비용을 지원할 거라고 했다.

젊은이들에겐 비라쌍에 묻히나 도시 묘지에 묻히나 큰 차이 없는 일이었다. 하지만 나이든 이들에게는 그러한 금지령은 자신들에 대한 모독이었다. 비라쌍은 200년 넘게 존재해온 장소라고 알려진 곳이었다. 여인들은 이승을 떠나서 갈 곳은 비라쌍뿐이라고 말했다. 그 문제에 있어서는 타협이 있을 수 없고 금지령을 받아들일 수 없고 그 땅에 묻힐 권리를 양보할 수 없다고 했다. 가족과 친지 옆에 묻혀 함께 휴식할 권리를 포기하지 않겠다고 했다. 그들은 절반은 1미터 높이의 벽으로 둘러싸이고 나머지 절반은 카팅가(브라질 북동부 내륙의 숲지대 이름) 숲으로 둘러싸인 비라쌍 한가운데 잠든 제카 대부 곁에 자신들도 묻히고 싶다고 했다. 새로 온 농장주의 금지령이 전해진 날 가장 많이 들린 말은 "우리가 여길 나가서 갈 곳은 비라쌍뿐이야"였다.

다행히도 첫해에는 아무도 죽지 않았다. 하지만 앞으로 닥칠 일에 대해 아무도 안심할 수 없었다. 그 금지령은 우리의 죽음보다 우리의 삶에 대해 더 많은 것을 의미했다. 우리가 죽은 자를 비라쌍에 눕힐 수 없다면 이제 곧 이 땅에서 우리가 살 수도 없을 것이기 때문이었다.

20

제카의 정신질환이 낫기까지 여러 달이 걸렸다. 도나나는 매일 조앙 두 라제도의 집으로 가서 풀뿌리로 약물을 만들고 기도를 올렸으며 아들을 씻기는 일을 했다. 시간이 지나면서 제카는 예전의 삶으로 돌아왔지만 그의 내면에서 뭔가 영원히 바뀌었다는 사실은 명백했다. 그의 눈빛은 더 이상 천진한 소년이 아니었다. 그의 마른 어깨는 일종의 무게를 견디는 것 같았다. 제카는 치료사의 집에서 열리는 예식에 관심을 보이며 참여했고 의례와 계율에 대해서도 열심히 배우고자 했으며 신령을 부르는 노래 등의 의식 절차를 옆에서 거들었다. 그는 의례 도중에 나타나는 신령들을 바로 알아봤고 영혼을 자극할 때이거나 아니면 진정시킬 때라는 서로 다른 목적에 따라 어떤 속도로 북을 두드려서 노래의 리듬을 바꿔야 하는지를 빠르게 파악했다. 의례가 진행되는 순서도 완전하게 습득했다. 때때로 발생하는 돌발상황에도 당황하지 않았다.

몸이 회복된 그는 어머니와 함께 일하러 나가기 시작했지만 여전히 치료사의 집에 기거했다. 아침이면 해 뜨기 전에 집을 나서 도나나와 동생들 중 큰 두 동생들과 함께 경작지로 일하러 갔다. 농사일을 하면서도 기도를 올리고 촛불을 켜는 의무를 소홀히 하는 법 없었고 밤이 되면 조앙 두 라제도 치료사의 집으로 돌아가곤 했다.

마침내 제카의 치료사로서의 훈련이 다 끝났다고 여겨졌을 때, 즉 늙은 치료사의 집 문으로 들어오는 악령을 알아볼 수 있고 동물과 농작물의 삶과 죽음과 출산의 본질에 대해 이해했을 때 그는 조앙 두 라제도의 집을 떠났지만 계속해서 치료사의 집에서 열리는 의례에 참석했다. 제카는 카샹가 숲에 있는 그의 집으로 돌아와 어머니와 함께 숲에서 약초를 따 모으고 여러가지 종류의 질환에 쓰이는 연고와 약물을 만들었다.

또다시 시간이 지나자 다른 곳으로 가야할 필요가 생겼다. 제카는 다른 고장으로 일자리를 찾아 떠나길 원했다. 카샹가 농장은 가뭄에 시달리고 있었다. 만다카루 선인장은 꽃이 필 때가 되었지만 꽃 피지 않고 카칭가 나무들은 잎사귀가 시들었다. 사람들은 점점 더 먼 곳까지 물을 길으러 가야 했고 습지의 물 구덩이는 메말랐다. 농장들은 저장고에 남아 있는 물을 외부인이 가져가지 못하도록 무장한 보초를 세웠다. 강 수위는 점점 낮아졌고 장마철이면 많이 잡히던 물고기들도 찾아보기 힘들었다. 제카가 성인 남성이 되고 몇 해 동안 농장 물은 부족하고 폭력은 넘치는 살벌한 곳으로 변해갔다. 그 무렵, 물이 충분하고 노동자들을 필요로 하는 장소를 찾아 길을 떠난 여행자들이 마을을 지나가곤 했다.

제카가 물이 있는 곳에 대한 소문을 언제 들었는지는 알 수 없다. 짚담배 한 대를 피울 때이거나, 들에서 약초를 모으고 불운을 막고 상처를 낫게 해달라는 기도를 올릴 때이거나, 아니면 창문 밖에 매어 놓은 말이 발을 굴러 카샹가의 마른 땅에서 흙먼지를 일으켰을 때 전해 들었을 것이다. 그 소문에 따르면 검은 빛깔 물이 흐르는 강가에 농장이 있다고 했다. 그 강에는 물고기가 떼지어 헤엄치고, 농장은 쌀을 재배하는 곳이며, 덴데나무와 부리치 나무가 무진장 많고, 우칭가 강과 산토 안토니오 강이 만나는 커다란 호수가 있는 곳이라는 소문이 언제 전해졌는지 모른다. 그 땅의 주인들은 더 많은 일손을 구하고 있으며 힘든 일과 고된 노동에 불평하지 않을 사람들을 원한다고 했다. 해가 뜰 때부터 해가 질 때까지, 일요일부터 다음 일요일까지 일할 사람들을 원한다고 했다. 채소에 물을 주고 농장의 땅을 비옥하게 만들 일꾼들, 추수하다 손 다치는 걸 두려워하지 않는 소작농들을 원한다고 했다.

그 대가로는 비와 거센 햇볕 아래 시간이 지나면 허물어질, 흙과 갈대풀로 만든 집을 지을 수 있었다. 소작농들의 거주지는 자손들이 물려받고 싶어할 만큼 내구성 있는 집이어선 안되었다. 필요하면 쉽게 없앨 수 있는 집이어야 했다. 카샹가 지역을 지나가던 여행자들이 전해주기로는 거기서 일할 수 있으되 땅은 법적으로 주인 가족 소유라고 했다. 토지의 소유권은 포르투갈 왕실이 다스리던 시절부터 확립된 것으로 이의를 제기할 수 없었다. 누구든 와서 거주하고 집을 짓고 농사 지을 수는 있어도 땅 주인은 될 수 없는 외부인으로 살아야 했다. 뒷마당에 울타리를 칠 수 있으며 농장 경작지에서 일하고 남는 시간에 하천 옆 자투리 땅에 농사를 지을 수 있었다. 땅에서 나온 것으로 먹고 살 수는 있었지만 소유주들에게 복종하고 감사해야 했다.

여행자들로부터, 그리고 먼 곳으로 이사간 친척들의 소식을 전해주는 대부들에게서 많은 정보를 수집한 후에 제카 샤페우 그란지는 그 땅으로 떠나기로 결정했다. 결심한 그 날이 오자 그는 어머니에게 길을 떠날 것이라고 말했다. 도나나의 지친 눈에서 눈물이 흘렀다. "울지 마세요 어머니." 도나나는 목에 걸고 있던 십자가 목걸이를 벗어 아들의 목에 걸어줬다. "나고 신령이 내 곁에 함께 계실 거예요, 어머니." 그는 지금 떠나면 다음날이면 아구아 네그라에 도착할 것이라고 했다. 엄마와 여동생들이 만들어준 옷을 입고 길을 나섰다. 도나나는 "우리를 지켜주는 신령님들이 네가 가는 길에 함께 하실 것"이라며 기도를 올렸다. "네가 가는 길에 '일곱 개의 산'과 이안사와 광부의 신, 어부의 신, 코스메와 다미앙, 물의 어머니와 투피남바와 톰바모루와 오소시, 폼부 호슈와 나나가 함께 하기를."(아프리카 문화의 영향을 받아 브라질 북동부 주민들이 믿는 칸돔블레 종교의 수호신령들)

제카는 동이 트기 전에 떠날 예정이었다. 새들이 요란한 소리를 내며 내려앉았다 날아오르기를 반복하며 행운을 빌었다. 도나나는 시간이 날 때마다 짚으로 엮어 만든 가방 안에 육포 한 조각과 만지오카 가루 한 깡통과 꿀을 담은 작은 병 하나를 아들이 길에서 먹을 수 있도록 챙겨 넣었다. 맏아들은 엄마의 얼굴과 여동생의 이마에 입을 맞추고 남동생들을 끌어안고 작별인사를 했다. "어머니에게 신의 가호가 있기를 빌어요. 이곳으로 가는 사람 편에 소식을 전할 거에요. 좋은 소식을 전할게요. 우리가 가까운 곳에서 살 수 있도록 곧 데리러 오겠어요." 도나나는 눈물을 닦으며 말했다. "하나님이 네 곁에 계시길 기도하마."

그는 음식과 옷 몇 벌이 든 밀짚 가방을 들고 길을 나섰다. 담배를 만들 종이와 이빨이 빠진 빗과 녹슨 면도기도 짐 안에 있었다. 그는 밤낮으로 길을 걸어가 그가 남은 일생을 보낼 장소인 아구아 네그라에 도착했다.

21

어느 날 남동생 제제가 농장 거주지에서 소작농으로 산다는 것에 대해 아버지에게 질문했다. 우리는 여기서 태어난 이래 항상 이곳에서 일하고 있는데 왜 우리는 이 땅의 주인이 될 수 없는 건지 물었다. 어찌하여 페이쇼투 가족은 여기서 살지도 않는데 땅 주인이냐고 물었다. 이 땅에서 살고 있고 씨를 뿌리고 빵을 거두는 우리는, 이곳에서 생계를 유지하는 우리는 왜 땅을 소유할 수 없냐고 물었다.

이날은 지금도 내 기억 속에 생생하다. 나이가 든 후에도 그 기억은 사라지지도 희미해지지도 않는다. 그날 태양은 어찌나 강렬한지 주위에 있는 모든 것이 구름 한 점 없는 하늘에서 쏟아지는 빛을 반사하고 있어서 흰 색으로 보였다. 아버지는 모자를 벗었다. 찜통 같은 더위에 얼굴을 씻어 내린 굵은 땀방울이 이마와 관자놀이를 타고 흘렀다. 팔을 타고 흐른 땀 때문에 헐렁한 셔츠에는 큰 얼룩이 져 있었다. 아버지의 바지와 괭이와 팔과 손에 들고 있는 챙 넓은 모자 위에는 온통 흙먼지였다. 나는 옥수수알과 남은 음식을 닭들에게 던져주고 있었다. "거주지 일꾼으로 사는 건 원래 살던 곳엔 일자리가 없고 어디로 가야할지 모르기 때문이다. 생계를 유지할 길이 없어서이지." 그는 눈을 가늘게 뜨고 발 앞에 있는 흙구덩이를 바라보며 말했다. "그러면 땅이 있고 일손이 필요한 사람에게 가서 '여보시오. 나에게 머물 곳을 줄 수 있소?'라고 묻는 거란다." 아버지는 정면을 바라보던 눈길을 동생에게 돌렸다. "일을 더 하고 생각은 덜 하려무나. 네 것이 아닌 것에 눈독 들이면 안 된다." 그는 땅에 괭이를 세우고 한 손으로 자루 끝을 잡았다. "토지 문서가 너에게 더 많은 옥수수와 콩을 주지는 않는다. 문서가 우리 식탁에 음식을 올려놓지는 않아." 그는 주머니에서 종이와 담배를 꺼내 담배를 말기 시작했다. "저 거대한 토지가 보이지? 탐낼 곳이야 많지. 사람은 점점 더 많은 걸 원하게 마련이니까. 하지만 네 혼자 손으로 저 넓은 땅에서 해야 할 모든 일을 할 수는 없는 거 아니냐? 우리는 혼자서 충분히 일할 수 있는 만큼의 땅만 감당하면 되는 거다. 덤불이 자라나는 이 땅, 카칭가 나무와 부리치 나무와 덴데 나무가 자라는 이 땅은 일을 하지 않으면 사람에게 아무것도 주지 않는다. 아무 가치가 없어. 농사 일을 하지 않는 사람, 구덩이 하나 파지 않고 씨 하나 뿌릴 줄 모르는 사람에겐 이 땅이 다른 가치가 있을 수도 있지. 하지만 우리 같은 사람에겐 땅은 일을 할 때에만 가치가 있는 거야. 일을 하지 않으면 땅은 아무것도 아니다."

제제는 더 이상 묻지 않았고 하던 일로 돌아갔다. 아빠는 세베로의 이름을 언급하지 않았지만 세베로가 농장 사람들에게 노동조합과 권리와 법에 대해 말하고 다니는 걸 알고 있었다. 이런 대화를 일터에서 사람들과 나눈다는 것도 알고 있었다. 그 문제가 이미 수테리오의 귀에 들어갔다는 것 또한 알고 있었다. 제제는 아버지를 존중하는 차원에서 더 이상 토를 달지 않았지만 아버지의 설명을 납득하지 못했기에 이후에도 같은 문제를 고민했다. 내놓고 말하지는 않았지만 같은 의문을 계속 파고드는 눈치였다. 나이 많은 이들은 아버지가 말한 내용과 비슷한 이야기를 했다. 한편 젊은이들은 자기들의 의문은 타당하다면서, 우리의 부모, 조부모는 왜 아무것도 소유하지 못한 채 생을 마쳐야 했냐는 질문을 던졌다. 그들에게 권리가 부여된 유일한 땅, 아무도 그들에게서 빼앗지 않을 땅은 오직 비라쌍의 작은 무덤뿐이냐고 물었다. 은퇴하기 위해서는 농장 주인에게 땅이나 세금을 증명할 문서를 요청해야만 하는 건 굴욕적이지 않느냐고 물었다. 농장 소작농들은 퇴직을 하려면 그동안의 노동이 급여 없이 착취당한 것으로 모자라, 자신들에게 없는 서류들을 제출해서 자격을 증명해야만 했다. 사회복지 부서에 가서 연금을 신청해야 할 때, 필요한 서류를 구할 수 없는 경우도 종종 생겼다.

소작농들에게는 농장주들에게 약속한 만큼 일을 해줘야 하는 의무 말고는 아이들과 손자들에게 남길 것이 아무것도 없었다. 줄 수 있는 거라곤 곧 허물어지기 직전인 낡은 집 한 채뿐이었다. 하지만 부모 세대들은 그렇게 생각하지 않았고 그들에게는 농장주와 소작농 사이의 평화로운 공존을 지키는 게 우선이었다. 이곳에서 태어나고 자란 젊은 세대에게는 없는, 갈 곳

없던 자신들을 받아줬다는 고마움이 그들에겐 아직 남아있었다. 반면 젊은이들은 불리한 조건으로 관리인들과 다투고 협상해서 간신히 받아내는 토지 서류에 소유주로 나와있는 농장주가 아니라 자신들이 땅의 주인이어야 마땅하다고 생각하기 시작했다.

남동생은 아버지 앞에서는 언급을 피했지만 이 문제에 계속 관심을 보였다. 세베로와 함께 여러 일터를 방문해서 주민들을 설득했다. "우리는 더 이상 이렇게 살 수는 없습니다. 우리는 토지를 소유할 권리가 있어요. 우리는 지금 킬롬보(흑인 노예들이 도망쳐서 살던 곳)에 살고 있는 거나 다름 없습니다." 자유에 대한 열망이 자라났고 마침내 이 열망은 거의 모든 곳에서 불거지기 시작했다. 시간이 지나면서 이 열망은 같은 집에 사는 부모와 자녀를 서로 반대편에 서게 만들었다. 일부 젊은이들은 더 이상 농장에서 살기를 원하지 않았다. 도시로 가고 싶어했다. 과거에 우리가 동물을 타고 이웃 마을이나 도시로 가던 시절보다 다른 장소로의 이동은 훨씬 빈번해졌다. 여행자와 상인들에겐 도시에서 사는 편이 훨씬 유리했다. 이주를 고려할 때 가장 중요한 요인은 우리가 대를 물려 해오는 농사 노동에 계속 종사할지 여부였다. 제제가 아버지에게 하고 싶은 얘기는 이것은 거주지를 구하는 문제가 아니며 오갈 곳 없는 이를 받아준 것에 대해 감사할 일이 아니라는 거였다. 제제는 나와 도밍가스에게 "그들이야말로 우리에게 감사한 적 없을 뿐만 아니라 우리 따위는 안중에 없이 농장을 팔려고 한다는 소문이 돌고 있어"라고 말했다. 어느 날 길 가에 있는 자카 나무 아래 모인 사람들에게 세베로는 "우리는 우리 노동의 주인이 되고 싶습니다. 집 뒤뜰이 아닌 경작지 땅에도 무엇을 심고 수확할지 우리가 결정하길 원합니다. 우리가 태어난 곳이고 우리 가족의 노동으로 성장한 이 땅을 우리의 의지대로 경영하고 싶습니다"라고 말했다.

하지만 우리 자신을 해방시키고자 했던 그 열망은 결국 우리 가정을 무너뜨리는 원인이 되고 말았다.

22

하루 낮과 밤을 걸은 후 새로 해가 뜨기 전이었다. 제카는 가파른 언덕 위에 있는 평평한 땅에 집들이 보이는 어느 마을에 이르렀다. 눈길이 닿는 지평선 가까이 보이는 땅에 말을 타고 소떼를 몰고 가는 목동들이 지나가고 있었다. 그날 보았던 바람과 흩어지지 않던 먼지 구름을 그는 오랫동안 기억했다. 소떼와 목동들 사이를 그가 지나갈 때 일행과 떨어져 뒤에서 혼자 걸어가던 목동 한 명이 그를 유심히 바라보았다. 제카는 목에 건 십자가 목걸이를 손으로 만지작거리며 천천히 걸어갔다. 태양의 위치를 보니 아침 여섯시경이었고 그는 하루를 시작하는 아침 기도를 올렸다.

밤새 쉬지 않고 걸었으므로 발이 아팠다. 모르는 숲길로 지나올 때는 정말 몹시 무서웠다. 신령들과 함께 걷고 있었지만 그래도 위험은 도처에 있었다. 그가 위험을 피할 수 있도록 수호

신령들이 밤의 어두움에 대한 두려움을 그의 마음에 심어주었는지도 모르지 않는가? 이 두려움이 그로 하여금 안전하게 목적지에 도착하게 도왔는지 누가 아는가? 신령들은 그의 앞에서 길을 안내했다. 제카는 신령들이 길에서 위험을 멀리 쫓아낸다고 느꼈다. 뱀과 맷돼지와 표범의 위험과, 또한 대령들과 군사들의 위험으로부터 신령들이 그를 보호하고 있었다. 땅과 다이아몬드를 차지하려는 탐욕의 위험으로부터도 마찬가지였다. 가장 전능하신 신이 그를 지켜보고 계셨고 제카와 함께 걷는 신령들을 지휘하셨다.

맨 뒤에서 따라오던 나고 신령이 제카의 여정이 끝날 무렵 그에게 다가왔다. 신령은 지팡이를 짚고 흰 모자를 쓰고 허리를 구부리고 있었으며 손에는 파이프를 들고 있었다. 제카는 카샹가에서 그의 정신 질환이 치료되던 시절부터 나고 신령이 항상 가까이 있다는 걸 알았고 그의 손길과 능력이 자신을 망토처럼 감싸고 있다고 느꼈다. 그 길에는 제카와 나고 신령만 있는 게 아니었다. 광부의 신령이 맨 앞에 섰는데 그는 새하얀 양복을 말끔히 차려입은 백인 부자였다. 광부의 신령은 미나스 제라이스 주에서 광부들이 이주해 올 때 이 지역의 채굴자들을 지키려고 함께 왔다. 광부의 신령(미나스 제라이스 주에 금광이 발견되어 부자가 된 이들에게 포르투갈 왕실에서 귀족 칭호를 내렸다)은 와인과 고급 담배를 즐겼다. 광부의 신령은 누군가 정신질환에 시달릴 거라는 경고를 보내는 역할을 했다.

오쇼시 신령은 그에게 숲에서 어느 길로 가야 하는지 말해주는 사냥의 신령이었다. 그를 숲의 위험과 독사로부터 보호하고 새로 구할 정착지에 가져가 먹을 짐승 사냥을 도와줬다. 제카의 어머니가 준 말린 고기는 목적지에 도착할 때까지 먹을 양이 충분했다. 오쇼시 신령은 그를 혼자 걷게 놔두지 않았다. 하늘과 땅, 새들의 요란한 울음소리, 그가 약을 만들려고 모아 밀짚 가방에 보관한 잎사귀와 뿌리에도 신령의 손길이 함께 했다.

물의 어머니 신령은 맑은 물이 있는 곳으로 그를 인도해서 갈증을 풀게 했다. 물의 신령은 그가 농장으로 가는 길로 들어서기 위해 경작지와 도로 사이 비탈길로 내려갈 때 나타났다. 그녀는 푸른 잎사귀와 나무 줄기 사이에서, 가시와 휜 나뭇가지 사이에서 계속 나타났다. 그녀는 달려갔고, 나타났다 사라졌고, 자신의 운명 속에서 스스로의 길이자 생명의 약속인 검은빛 맑은 강물 속에 발을 담갔다. 강물은 도착한 이를 축복하기 위해 멀리서 그의 발을 씻기러 흘러온 것 같았다. 돌풍이 불어와 앞을 보기 힘들었고 바람은 소용돌이를 일으키며 그의 눈에 흙먼지를 던졌다. 바람은 제카에게 저 앞에는 그 자신과 앞으로 올 사람들이 먹을 양식을 심고 거둘 수 있는 땅과 물이 있다고 말해주려고 물의 어머니 신령과 함께 달려온 것 같았다. 길 앞에서 거세게 불던 바람은 제카가 마을에 들어섰을 때는 지평선 위로 솟구쳐 목동들과 소떼를 걷기 힘들게 했다. 바람 때문에 눈을 가려야 했다. 바람은 땅에서 마른 잎들을 끌어모아 공중으로 들어올려 그의 몸 위로 내던졌다. 계속 정신이 맑게 깨어있으라는 듯이 제카를 채찍질하였다.

이날 그는 사람들이 말해줬지만 그 자신은 기억하지 못했던 일들을 기억해냈다. 숲 속에 있을 때 몇 주나 표범 옆에서 잤으면서 위험하지 않았던 시간들. 나무에서 떨어지는 과일을 주워 먹고 작은 새와 물고기를 산채로 이빨로 찢어 먹어 입가로 피가 흘렀던 그 시간을 기억했다. 땅 주인을 위해 경작지에서 일했던 시간도 기억했다. 사탕수수 밭 한가운데서 자신을 낳은 과부 어머니의 이야기. 치료사의 운명을 지고 싶지 않아 거부했던 어머니. 소녀로 자란 여동생 카르멜리타가 셔츠를 꿰매고 부리치 나뭇잎으로 짚을 엮던 모습도 떠올렸다. 그리고 엄마와 여동생 옆에서 뒤뜰 채소밭 일을 돕는 아직 어린 남동생들.

이 모든 것을 떠올리면서 그는 아구아 네그라에 땅이 있다면, 그리고 집을 짓고 경작지를 가꿀 권리를 그에게 준다면, 야채를 재배할 뒤뜰과 땅을 적실 물이 있다면, 가까이에 강이 있고 식탁에 올릴 물고기가 있다면, 그렇다면 그는 어머니를 모시러 갈 것이고 동생들을 데려올 것이고 카르멜리타와 결혼할 건실한 일꾼 청년을 찾을 것이라고 생각했다. 또한 반듯한 여성을 찾아 함께 살 집으로 데려오리라. 아이들을 낳을 것이다. 신령들이 온다면 그들을 위해 의례를 열 것이다. 아픈 사람들을 위해 기도를 할 것이고 뿌리로 약을 만들 것이다.

그렇게 제카는 하루 낮과 밤을 기억을 떠올리고 과거에 있던 일들을 되새기며 신령들과 함께 걸었다. 말린 고기와 야생 꿀로 요기를 하며 걸었다. 흙먼지와 땀이 엉켜 지저분해지고 피곤에 지친 몸으로 농장의 목동 중 한 명에게 다가가서 물었다.

"여기가 아구아 네그라인가요?"

"맞아요. 누가 보내서 왔나요?"

"아무도 보내지 않았어요. 일을 구하러 왔습니다. 젊고 건강해서 일할 수 있기에 여기까지 왔어요. 나는 솜씨 좋은 농사꾼입니다. 벌레 물려 가려운 데 듣는 기도문도 알고 약도 갖고 있어요."

"그렇다면 여기서 일자리를 구하시죠. 여기는 새로 오는 사람도 있고 왔던 곳으로 다시 가는 사람도 있어서 늘 일손이 필요해요. 이 쪽지를 드릴 테니 다미앙이라는 흑인 남자를 찾아가세요. 그는 저쪽 길로 따라가 안 쪽에 삽니다. 당신 이름이 무엇인가요?"

"조제 아우시노 다 실바예요. 하지만 제카 샤페우 그란지라고 불러주세요."

남자는 연필과 구겨진 갈색 종이를 가져와 제카는 읽지 못하는 글을 적었다. 하지만 남자가 한 말은 기억했다. "다미앙을 찾으세요. 그가 할 일을 알려줄 겁니다." 그는 종이를 접어 잃어버리지 않게 잘 간수했다. 신분증인 양 쪽지를 품에 넣고 다미앙을 찾아 알려준 대로 길을 걸어갔다.

23

"대모는 이젠 머리에 얹었던 아버지의 손을 떼어내야 해요. 다른 치료사를 찾아가야 해요"라고 토냐 아주머니 딸들이 내게 말했다. 크리스피나와 크리스피니아나도 나를 찾아와 같은 말을 했다. 마리아 카보클라도 아버지 건강이 악화됐을 때부터 내가 돌아와 머물고 있는 부모님 집을 방문해 같은 얘기를 했다. 하지만 나는 그들이 무슨 말을 하든 상관하지 않았다. 그들이 말한 이야기는 다름아닌 내 아버지가 평생에 걸쳐 농장 사람들에게 설파한 내용이었지만 그럼에도 불구하고 나에겐 아무 의미 없는 얘기였다. 내가 어떻게 내 머리에서 아버지의 손을 떼어낼 수 있단 말인가? 아버지는 돌아가셨고 그의 손도 함께 떠났다. 그의 신앙을 있는 그대로 내가 믿었다 하더라도 나는 그의 손을 내게서 치우지 않을 것이다.

제카 샤페우 그란지는 내 아버지였다. 나를 낳아 키우고 땅에서 일하는 법을 가르친 사람이었다. 그의 대자와 대녀들은 인근 치료사의 집을 찾아 각자의 머리에서 제카의 손을 떼는 자레 의식을 거행했다. 죽은 이의 영향이 산 자에게 계속되지 않으려면 그래야 한다고 가르친 사람이 우리 아버지였다. 나는 토비아스의 폭언도 나에게 달려들던 아파레시도도 두렵지 않았던지라 아무것도 두렵지 않았다. 산 사람이 무섭지 않았는데 죽은 사람이 무서울 일이 없었다. 친구들은 이러다간 내가 죽을 것이라면서 우리집 문 앞에서 울기까지 했다. 결국은 엄마가 나서서, "벨로니시아를 그냥 놔둬. 본인이 싫다면 안하는 거지. 뜻은 무척 고맙지만 각자 자기 일이나 잘 해"라고 몇 번인가 말했고 결국 시간이 지나면서 사람들도 그 일을 잊었다. 나는 "운이 나쁘면 당신들이 나보다 먼저 갈 수도 있을 걸"이라고 생각했다. 그런 일이 생긴다면 얼마나 웃기는 일이겠나.

엄마는 슬픔에 잠겨 경작지에 일 나가지 못하는 상태로 오랜 시간을 보냈다. 한낮이 되기 전부터 집에서 카샤사 술을 마시기 시작했다. 나는 그전에 엄마가 잔치나 자례 행사에서도 술을 마시는 걸 본 적 없었기에 당황스러웠다. 나는 술병을 눈에 안 띄는 곳에 숨기기 시작했지만 엄마는 시장에 가서 식료품을 사오는 가방 안에 술을 몰래 숨겨왔다. 전에 한 번도 본 적 없는 모습으로 큰 컵에 술을 가득 따라 마시고서 의자에 앉아 코까지 골며 잠을 잤다. 불에 음식을 올려놓은 채 잊기 일쑤였고 더 이상 손자들을 돌볼 의욕이 없어 보였다. 술에 취하지 않고 정신이 맑은 얼마 안 되는 시간에는 아버지가 쓰던 물건 중 뭔가를 보여주며 "아버지가 남긴 걸 좀 봐라"라든가 "너희 아버지가 이걸 못 끝내고 가셨구나"라고 말했다. 제카에게 치료받으러 오던 사람들이 습관대로 도움을 청하러 집에 오는 날이면 특히 아버지 추억에 잠겨 하루 온종일을 보냈다. 엄마는 자기는 치료사가 아니라 그들을 도울 수 없다고 말했다. "내가 할 줄도 모르는 일에 나설 순 없어"라고, 난로에 장작불을 피우면서 도밍가스에서 말했다. "나는 그런 능력을 타고나지 않았단다."

아버지가 짓기 시작한 집 공사가 중단되고 아무도 집 짓기를 계속할 의향이 없는 상태로 몇 달이 지났다. 우리에겐 그럴 권한이 없다고 다들 생각하는 것 같았다. 엄마는 짓다 만 집 주위에 잡초가 자라는 걸 보면서 마침내 선언했다. "나는 저 집을 허물고 싶구나. 이 집에서 나가지 않을란다." 비비아나는 "이 집은 무너지고 있어요. 저 집을 완성해서 이사하는 편이 나아요"
라고 권했다. 하지만 이미 이사할 의욕을 잃은 엄마는 "아무것
도 하지 말아라. 저 집은 그냥 내버려 둬"라고 결론을 내렸다.

해가 지평선에 머무는 시간이 길어지고 다시 가뭄이 시작될
무렵 엄마는 열이 오르고 아픈 상태로 침대에 누워 하루를 보냈
다. 토냐 아주머니가 병문안을 왔다. 두 사람은 방에서 낮은 목
소리로 대화를 나눴다. 다음 날 엄마는 나에게 카쇼에이라에 있
는 치료사에게 갈 것이라고 했다. 엄마가 그간 술독에 빠진 건
아버지가 남긴 숙제인 신령들에 대한 의무를 수행하지 않아서
였다고 설명했다. 토냐 아주머니도 같이 간다고 했다. 이제는
머리에서 남편의 손을 뗄 시간이 되었다고 했다. 엄마가 치료
사를 만나러 떠났고 나는 집에 홀로 남았다. 예전의 삶으로 돌
아가고 싶어서 나는 경작지에 나가 농사일을 시작했다. 일을 계
속 하는 것만이 그다지 고통스럽지 않은 방식으로 아빠를 기억
할 수 있는 유일한 방법이었다. 집을 떠나 토비아스와 살던 시
절에 일을 하면서 마음의 고통을 달랬던 것처럼 나는 이번에는
남동생과 함께 경작지로 나가서 밭을 갈고 씨를 뿌리고 작물을
거두고 울타리를 고치면서 아버지의 부재가 주는 슬픔을 치유
했다. 내가 과부가 됐을 때 그랬던 것처럼 이번에도 나를 지켜
준 건 산토 안토니오 강변의 땅이었다. 내 손으로 일군 땅에서
새로 태어난 작물들을 보면서 나는 가족을 이끌어주던 아버지
없이 어떻게 살 것인지를 생각했다. 오랫동안 우리 삶 안에 있
던 신령들의 보호가 없다면 우리 모두는 이제 어떻게 해야 하는

것인지 생각했다.

　마침내 엄마가 카쇼에이라로 갔던 여행에서 돌아왔고 이제 집 짓는 일을 마치겠다고 말했다. 다시는 술에 빠져 살지 않겠다고 우리 모두를 안심시켰다. 아버지가 짓기 시작했던 새 집이 얼마 후에 완성되었다. 집 마당에 무성하게 자란 풀과 나무도 제거했다. 이사를 위한 준비가 모두 끝났다. 카쇼에이라에서 엄마를 돌봐줬던 치료사가 아구아 네그라로 와서 옛날 집에서 새 집으로 무사히 이사하도록 의식을 거행했다. 오래된 집에는 산 자와 죽은 자의 두 세계 사이의 기운을 움직이는 능력이 있던 남자가 살았다. 그 남자는 좋은 감정과 나쁜 감정을 일으키고 땅과 사람을 치료하고 자연의 영혼을 불러내던 사람이었다. 그 안에 살던 모든 것, 그 공간 안에 아직 맴돌고 있는 그 남자가 믿던 세상을 움직이는 기운은 새로운 운명을 향해 떠나야 할 시간이었다. 그 집은 허물어질 것이었다. 사람들이 문과 창문을 뜯어냈고 지붕을 덮고 있던 갈대잎을 벗겼다. 치료사는 약초를 든 손으로 벽을 두드렸고 자레 의례에서 한번도 들어보지 못한 노래를 불렀다.

　"이 집에 남아있는 힘이 있다면 살루스티아나 부인, 당신은 남편의 길을 따르기 위해 그 힘을 원하십니까?"라고 노인이 물었고 엄마는 주저없이 확고한 눈빛으로 치료자를 바라보며 "아니오"라고 대답했다. "그렇다면 제가 그 힘을 가져도 될까요?"라고 그는 나뭇잎을 든 손을 엄마 앞에 내밀고 동작을 멈추고 물었다. "가져가세요"라고 엄마가 대답했다.

노인은 집 벽에 전혀 손 대지 않았다. 기둥 하나 뽑지 않았다. 오래된 집을 허문 것은 시간이었다. 그 안에 더 이상 사람이 살지 않자 집을 감싸고 있는 자연의 순리로 무너져내린 것 같았다. 폭우가 내릴 때마다 벽이 허물어졌고 마침내 바람이 전투를 마무리지었다. 한때 아구아 네그라의 땅이었던 흙벽과 점토는 다시 땅으로 돌아왔다. 신령들의 뜻으로 내린 비와 이슬로 생겨난 습기 한 가운데 풀과 작은 꽃들이 피어났다. 나는 그 모든 과정을 유심히 지켜보았다. 지나간 것은 아무것도 돌아오지 않을 것임을 알았다. 야생마처럼 거침없이 달려가는 시간을 경이로운 심정으로 바라보았다.

24

세베로는 거침없이 이곳 저곳의 일터를 방문했고 노동자들을 대상으로 목소리 높여 강연을 했고 새로운 땅주인과 관리인에게 맞섰다. 우리의 삶에서 발생한 변화 한가운데에서 자신도 변해가면서 세베로는 아구아 네그라를 이전과는 다른 장소로 만들어가고 있었다. 제카 샤페우 그란지가 살아있는 동안은, 당신에게 거주지를 제공한 사람들과 갈등을 일으키지 않으려는 그의 의지를 존중했다. 농지의 소유권에 의문을 제기하는 것은 제카가 보기에는 일종의 배은망덕한 처신이었다. 그래서 세베로는 그의 삼촌이자 장인인 우리 아버지와는 이 문제를 의논할 수 없다고 인정하고 있었다. 만일 이 문제를 꺼내든다면 그것은 농장 사람들 앞에서 제카의 권위에 도전하는 것이나 마찬가지였다. 제카 샤페우 그란지는 농장 주민들의 협동을 조직하고 여러 해 동안 사람들에게 지도력을 발휘했으며 수테리오와 의견 충돌 없이도 여러 차례 개입하여 농장 소작농들이 부당한 대우를 받지 않도록 중재했다. 이미 존재하는 불의보다 더 큰 불의가 발생하지는 않도록 막는 역할을 했다. 제카가 획득한 신뢰를 바탕으로 확립된 주민들 내부 질서 덕분에 우리 모두는 긴 세월을 건너 지금까지 잘 지낼 수 있었다.

제카의 죽음으로 인해 농장 주민을 이끌 지도력이 공백 상태가 된 상태에서 토지가 매각되자 모든 것이 급격히 변했다. 농장은 헐값에 팔렸는데 그건 농장 안에 사는 우리라는 존재로 인해 농장의 재산 가치가 낮았기 때문이라는 소식이 전해졌다. 새 땅 주인은 재산 가치를 떨어트리는 우리들을 퇴거시킬 모종의 조치를 준비하고 있으며 아마도 그는 우리의 거주 기간이 오래되었으므로 법원에서 우리에게 일부 권리를 부여할 것임을 알고 있을 거라고 했다. 새 주인은 처음에는 우리에게 우호적인 입장인 것처럼 천천히 다가왔고 아무 일도 없을 거라고 했다. 아픈 사람이 있으면 의사 진료를 받도록 자기 차에 태워 도시로 데려가기도 했고 농장 소작농들에게 잘해주는 주인이라는 소문이 퍼지도록 했다. 물품 창고를 새로 지었고 농장에 돼지를 키우기로 했다면서 일하러 오는 사람들은 지금까지 사람들이 전혀 받아본 적 없는 월급이라는 것을 받게 될 거라고 했다. 이 월급은 실제로는 창고에서 가져가는 물품으로 대신 계산되

없고 결과적으로 주민들은 받아야 할 돈보다 창고에 지불할 물품 대금이 모여 생긴 빚이 더 많은 상태가 되었다.

이 불평등의 현장에서 세베로는 우리가 동의하지 않은 결정을 철회하라고 목소리를 높였다. 그는 농장주에게 저항하는 세력의 중심이 되었다. 우리가 가진 권리에 대해 의식을 일깨우는 연설을 하고 다녔다. 우리의 조상들이 아그아 네그라로 오게 된 이유는 노예 제도 폐지 후에 많은 흑인들이 거주지와 일자리를 찾아 떠돌 수밖에 없었기 때문이었다고 설명했다. 우리는 예전 농장주들을 위해 돈 한 푼 안 받고 일했으며 제대로 된 집을 지을 수도 없어서 비가 올 때마다 손을 봐야 하는 흙집에서 살았다는 사실을 상기시켰다. 우리가 단결하여 권리를 주장하지 않는다면 얼마 안 가 우리는 살 곳마저 없어질 거라고 경고했다. 농장주가 부과한 요구 사항을 거부하는 세베로와 형제들의 활동 범위가 커짐에 따라 상대방도 점점 강경한 대응을 보였다. 처음에 주인은 "불평분자"들이 자기가 일해서 번 돈으로 산 농장을 빼앗으려 든다는 이야기를 퍼뜨려서 주민들이 서로 갈라져 대립하게 만들려고 했다. 우리 중 일부는 아버지의 죽음으로 인해 생긴 빈 자리를 세베로의 지도력으로 대체하기 원했지만 어떤 이들은 세베로의 활동을 호의적으로 보지 않았다. 그들은 우리의 힘을 약화시키려고 새 농장주가 조종하는 이간질에 넘어갔고 공공연히 내 사촌을 비난했다. 그들은 우리 식구들이 농사짓는 경작지를 망치기 위해 가축들을 한밤중에 몰래 들여보냈다. 울타리가 부서졌고 몇 달 동안 농사 지은 작물이 소 먹이가 되었다. 어느 날엔 닭장에 불이 나는 바람에 한밤중에 자다가 뛰쳐나갔다. 달걀들이 6월에 여는 축제 때 쏘는 폭죽처럼 터져 흩어졌다. 우리는 물통에 있던 물을 붓고 마른 흙을 덮어서 불을 껐다. 세베로와 함께 활동하는 사람들 집 닭장에도 불이 났으니, 이는 일부 소작농과 농장주가 결탁한 조직적 행동임이 분명했다. 그런 상황에 놓인 엄마와 형제들이 걱정되어 나는 산토 안토니오의 집을 닫아 잠그고 우칭가 강변 집으로 살러 들어갔다.

세베로는 노동자 협회를 설립하기 위해 서명을 받으러 다녔다. 그는 우리는 조직을 만들어야 하며 안 그러면 추방당하고 말 것이라고 했다. 우리 중 많은 이들에게 아구아 네그라를 떠난다는 건 상상도 할 수 없는 일이었다. 나는 토냐 아주머니가 엄마에게, 우리가 도시로 이사 간다면 무엇을 할 수 있겠냐고 말하는 걸 들었다. "길에서 청소 일을 할까? 도시에서 살려면 뭐든지 돈이 필요해. 양파 하나도 돈이고 양념 하나도 돈이지." 비비아나는 남편의 활동을 열심히 도왔다. 그들이 협회에 가입할 회원을 모으러 다니는 동안 나는 비비아나가 연설문을 쓰고 남편이 구입해 몰고 다니는 오토바이 뒤에 앉아 같이 협회 일을 하러 다닐 수 있도록 기꺼이 조카들을 돌보았다. 세베로와 비비아나는 여러 곳의 노동조합과 회의에 참석했다. 돌아와서는 더 많은 사람들과 회의를 열었고 오늘은 이 집, 내일은 저 집에서 은밀히 모임을 가졌다. 우리집에서도 많은 모임이 열렸다. 나는 엄마가 아버지처럼 우리의 활동이 농장주에 대한 배은망덕이라고 생각할까 봐 걱정스러웠다. 하지만 엄마는 그렇지 않았고 오히려 딸과 사위의 활동에 적극 호응하면서 많은 이야기를 들려주기 시작했다. 그럴 때 엄마는 마치 살아있는 책 같았다. 증조부모와 조부모 이야기, 그녀가 태어났던 봉 제주스 지역과 어릴 때 이주해서 살았던 카샹가 농장 이야기를 들려줬다. 엄마는 자식들이 하려는 일을 적극 지지했고 우리가 하는 일의 중요성을 잘 이해했다. 이제 사람들은 우리가 농장에 거주할 권리를 얻기 위해 단합된 의견을 강력히 내지 않으면 우리에겐 갈 곳이 없으리라는 사실을 깨달았다.

경찰차가 빈번히 나타나기 시작했고 사람들 집에 들어와 질문을 해서 주민들을 당혹스럽게 만들었다. 사람들 사이에 불안이 퍼졌다. 경찰이 마을에 나타나면 한 집에서 다른 집으로 연락했고, 누군가 늦도록 집에 오지 않거나 먼 곳으로 갈 때면 이웃에게 알렸다. 그래야만 우리 자신을 보호할 수 있다는 걸 알기 때문에 우리는 이웃들과의 공조를 더욱 강화했다.

비비아나와 세베로가 아구아 네그라의 노동자와 어부들이 가입하는 협회 등록을 추진하러 인근 도시를 방문하기로 한 날이었다. 회원들이 서명한 서류를 들고 등록 사무소로 갈 계획이었다. 며칠 전 어느 숨막히게 더운 날, 구름 낀 하늘이 흰색이던 날 아침, 엄마는 아버지가 수테리오에게서 70년도 더 전에 받은 문서 한 장이 기억난다며 꺼내주었다. 우리는 주민 회의에서 그 문서를 살펴본 후 다른 서류들과 함께 제출하는 게 좋겠다는 결론을 내렸다. 하도 오래되어 거의 찢어지기 직전인 갈색 봉투 안에 아버지가 다른 문서들과 함께 보관해 놓았던 얼룩진 종이에 적힌 메모였다. 언젠가 아버지가 비비아나에게 그 봉투를 건네주며 농장 안 우리의 처지에 대해 모두들 알 수 있도록 읽어보라고 해서 비비아나가 그 문서를 조심스럽게 꺼냈던 날이 기억난다. 비비아나가 문서에 적힌 내용을 읽었고 내가 이해한 요점은 다음과 같았다. "조제 아우시노가 거주지를 요청함에 따라 나는 그가 우칭가 강변에서 살도록 허가하고, 그는 경작지에서 일해야 하며 벽돌은 쓰지 말고 진흙으로 집을 지을 수 있다."

비비아나는 오토바이 뒷자리에 올라탔다가 그 문서를 잊고 안 가져왔다는 걸 기억했다. 언니는 헬멧을 세베로에게 건네고 문서를 찾으러 다시 들어갔다. 나는 장작에 부채질을 해가며 화로에 불을 붙이느라 옷이 땀에 젖어 있었고 마리아와 플로라는 뒷마당에서 설거지를 하고 있었다.

그때였다. 새벽에 닭장에 불이 났을 때처럼 폭죽 터지는 펑 소리가 여러 번 났다. 그날 밤 달걀들이 터지고 닭들이 타 죽었다. 그때 나는 사람들의 악행으로 인해 집에서 키우던 동물들이 죽은 걸 보고 마음이 찢어지듯 아팠다. 우리는 그 후로 닭장을 다시 만들지 않았으며 그런 펑 소리를 낼 달걀은 이제 없기에 몸이 벌써 떨리고 맥이 빠졌다. 나는 소리가 난 쪽으로 달려갔다. 나와 비비아나는 동시에 문가에 도착했다.

세베로가 쓰러져 있었다. 그의 발 옆 마른 땅에는 피의 강물이 고여 흐르는 웅덩이가 생겨나 있었다.

피의 강

1
~

나의 말이 죽었고 이제 나는 신령이 인간들 사이에 모습을 드러내고 세상에 나타나는 방식대로 말을 타고 다닐 수 없어졌다. 그리하여 이곳 저곳을 떠돌아다녔고 나를 태울 말이 되어 줄 인간을 찾아 정처없이 방황했다. 나의 말은 미우다라는 여인이었다. 내가 그녀의 몸에 들어가면 미우다는 히타 페스카데이라 신령이 되었다. 나는 한동안 혼자 사는 여인 미우다의 몸을 빌려 그녀 안에 있었고 그 시간이 얼마인지 세어보지 않았다. 나는 미우다가 살았던 백년 세월보다 훨씬 오래된 존재다. 그녀 이전에도 나는 여러 인간의 육체 안에 머물렀다. 빛나는 돌을 찾겠다는 인간들의 탐욕이 깊은 동굴을 파헤치고 두더지처럼 땅을 뒤지고 다니는 사이 우리 신령들이 숲과 강과 산과 호수로 들어갔을 때부터 그러하였다. 다이아몬드는 저주 걸린 거대한 마법이 되었다. 모든 아름다운 것들은 저주를 수반하기 때문이다.

나는 사람들이 날카로운 칼날로 살갗을 그어 흘린 피로 그들의
손과 이마와 집과 작업 도구인 자갈로 만든 체와 금을 거르는 쟁
반에 표식을 남기는 피의 거래를 지켜보았다. 나는 사람들이 다
이아몬드를 찾겠다고 밤낮으로 세라노 강과 산 속을 뒤지고 다
이아몬드를 쫓아 어둠 속에서 헤매고 다니느라 잠을 못 자고 미
쳐가는 것을 보았다. 다이아몬드는 자체의 마력을 갖고 있어서
그 광채는 마치 산에서 튀어나오고 하늘을 가로지르다 갑자기
강으로 파고도는 영혼처럼 멀리 어디서나 볼 수 있는 번쩍이는
빛의 형태로 한 곳에서 다른 곳으로 돌아다녔다. 우리는 올빼미
를 눈 멀게 할 만큼 강렬한 그 빛을 어둠 속에서도 볼 수 있었다.
사람들은 빛이 들어가는 걸 봤다고 생각하고 아침을 기다려 땅
을 파보지만 아무것도 발견하지 못하면서 미쳐갔다. 먹지도 않
고 씻지도 않고 미쳐갔다. 그들은 동굴 안에서 죽었고 돌을 찾
아낸 이의 손에서 돌을 빼앗으려다가 죽었다. 몸과 마음의 에너
지가 온통 다이아몬드를 찾는 데 사용되었으므로 기력이 소진
해 죽었다. 그들은 가족을 같은 광기의 길로 데려갔고 많은 사
람들이 징후나 경고 없이 하룻밤 사이에 미쳐버렸다. 그들은 자
레 의례를 하는 집을 찾아가 광부의 신령과 '일곱 개의 산' 신
령에게 다이아몬드를 얻게 해달라고 빌고 동물을 죽여 흘린 피
를 제물로 바쳤다. 보석을 소장하거나 빛을 감상하기 원치 않았
고 자루에 채운 보석으로 집을 사고 자유를 얻길 원했다. 가끔
은 보석을 찾는 행운을 만나 자유를 얻고 사업가가 되는 한두
명이 있었다. 고용주가 되어 자신들의 손과 영혼을 찢어발기던

작업에 종지부를 찍는 이들도 어쩌다 있었다. 하지만 대부분은 망상과 광기와 충격과 불안과 고통과 폭력에 시달릴 뿐이었다. 자신들의 환상에 짓눌리고 패배하여 자갈 더미 아래 웅크리고 있을 뿐이었다.

사람들은 일자리를 찾아 이곳 저곳을 떠돌았고 땅과 거주지를 찾아다녔다. 농사를 짓고 작물을 수확할 수 있는 곳, 집이라고 부를 수 있는 오두막을 지을 곳을 원했다. 한편 노예 제도가 폐지되었으므로 더 이상 노예를 둘 수 없었던 땅 주인들에게는 그들의 노동력이 필요했다. 그리하여 노예라는 말 대신 일꾼과 거주민들이라고 부르게 되었다. 예전과 다름없이 노예로 대하면 법적으로 문제가 될 수 있었고 그런 위험은 피하고자 했다. 그들은 살 곳을 찾아 이 땅에서 저 땅으로 돌아다니던 흑인들에게 정착할 곳을 제공했으니 이 얼마나 감사한 일이냐고 일꾼들에게 강조했다. 옛날처럼 채찍질로 벌을 주지 않으니 얼마나 좋으냐고 했다. 각자 먹을 쌀과 콩과 오크라와 호박을 심도록 허락해주니 얼마나 만족할 일이냐고 했다. 아침 식사로 고구마도 먹을 수 있는 게 다 누구 덕이냐고 했다. "하지만 당신들의 식량을 심는 땅과 식탁에 올리는 음식에 대한 비용은 지불해야 합니다. 사람은 먹어야 살죠. 그러니 당신들은 내 경작지에서 일하고 남는 시간에만 당신들 작물을 돌봐야 합니다. 집을 짓되 벽돌을 쓰거나 타일을 깔아선 안돼요. 당신들은 일꾼들이니 주인과 같은 집을 가져서는 안됩니다. 언제든 원할 때 떠날 수 있어요. 하지만 다른 곳에서 이런 거주지를 구하긴 어려울 테니 잘 생각해야 할 겁니다."

　나는 그 땅 주인들이 일꾼이고 거주자들이라고 부르는 사람들 사이로 스며들었다. 그들은 광산의 노예였을 때, 사탕수수 농장의 노예였을 때, 또는 봉 제주스 교회의 노예였을 때 나를 자기들 몸에 모시고 받아들인 사람들이었다. 이 땅에 물이 충분히 많았을 때 나는 이 사람 몸에서 저 사람 몸으로 돌아다니며 나를 의탁했다. 불행히도 다이아몬드는 우리에게 행운이나 새로운 기회를 가져다주지 않았다. 사람들이 다이아몬드의 환상을 쫓는 동안 준설기가 설치되고 동굴에서 파낸 모래가 강에 쌓여갔다. 강은 점점 더러워지고 물이 얕아졌다. 낚시할 물이 부족했으니 사람들이 히타 페스카데이라 신령(페스카데이라는 물고기를 잡아 파는 여자라는 뜻)에게 기도할 일이 점점 없어졌다. 그러다 전기가 들어왔고 형편이 되는 사람들은 냉장고를 샀다. 강에 남은 잔챙이 물고기들은 더 이상 요깃거리가 되지 못했다. 오히려 낚는 사람을 부끄럽게 했다.

　그러니 아무도 신령의 노래를 애써 배우려들지 않았다. 어쩌다 내가 나타나면 놀라기까지 했다. 내가 무슨 유령인 양 나를 쳐다보며 무서워했다. 미우다는 농부였지만 낚시를 좋아했다. 새벽에 일어나 물고기를 잡으러 강에 나갔다. 예전에는 아이들을 데려갔고 아이들이 자라 집을 떠난 후에는 미우다 혼자 낚시를 했다. 표범이나 뱀을 두려워하는 일 없이 강가에서 잠들었다. 나는 그녀의 신령으로서 미우다를 놀라게 하는 일 없이 그녀의 몸을 차지했다. 나의 말인 그녀를 보호했다. 나의 말이 된 미우다는 제카 샤페우 그란지 치료사의 집 한가운데서 그물을 던지며 춤을 추었다. 나의 말은 신발을 신지 않는데 왜냐하면 그녀의 발은 땅을 굳게 딛고 설 나의 뿌리이기 때문이다. 그녀의 팔은 나의 지느러미였고 나를 물에서 헤엄치게 했다. 셀 수 없이 오랜 세월 동안 나의 말을 타고 다녔다. 하지만 미우다가 죽은 지금은 내가 소유할 몸이 없어 땅 위를 배회하고 있다.

2

아침이 밝았다. 구름이 많이 낀 하늘은 도톰하고 따뜻한 목화밭 같았다. 나는 육지 위와 옥수수 밭 사이를 떠돌았고 물 표면에 비친 내 모습을 볼 순 없었지만 강 위를 흘러다녔다. 그런데 어느 순간 공기가 무거워졌고 움직이기 힘들어졌다. 예상치 못한 상황에 정신은 혼미하고 전신이 마비되었다. 갑작스러운 그 순간은 땅이 숨결을 불자 일순간에 사라졌다. 공기를 억눌러 팽창시킨 악령에게 일격을 가해 날린 것 같았다. 비명소리 하나가 날카로운 칼날처럼 허공을 뚫고 지나갔다. 모든 것이 붉게 물들었고 나는 어디가 근원인지 모를 피의 강에서 흘러나온 흔적을 따라갔다.

피의 강의 발원지는 아구아 네그라에서 노동조합 활동을 하던 세베로였다. 그는 총알 여덟 발을 맞고 땅에 쓰러져 있었다. 내가 들었던 비명은 남편의 머리를 안고 땅바닥에 엎드린 비비아나의 외침이었다. 진흙이 섞인 급류가 집 사이로 퍼져나가는 것처럼 피와 눈물의 강물이 느리지만 거세게 흐르면서 사람들에게 단결하거나 아니면 농장을 떠나라고 외치고 있었다. 격렬한 감정이 솟구친 그 순간에 나의 시야가 흐려지고 나를 구성하는 요소들이 사방으로 뿔뿔이 흩어졌다. 이렇게 흩어진 나는 다시 말을 탈 수 있을까. 아무도 산타 히타 페스카데이라를 기억하는 이 없는 세상에서 말이다. 치료사도 자레 의례를 올리는 집도 이젠 없다. 모든 이들의 삶에 많은 변화가 생기면서 서서히 사라져갔다.

자신들에게 벌어진 일 앞에서 힘없이 무너진 세베로와 비비아나를 보며 나는 바닥 모를 깊은 슬픔에 빠져들었다. 너무 많은 잔인함을 보아오면서 무디어질 법도 하지만 나는 지금도 인간들이 꿈을 파괴하고 피를 흘리는 걸 보면 감정이 격해진다. 나는 주인들이 노예들을 벌 주려고 목매달아 죽이는 걸 보았다. 채굴장에서 다이아몬드를 훔쳤다는 이유로 노예의 손을 자르는 걸 보았다. 더 이상 주인의 노예가 되기 싫어서 자기 몸에 불을 지른 여성을 보았다. 노예로 태어나지 않도록 아직 배 속에 있는 아이를 없애는 여인들을 보았다. 낙태를 함으로써 노예가 될 아이에게 자유를 주려다가 그 때문에 죽는 임산부들을 보았다. 자식들을 빼앗아 노예로 팔았기 때문에 미쳐버린 여인들도 보았다. 나는 잔인한 지주가 흑인 여성과 동침한 후에 자신을 타락시킨 악을 제거하듯이 여자를 죽이는 것을 보았다. 배를 수리하는 대신 노예의 몸을 사용하는 것을 보았다. 항해 중에 배에 물이 들어왔고 도착했을 때 노예는 익사한 시체로 발견됐다.

나는 더 이상 굶주림을 견딜 수 없었던 남자 여자들이 콩 한자루나 고기 1아호바(옛날 무게 단위로 약 15킬로그램)에 자기 땅을 파는 것을 보았다. 세베로는 자신들의 땅을 갖기 위해 투쟁하다 죽었다. 그는 일생을 노예로 살아온 사람들을 해방시키려고 싸웠다. 그는 그 땅에서 오랫동안 살아온 사람들이 자식과 손자가 태어난 땅을 소유할 권리를 인정받기 원했을 뿐이었다. 뒷마당에 자신들의 탯줄을 묻은 곳이며 집과 울타리를 세운 땅에 대한 권리를 갖게 하려고 싸웠을 뿐이었다.

나는 내 몸을 가는 비로 바꾸었다. 세베로를 살리려고 몸부림치는 식구들을 적셨다. 비가 된 나는 세베로의 입으로 들어가 흐르는 피를 씻었다. 나는 바닥에 쓰러진 남편과 아내를 둘러싼 이들의 등과 머리와 어깨 위로 쏟아졌다. 길을 따라 소방차가 달려오는 게 보였다. 그들은 세베로를 도시로 데려갔지만 그를 구할 수 있는 시간은 이미 지난 후였다. 아구아 네그라에는 피의 강물이 흘렀다.

벨로니시아는 머리에서 수건을 벗고 엄마 아빠를 부르며 우는 조카들을 품에 안았다. 세베로를 구하느라 사람들이 정신 못 차리는 와중에 아이들이 다가와 무슨 일이 일어났는지 보고 말았다. 토냐가 사고 현장에 나와 있던 아이들을 모아 집으로 데려갔다. 살루스치아나는 초에 불을 붙이고 세베로의 목숨을 구해달라고 성자들과 신령들에게 기도했다. 집 안에 정적이 내려앉았다. 하늘에서 빗소리나 바람 소리도 들리지 않았다. 살루스치아나는 손자 이나시오를 힘주어 끌어안고서 믿음을 잃지 말라고 당부했다. 이 세상 모든 것이 사라져버린 듯 했다. 세베로의 부모와 형제들에게 소식을 알리러 달려간 사람들도 있었다. 나는 소식을 전해 들은 에르멜리나가 목 잘린 닭처럼 바닥에 쓰러지는 걸 보았다. 내가 숨결을 불었으나 그녀는 제정신을 차리지 못했다.

비비아나가 옷에 피가 묻은 채로 집에 돌아왔을 때 어머니는 딸의 내면에서 뭔가 영원히 부서졌다는 걸 알아봤다. 핏자국이 남아있는 옷을 벗고 사위의 장례식을 준비할 다른 옷으로 갈아입도록 했다. 딸의 식사를 굳이 챙기지 않았다. 어머니는 딸의 시선이 앞에 있는 사물이나 사람을 보지 않고 흩어지는 걸 보았다. 벨로니시아는 언니를 안아주고 싶었지만 언젠가 사라진 목소리처럼 몸의 힘이 사라진 것 같았다. 머릿속의 생각이 제대로 이어지지 않았다. 그저 조카들을 돌보며 그들의 눈에서 희미한 불빛처럼 일렁이는 아픔을 위로하려고 안간힘을 다했다.

세베로가 손수 건축을 도와 지은 집에 빈소가 차려졌다. 비비아나는 도끼로 찍어도 쪼개지지 않는 나무처럼 한 순간도 뒤로 물러서지 않고 남편 옆을 지켰다. 방문객들이 세베로를 칭찬하는 인사말을 했다. 세베로가 농장 사람들을 조직한 투쟁과 정신을 높이 평가했다. 일부는 복수를 다짐했다. 주민들 중에는 세베로의 활동을 불만스럽게 보던 이들도 있었다. 그 사람들도 빈소에 와서 조의를 표했다.

근래 들어 비라쌍에 망자를 묻지 않은 지 오래되었다. 페이쇼투 가족으로부터 땅을 사들인 새 주인 살로망이 묘지 문을 걸어 잠그고 매장을 불허했다. 누군가가 비비아나에게 남편을 어디에 묻고 싶은지 물어보았다. 비비아나는 비라쌍에 모신 아버지 제카 샤페우 그란지 옆에 남편을 묻고 싶다고 했다. 세베로의 형제들과 제제가 관을 들고 비라쌍으로 가는 흙길을 걸어갔다. 벨로니시아는 조카들과 함께 그 뒤를 따랐다. 에르멜리나는 세르보와 딸들의 부축을 받아 걸어갔다.

묘지 입구의 작은 문은 쇠사슬로 묶이고 자물쇠로 잠겨 있었다. 잠긴 문을 어찌할지 결정하느라 행렬이 멈췄다. 아무 말 없이 빈소를 지켰던 비비아나가 지금껏 들어본 적 없는 말투로 묘지의 문을 열어 달라고 말했다. 사람들은 그 말대로 따랐다. 그들의 선조들이 형벌과 족쇄에서 벗어나려고 달려가기 위해 몸을 일으켰던 것처럼, 수많은 사람들이 손을 들어올려 오래된 묘지 문을 흔들었다. 이윽고 허공에서 쇠사슬이 풀리듯 묘지 문이 쓰러져 땅에 떨어졌다.

3

농장의 새 주인이 이사 온 것은 제카 샤페우 그란지가 사망하고 1년 후였다. 새 농장주는 키가 크고 건장한 남자였다. 그는 페이쇼투 가족과 매매 협상하는 동안 몇 번인가 농장을 방문했다. 그의 피부색은 산토 안토니오 강변에 있는 모래와 녹의 색깔이었다. 그는 세베로와 농장 주민들과 대화할 때 여러 번 자기 피부색을 언급했다. 자기 조상 중에도 흑인이 있고 그 사실에 자부심을 갖고 있으며 주민들에게 아무 반감이 없다고 했다. 그와 방문에 동행했으며 나중에 같이 이사 온 백인 아내는 체구가 작았고 서른 살이 안 돼 보였다. 도시에서 학교를 다니는 두 아들은 더 나중에 왔고 가끔씩 짧게만 농장에 머물렀다. 처음에 이들 부부는 농장 이곳 저곳을 돌아다녔고, 보이는 것들을 어떻게 활용할지 궁리하느라 들뜬 기색인 남편에게 아내는 마지못해 관심을 보였다. 여자는 조심성 없이 아무데나 드나들었고 형식적인 찬사를 반복했으며 질문을 했다가 짐작했던 것과 다른 대답을 들으면 이른바 무식한 시골 사람을 상대하는 예의로 엷은 미소를 얼굴에 띄우곤 했다.

살로망은 모든 것에 관심을 보였다. 그는 주민들이 하는 얘기에 유심히 귀 기울였는데 나중에 그게 무엇이든 그걸 어딘지 모를 어디선가 자기도 봤고 상대보다 더 잘 알고 있다고 반박하기 위해서였다. 주인 저택을 지을 장소를 고르기 위해 농장을 방문했던 어느 날 그들은 피르미나네 집에서 점심을 먹었다. 피르미나는 닭 한 마리를 잡고 호박과 오크라, 식용 선인장 다진 것과 쌀을 요리해서 아구아 네그라의 새로운 소유주를 환영하는 식사를 마련했다. 피르미나는 이곳에서 40년 넘게 살았음에도 자신을 세 들어 사는 사람에 불과하다고 생각하고 있었으며 그곳에 온지 얼마 안 되는 땅주인의 은혜 덕분에 자신이 남의 땅에 살고 있다고 여겼다. 살로망은 차려진 식사를 먹었다. 그의 아내는 음식을 건드리지도 않았고, 감사하지만 자신은 따로 먹는 식단이 있다고 설명했는데 음식이 역겨워서 그런다는 게 빤히 보였다. 상태가 나쁜 집과 남루한 옷과 수도가 없는 비위생에 대해서도 마찬가지였다. 그녀는 한번은 농장에 왔다가 배가 아파 화장실에 가야했는데 이곳에는 집이나 학교나 아무데도 화장실이 없다는 사실을 알고 경악했다. 처음엔 참으려 했지만 햇볕에 그을린 얼굴이 창백하게 변하자 결국 덤불 속으로 해결하러 가야 했다. 그녀는 뒷처리 한 더러운 종이를 어찌할지 몰라서 가까이 있는 여자 한 명에게 내밀었다. 조금 떨어진 곳에 그 광경을 지켜보던 사람들이, "아니요. 사모님. 덤불 속에 그냥 놔두시면 됩니다"라고 불쾌함과 웃음을 섞어서 말했다. 여주인은 이 곳 생활 적응이 어렵겠다고 생각하며 불편한 얼굴로 돌아갔다.

새 농장주에게 농장은 가능성 많은 소녀 같이 보였다. 그 땅에서 커피 재배가 가능한지 아닌지도 모르는 채 그는 대규모 커피 생산자가 되고 싶어했다. 그다음에는 돼지를 키우고 싶어했다. 마지막으로는 샤파다 지역의 광산 개발 붐을 겪고도 살아남은 풍부한 물과 숲이 보존돼 있었다는 사실에 감탄하며 생태환경보호 공원을 만들고 싶어했다. 그의 계획 어디에도 아구아 네그라 사람들이 설 자리는 없었다. 계획에 따라 숙소를 만들어 이주시켜야 할 대상일 뿐이었다. 주민들은 타인의 사유 재산 안에 끼어든 침입자이니 농장에서 충분히 떨어진 곳으로 보내야 했다.

살로망은 자재 운송과 집 건설 작업을 할 인부들을 고용했다. 주민들에게는 처음 보는 광경이 펼쳐졌다. 인부들은 마림부 숲이 시작되는 곳 근처 늪지대에 있는 부리치 나무와 덴데 나무를 베어냈다. 물기를 제거한 땅 위에 나무와 유리로 된 집을 지었다. 이 광경을 지켜본 세베로는 주민들의 흙집이 너무 불안정해서 곧 허물어질 것 같고 다양한 질병의 원인이 될 수 있으니 집을 고치게 해달라는 요구가 이제껏 여러 번 있었음을 상기시켰다. 흙보다 오래 가는 재료로 집을 다시 지을 필요가 있었다. 주민들 중 일부는 이에 동의했고 일부는 반대했다. 땅은 주인의 것이니 그 위에 무엇을 지을 수 있는지 결정하는 건 주인의 권리라는 사람들이 있었다. 지금껏 이렇게 살아왔으니 이제 와서 바꿔야할 이유가 없다고 했다. 반면에 자신들의 권리에 대해 알고 있는 사람들도 있었다. 제카 샤페우가 죽기 한참 전인 오래 전부터 세베로와 다른 노동자들은 농장 주민들의 주택 건설 관련 금지령이 부당하다는 사실을 알려왔다. 오랫동안 많은 이들이 금지령에 대해 불만스러워했지만 생존을 위해 입 다물고 복종해야 했다. 하지만 이제는 흑인의 권리에 대해, 이곳 저곳을 떠돌며 살았던 노예들의 후예의 권리에 대해 말할 수 있는 시대였다. 그 어느 때보다 권리에 대해 많은 이야기가 오가는 시대였다. 그들을 보호하는 법이 있었고 토지 소유권을 보장하는 규정이 있었다. 이제는 옛날처럼 땅 주인의 자비심에 의존하여 돌아다니며 살아야 하는 시대가 아니었다.

나는 이 사람들의 선조들이 미나스와 레콘카보와 아프리카에서 이곳으로 왔을 때부터 함께 살아온 오래된 신령이다. 어쩌면 이들은 히타 페스카데이라 신령을 잊었을지 모르지만 나는 토지 분쟁과 무장 세력의 폭동과 가뭄으로부터 도피했던 많은 사람들과 내가 같이 겪었던 고통을 잊지 못한다. 나는 거센 강물 위를 걷는 것 같은 세월을 건너 왔다. 그들의 싸움은 불공평했고 패배한 자들은 무너진 꿈을 대가로 지불했다.

세베로가 죽기 두 주일 전부터 살로망과 에스텔라는 농장 저택을 비우고 없었다. 사람들 얘기로는 여행을 갔다고 했다. 세베로의 장례가 끝난 후 사람들은 살로망의 나무와 유리로 된 집을 불태우고 싶어했다. 그 집이 화염에 휩싸여 재와 흙먼지로 변하는 걸 보고 싶어했다. 주민들에게 거부되었던 모든 것을 파괴하고 싶다는 충동이 들끓었다.

4

사람들 중 누군가가 사법적 정의를 기다리자고 말했다. 세베로의 죽음이 아무리 고통스럽더라도 해결책은 그의 명예를 지키는 방식으로 찾아야 한다고 했다. 순간의 폭력적 충동에 휩쓸리지 말아야 할 것이며 그들의 꿈을 위험에 빠트리고 전투에서 영원히 패배하게 만들 위험한 행동은 하지 말자고 했다. 또 다른 어떤 사람은 세베로를 죽인 자들은 천벌을 받아 마땅하지만 주민들은 진정하고 이성을 찾아야 한다고 주장했다. 증오의 목소리가 더 커지지 않도록 절제를 촉구하는 사람도 있었다.

장례를 치르고 돌아온 날 밤은 길었다. 비비아나는 처음에는 거실 불을 켜놓고 있다가 식구들이 모두 자러 간 후에는 불을 끄고 온 집 안에 내려앉은 어둠 속에 홀로 깨어 있었다. 이나시오가 여동생들을 재우러 왔을 때 오자 아나가 오빠에게 아버지에 대해 물었다. 아버지는 지금 어디 있느냐고 물었다. 여동생들은 비가 오면 땅 밑에 누운 아버지가 추워하거나 물에 젖는 거냐고 물었다. 태양볕이 내려쬐는 한 낮이면 너무 덥지 않을지 물었다. 이나시오는 여동생들의 두려움과 걱정이 담긴 질문에 뭐라 대답해야 할지 잘 몰랐다. 그가 아는 모든 것의 기반은 할머니들인 살루스치아나와 에르멜리나의 신령에 대한 믿음이었다. 할머니들의 신앙과 별반 다를 바 없는 부모의 신앙에서 보고 배운 것들이었다. 그 중에서도 가장 큰 영향을 준 사람은 어려서부터 치료사 가까이에서 신령의 세상과 함께 살아왔던 사람인 외할머니였다. 이나시오는 동생이 졸려 잠들 때까지 아무 말이나 들려줬다. 동생이 그의 말을 믿지 않더라도 어쩔 수 없었다. 그는 거실로 돌아와서 엄마에게 안 주무실 거냐고 물었다. 비비아나는 잠이 오면 잘 것이라고 대답했다. 아들은 엄마가 앉아있는 의자로 다가가서 그녀를 끌어안고 머리 위에 입을 맞췄다. 비비아나는 자신의 눈에서 한참 전부터 흘러나온 뜨거운 눈물에 아들의 눈물이 섞이는 걸 느꼈다. 이나시오가 자신이 엄마를 돌볼 것이니 너무 슬퍼하지 마시라고 말했다. 이 말에 비비아나는 마지막 버티던 힘마저 무너지는 것 같았다. 이나시오는 그들 부부가 아구아 네그라를 떠나던 시절의 남편보다 겨우 조금 더 많은 나이였다.

아들을 품에 안고 세베로가 살해당한 그날부터 마음에 쌓인 아픔을 눈물로 풀어내자 사고가 났던 날의 기억이 다시 떠올랐다. 그녀는 이미 숨이 끊어진 남편의 머리를 품에 안은 채 병원으로 갔다. 남편에게서 흘러나온 피의 냄새는 그녀의 몸 속으로 스며들어 아무리 몸을 씻고 옷을 갈아입어도 없어지지 않을 것 같았다. 조상들이 묻혀있는 비라쌍 묘지의 문을 부수고 들어가 장례를 치른 주민들은 농장 주인의 집을 불태우지는 않기로 결정했다. 하루가 좀 넘는 시간 사이에 모든 일이 갑작스럽게 벌어지고 있어 무슨 일이 일어나는 중인지 이해하기도 힘들었다. 아들이 방으로 잠자러 들어간 후에도 비비아나는 어둠 속에 앉아 있었다. 마음 속에서 어떤 생각이든 떠올라 앞으로 무슨 일을 해야 할지 그녀에게 말해 주길 기다렸다. 세베로와 둘이 집을 떠나서 함께 겪었던 고달팠던 날들을 생각했다. 농장 밖 세상에 정착하는 과정에서 길 가 식당에서 주방 보조로 일한 적도 있고 일용직으로 아이를 보는 가사 도우미 일도 했다. 아이들이 차례로 태어났고 비비아나는 교사 자격증 획득으로 농장을 떠났던 목적 중 일부를 달성했다. 그 시간을 보내는 사이 그녀는 아구아 네그라 밖의 세상도 자신 같은 이들의 노동을 착취한다는 면에서 농장 안과 별로 다르지 않다는 걸 알게 됐다. 하지만 세베로가 곁에 있었고 그들의 꿈이 있었으며 그들이 함께 성취한 모든 것이 있었기에 견딜 수 있었다. 그들 부부에게도 시련과 갈등은 있었지만 그들 사이에는 비비아나 자신도 정확히 무엇인지 표현하기 힘든 친밀함이 있었다. 그들의 이야기를 함께 나누고, 자신과 자신이 속한 사람들에 대해 알게 된 모든 것을 끌어안는 애정이 있었다. 그들은 함께 한 여정을 통해 이 땅을 더욱 사랑하게 된 것이다! 세상 다른 사람들 눈에는 투명인간 같은 신세인 농장 소작농의 삶에 대해 알면 알수록 그들은 이 농장 한 가운데로 다시 돌아오고 싶었다.

밤을 꼬박 새우고 비비아나는 의자에서 일어났다. 아침 햇살이 문과 창문 틈으로 들어왔다. 문을 열었다. 상쾌하고 고요한 아침이 피부에 와닿았다. 세베로 없는 날들을 어떻게 살아야 할까? 몸 안이 텅 비어버린 것 같은 이 상태로 무엇을 하게 될까? 그녀에겐 아직 키워야 할 어린 자식들이 있었다. 앞으로 올 날들에 대해 더 이상 생각하기 전에 형제들과 엄마가 도착했다. 살루스치아나는 커피를 만들러 부엌으로 갔다. 벨로니시아와 도밍가스는 그녀 옆에 앉았다. 세 사람은 잠시 말없이 문 밖 너머를 바라보았다. 새소리는 여느 날 아침과 다름없었다. 너무나 가까우면서도 너무나 먼 과거에 들었던 새 울음과 똑같았다. 어릴 적 새벽녘에 집을 나서 벼를 먹는 해충을 쫓으러 아버지를 따라 길을 걸어갈 때 듣던 같은 새소리였다.

그날 오전에 경찰이 현장을 조사하러 왔다. 이나시오와 도밍가스는 비비아나더러 집에 있으라고 여러 번 말렸지만 그녀는 말을 듣지 않고 경찰 조사 과정에 일일이 따라다녔으며 모든 질문에 대답했다. 그녀는 경찰이 상황을 이해하고자 같은 질문을 두 번 이상 반복할 때면 완전한 냉담함과 초조해하는 분노 사이를 번갈아 오갔고 그 차이가 몸짓과 목소리 톤에서 확연히 드러났다. 그녀는 모든 시간의 모든 부분, 모든 단계, 모든 생각과 몸짓을 기억하려고 애썼고 심지어 세베로가 총을 맞았을 때 집 안으로 찾으러 간 아버지의 메모에 적힌 글 한 줄 한 줄까지 설명했다. 하지만 누가 세베로를 죽였는지 아무 것도 알 수 없었다. 일부 주민들이 그 시간에 고속도로를 향해 빠른 속도로 달려간 차 한 대를 보았다고 말했을 뿐이었다. 경찰들은 달아나는 차를 본 것으로 추정되는 사람들의 집을 방문했다. 차의 색깔을 물어서 수첩에 적었다. 목격자들은 창문이 어두운 색이라서 안에 누가 있었는지, 몇 명이 있었는지 못 보았다고 했다. 경찰은 사건이 있기 전에 이상한 낌새는 없었는지, 혹시 세베로가 누군가와 싸웠는지 등을 물었다. 주민들이 세베로와 농장주 사이에 의견이 엇갈렸다고 대답했을 때 경찰들은 무슨 이야기인지 알아듣는 눈치였고 더 이상 자세히 묻지 않았다. 비비아나와 일부 목격자는 도시의 경찰서에 와서 추가로 증언을 하도록 요청받았다.

아주 잠깐 동안은 세상이 변한 것 같았고, 세베로에게 일어난 일에 대해 정의가 실현될 것 같았다. 평범한 농부의 죽음도 농장주나 도시의 권력자의 죽음과 다름 없이 경찰이 제대로 수사할 것 같았다. 그러나 몇 주 후에 수사가 종결되었다는 소식이 전해졌다. 마림부 숲 가까운 지역에 마리화나 농장이 발견되었다고 했다. 세베로는 이 지역의 마약 밀매 분쟁에 휘말려 사망했다는 것이 경찰이 내린 결론이라고 했다.

5

그날 비비아나는 아구아 네그라 사람들을 모아 이 사실을 알리
기로 했다. 아직 상중이었지만 주민들에게 자신의 생각을 말해
야 했다. 지금 벌어지는 일을 그대로 놔둘 수는 없었다. 이대로
가면 곧 모두가 위험에 처하게 될 것이었다. 몸 안에 아무 것도
안 남은 듯 기운 없는 상태였지만 세베로에 대한 기억이 더럽혀
지게 이대로 놔둘 수는 없었다. 안 그러면 이 거짓말은 자신들
의 역사에 대한 수많은 거짓말 중 하나가 될 것이었다. 그들이
바로잡을 수 없었던 그 많은 거짓말 중 하나가 될 것이었다. 아
이들은 어쩌란 말인가? 아이들에게 아버지의 명예를 훼손하는
이야기를 남겨줄 순 없었다. 공권력이 남기려는 기록이 아이들
아버지의 기억을 난도질하게 놔둘 순 없었다. 많은 주민들이 하
던 일을 중단하고 그녀의 이야기를 듣기 위해 모여들었다. 살루
스치아나는 도밍가스와 사위의 팔에 의지해 걸어왔다. 벨로니
시아는 조카들이 엄마의 이야기를 들어도 되는지 주저했으나
언니의 결정을 들은 후에 조카들을 데리고 다리를 절뚝이며 왔
다. 비비아나는 최근 몇 주 동안 볼 수 없었던 단호한 말투로
"아무 것도 숨길 것 없어"라고 말했다. "진실이 아무리 고통스
럽더라도 다른 사람이 아니라 우리를 통해 듣는 편이 나아. 그
리고 나를 통해서 알게 되면 아이들도 같은 논리로 스스로를 지
킬 수 있을 거야."

　그 당시 벨로니시아는 자신이 비비아나의 그림자 같다는 생

247 · 피의 강

각을 했다. 언니가 그녀를 위해 대신 말하기 시작했을 때부터 그녀는 언니의 그림자가 되지 않으려고 피해온 게 사실이었다. 비비아나가 그녀의 가장 내밀한 감정을 알게 허용했을 때부터 그러했다. 그녀도 마찬가지로 언니의 생각 중에 가장 절실한 움직임을 알아챌 수 있었다. 그러나 지금은 그들의 삶이 서로 결속되었고 이는 피할 수 없는 운명임을 그 어느 때보다 통렬하게 느꼈다. 오랜 시간이 지난 이제 그들에겐 더 이상 눈빛 교환이나 몸짓 읽기 같은 가시적인 소통 수단도 필요 없었다. 자신도 모르는 사이에 떨리는 공기를 통해서도 상대방의 신체적, 정신적 불편함이 전달되었다. 같은 공간 안에 있기만 해도 서로의 마음 속 동요나 의지가 전해지곤 했다. 세베로가 사고를 당한 후 그들 사이에는 잘 조율된 상호 이해가 새삼 확인되었다. 벨로니시아가 사람들과의 관계에서 예민하게 키운 감지력은 침묵의 세계에서 그녀의 목소리를 맡은 사람인 비비아나에 대해서는 당연하게도 더욱 잘 작동했다. 토비아스와 함께 잠깐 동안 살았던 집과 경작지에서 아무와도 소통할 수 없었던 침묵의 시간은 벨로니시아에게는 마음 속의 분노를 키우고 결과적으로 주변과 소통하려는 의지가 생겼던 기회였다. 그러한 경로를 거쳐오는 동안 타인에게 보이지 않았고 처음에는 비비아나조차도 알지 못했던 두 자매 사이의 연결 고리가 확인되었으며 돌이킬 수 없이 공고해졌다.

비비아나는 평생 동안 그녀의 아버지가 농장 일을 조직하거나 자레 의례를 이끄는 모습을 지켜보았다. 하지만 언젠가 자신이 농장 사람들 앞에서 말하는 역할을 맡을 거라고는 상상도 해본 적 없었다. 살로망과 살로망의 수하들이 농장 주민을 조여오기 시작했고 세베로가 이에 저항하는 조직을 만드는 데 앞장섰을 때 비비아나는 남편의 활동에 적극 협조하고 같이 참여했지만 자신이 전면에 나서게 될 줄은 몰랐다. 이제 그녀는 폭력을 동원한 위협과 아구아 네그라 사람들을 범죄자로 몰아가려고 퍼뜨리는 거짓말에 맞서 정면 승부할 시간임을 깨달았다. 남편을 빼앗아가고 난 후에도 저들의 총알은 계속해서 그들 가족의 몸을 관통하는 것 같았다.

이웃과 친척들 앞에서 연설을 막 시작하려는 순간 비비아나는 살로망이 관리인과 함께 말을 타고 와서 멀리서 지켜보고 있는 걸 보았다. 분노가 치밀어 온 몸이 떨렸다. 살로망은 말에서 내려 자토바 나무 그늘에 기대고 섰다. 그녀를 겁주러 온 게 분명했다. 그가 이 자리에 온 건 집회에서 사람들을 말 못하게 하려는 의도이거나 아니면 적어도 말을 입 밖에 내기 전에 조심하게 만들려는 의도였다. 그곳이 자신의 땅이라고 알리고, 세베로가 퍼뜨리려 했던 불온한 생각, 그의 소유 재산에 피해를 줄 생각을 군중에게 계속 전파하는 불복종을 더 이상 용납하지 않겠다고 알리러 온 거였다. 비비아나에겐 입을 열기도 전에, 살로망이 평소 반복하던, "이 땅에는 킬롬보 사람들이 존재한 적 없습니다"라는 그의 말이 들리는 것 같았다. 하지만 물러설 수 없었다. 비비아나는 맞서 싸우겠다는 의지가 솟구치는 걸 느꼈다. 자신의 말을 기다리는 마을 사람들에게 시선을 돌렸다. 그들 중 어떤 이들은 성난 눈으로 살로망을 노려보고 있었다.

비비아나가 자신이 말할 수 있도록 조용해 달라고 요청했다. 그녀의 몸은 눈에 보이게 떨리고 있었다. 벨로니시아는 언니에 게서 느껴지는 두려움에 자기도 휩싸일까 봐 불안해서 시선을 돌렸다. 하지만 비비아나는 연설을 시작하면서 안정을 찾았다. 그녀는 더 이상 떨지 않았고 그녀의 말투는 듣는 이들을 설득하 기에 충분할 만큼 단호하고 믿음직스러웠다.

"우리는 아주 오래전부터 여기서 살아왔습니다. 우리 조상들 이 어떻게 이곳에 오게 되었는지는 여기 계신 모든 분들이 잘 알 고 있습니다. 비슷한 사연이 이미 천 번 이상 반복되었을 겁니 다. 우리 중 대부분은 여기서 태어났습니다. 우리의 노동이 아 니었다면 아무것도 없었을 이 땅에서 태어났습니다. 여기에 있 는 모든 것은 우리가 이 땅에서 일했기 때문에 존재합니다. 나 는 여기서 태어났고 내 형제들도 여기서 태어났습니다. 크리스 피나와 크리스피니아나 가족들도 그러합니다. 여기서 태어나 지 않은 분들도 인생의 대부분을 아구아 네그라에서 살아오셨 습니다. 땅 주인들은 우리가 경작지에 심은 작물이 벌어들인 돈 을 받으러 올 때만 이곳에 발을 딛습니다. 여러분 모두는 다미 앙 아저씨와 사투르니노 아저씨를 알고 있고 내 아버지 제카를 알고 계십니다. 자레 의례의 역사와 더불어 여기서 우리가 겪어 온 모든 일을 잘 알고 계십니다. 얼마나 많은 가뭄이 농장을 덮 쳤는지, 얼마나 많은 홍수가 우칭가강과 산토 안토니오 강 옆 들판의 농작물을 휩쓸어갔는지를 어떤 외부인보다 잘 알고 계십니다." 비비아나는 기억을 더듬느라 잠시 흐트러진 호흡을 고르려고 말을 멈췄다. 주민들에게 남은 존엄성을 지켜야 한다는 책임감 때문에 잠시 가빠진 숨을 진정시켰다. 그녀는 새끼들을 보호하는 짐승의 어미처럼 조카들에게 몸을 바싹 붙이고 있는 벨로니시아 옆에서 자신의 말을 열심히 듣고 있는 자식들을 바라보았다. 그 순간 세베로의 모습이 겹치는 혼란스러운 기억이 밀려왔다.

"모두들 세베로가 아구아 네그라를 위해 한 일을 알고 있습니다. 그는 아직 어릴 때 여기에 왔고 이곳의 삶이 힘들었기에 생계를 위해 다른 곳으로 이주했었습니다. 하지만 언제나 여러분들을 그리워했고 존경했습니다. 세베로에겐 우리에 대한 역사의식이 있었습니다. 우리의 조상들이 아구아 네그라 이전부터 어떤 고난을 겪으며 살았는지 알고 있었습니다. 그건 아주 오래전부터 시작되었습니다. 오라씨오 지 마토스 대령이 1만 명의 노예들을 데리고 와서 다른 지주들과 전쟁을 벌이며 다이아몬드를 캘 때부터입니다. 나라에서 흑인 노예들을 해방시켰지만 우리는 방치되었습니다. 사람들은 살 곳을 찾아 헤맸고 굶주렸고 아무 대가 없이 일할 수밖에 없었습니다. 살 곳을 얻기 위해 일해야 한다면 그것은 말뿐인 해방 이전의 노예 상태와 다를 것이 없습니다. 그게 무슨 자유란 말입니까? 우리는 벽돌로 집을 지을 수 없었고 원하는 작물을 심을 수 없었습니다. 우리가 일해서 거둔 작물을 땅 주인들은 가져갈 수 있는 만큼 다 가져갔습니다. 우리는 돈 한 푼 받지 않고 휴일 없이 일했습니다. 그렇게 일하고 남는 시간에 우리의 밭을 가꿨고 안 그랬으면 먹을 것이 없었습니다. 남자는 주인의 경작지에서 일하고 여자와 아이들은 집에 있는 밭과 뒤뜰에서 일해야만 굶지 않고 살 수 있었습니다. 혹독한 노동 때문에 남자들은 나이가 들면 질병을 앓았고 과로로 건강을 잃어 죽어갔습니다."

살로망이 구둣발로 땅을 긁는 소리가 비비아나가 말하는 문장과 문장 사이 짧은 공백이 있을 때마다 울려 퍼졌다. 크리스피나와 크리스피니아나, 이지도로와 사투르니노가 몇 번인가 뒤를 돌아보았다. 그밖에도 몇몇 주민들이 살로망이 그러는 모습을 돌아보고는 자기들끼리 속닥거렸다. 마리아 카보클라는 색바랜 스카프로 희끗희끗한 머리를 감싸고서 그녀의 10명의 자녀 중 아직 농장에 살고 있는 다섯 명과 함께 서서 비비아나의 말을 열심히 듣고 있었다.

"하지만 우리는 물러서지 않을 것입니다. 세베로가 우리의 자유와 권리를 위해 심은 이 씨앗은 죽지 않을 것입니다. 그는 우리 곁을 떠났습니다. 나의 남편이자 내 아이들의 아버지는 갔습니다. 하지만 아직 이 농장에는 우리들이 살고 있습니다. 열매 하나는 먼저 갔지만 나무는 남아있습니다. 그리고 나무의 뿌리는 뽑아내기에는 너무나 깊습니다. 세베로가 마리화나를 재배했다는 거짓말은 통하지 않을 것입니다. 우리는 누가 마리화나를 심는지 다 알고 있습니다." 비비아나는 앞에 있는 사람들을 똑바로 바라보며 말했다. "우리는 도시 외곽에 살고 있고 도시 경찰들은 늘 똑같은 마약 핑계를 구실삼아 흑인들의 집에 함부로 들어가고 사람들을 죽이고 있습니다. 법원에서 재판을 받지도 않은 사람을 경찰이 죽이고서 그것이 마약범들 사이의 총격전이라고 말합니다. 우리는 그것이 마약범들의 총격전이 아니라는 걸 알고 있습니다. 그것은 우리를 멸종시키려는 폭력입니다."

지금까지 살로망이 있는 자리에선 말하기를 조심스러워하던 사람들도 비비아나가 옳다는 말을 하기 시작했다. 슬픔과 분노를 참는 그녀의 모습이 사람들의 마음을 아프게 했고, 친지와 이웃들과 그녀의 학생이었던 이들인 청중들로 하여금 입을 열어 말하도록 격분시킨 것 같았다. 살로망의 눈빛에 당혹감이 짙어졌다. 그는 일단 신중한 태도로 모임을 지켜보았다. 인파가 꽤 많이 모였고 이 사건에 관심을 갖는 가족들이 많았다. 그의 몸짓이나 태도를 의심쩍게 여길 수 있었고 자칫 소요사태를 불러올 수 있었고 그는 숫적으로 불리한 처지였다.

"그들은 세베로의 이름을 더럽히려고 합니다. 세베로의 명예를 훼손함으로써 우리의 싸움을 약화시키려 합니다. 그들은 권력자들을 보호하려 합니다. 우리를 입 닥치게 하고, 무슨 수를 써서라도 우리를 여기서 쫓아내려고 합니다. 하지만 우리는 꺾이지 않을 것이고 물러서지 않을 것입니다. 우리더러 짐을 싸서 농장을 떠나라고 합니다. 어디로 가란 말인가요? 우리는 여기 있을 겁니다. 그들은 우리 닭장에 불을 지르고 우리 경작지를 망치려고 짐승을 풀어놓았습니다. 강을 보호한다는 핑계로 우리가 낚시를 못하게 막으려고 했습니다. 우리가 마치 강을 지켜오지 않은 것처럼 말이죠. 우리가 이 자연의 일부로 살아온 적 없는 것처럼 말입니다. 이곳의 자연이 광산주와 농장주들 손에 있었다면 이미 다 파괴됐을 겁니다. 심지어 그들은 우리가 비라싼 묘지에 죽은 이들을 묻지 못하게 막았습니다. 하지만 그들은 우리를 굴복시킬 수 없을 겁니다. 우리는 아구아 네그라를 떠나지 않을 겁니다."

비비아나의 연설에 찬성한다는 박수와 함성이 터져나왔다. 놀랍게도 살로망은 사람들 눈총을 받으며 신경질적으로 발다리를 흔들고 있었으나 아무 말 하지 않았다. 집회에 온 사람들은 농장 매각 이후 상황이 얼마나 악화되었는지 잘 알고 있었다. 사람들은 궁지에 몰리고 있었다. 세베로가 시작한 활동에 힘입어 자신들의 상황을 이해하기 시작한 주민들은 이제 세베로의 죽음이라는 사건을 통해 자신들의 목소리를 듣게 만들어야 할 이유를 깨달았다. 지금이야말로 힘을 모아야 할 시간이었다.

살로망은 집회에 온 사람들이 흩어질 때까지 기다리지도 않고 비비아나에게 다가갔다. 겉으로 보기에는 세베로의 죽음으로 인해 악화된 여론의 동요를 수습하러 온 거였지만 그의 존재 자체가 불편한 상황이었다. 그가 건넨 말도 휴전하자는 의지를 담고 있지 않았다. "고인의 명복을 빕니다. 나는 외유 중이었지만 직원들이 소식을 전해줬어요"라고 온건하게 말문을 열었지만 이는 다음과 같은 메시지를 전달하기 위해서였다. "하지만 부인은 이 일로 아무도 탓해서는 안됩니다. 제가 듣기로는 수사는 이미 종결되었다고 하네요. 경찰은 이미 결론을 내렸어요. 그 사람들이 수사를 제대로 했을 겁니다." 그는 비비아나 앞에 멈춰 서서 그녀의 어깨에 손을 올리려고 했다. 비비아나는 즉시 뒤로 한 발 물러섰다. 그녀는 살로망을 놔두고 걸어가다 뒤를 돌아보고 그의 눈을 똑바로 바라보면서 말했다. "내가 무슨 말을 해야 하는지는 당신이 결정할 일이 아닙니다." 이어서 이렇게 말했다. "세베로에게 이런 짓을 한 자는 대가를 치를 거예요. 인간의 정의는 실패할지 몰라도 신으로부터는 아무도 도망칠 수 없습니다."

조카들이 비비아나를 따라 갔지만 벨로니시아는 그 자리에 남아서 농장주를 정면으로 쳐다봤다. 그녀의 눈빛은 이글거렸고 살로망은 팔의 털이 서도록 소름이 돋는 걸 느꼈다. 앞서 가던 이나시오가 벨로니시아를 기다리려고 발걸음을 늦췄다. 벨로니시아는 땅에 드리워진 살로망의 그림자를 겨냥해서 마음에 품은 독을 뿜듯이 침을 뱉었다.

6
~

내가 미우다를 만난 것은 그녀가 아직 어릴 때였다. 나는 그녀가 성장하는 과정을 함께 했고 어른이 되어 입기 시작한 치마 주름 사이에 내 몸을 실었다. 미우다를 포함해 이곳 사람들은 자신들을 가리켜 흑인이라고 말하지 않았다. 흑인들은 환영 받지 못하는 사람들이었고 다른 곳으로 떠나야 했다. 그래서 미우다 같은 사람들은 자신이 인디언 원주민이라고 했다. 인디언은 적어도 사는 곳에서 다른 곳으로 쫓아낼 수 없었다. 인디언도 별로 환영받는 존재는 아니었지만 최소한 거주가 보장되고 법의 보호를 받는다고 그들은 알고 있었다. 이런 얘기를 듣는 상대방은 고개를 갸우뚱거렸는데 그들이 흑인임이 너무 명백했기 때문이었다. 하지만 그들은 조상들이 사냥개에게 몰리고 쫓겼다는 이야기를 늘어놓기 시작했다. 일반적으로 누군가가 사냥개에 쫓기다 붙잡혔다는 말을 하면 아무도 그가 진짜 인디언이나 인디언과 흑인의 혼혈이 아니라고 의심할 수 없었다. 이 사실에 주목한 미우다는 자기 엄마가 그랬던 것처럼 사냥개에 쫓기던 인디언의 후손이라고 말하기 시작했다. 일단 말하기 시작하면 모두들 믿었다. 그렇게 생존을 이어왔다.

미우다는 떠돌아다니며 살았다. 아구아 네그라에 정착하기 전까지 여러 곳을 거쳤다. 얼마나 많은 곳을 다녔는지 이야기하기 시작하면 사람들은 거짓말이라고 안 믿거나 늙어 노망난 소리를 한다며 웃었다. 그럴 때면 그녀는 치맛자락을 들어올려 흔들어 흙먼지를 일으켜 대화를 중단시켰다. 미우다는 강 근처에서 살다시피 했다. 그녀는 물고기 여인이었다. 항상 강에서 낚시를 하고 수영을 했고 새벽이면 물가에서 잠들었다. 물고기 소리도 잘 흉내 냈고 새 소리도 똑같이 따라했다. 어떤 날 보면 미우다는 상기지보이(수컷은 빨간색, 암컷은 오렌지색인 작은 새) 새처럼 눈을 뜨고 사물들 사이로 뛰어오르고 날아오르는 것 같았다. 상기지보이 새가 날아와 강물과 호수의 물 표면에 비친 그녀의 모습과 같이 놀았다. 미우다에게 강은 숲 한가운데 있는 열린 동맥 같은 것이었지만 그녀는 강물에 비친 자기 모습을 볼 시간도 없고 보고 싶은 마음도 없었다. 미우다는 밤낮으로 슬피 울었다. 가난 때문에 멀리 보낸 자녀들이 보고 싶어서였다. 도시에 사는 대부들이 가뭄 기간에 그녀의 집에 왔다가 극심한 굶주림에 시달리는 걸 보았다. 대부들은 남편 없이 혼자 사는 여인의 고통을 덜어주고자 아이들을 남의 집에 보내라고 권했다. 아들들이 도시에 가서 공부를 하고 직업을 갖게 되면 나중에 엄마를 도울 수 있을 거라고 말했다. 물고기 여인은 그럴 수 없다고 거절했다. 미우다는 하루 종일 강가에서 물고기를 잡았다. 밤이면 어둠을 밝히고 추위를 막기 위해 모닥불을 피웠다. 하지만 광산 채굴 때문에 강에는 모래가 많이 쌓였고 수심이 얕아져 큰 물고기 낚시가 점점 힘들었다. 잡을 수 있는 물고기는 그녀의 발가락의 거의 나무껍질처럼 굳은 살을 뜯어먹으려고 몰려든 피아바 생선이 고작이었다. 너무 작은 고기들이라 만지오카 가루에 고기 맛을 더하지도 못했다. 미우다는 혼자서 밭을 일구고 작물을 부지런히 심었다. 하지만 홍수나 가뭄이 오면 견딜 재간이 없었다. 수확이 줄고 그나마 거둔 작물을 땅주인이 가져가고 나면 굶주림을 참는 수밖에 없었다. 결국 한 사람이 와서 아들 하나를 데려갔다. 그리고 또 다른 사람이 와서 다른 아들 하나를 데려갔다. 세 번째로 온 사람은 나머지 두 아이를 한꺼번에 데려갔다. 미우다는 홀로 남았다. 고독 속에 더욱 길어진 어느 날 밤 그녀는 해 뜨기 전에 새소리를 벗삼아 길을 나서 도시로 가서 아이들을 되돌려 달라고 했다. 하지만 대부들은 아이들에겐 도시에서 학교를 다니는 편이 낫다고, 여기는 음식도 있고 부족한 게 없다고 말했다. 물고기 여인 미우다는 쓸쓸하게 집으로 돌아왔다. 그녀는 뱀이나 멧돼지를 두려워하지 않고 강변에서 기거했다. 보통은 피아바를 낚았고 비가 내려 상류에 물이 넘칠 때면 큰 물고기를 잡아 식탁으로 가져갔다. 물고기 여인의 손이 닿으면 마법이 걸린 것처럼 물고기가 꼼짝을 못했다. 그녀의 손은 물살을 일으키지 않고 천천히 물 안으로 들어가 물고기를 잡았다. 그 모습을 보면 그녀가 타고난 낚시꾼임을 인정할 수밖에 없었다. 물고기들은 저항 없이 그녀의 손에 몸을 던졌다.

나, 히타 페스카데이라 신령은 거처를 찾아 이곳에서 저곳으로 떠도는 사람들의 역사를 보며 홀로 떠다녔다. 아주 오래전부터 그렇게 다녔다. 나는 채굴업자들의 전쟁을 보았고 땅을 둘러싼 전쟁을 보았다. 많은 이들이 잔인하게 죽는 것을 보았다. 히타 페스카데이라 신령은 아이들을 잃은 후 점점 힘이 사그라져가는 미우다에게 기운을 돌려주고 삶의 의미를 주기 위해 미우다의 몸에 깃들었다. 미우다의 치마자락을 타고 치료사의 집과 자레 의례에 갔다. 미우다의 팔은 영혼이 흐르는 강물처럼 흔들렸다. 그녀는 낚시 그물을 던져 사람들의 인생의 비극을 담아서 강 바닥으로 흘려보냈다. 이런 일을 하는 시간에 우리는 하나였다. 나는 강인한 여성의 몸 속에서 편안히 자리잡았다. 나도 그녀처럼 물고기 여인이었다. 물고기 여인인 다른 여성의 몸 안에 들어간 물고기 여인이었다. 그녀의 발은 지느러미처럼 헤엄쳤고 그녀가 춤추는 밤이면 여우가 울었다. 신령의 존재를 잊은 사람들은 그녀를 비웃었다. 내가 사악한 자들로부터 도망쳐 떠도는 자들을 쉬게 하던 밤의 자장가였음을 기억하지 못했다. 그래도 나는 계속 춤을 췄고 그물을 던졌으며 나의 팔은 홍수가 나서 물살이 거세어진 강물 같은 기세로 허공을 갈랐다. 나의 힘을 필요로 하는 이들이 나에게 오도록 했다. 너의 아버지의 아버지의 아버지는 달이 지는 어느 밤에 농장주 아들의 열병을 낫게 해달라고 촛불을 켰다. 너의 어머니의 어머니의 어머니는 도망치고 절망하던 어느 날에 히타 페스카데이라 신령을 위한 노래를 불렀다. 오랜 세월 이어진 이 춤을 보며 나는 기뻐했고 슬퍼했다.

나는 이제 더 이상 춤추지 않는다. 사람들이 히타 페스카데이라 신령을 더 이상 기억하지 않기 때문이고, 이 곳에 살던 치료자가 죽으면서 그의 힘이 이 땅에서 사라졌기 때문이며, 그가 살던 집은 시간이 허물었기 때문이다. 나는 공기처럼 맴돌다가 비가 되어 땅에 내린다. 무자비하게 흐른 피를 비가 되어 씻어 내린다. 과거의 피는 강물처럼 흐른다. 피의 강물은 꿈속에서 먼저 흐른 다음 마치 말을 탄 것처럼 질주해 달려간다.

7

며칠 후 마을에선 예배를 주관할 목사를 초대했다. 도시에서 주말에 열리는 시장에 갈 때마다 교회에 가는 일부 주민들이 모일

예배였다. 마을 주민들 거의 모두가 종교 의식에 참여하거나 순례 여행을 다녔지만 자레 의례가 아닌 종교 행사가 마을에서 열리는 건 처음이었다. 제카 샤페우 그란지가 죽은 후, 형편이 되는 사람들은 다른 자레 가옥을 찾아가서 오래된 치료사의 손을 치우고 새 치료사의 손을 머리에 얹는 의식을 올렸다. 농장 마을에서 해왔던 자레 의례가 없어진 후 몇 년 사이에 두 가족이 기독교로 개종했고 더 이상 옛날 신앙 관습을 따르지 않았지만 다른 주민들과 표면적 갈등 없이 잘 지내고 있었다.

예배를 앞두고 살로망의 아내 에스텔라는 목사와 함께 자동차를 타고 와서 주민들 집을 방문하여 행사에 초대했다. 그녀는 꽃무늬가 있는 흰 드레스를 입고 있었고 피부는 붉은 색을 띠었는데 햇볕에 그을려서가 아니라 뭔가 잘못 먹고 목과 팔에 염증이 난 것 같았다. 목사는 이름이 알려진 사람이었고 그가 10월에 있을 선거에서 시의원 후보로 출마할 예정이라 표를 모으기 위해 그 지역의 농장과 마을 사람들을 방문 중이라는 소식이 이미 퍼져 있었다.

"그 사람들은 이젠 독실한 기독교인으로 보이고 싶은 거죠. 사실 그들은 항상 그런 척했어요"라고 비비아나가 예배가 열린다는 소식을 토냐에게서 들었을 때 말했다.

"목사가 오늘 여기 온다는 얘기도 공교롭구나"라고 살루스치나가 말했다. "내가 오늘 아침 일어나서 봉 제주스(브라질 바이아에 있는 도시 '봉 제주스 다 라파.' 살루스치나의 고향) 생각을 했거든. 다들 들어봤을 거고 나도 너희들에게 여러 번 말했던 그 이야기를 오늘 생각했단다"라고 비비아나를 향해 말했다. 벨로니시아는 뒤뜰에서 채소밭에 물을 주고 있었다. "하지만 이나시오, 너한테는 얘기한 적이 없을 거다. 네 엄마가 말해줬는지는 모르겠다만."

"무슨 이야기인가요, 엄마?"

"라고아 푼다의 봉 제주스에 살았던 선조들 얘기란다"라고 그녀가 콩깍지를 까는 손을 움직이며 말했다. 손자는 집 마당 앞 문과 울타리 기둥 사이에 걸어놓은 생선 그물을 수리하다 말고 할머니의 말에 귀 기울였다. "우리 할머니가 들려준 얘기에 따르면 아주 오래전부터 라고아 푼다에는 흑인들이 살고 있었다고 한다. 저마다 자기 오두막집을 지었고 성 프란시스코 강변에 농사지을 자기 땅이 있었다. 자식들이 태어나서 자라면 부모 땅이 있는 곳 근처에다 자기 집을 짓고 또 자기 경작지를 가꾸었어. 아주 오랫동안 그들이 사는 곳 근처에는 아무도 없었고 아무것도 없었다. 오로지 그들과 신만이 계셨어. 그러다 어느 날 교회가 하나 들어오더니 도시의 땅이 자기네 소유라고 선언했다. 그러더니 얼마 후엔 라고아 푼다를 포함한 도시 주변의 모든 땅이 교회의 땅이라고 했어. 우리가 농사짓던 땅도 교회 것이라고 했다."

"사람들은 그곳에서 떠나야 했나요?" 이나시오가 그물을 깁던 손을 멈추고 물었다.

"그렇지는 않았어. 교회는 봉 제주스의 B와 J 라는 글자를 철사로 만들어 나무에 걸었어. 붙일 수 있는 모든 나무에 표시를 했어. 이 땅이 교회 소유이니 거기 사는 우리들은 봉 제주스 교회의 노예라고 선포했다. 사람들은 이상하게 여겼지. 그 전까지라고아 푼다에서는 노예제도가 없었기 때문이야. 할머니 말씀이, 다른 곳에 노예가 있다는 사실은 알았지만 그곳은 달랐다고 했어. 거기서는 노예가 있어본 적 없었다고 했어. 모두들 스스로를 자유롭게 여겼다고 했다. 오늘 나는 네 아버지인 세베로가 말하던 이야기를 생각했다. 흑인들이 노예로 브라질에 왔다 해도 라고아 푼다는 노예로 살던 농장에서 도망쳤거나 농장주에게서 자유를 얻은 사람들이 살기 시작한 곳일 거야. 하지만 아무도 그런 과거에 대해 말하지 않았지. 그들은 모두 자유롭게 새로 태어난 사람들이었고 노예로 살았던 기억은 지운 사람들이었어."

"어쩌면 엄마, 그 사람들은 말할 수 없었을 수도 있죠. 말하기 싫은 나쁜 일을 겪었던 것일 수도요"라고 비비아나가 도시 가는 길에 들고 갈 가방을 꾸리면서 말했다.

"그럴 수도 있지. 그들이 자토바 나무와 오이티제이로 나무, 수많은 나무에 철사로 봉 제주스의 이름을 표시해놓은 후에도, 그들이 라고아 푼도 사람들은 봉 제주스 교회의 노예라고 말한 후에도, 한참 동안을 사람들은 그 전처럼 변함없이 살았다. 그러나 그 후에 농장주들이 나타나서 문서를 보여주며 땅 주위에 울타리를 쳤고, 사람들은 저항하다 죽기도 했고 결국은 한구석으로 쫓겨나는 신세가 되었어. 땅에 울타리가 쳐진 그 시기에 우리 부모님은 카샹가 농장으로 이주했고 나는 그곳에서 네 할아버지를 만났단다." 살루스치아나는 얼굴에 흐르는 땀을 수건으로 닦았다. "농장주들이 울타리를 치기 전까지는 우리 조상들의 땅이었던 그곳에서 만일 우리가 계속 살았었다면 나도 너희도 아구아 네그라에 있지 않았을 거다. 이나시오, 네 아버지의 부모님도."

비비아나가 딸들을 데리고 도시로 외출을 나갔고 살루스치나와 벨로니시아는 집에 남았다. 이나시오는 강가의 경작지로 일하러 갔다. 에스텔라와 교회 목사가 살루스치나의 집 문을 두드리고, 마을에서 열릴 예정인 "떠난 이들을 위한 기도회"에 와 달라고 초대하자 살루스치아나는 그 자리에서 이를 거절했다. "고맙습니다만 제가 바빠서 못 갑니다." 목사는 평상시에도 항상 군중에게 설교하는 말투와 큰 목소리로 말하는 사람이었다. 집 안에 있는 작은 제단을 보고는 거기 있는 성인상에 대해 말하기 시작했다. 방문객이 왔을 때부터 얼굴에 불쾌한 기색이 역력했던 벨로니시아는 인내심을 잃고 발을 구르기 시작했다. 그녀는 조금이라도 수틀리면 문을 쾅 닫아 버릴 생각으로 문을 반쯤만 열어놓은 상태였다. 목사가 말을 하는 동안 에스텔라는 그의 장광설이 헛수고가 될 것이라고 예상하며 형식적인 미소를 짓고 있었다. 목사의 말이 끝나자 에스텔라가 이 집은 오랫동안 자레 의례를 올리던 곳이라고 말했다. 살루스치아나 부인이 의례에서 북을 쳤던 것도 안다면서, 하지만 이제는 모두들 하나님의 말씀을 들어야 할 때라고 했다.

벨로니시아가 문을 닫으려는 몸짓을 했지만 그녀의 어머니가 딸을 제지했다. 방문자들은 종교에 대해 말하고 있었지만 살루스치아나의 마음은 세베로가 목숨을 잃게 만든 땅을 둘러싼 분쟁으로 고통받고 있었다. 그들 가족에게 농장을 떠나라며 보내는 위협과 간섭 때문에 괴로워하고 있었다. 살루스치아나에게 그날의 방문은 아무 것도 남지 않을 때까지 날려버릴 기세로 오래전부터 불어오던 폭풍의 일부였다. 살루스치아나는 몸을 똑바로 세우고 정색을 했다. 오랫동안 그녀가 마음 속에 억눌러왔던 이야기를 두 사람에게 말하기 시작했다.

"이보세요, 부인." 여자가 하던 얘기를 계속 하기 전에 살루스치아나가 말했다. "나는 공부를 많이 한 사람이 아니지만 부인이 이것 한가지는 이해하길 바랍니다. 나는 이 마을에서 혼자가 아닙니다. 당신들이 내보내고 싶어하는 마을 사람들 중 많은 이들이 당신보다 훨씬 전에 이곳에 왔어요. 당신들은 여기서 태어나지도 않았잖아요. 많은 마을 사람들이 여기서 태어났답니다. 내 자식들과 손자들은 모두 아구아 네그라에서 태어났어요. 다른 사람들이 무슨 생각인지 나야 알 수 없으니 다른 이들 얘기를 내가 대신 할 순 없겠지요. 하지만 나에 대해서 말하자면 이렇습니다. 나는 봉 제주스에서 태어났지만 어떤 의미에서는 여기서 태어난 사람이에요. 아직 젊은 처녀일 때 여기에 왔어요. 여기서 살았고 자식들을 키웠고 남편과 함께 일했고 당신들이 문 닫은 저 묘지에 내 이웃과 대부들이 묻히는 걸 봤습니다. 나는 이 땅에서 태어났고 이 땅을 낳았어요. 출산이 뭔지 아시지요? 부인께도 자녀가 있으시지요. 하지만 출산이 뭔지 정말로 아실까요? 뱃속의 생명을 키워서 세상에 내놓는 일이 무엇인지를 말입니다. 당신이 더 이상 여기 하나님의 땅에 있지 않을 때에도 계속될 생명을 낳는다는 일의 의미를 아실까요? 아시는지 모르겠지만 나는 이 곳에서 부인이 만나본 남자와 여자와 어린 아이들 대부분을 내 손으로 받았습니다. 나는 그들의 해산 구완 어머니랍니다. 그들 하나하나를 내 손으로 받았으므로 나는 이 땅을 낳은 사람이에요.

이 땅이 내 안에 살고 있다는 것을 부인이 이해하시는지 모르겠네요."라면서 살루는 자신의 가슴을 주먹으로 세게 때렸다. "이 땅은 내 안에서 싹이 나고 뿌리를 내렸어요. 바로 여기에서요"라고 다시 가슴을 때리며 말했다. "여기가 땅이 사는 곳입니다. 여기 내 가슴 속에 나의 사람들과 내 인생이 살아있으니까요. 아구아 네그라는 당신의 남편과 당신이 갖고 있는 토지 문서가 아니라 내 가슴 속에 살고 있어요. 당신들은 농장에서 나를 마치 잡초인 양 뽑아버릴 수 있을지 몰라도 나에게서 이 땅을 빼앗아갈 수는 없어요."

얼굴빛이 창백해진 에스텔라는 살루스치아나의 말을 끊으려 애써봤지만 소용없었다.

"그리고 한가지 더 있어요."라고 살루스치아나는 덧붙였다. "나는 치료사는 아니지만 주문을 외울 수 있어요. 내 신령들에게 먹을 것과 마실 것을 드리고 이 곳에 있는 많은 것들이 잘못되도록 힘을 써달라고 부탁할 수 있답니다"라고 말하고서 등을 돌리고 문을 닫았다.

8

벨로니시아가 밀짚 가방에 넣고 다니는 물건들 사이에서 칼이 번쩍이는 자태를 드러내며 나타났다. 잠시동안 비비아나는 그 칼이 오래전 집에서 도나나가 내다 버렸던 같은 칼이라는 사실이 믿어지지 않았다. 그녀는 딸들과 함께 어머니 집에 간 참이었다. 딸들은 아나가 세례 의식 놀이용으로 만든 인형을 보라고 마당에서 그녀를 부르고 있었다. 비비아나는 칼이 든 가방 가까이 다가갔고, 말문이 막힌 채 가방이 걸려있는 낡은 의자 위에 주저앉았다. 그 칼이 무엇인지 알아보고 그녀는 손가락을 내밀어 칼을 건드려보았다. 손끝이 타버릴 것 같은 뜨거움이 느껴졌다. 여동생의 가방 안을 들여다보는 건 부끄러웠지만 오래전에 기억 속에 묻었던 물건을 다시 보니 놀라움을 감출 수 없었다. 혀에 남아있는 흉터가 그날의 기억을 떠올리며 따끔거리기 시작했고 사고가 났던 그날로 비비아나를 데려갔다. 그날 그녀의 머리 위를 내려쳤던 할머니 손의 무게가 느껴지면서 묻고 싶은 질문들이 떠올랐다. 비비아나는 칼 끝을 잡고 몸체가 온전히 눈앞에 온전히 드러나도록 잡아당겼다. 잘 마감된 상아 칼자루와 오래되어 뿌예진 금속 장식, 그리고 세월이 흘렀건만 여전히 번쩍이는 칼날. 작은 비단 천을 반으로 가르듯이 허공을 단숨에 자를 기세로 진동하는 듯한 칼날.

그 때 벨로니시아가 방으로 들어오다가 비비아나를 보고 멈춰섰다. 마치 30년 전으로 시간을 되돌려서 비비아나가 피 묻은 천에서 칼을 꺼내는 모습을 다시 보는 것 같았다. 그 천은 물론 없어진 지 오래다. 벨로니시아는 아무 말 없이 자신을 마주보는 언니의 시선 앞에 일순 얼어붙었다. 비비아나가 그 칼이 왜 거기 있는지 이유를 밝히라고 묻는 것 같았다.

벨로니시아는 칼을 가지고 다닌 지 오래된 터라 아연실색한 비비아나와는 대조적으로 차분했다. 칼이 내뿜는 광채는 불꽃 같았고 두 자매 주위에는 태양을 덮은 구름이 차가운 그림자를 드리운 것 같았다. 벨로니시아가 턱을 두 번 두드리고 엄지손가락으로 볼을 쓸어내리는 수화로, '맞아, 할머니 꺼야'라고 말했다. '그래, 그 칼 맞아'라는 뜻으로 두 손의 손가락을 교차해서 미끌어지게 했다. 그녀는 턱을 두들기고 엄지손가락으로 얼굴을 문지르는 동작을 반복했다. 그럴 필요 없이 비비아나는 이미 이해했다. 엄마가 아시냐고 물었다. 아니라는 대답이 돌아왔다. 뭐하러 알리겠어? 쓸데없이 걱정만 시킬 텐데 뭐하러. 엄마가 알면 딸이 지금도 덤벙거리다가 칼로 신체 일부를 잘릴 어린아이인 것처럼 걱정할 것이다. 그런데 왜 그걸 지니고 있던 거지? 당연히 일할 때 쓰기 위해서였지. 또한 자신을 보호하기 위해서라고, 세베로에게 무슨 일이 일어났는지 보라는 뜻으로 그녀의 집게 손가락이 언니를 가리키며 허공에서 곡선을 그렸다. 그리고 자신은 혀를 잃었기 때문이라고 대답했다. 이 칼이 다시 그녀의 손에 들어오게 된 놀라운 사건에는 분명 어떤 의미가 있었다. 아무리 오래 산다 해도 뭐라고 설명해야 할지 모를 어떤 느낌으로 이 칼을 간직해왔다. 비비아나가 도대체 그동안 어디 두고 있었던 거냐고 물었다. 벨로니시아는 머리를 흔들고 한 손을 내밀어 손바닥이 마주보게 다른 손 위에 얹으며 대답했다. 말해도 믿지 못할 걸.

토비아스의 집으로 처음 들어가던 날, 짐보따리를 들고 산토 안토니오의 강가를 따라 말을 타고 갔던 날, 남편이 집에 보관한 산더미 같은 쓰레기에 놀라게 될 줄은 상상도 못하면서 그 집으로 향할 때 말발굽 소리가 내장에 진동으로 울리던 날. 집 안 꼴을 보고는 아무것도 없는 이 집에 오려고 부모님 집을 떠났던가 생각하니 기가 막혔고, 여기를 살 만한 장소로 만들려면 얼마나 할 일이 많을지 생각하면 맥이 탁 풀렸었다. 하루에 그 난장판을 정리할 순 없었고 여러 날에 걸쳐 쓰레기와 빈 병과 오두막 주위에 쌓여있는 잡동사니를 분리했다.

부엌 한구석에는 오래된 냄비들과 함께 도자기 항아리 하나가 다른 모든 것들과 마찬가지로 흙먼지 속에 방치되어 있었다. 벨로니시아는 그 안에서 쥐나 거미나 지역에 전해 내려오는 옛날 이야기처럼 인간의 뼈를 발견하게 될까봐 뚜껑을 열기조차 무서웠다. 항아리 뚜껑은 한 귀퉁이가 부서져 있었다. 벨로니시아는 어느 날 우연히 항아리에 부딪쳐 뚜껑에서 또 한 조각이 더 부서졌을 때에야 그 뚜껑을 열었다. 항아리를 들어올리자 뭔가 안에서 흔들리는 물건이 있는 게 느껴졌다. 하지만 자리에 항아리를 그대로 놔두고 갔다. 그런데 다음날 아침 햇빛이 비추자 항아리 안에 있는 뭔지 모를 물건이 빛을 반사해 반짝이는 게 그녀의 눈에 보였다. 혹시 다이아몬드일까? 샤파다

의 역사를 아는 사람이라면 처음 떠올릴 생각이었다. 그곳에선
누구나 언젠가 빛나는 돌을 찾기를, 아니 빛나는 돌에게 선택되
기를 꿈꿨다. 뚜껑을 열어보았다. 빛에 노출되자 안에 있는 물
건의 한 끝이 더욱 눈부시게 빛났다. 벨로니시아는 그때까지 정
리정돈에 적용했던 원칙—쓸모없는 것은 버리고 유용한 것에
는 새 사용처를 지정하기—을 적용하기 위해 그 물건을 항아리
에서 꺼냈다.

상아 칼자루가 손에 잡혔다. 칼자루는 햇볕 아래 있던 항아리
처럼 따스했다. 벨로니시아의 입술이 할머니의 칼을 발견했던
그날처럼 간질거리고 따끔거렸다. 그날 칼날의 강렬한 빛, 자매
들이 맺은 공모, 칼의 맛을 알고 싶다는 욕망, 자매 사이의 장난
같은 경쟁은 그녀로 하여금 세상을 향해 영원히 침묵하게 만들
었다. 사건 직후 도나나의 모습이 마음 속에 생생하게 떠올랐
다. 소식 없는 딸 이름을 부르며 표범을 조심하라고 중얼거리
며 뒷마당에서 어슬렁거리던 할머니가 꾸러미를 들고 강둑으
로 나갔다고, 그들이 병원에서 돌아왔을 때 토냐 아주머니가 말
했다. 꾸러미와 칼, 그리고 전에 본 적 없는 도자기 항아리. 그
녀 앞에 있는 건 침대 밑 가방 안에 있을 때는 차거웠으나 햇볕
을 쐬어 뜨거워진 칼날이었다. 지금까지 보존돼 있다 과거의 베
일을 찢고 그녀에게 오래전 그날을 상기시키기 위해 마침내 도
달한 칼날이었다.

그때 토비아스가 집으로 들어왔다. 망연자실하여 과거 기억
을 더듬고 있는 그녀의 얼굴을 보았다. 벨로니시아는 식탁 위에

올려놓았던 칼을 테이블보로 덮어 감췄다. 남편은 낚시대를 가지러 돌아온 길이었고 경작지 일을 마치면 물고기를 잡아올 요량이었다.

"토비아스에게 칼을 돌려주지 않을 테다"라는 생각을 가장 먼저 했다. "이건 우리 식구들 물건이야." 벨로니시아는 뒤틀린 찬장과 벽 사이에 그녀의 손만 들어갈 수 있는 비밀스러운 장소를 찾아 칼을 숨겼다. 그 후 남편이 죽고 나자 칼을 숨겼던 곳에서 꺼냈다. 경작지와 강에 칼을 갖고 다니기 시작했고 마리아 카보클라를 보호하러 가져 갔었고 칼날과 그녀가 쏘아내는 분노의 눈빛 앞에서 움츠러든 이웃 남자를 제압하는 데 사용했다. 하지만 비비아나는 이 사실을 알 필요 없었다. 벨로니시아는 과거의 기억이 그들을 혼란스럽게 만들기 전에 대화를 일단락 지었다. 비비아나는 오랜 세월이 지난 지금 칼을 보니 마치 옛날 할머니의 낡은 가방에서 그걸 꺼냈던 순간에서 칼이 튀어나온 것 같다고 말했다. 할머니의 그 가방을 그녀가 집을 떠날 때 들고 갔었고 돌아올 때도 같이 돌아왔다. 그녀는 칼을 벨로니시아에게 돌려주며 이렇게만 말했다. "아나가 칼 옆에 가지 않게 조심해. 그 아이는 옛날 우리처럼 호기심이 많아."

그녀는 방 밖으로 나가려고 문을 열려다 말고 돌아섰다. "벨로." 동생에게 말했다. "우리 할머니는 무엇 때문에 이 칼을 보물처럼 간수했을까?" 벨로니시아는 그녀의 입술을 활 모양으로 만들어 보였다. "너도 기억하는지 모르겠다만, 나는 우리가 아주 어렸던 그 당시 말고 몇 년이 지난 후 그 일을 기억할 때마다 궁금했던 게 있어." 동생이 가방 안에 칼을 다시 넣는 걸 지켜보며 말했다. 벨로니시아가 다시 검지손가락을 구부려 보였다. "그 칼은 왜 피 묻은 천으로 싸여 있었을까? 그 검은 얼룩은 분명히 피였거든." 그녀는 한숨을 쉬었다. "그리고 우리 할머니는 무엇이 두려워서 그 칼을 깊이 숨겼을까? 할머니는 우리를 해칠 수도 있는 다른 위험한 물건들, 거울 조각이나 다른 것들은 그렇게 숨기지 않았어."

"두려워서였을까?"라고, 벨로니시아가 엄지와 중지를 심장 근처에 가져다 대는 수화로 물었다. 비비아나가 무슨 두려움을 말하는 건지 알고 싶었다.

"할머니는 이 칼에 담긴 의미를 두려워했어. 칼이 우리를 다치게 할 위험보다 할머니가 두려워한 건 할머니가 간직해온 비밀이었어."

9

그날 도나나는 정오가 조금 지났을 때 카샹가 농장주 저택 현관 앞에 누군가 놔둔 안장 옆 권총 주머니에서 그 칼을 훔쳤다. 저택에 방문객들이 왔던 날이었다. 손님들이 연달아 도착하느라 발생한 잠깐의 북새통과 부주의로 인해 그럴 기회가 되었다. 주인들을 따라온 말몰이꾼들이 잠시 경계를 늦춘 틈이 발생해서 가능했다. 도나나는 큰 길에서 저택으로 이어진 지름길을 지나가고 있었다. 정신이 몽롱하도록 뜨거운 햇볕을 피하려고 그늘에 잠시 멈추었을 때 난간에 매달려있는 안장 옆 권총 주머니 안에 있는 칼이 보였다. 도나나는 쓰고 있던 커다란 모자를 벗어 손에 들고 칼을 그 밑에 감추었다. 한 번도 안에 들어가본 적 없는 저택 안 진귀한 물건의 일종인 예쁜 칼이라고 생각했다. 칼에는 뭔지 모를 처음 보는 대리석 같은 재질로 만든 손잡이가 달려있었다. 특히 칼날은 부자 주인들이 가지고 다니는 고급 물건답게 번쩍거렸다. 은으로 만든 물건 같았다. 팔면 돈이 꽤 될 것 같았다. 더 이상은 찢어진 곳을 꿰맬 수도 없을 만큼 낡은 신발과 옷 대신에 새 신발과 옷이 필요한 아이들이 생각났다. "그들은 우리 것을 빼앗으니 우리도 그들 것을 빼앗아도 되지"라는 생각이 스쳐갔다. 칼을 가져가고 신과 신령들에게 용서를 구하기로 했다. 그녀는 될 대로 되라는 심정으로 그날 아침 캐온 만지오카가 들어있는 바구니 안에 칼을 집어넣었다. "하나님 용서하세요"라고 말하고서 어쩌면 보물인지도 모를 물건을 들고 아무도 몰래 현관 앞 그늘을 벗어났다.

집으로 가는 길을 걷는 동안 신이 그녀를 용서하리라는 확신이 커져갔다. 따지고 보면 그 사람들은 그녀에게 갚을 빚이 많았다. 노동을 해도 임금을 받지 못했고, 들판에서 일할 때면 머리 위 태양이 사정없이 불타올랐고, 모자는 의심할 여지 없이 고마운 방어막이였지만 긴 작업 시간 내내 햇볕을 막아주기엔 역부족이었다. 도나나의 고향이나 다름없는 곳인 카샹가는 노예의 지옥이었다. 그 지옥은 그녀가 자기 집에서 아들을 낳을 권리도 허용하지 않은 곳이었다. 제카는 들판 한가운데 흙 구덩이 속에서 농장 일꾼들의 도움을 받아, 지금 그녀의 머리속을 지글지글 끓이는 것 같은 뜨거운 햇볕 아래서 태어났다. 그녀는 그 칼을 가질 자격이 있었다. 신은 분명히 용서할 것이었다.

하지만 그녀가 저지른 작은 범죄가 애초에 겨냥했던 목적은 좀처럼 이루어지지 않았다. 도나나는 칼에 애착이 생겼고 자기 침대 아래 땅을 파서 숨겨두었다. 캬샹가 농장 저택 방문객이 잃어버린 칼을 찾는다는 얘기가 일꾼들 사이에 오가는 걸 들었을 땐 겁에 질렸다. 도나나는 자신의 비밀을 아무에게도 말하지 않았다. 까딱 실수했다가는 모두에게 들통나는 망신을 겪을 수도 있었다. 일꾼들의 집집마다 관리인을 보내 칼을 찾을 거라고 협박하는 이 사람들은 도둑이 잡히면 손을 자르고 농장에서 쫓아내는 처벌을 본보기로 내릴 수도 있었다. 방문객은 도나나의 기억에 생생한 그날 오후에 저택에 말을 타고 왔다가 칼을 잃어버렸다는 데까지 소문은 구체화되었다. 옥수수 밭과 카사바 밭, 사탕수수와 피마자 밭을 수색하는 데 일꾼들이 동원되었다. 하지만 아무것도 나오지 않았고 시간이 흘러감에 따라 없어진 칼은 사람들의 기억에서 잊혀졌다.

도나나는 칼을 찾는 수색이 계속되는 동안은 칼을 숨겨둔 채 이 전리품을 팔 수 있는 곳을 찾아볼 생각이었다. 시내에서 팔 수는 없었다. 여기는 모두가 서로를 아는 작은 동네였다. 사람들은 집도 땅도 없는 여자가 고급스럽게 만든 비싼 칼을 어떻게 갖게 됐는지 수상쩍어 할 터였다. 그런 의심은 날개 돋힌 듯 빠르게 퍼질 터였다. 그래서 도나나는 저택에 드나들지 않고 지나가는 행상이나 집시에게 저렴하게 칼을 팔 가능성을 타진했다. 그렇게 생긴 돈으로 아이들을 위해 뭔가를 사주고 싶었다. 하지만 그런 날은 계속 뒤로 미뤄지기만 했다. 믿을 만한 행상은 나타나지 않았고 도나나에겐 침대 밑 칼을 빨리 치워버리고 싶다는 조바심이 없었다. 결국 도나나는 칼을 자녀 중 누군가에게 유산으로 남겨 줄 수도 있다고 생각했다.

시간이 흘러 더 이상 아무도 없어진 칼을 입에 올리지 않고, 숲과 들판을 뒤져 칼을 찾는 일꾼들도 없어졌을 때쯤 도나나는 집에 아무도 없을 때 혼자 칼을 꺼냈다. 칼을 깨끗이 닦고 낡은 천으로 문질러 금속의 광을 낸 후에 그 천으로 칼을 감쌌다. 아름다운 물건이었다. 지금까지 손에 넣어본 것 중에 가장 값진 물건이라고, 결국은 자신을 속이게 될 그 물건을 보며 감탄했다. 칼을 닦고 광을 낸 후 침대 밑 구멍에 숨겨 다시 혼자 간직했다. 칼을 손에 들고 보고 싶을 때마다 매번 땅을 파고 꺼냈다가 다시 묻을 필요가 없도록 이번에는 구멍 위에 페커리 가죽 깔개를 덮었다.

칼을 은밀히 지켜온 사람이 처음에 의도했던 어떤 용도로도 결국 칼은 쓰이지 못했다. 행상에게 팔리지도 않았고 가족에게 유산으로 남지도 않았다. 그것이 도나나가 손녀 중 한 명이 그 칼에 혀를 잃은 걸 보았을 때 떠올린 생각이었다. 신은 그녀를 용서하지 않았다. 용서하지 않았고 오히려 그녀의 혈육, 아프지 않고 무사히 자라게 해달라고 그녀가 돌보고 기도하던 손녀를 다치게 했다. 자신의 장남에게 가르쳤던 것처럼 신령들의 비밀을 가르쳐주고 싶었던 손녀들이었다. 손녀들이 치료사가 되길 원했던 건 아니었다. 손녀들이 치료사로서 평생을 따라다니는 의무를 지는 일 없이 자유롭게 살길 바랐다. 다만 여러 가지 문제 해결에 쓸모 있는 마법과 신령의 신비로운 비밀들을 알려주고 싶었다. 손녀들이 자신에게 배운 지식을 기반으로 능력을 개발하고, 도움을 필요로 하는 사람들을 도와주고, 언젠가는 조상 때부터 그들에게 거부되었던 자유를 손녀들이 얻을 수 있도록 자신이 아는 것을 가르쳐주고 싶었다. 자신은 카샹가의 농장과 아구아 네그라의 농장에서 노예의 삶을 살았지만 손녀들은 자기 운명의 주인으로 자유롭게 사는 모습을 보고 싶었다.

칼은 이미 도나나가 한번도 상상해본 적 없는 결말을 그녀의 손에서 맞은 적 있었다. 그때부터 도나나는 남은 여생이 삶과 죽음의 덫에 걸렸다는 걸 알고 있었다. 그 모든 일은 장남이 일터와 정착지가 있는 다른 땅을 찾아 카샹가 농장을 떠났을 때 발생했다. 도나나는 큰 아들의 도움 없이 홀로 어린 자녀들을 부양하는 처지였다. 그 때 마을에 새로운 일꾼들이 도착했다. 그 중 친절한 남자 한 명이 경작지에서 혼자 일하는 도나나를 거들어주기 시작했다. 자신에게 할당된 일을 끝내고 와서 고된 노동에 기진맥진한 여자를 도와줬다. 외로운 여인이었던 도나나는 그를 자기 오두막에 불렀고 생존을 위한 싸움을 함께할 동지로 삼았다. 남자는 그녀의 침대를 따뜻하게 데워서 하루의 힘든 일과 후에 그녀로 하여금 살아있다고 느끼게 해줬다. 그렇게 남자는 그녀 옆에 한동안 머물렀으나 도나나는 이제 그의 이름을 잊었고 이름을 발음할 줄도 모른다. 그녀의 아들도, 그 오두막에 살지 않았던 사람은 그 누구도, 그 남자의 존재를 알지 못했다. 그는 오래전에 잊혀진 곳에서 와서 이제는 늙어가는 그 여자만이 알고 있는 어딘가로 떠났다.

도나나가 자신이 녹초가 된 몸을 눕히던 바로 그 침대에서 바지를 내린 남자의 몸 아래 있는 어린 딸 카르멜리타를 보았을 때, 그녀는 남은 길을 안 가려고 버티는 당나귀처럼 땅바닥을 붙잡고 엎드렸다. 그 자세로 그 자리를 떠나지 않을 것처럼 온 몸에 힘을 주고 버텼다. 미친 사람처럼 고함을 질렀고 아이들을 옆으로 불렀다. 그녀의 분노는 동시에 절망이었다. 언젠가부터 카르멜리타가 홀로 떨어져 다니고 집 한구석에서 우는 걸 보았지만 지금 자신의 눈으로 목격한 사실 때문이리라고는 꿈에도 생각하지 못했다. 딸은 엄마를 거의 쳐다보지도 않았었다. 도나나는 새 동반자에게 엄마를 빼앗긴 딸의 질투라고 생각했다. 1년, 2년이 지나고 3년째가 되었다. 딸은 여기 저기 부딪치고 가는 데마다 발을 헛디뎌 넘어진 것처럼 온몸에 생긴 상처를 숨기곤 했다.

이제야 모든 것이 이해가 되었다. 남자가 그녀의 집 지붕 밑에서 딸을 구타하고 학대하고 강간하고 협박했는데 자신은 그걸 여태 놔뒀던 것인가? 카르멜리타는 마치 자신의 잘못인 것처럼 엄마에게 용서를 구했지만 도나나는 더 이상 딸의 얼굴을 쳐다보기도 힘들었다. 딸은 집을 떠나고 싶다고 했다. 오빠가 그랬듯이 자신의 길을 찾아가겠다고 했다. 남자는 사죄하지 않았다.

오히려 더 뻔뻔하게 굴었고 모든 걸 명령했고 집 안에서 도나나가 자기 고삐 아래 있는 듯 행동했다.

달이 어두웠던 어느 날 밤, 달을 가린 구름이 다음 날 비를 내려 땅을 적실 것이 예상되던 밤에 그녀는 결심을 했다. 비는 아직 내리지 않았지만 얼마 안 가 내릴 비는 아무 흔적도 남지 않게 땅을 씻어내릴 것이었다. 남자는 술 한 병을 들고 물고기를 잡으러 강으로 나갔다. 도나나의 집에 와서 살면서부터 줄곧 이어진 습관이었다. 도나나는 몇 번인가 같이 다녔지만 이젠 더 이상 같이 낚시를 하지 않았다. 그녀는 집에 남아서 자신에 대한 분노와 자신이 목격한 사실과 그동안 딸을 고통스럽게 하고 파멸시켰다는 자각이 자신의 정신을 벌레먹듯 파먹도록 놔두었다.

강가에 도착했을 때 남자가 엎드려 잠든 걸 보았다. 그는 피를 흘리기도 전에 벌써 죽은 것 같았다. 사방은 캄캄했고 도나나의 손에는 램프도 없었다. 그 밤 행적의 아무 흔적도 기억에 남기고 싶지 않았다. 아무도 모를 것이고 그녀는 남자가 어디로 갔다는 설명 없이 떠났다고만 말할 참이었다. 남자의 부재를 설명할 말을 생각할 겨를도 없이 남자의 목을 베었다. 남자의 주머니에 돌을 가득 채우고 강물 속으로 몸을 끌고 가 가라앉혔다. 같이 살던 남자는 어디 갔느냐고 누군가 혹시 물어볼지도 모른다는 걱정은 하지 않았다. 도나나는 온몸이 강물에 흠뻑 젖은 상태로 집에 돌아왔다. 카샹가 땅에서 그녀가 저지른 마지막 실수를 끝장내기 위해 집을 나가 있었던 그 몇 시간 사이에 딸은 행방을 알리지 않고 집을 떠나버렸다. 그리고 세월이 흐른 후 도나는 삶의 마지막 몇 년 동안 그녀가 사랑했던 모든 아이들의 얼굴에서 카르멜리타의 얼굴을 보았다.

다음날 새벽 그녀에겐 단 하나의 확신이 생겼다. 신은 결코 그녀를 용서하지 않으리라는 것. 심지어 두 배로 잘못을 벌하리라는 것. 아침부터 내릴 거라고 전날 예감했던 비의 냄새가 이른 새벽부터 느껴지고 있었다.

10

엄마 살루스치아나는 자기는 18살 때부터 벌써 흰 머리카락이 많았다고 항상 말하곤 했다. 머리칼을 뜨거운 철로 곧게 펴는 머리 손질은 오래 전에 그만 두었고 대부분의 농촌 여자들이 그러하듯이 수건으로 머리를 감싸고 다녔다. 비비아나, 당신은 지금 바닥에 놓고 벽에 기대어 놓은 거울—흙벽은 약해서 무거운 물건을 걸 수 없다—을 보며 입에 물고 있던 머리핀을 머리로 옮겨 꽂으면서 자기도 엄마처럼 하얀 머리카락이 얼마나 많은지 생각한다. 흰 머리칼은 가족 내력이다. 게다가 지난 몇 주 동안 더 하얗게 세었을 것이다. 무슨 일이 일어났는지 이해하려고 생각할 때마다 흰 머리가 계속 늘어났을 것이다. 남편이 더 이상 곁에 없다는 사실을 상기하며 두려움과 번민으로 지샜던 밤들. 자신이 갖고 있던 많은 것을 당신에게 줬던 동반자였던 남편.

당신은 유령처럼 집 안을 걸어다니고 가끔 누가 당신에게 말을 걸어도 듣지 못한다. 남편이 없는 방의 허전함을 달래려고 옆에 눕힌 딸 아나 옆에서 뒤척이며 불면의 밤을 보낸다. 딸 아이의 잠든 모습, 아마도 꿈을 꾸는 듯 눈꺼풀을 미세하게 떨다가 다시 무아지경 잠 속으로 빠져드는 모습을 한참을 지켜본다. 마침내 잠 청하기를 포기하고 일어난다. 당신들에게 일어났던 불행의 그림자가 밤의 모든 움직임 속에 아직 도사리고 있지만 그래도 문을 열어두고 밤의 고요함을 느껴본다. 그날의 사고는 집 마당에 있는 오토바이를 보거나 농장의 큰 도로를 지나가는 자동차들을 볼 때마다 생각난다. 갑작스러운 상실로 인해 작동이 느려진 머릿속은 인생에서 그 시간들을 지우려 들지 않는다. 구름이 태양을 가리고 집 안에 그림자를 드리우면 누군가 집 안을 돌아다니는 것 같다. 길을 가로지르는 오토바이의 경적 소리가 들릴 때면 그 소리가 당신의 목구멍을 틀어막는 손처럼 느껴진다. 그 압박이 어떤 느낌인지 당신은 결코 당신이 가르치는 학생들에게 설명할 수 없으리라. 예전에는 그 경적 소리가 남편이 곧 외출에서 돌아올 거라는 알림처럼 들렸었다. 남편이 돌아다녔던 모든 장소에는 이제 당신만이 느낄 수 있는 일종의 전기가 흐른다. 세탁해서 옷장 안에 넣어놓은 옷과 지금 당신이 베는 베개에는 남편의 체취가 남아있다. 어쩌다 잠이 들었다가도 긴 꿈에서 깨어나는 느낌에 놀라 잠을 깨고 그가 있어야 할 옆자리로 손을 내밀려다 움츠린다. 어디선가 나는 냄새, 분명히 들은 것 같은 미세한 숨소리, 분명 옆에서 발산하는 듯한 체온 등이 번번히 당신의 추억을 훼방 놓는다. 눈을 뜰 용기는 없지만 마침내 결단을 내려 손을 내밀면 잠든 딸이 만져진다. 꿈에서 별안간 현실로 돌아올 때마다 놀라 눈을 동그랗게 뜨고 남편이 곁에 없다는 깨달음에 서러움이 밀려온다. 그러다 참을 수 없는 눈물이 쏟아진다.

막내딸이 아버지는 언제 오는 거냐고 묻고 당신은 아버지는 이제 오지 않는다고 대답한다. 딸이 울음을 터뜨리지만 당신은 눈물을 참는다. 만일 이곳에 없는 사람이 당신이었다면 남편은 아이들이 나약해지게 놔두지 않았을 것이다. 매일 매일의 삶 그 자체인 각자 해야 할 일에서 힘을 찾아 앞으로 전진하도록 가르칠 것이다. 그러니 당신은 딸의 머리를 쓰다듬고 품에 기대게 하고서 시내에 갈 때 팝콘 한 봉지나 아이스크림을 사주마고 손쉽게 들어줄 수 있는 약속을 한다. 하지만 아빠가 돌아올 거라고 말해줄 수는 없다. 그런 약속은 누구에게나 잔인한 일이며 아무리 어린 아이에게라도 실현될 수 없는 약속을 해선 안되니까.

날이 밝자 당신은 뒷마당으로 간다. 화로 장작에 불을 붙이고서 당신은 찬장 속 같은 자리에 지금도 있는 남편의 에나멜 머그컵, 당신도 꺼낼 생각을 못하고 아이들도 감히 만지지 않는 그 컵을 생각한다. 하루도 빠짐없이 매일 반복되는 생각들을 어찌해야 할지 당신은 오늘도 모른다. 만일 그 날 서류를 가지러 다시 들어가지 않았다면? 그들이 오기 전에 당신들이 출발했다면 그 범죄자들이 탄 차는 도로까지 따라왔을까? 만일 우리가 10년 전에 아구아 네그라로 돌아오지 않았다면? 모두에게 피해를 주는 부당한 처사에 반대하여 일어서지 않았더라면? 수많은 '만일'이 매순간 고개를 치켜들고 좀처럼 빠져나올 수 없는 보이지 않는 덩굴로 당신을 옭아맨다.

당신은 학교 수업을 다시 시작했지만 그 내면에 있던 뭔가는 돌이킬 수 없이 끊어진 상태다. 아이들은 의지를 상실한 교사의 통제가 없어진 교실에서 제멋대로 굴었다. 당신은 흑인들의 역사를 가르쳤고 수학과 과학을 가르쳤고 킬롬보의 후예임을 자랑스럽게 여기도록 아이들을 격려했던 그 선생님이 더 이상 아니었다. 아구아 네그라의 역사와 그 훨씬 이전의 역사, 광부들과 사탕수수 농장과 노예들에 대한 처벌과 태어난 마을에서 납치되고 한 대륙에서 다른 대륙으로 바다를 건너온 삶을 말해주고 또 말해주던 선생님은 어디로 갔을까? 잊혀진 조상들의 삶 뒤에 그런 오래된 이야기가 있었는지 미처 몰랐던 아이들은 선생님의 이야기를 열심히 귀기울였다. 그것은 슬프지만 아름다운 이야기였다. 그러면서 자신들이 지금도 보건소나 시장이나 도시의 관청에 가면 마주치는 차별과 편견의 원인을 이해하기 시작했다. 사람들은 그들을 가리키며 "저기 봐, 시골 사람들이다"라든가 "농촌에서 온 흑인들이야"라고 말했다. 이 모든 것은 왜 아직 끝나지 않았는지 알게 되었다. 당신은 그들의 삶에 자신들의 역사에 대한 자부심을 불어넣어 준 선생님이었다. 하지만 지금은 당신 자신도 변화가 가능하리라는 희망에 불을 켤 수 없어졌다. 당신의 마음에 불타는 분노를 해소할 변화를 가져오는 일에 그동안 학생들에게 가르친 교육이 도움이 되리라는 믿음 또한 사라졌다.

지난 몇 주 동안 당신은 새벽마다 밖에 나가곤 했다. 괭이를 들고 나갔다. 어디로 가서 무엇을 하는지 아무에게도 말하지 않았다. 시간이 지나도 줄어들지 않고 변함없이 몸 속에서 당신을 갉아먹는 고통을 잊기 위해 숲속 오솔길과 강변을 따라 걸어 다녔다. 해가 뜨기 전에 집으로 돌아올 땐 너무 지쳐서 아이들이 집에 있는지 잠을 자는지 확인할 기운도 없었다. 의자에 앉은 당신의 머리는 풀잎과 흙이 묻어 범벅이 되고 당신의 손은 일하는 사람들의 손, 당신의 아버지처럼 마디에 옹이진 두터운 손이었다. 그 자리에서 잠이 들 때면 잠깐이나마 당신에게 평화가 찾아온 것 같았다. 그러다 딸아이들 중 한 명이나 이나시오가 와서 왜 이렇게 흙이 묻었냐고 묻는 소리에 깨곤 했다. 아이들은 당신의 얼굴과 목과 손과 옷이 왜 흙으로 더러운지 알고 싶어했다. "뒷마당에서 일했단다"라는 게 당신의 대답이었다. 하지만 뒷마당은 달라진 게 없었고 새로 심은 작물도 없었고 심지어 일부 작물은 물을 주지 않거나 잡초를 뽑아주지 않거나 힘을 북돋아주지 않아서 죽어가고 있었다.

당신의 손은 아팠다. 하루 종일 욱신거렸다. 냄비에 물과 얼음을 넣고 손을 담겄다. 붉은 손바닥에 굳은살이 박이고 피부가 갈라졌다. 손에서 피가 흘렀다. 당신은 아무 말 않고 손을 숨겼다. 십자가에 못 박힌 예수처럼 상처가 난 손. 당신과 같은 사람들의 손. 당신 선조들의 손. 치료가 필요한 사람들을 위해 나뭇잎을 따서 치료약을 만들고 음식을 먹여 그들이 살아나도록 도왔던 손. 사람들을 보호하고 정의를 실현했던 손. 치료사가 당신들의 자녀들의 머리에 남긴 손.

상처로 찢어진 손의 힘으로만 당신은 길을 열 수 있을 것이다.

11

말을 할 수 없게 된 이후로 벨로니시아 당신은 노래를 부를 수 없어졌다는 사실이 늘 안타까웠다. 아주 어렸을 때 당신은 자레 의례를 올리는 밤이면 거실에서 할머니나 엄마의 품에 안겨서 바르바라 신령과 나고 신령에게 바치는 노래를 불렀었다. 당신의 노래 부르기는 너무나 빨리 끝났다. 당신은 혼자서 속으로도 노래를 부를 수 없게 되었다. 자신에게 일어난 일을 이해하게 되었을 때 스스로에게 물었다. 왜 우리는 언제나 가장 멀리 있는 것을 원하는 걸까?

당신은 걸어다닐 때 가장 미세한 소리에 주의를 기울였다. 샤나 새가 둥지를 트는 소리와 여우가 닭장의 알을 먹으려고 다가오는 소리를 알아들을 수 있었다. 멀리 떨어진 곳에서도 방울뱀이 딸랑거리는 소리를 들었다. 다른 사람들은 듣지 못하는, 하보몰리다세하 새가 부르는 단조로운 노랫소리와 두더쥐가 긴 발톱으로 굴을 파는 소리를 들을 수 있었다. 당신은 타파쿨로 새가 자기 몸을 떨어 공명을 일으켜 노래하는 소리가 들리면 하던 일을 멈추고 귀를 기울였다. 당신의 자매가 집을 떠났을 때, 토비아스가 죽고 나서 산토 안토니오 강변에 있는 집에서 혼자 살 때, 당신은 그런 소리에 귀 기울이면서 외로움 속의 침묵을 견뎠다. 당신의 스승이기도 했던 아버지가 더 이상 곁에 없을 때에도 그렇게 견뎠다. 숲은 당신이 세상의 움직임을 감지할 수 있도록 어렸을 때부터 당신을 강하고 민감하게 키웠다. 언젠가 당신의 아버지는 "바람은 불지 않는다, 바람은 호흡 그 자체야"라고 말했다.

　당신의 입이 영원히 닫히기 얼마 전이었다. 어머니가 일하고 돌아왔을 때 식탁 위에 쿠스쿠스 한 접시가 있는 걸 보고 놀라서, 누가 이 음식을 가져왔냐고 물었다. 아무도 안 가져왔다고 했다. "그럼 누가 이 쿠스쿠스를 만들었을까?" "내가 했어요." "아니, 그러다 손이라도 불에 데면 어쩌려고." 일에 지쳐 돌아온 엄마와 아빠는 감동했고 당신에게 고마워했다. 땅은 당신의 보물이었고 신체의 일부였으며 가장 친밀한 존재였다. 검은 피부가 흘러내린 부리치 즙 때문에 구리빛이 된 몸으로 도시에 있는 시장에 가는 날엔 어서 농장으로 돌아갈 시간만 기다렸다. 언니는 차와 집과 사람이 정신없이 엉켜 있는 그런 곳에서 어떻게 살았던 걸까. 무엇이든 하나라도 얻으려면 반드시 돈이 있어야 하는 곳인 도시에서. 땅에는 손이 닿는 곳이면 뭐든 수확할 것이 있었다. 가뭄이나 홍수가 휩쓸고 갔을 때에는 남은 것을 먹었다. 만지오카로 가루를 만들고 자토바 씨앗을 넣어서 베이주를 만들어 먹었다. 도시에는 파헤치고 뒤적거려 먹을 것을 얻을 땅이 없었다. 비가 곧 올 거라고 경고하는 습기가 땅에서 감지되면 환희를 느낄 그런 땅이 없었다.

당신은 유독 요즘 토비아스와 살았던 짧은 기간을 자주 생각했다. 그 침대에서 느꼈던 불편함. 그가 죽은 걸 알았을 때 느낀 안도감. 잡초로 둘러싸인 폐허가 된, 당신이 한 번도 손을 얹고 싶지 않았던 그의 무덤. 그건 원한이 남았거나 냉담해서가 아니라 그 일은 기억에서 영원히 지우고 싶지만 원한다고 지울 수 있는 게 아닌 실수란 걸 알기 때문이었다.

　토비아스가 당신에게 해준 가장 좋은 일은 의도치 않게 할머니의 단검을 되돌려준 것이었다. 어쩌면 그것이 당신의 실수를 통해 얻어낸 유일한 성과였을 것이다. 당신은 몇 년이 지난 후 칼날의 광채를 다시 보았을 때 옛날 처음 그때와 똑같이 매혹당했다. 다시 한번 칼을 손에 쥐게 되었을 때 당신은 칼에 비친 모습에서 옛날 그 순간과 똑같은 당신의 눈빛을 보았다. 그때는 소녀였고 지금은 중년이 된 당신. 그때는 순진무구했고 지금은 죄인인 당신. 그 칼날은 처음 보았던 그 순간 이전과 이후로 당신의 인생을 갈라놓았다. 칼날을 닦아서 거울처럼 칼에 비친 자기 모습을 볼 때마다 당신은 자신의 삶이 다시 갈라질 수 있다는 걸 알았다. 움부 나무가 비가 내리는 기간에는 잎이 무성하지만 나머지 시기에는 앙상하게 말라버리는 것처럼 당신의 삶도 둘로 나뉘어질 수 있었다. 증오심에 차서 아파레시도의 목을 칼날로 긁었던 그날도 그러했다. 그날 당신의 인생은 거의 둘로 나뉠 뻔 했다. 손가락 끝으로 당신의 머리를 만져서 땋아주고 수호천사처럼 당신을 침대에 누워 쉬게 해준 마리아 카보클라를 보호하고 싶었던 그날.

고통. 드러내기 힘들고 모두가 싫어하는 감정인 이 고통이야
말로 당신이 속한 모든 사람들을 끊어질 수 없게 연결하는 감
정이었다. 고통은 아구아 네그라의 정맥에 흐르는 검은 피였다.
당신은 부리치와 덴데 나무를 타고 오르다가 가시에 발을 찔려
서 얼마나 고통 받았는가. 당신은 수확할 것이 있을지 확실하지
않고 수확한다 해도 농장주에게 빼앗긴다는 걸 알면서도, 전사
처럼 씩씩한 당신의 팔로 땅을 갈아엎고 씨를 뿌리고 작물을 수
확하며 고통 받았다. 절뚝거리는 발걸음으로 집과 농사를 짐승
들과 재난으로부터 지켜왔다. 떠날 날이 얼마 안 남았던 아버지
를 돌보았다. 어릴 적 장난할 때처럼 언니를 온전히 용서하지
못하는 원망이 있어 고통받는다. 궁지에 몰리고 추격당하는 악
몽이 반복될 때 도나나의 단검은 다시 한번 당신의 몸과 세계와
땅을 둘로 나누어 피의 강이 흐르게 하는 칼날이었다.

당신은 무겁고 구부러진 철로 만든 오래된 쟁기를 끌고 땅에
구불구불한 고랑을 파던 아버지를 기억한다. 옥수수 씨를 뿌렸
던 그 고랑. 아무도 관심 갖지 않는 물건이며, 풍경 속 일부에 불
과한 물건이고, 초기 개척자들보다 먼저 존재했던 물건인 쟁기.
어디에서 온 물건인지 아무도 모르고, 그들이 누구인지 아무도
모르는 아주 먼 곳에서 온 가장 오래된 노동자들이 손에 들고
땅을 팠던 물건인 쟁기. 숲속에 길을 열고 손에 쟁기를 들고 가
서 파종할 들판의 땅을 일구었던 그 사람들. 아마도 그들의 손
에는 농장 주민들이 감추고 있는 것과 비슷한 굵은 손마디와 상
처들이 있었을 것이다. 곡괭이로 구덩이를 파고 큰 흙덩이를 부

수고 풀뿌리를 캐내고서 거기에 만지오카를 심거나 죽은 이를 묻었던 그들의 손. 기도를 올리는 데 쓸 풀과 약을 만들 풀을 골라내는 손. 입, 촛불, 신령들이 공기를 흔드는 소리, 물살을 거슬러 헤엄치는 물고기들.

지금은 당신이, 생명을 일으켜 세우는 땅을 일구던 그 손으로 이 모든 싸움을 지킬 수도 있고 포기할 수도 있다는 사실을 받아들일 시간이다. 사촌 세베로의 부재로 인해 당신의 조카들과 부모님과 자매의 인생에, 그리고 당신 자신의 인생에 커다란 공허함이 생겼다. 사촌은 당신의 아버지가 그랬던 것처럼 당신들의 잊혀진 역사와 당신들에게 거부된 권리에 대해 많은 것을 가르쳐주었다. 그들이 세베로에게 한 일에 그치지 않고 더 할 수 있는 일과 더 빼앗아갈 수 있는 것들을 생각하며 당신의 속이 타들어갔다.

당신은 아구아 네그라의 길을 달렸다. 숲과 강과 마림부 습지와 이 땅 곳곳에 있는 모든 나무를 알아보고 기억하며 달렸다. 오직 기억으로 당신이 다니는 모든 장소를 연결하는 경로가 그려진 지도를 만들었다. 모든 비탈길과 열려 있고 닫혀 있는 모든 동굴, 집에 살거나 숲에 사는 모든 짐승들이 떠나고 도착하는 경로가 있는 땅의 모든 움직임을 당신은 파악해야 했다. 아침이면 길을 나서 온종일 모든 구석구석을 탐험하며 돌아다녔다. 당신은 지치고 더러워지고 점점 닳아 해지는 옷으로 돌아왔다. 아무도 당신이 어디에 갔었는지 묻지 않았다. 당신은 대답하지 않을 것이니 소용없는 질문이기 때문이었다.

그리고 소리들. 동물 소리, 바람에 흔들리는 나뭇잎 소리, 흐르는 강물 소리, 그런 소리들이 당신의 내면에 끊임없이 울려 퍼졌다. 하루의 집안 일을 할 때에도, 밤의 가벼운 잠이 들었을 때에도.

그리하여 당신은 언제부턴가 세상의 소리는 바로 당신 자신의 목소리였다는 걸 깨달았다.

12

에스텔라는 마치 불난 집에서 뛰쳐나온 것 같은 황망한 얼굴로 마림부 옆에 지은 저택 문을 나와 달려갔다. 그녀의 아이들은 울고 있었고 마침 옷과 물고기를 담은 자루를 들고 근처를 지나가던 산타와 그녀의 딸이 아이들을 챙기러 갔다. 에스텔라의 비명이 너무나 처절해서 인근에 사는 주민들 중 많은 이들이 무슨 일인지 보러 나왔다. 그녀는 얇고 섬세해서 안이 거의 비치는 하얀 원피스를 입고 있었다. 그녀의 젊고 단단한 유두가 정신없이 뛰어가는 그녀의 옷 밑에서 흔들리는 게 보였다. 그녀의 입에서 나오는 말을 아무도 이해할 수 없었지만 아이들은 엄마를 부르며 울고 있었다. 아이들은 자기들 옆으로 돌아와 달라고 엄마를 부르고 있었다. 영문을 물어보는 여자들에게 남자들이 대답을 해줬고 이 소식은 나쁜 소식이 그렇듯 빠른 속도로 집에서 집으로 길을 따라 퍼져나갔다. 살로망이 죽었다는 소식이었다.

살루스치아나는 그녀의 집을 나와 가까이 있는 비비아나의 집으로 달려가서 이 소식을 전했다. 학생들 숙제를 채점하고 있던 비비아나는 고개를 숙인 채 이야기를 듣고는 안경을 벗어 옆에 놓고 엄마에게 앉으시라고 권했다. "엄마 놀라셨나봐요? 앉아서 좀 진정하세요"라고 말하고 커피를 한 잔 들고 왔다. "그 사람에게는 적들이 많았어요." 비비아나는 고개를 숙여 다시 아이들 공책을 들여다보면서 "조만간 일어날 일이었어요"라고 덧붙였다.

어머니는 커피를 한 모금 마시고 말했다. "하고 많은 장소 중에서 왜 이 농장에서 이런 일이 생겼을까. 그 사람 농장이 여러 군데이고 돌아다니며 살았는데 왜 하필 여기서?" "엄마, 이런 일은 장소를 가려서 일어나지 않아요. 일어날 일이 일어난 거에요." 비비아나는 남편을 잃고 아직 1년이 되지 않은 과부답게 상처가 아직 아물지 않은 말투였다. "내가 겪은 걸 그 여자도 겪게 되었으니 잘된 일이에요." 그녀는 엄마를 쳐다보지 않고 말했다.

"이게 무슨 소리냐, 비비아나? 나와 네 아버지가 너를 그렇게 가르쳤니? 아무리 네가 싫어한 사람이라 해도 불행을 빌어서는 안되는 거다."

"그 여자와 아이들이 집 안에 있는 채로 집을 불태웠어야 했어요. 그랬으면 우리를 여기서 내보내려는 상속자들이 없어질 테니까⋯⋯" 살루스치아나가 자리에서 벌떡 일어나는 바람에 의자가 넘어졌다. 비비아나는 고개를 들어 엄마를 바라보았다. 의자를 그냥 놔두시라고 자신이 일으켜 놓겠다고 말했다. 살아오면서 수많은 시련을 겪은 늙은 엄마는 딸이 드러낸 속마음에 경악을 금치 못했다. 살루스치아나가 팔을 올려 딸의 얼굴을 때렸다. 그녀가 자식 중 누군가를 때린 건 이번이 두 번째였다. 첫 번째는 벨로니시아와 세베로가 키스하는 걸 보았다는 말을 비비아나에게 듣고 벨로니시아를 때렸을 때였다. 비비아나는 얻어맞아 화끈거리는 얼굴에 손을 가져다 댔다. 그녀의 눈에 눈물이 차올랐다. "비비아나, 나한테 손자까지 안겨 준 다 큰 딸한테 이럴 날이 오리라고 생각도 해본 적 없다. 하지만 난 내 자식들이 남에게 나쁜 짓을 하며 다니게 키우지 않았다. 누구의 죽음도 원해서는 안된다. 우리가 겪은 슬픔만으로 이미 충분하지 않으냐? 우리에게 더 많은 벌이 내리는 걸 보고 싶은 거냐?" 살루스치아나는 그녀의 눈에서 흘러내린 눈물을 손등으로 닦으며 문 쪽으로 걸어갔다. "나는 지쳤구나, 비비아나. 이건 내가 원했던 삶이 아니야. 손자들에게 무슨 일이 생길까 두렵다. 우리가 아이들에게 어떤 세상을 남겨줘야 하겠니?"라고 문을 열고 나가면서 말했다.

비비아나는 일어섰지만 넘어진 의자를 일으키지 않았다. 엄마가 충분히 멀리 갔을 시간이 되자 그녀는 지난 밤 아들이 그녀를 돌보겠다고 했을 때 울었던 것처럼 울음을 터뜨렸다. 상처 입은 손이 너무 아파서 마치 손을 흔들면 아픔이 흩어질 것처럼 손을 공중에서 흔들었다. 세베로를 죽인 범죄를 사주했을 거라고 믿었던 남자가 죽었다는 소식도 그녀의 마음에 위안을 주진 않았다. 남편이 곁에 없다는 사실의 무게는 시간이 지날수록 점점 팽창하는 것 같았다. 그 사실이 그녀의 고통 속 깊은 심연을 열고 또 열었다. 세상 무엇으로도 그를 다시 데려올 수 없다는 건 끝내 적응할 수 없는 너무 아픈 진실이었다.

해가 뜨기 전에 나갔던 벨로니시아가 정오에 돌아왔다. 만지오카와 고구마와 커다란 호박을 들고 와서 부엌 식탁 위에 늘어놓았다. 도밍가스와 그녀의 남편과 제제는 거실에서 엄마 곁에 앉아 있었다. 살루스치아나가 살로망에게 일어난 일을 말했을 때 벨로니시아는 놀란 표정으로 얼어붙은 채 잠시 가만히 있었다. 그녀는 남동생에게 턱과 입술과 손을 움직여 어찌된 일인지를 상세히 알려달라고 했다. 살로망은 산토 안토니오 강변에서 멀지 않은 숲속 오솔길에서 발견되었고 목이 거의 잘린 상태였다. 그가 타고 다니던 말은 유리와 돌로 지은 저택 근처 마림부 가장자리에서 풀을 뜯고 있었다. 살로망의 아내가 집 근처에서 말이 혼자 있는 걸 이상하게 여겼다고 했다. 살로망의 시신은 강에 낚시하러 간 치앙과 이지도로가 길가 큰 구덩이 옆에서 발견했다. 벨로니시아가 집에 들어섰을 때 식구들은 그 구덩이가 왜 거기 있는지 이상하다는 얘기를 하던 참이었다. 어떤 이들은 구덩이가 전날만 해도 없었으며 하룻밤 사이에 생겼다고 했다. 어떤 이들은 시간이 지나면서 점점 커진 것이라고 했다. 아무튼 사람 손으로 만든 것 같지는 않다고 했다. 땅이 무너지는 바람에 넓고 깊은 구덩이가 생겨난 것 같았다.

벨로니시아는 형제들에게 비비아나도 이 소식을 알고 있느냐고 물었다. 그렇다고 대답했다. 살루스치아나는 비비아나가 보인 반응 때문에 괴로웠지만 그 일을 다른 자식들에게 말하고 싶지 않았다. 그녀는 딸이 마음에 그런 저주를 품고 있다는 게 수치스러웠다. 벨로니시아는 언니가 남편의 죽음을 극복하려는 와중에 이런 소식을 듣는 건 새삼 고통스러운 일일 거라고 생각했다. 그래서 당장은 그녀를 찾지 않기로 했다.

벨로니시아가 부엌에 놓아두었던 가방을 가지러 갔을 때였다. 날아가다 총을 맞은 새처럼 갑자기 쾅당 넘어져 의식을 잃었다. 식구들이 모두 놀라 온통 소란스러워진 가운데 처남과 남동생이 그녀를 살루스치아나의 방으로 데려가 눕혔다. 엄마는 벨로니시아의 머리에서 스카프를 벗기면서 기도하기 시작했다. 도밍가스는 벨로니시아의 신발을 벗기고 흙이 묻어 더러운 긴 소매 셔츠와 바지의 단추를 풀었다. 의식이 돌아왔을 때 그녀는 아무것도 기억하지 못했다. 살로망의 죽음도, 왜 엄마 방에 누워있는지도 몰랐다. 하루종일 얼마나 피곤하게 일했는지도 기억하지 못했다. 마치 그날 하루가 달력에서 사라진 것 같았다. 벨로니시아가 침대에서 일어나려고 몸을 일으키자 살루스치아나가 쉬어야 하니 계속 누워있으라고 말했다. "더위에 지쳤나보구나." 엄마가 물 한 잔을 건네며 말했다. "나가기 전에 아침은 먹었니? 벨로?" 대답이 없자 계속 물으며 왜 딸이 쓰러졌는지 이유를 알아내고 싶어했다. 벨로니시아의 생각은 어딘가 멀리 가 있는 것 같았고 몹시 지쳐 보였다. 물 반 잔을 마시고 나뭇가지를 엮어 얹은 집 천장에 시선을 고정한 채 다시 누웠다. 그러다 깊은 잠이 들었고 다음 날에야 깨어났다.

그 날 경찰 차 두 대가 수사관들을 태우고 도착했다. 살로망을 목격한 사람들로부터 증언을 들으러 무장한 남자들이 농장 안을 누비고 다녔다. 살로망의 시체는 숲속 불모지에서 발견되었지만 경찰 조사는 도로 근처에 사는 사람들을 상대로 이루어졌다. 최근 몇 달간 비가 규칙적으로 왔기 때문에 나뭇잎이 많이 자라서 숲속 길들은 어둡게 그늘져 있었다. 가뭄일 땐 마른 나무들 사이로 가시성이 좋은 장소이지만 지금은 울창해서 시야가 가려진 상태였고 지리에 익숙하지 않은 사람은 쉽게 길을 잃을 수 있었다. 경찰들의 질문은 끝이 없었다. 그들은 피살자나 혹은 제3자가 잠재적 위협을 받았다고 농장 직원들에게 언급한 적 있는지, 살로망과 농장 주민들 사이에 불화가 있었는지, 수상쩍은 움직임이나 자동차, 오토바이를 본 적 있는지, 최근에 농장 안을 다니면서 주민들 동선을 탐색한 낯선 이가 있었는지 등을 알고자 했다. 그러면서 범행을 저지르기에 최적의 시간이 언제인지 아는 사람들은 누구인지를 탐문했다. 아구아 네그라의 주민들로서는 불편한 일이었다. 설마 그들 중 누군가가 그런 야만적인 범죄를 저질렀다는 게 믿기지 않았다.

13

벨로니시아의 손에서 쟁기질한 흙 위로 옥수수 한 알이 떨어졌다. 벨로니시아는 자연 속 움직임이 씨앗이 자라도록 나머지를 맡아 하게끔 자신의 발로 섬세하게 강도를 조절하며 흙을 다독여 씨앗을 덮었다. 이번에는 지난번에 심었을 때보다 더 넓은 밭이었다. 그녀는 홍수로 영양을 공급받은 어둡고 축축한 우칭가 강변의 땅을 밟고 서있었다. 최근 몇 주 동안 풍족하게 내린 비가 온 땅을 적셨고 주민들이 심을 수 있는 모든 걸 들고 경작지로 나오도록 했다. 한동안 말라 있었던 지역 곳곳의 연못에 다시 물고기가 헤엄쳤다. 오늘 그녀의 손에서 떨군 또 한 알의 옥수수는 땅 아래에서 금빛 씨앗이 이어지는 통로를 만들 것이다.

언젠가 오래전에 자신의 몸이 들판의 젖은 땅처럼 떨리는 걸 느꼈었다. 농장의 젊은 여성들을 보면서 자신도 다른 여자들처럼 어머니가 될 운명을 당연히 따라갈 것 같았다. 하지만 비가 가뭇없이 지나가는 것처럼 그 욕망은 이렇다 할 이유 없이 몸을 떠났다. 그러고 난 후에는 씨를 뿌릴 때마다 자연의 진동을 몸으로 느낄 수 있었다. 그녀는 혼자 있을 때면, 이상하게 쳐다 볼 남들이 주위에 없을 때면, 예전에 아버지가 자주 그랬던 것처럼 땅바닥에 누워있곤 했다. 땅 아래 가장 깊은 곳에서 들리는 내밀한 소리를 들어서 농작물을 전염병에서 구하고 수확 작업의 어려움을 풀어보고자 했다.

주민들이 보다 내구성 있는 재료로 집을 짓기로 결정한 건 한참 전이었다. 살로망이 죽기 전이었다. 튼튼한 집을 갖고 싶다는 건 주민들에 대한 금지령으로 억눌러 왔던 오래된 소원이었다. 사람들은 돌로 지은 집을 원했다. 시간이 지나도 없어지지 않는 거주지, 아구아 네그라 농장과 그들의 관계를 영속적으로 규정 지을 거주지를 원했다. 농장을 떠나 다른 곳에 사는 자녀들도 부모에게 건축비로 약간의 돈을 보내왔다. 퇴직할 나이가 된 노인들이 도시로 가서 할부로 건축자재를 구입했다. 남들의 주목을 끌지 않으려고 한밤중에 마차와 손수레로 자재를 실어 왔다. 자녀들과 손주들의 도움으로 가장 먼저 벽돌집을 올리기 시작한 사람은 노령의 사투르니노였다. 집을 짓는 현장 앞을 지나가던 사람들은 자기도 같은 일을 하겠다고 말했다. 살로망의 지시를 받은 관리인들이 와서 이러면 안된다고 말렸지만 소용없었다. 농장의 풍경은 예전에 없던 변화를 조금씩 보이고 있었다. 살루스치아나는 제제와 벨로니시아에게만 넌지시 집을 새로 짓고 싶다고 말했다. 그런 말을 하지 않았더라도 평소 엄마가 꺼내는 화제와 몸짓 등을 통해 그녀가 무엇을 바라는지 짐작하기는 어렵지 않았다. 그녀는 이제 나이 들었고 안식을 원했고 닳아 없어지는 흙벽 때문에 걱정할 필요 없는 생활을 원했다. 비는 드물게 내렸지만 때로 격렬하게 쏟아져서 피해를 입혔다. 가진 것이 많은 적 없는 인생이었지만 쉴 수 있는 집 하나만은 갖고 싶었고 그건 남편과 함께 키웠던 오랜 꿈이기도 했다. 흰색으로 칠한 벽과 기와 지붕을 얹은 집을 갖고 싶었다. 이윽고 어느 주말에 제제와 이나시오와 벨로니시아가 모여 가족이 살 집을 짓기 시작했다. 비비아나와 살루스치아나는 점심을 준비했다. 가뭄이나 홍수가 지나간 후에 들판에서 일을 다시 시작할 때처럼 그날은 새로운 시작을 알리는 공기가 감돌았다.

　금지령을 지키지 않으려는 움직임이 이제 막을 수 없는 추세로 번지고 있다는 걸 알게 된 살로망은 농장의 모든 지역에 대한 소유권 재확인을 법원에 신청했다. 이 소식을 접한 주민들은 트랙터가 와서 집을 무너뜨리고 그들에게 농장을 떠나라고 하면 어쩌면 좋으냐고 불안해 했다. 제니바우도가 가장 먼저 모두가 듣게 큰 목소리로 자신은 절대로 도시에 가서 "산책이나 다니진 않겠다"고 말했다. "나는 이 땅에서 태어났고 내 손으로 농사짓는 일 밖에 할 줄 몰라요. 나는 여기서 떠나지 않을 테요." 사람들은 그를 응원했다. 비비아나와 몇몇 주민들이 모여서 만일 법원의 판결이 내려진다면─사람들은 살로망이 도시의 높은 사람들에게 영향력이 있으니 그럴 가능성이 있다고 보았다─트랙터가 집을 부수지 못하도록 집 앞에 드러눕기로 결의했다. 그동안 이웃으로 살아오면서 의견 차이가 있었더라도 이번만큼은 모두 서로를 지키기로 했다. 그들은 끝까지 함께 저항하자고 다짐했다.

옛날에 이 곳에서 광산 업자들이 채굴권을 놓고 싸웠던 것처럼 주민들은 전쟁에 대비했다. 그때와 다른 건 이번엔 거주할 권리를 둘러싼 분쟁이었다. 법원의 판결이 나오기까지는 시간이 오래 걸릴 것 같았는데 바로 이런 상황이 전개되는 와중에 살로망이 주검으로 발견되었다. 일차적으로 농장 주민들이 용의선상에 올랐다. 많은 이들이 경찰에 불려가 조사를 받았다. 비비아나도 아들과 함께 출석했다. 그곳에서 1년이 채 안 된 남편의 죽음을 떠올렸다. 경찰은 농장에 불만 세력이 있는 걸 파악했다면서 그 가운데 비비아나의 역할이 무엇인지 물었다. 비비아나는 자신은 교사이며 노동 조합 운동가의 아내라고 대답했다. 그리고 자신은 킬롬보 주민이라고 말했다. 수사관이 자신은 이 지역에서 킬롬보라는 건 들어본 적 없다고 말했다. 비비아나는 수사관과 서기에게 차분한 말투로 이렇게 대답했다. "우리의 고통과 투쟁의 역사는 우리가 킬롬보 주민이라고 말해줍니다."

꽤 오랫동안 주민들은 그들 사이에서 암살자가 나타날지도 모른다며 불안해했다. 그러는 사이 살로망의 다른 농장의 소작농들이 그곳에서도 농장주와 주민들 사이에 불화가 잦았다고 증언했다는 소식이 알려졌다. 남자가 다닌 곳마다 분쟁이 있었고 사람들에게 복수심을 자극한 것 같았다. 이런 사실들이 추가되면서 사건 수사는 점점 미궁에 빠졌다. 결국 수많은 탐문과 소환과 조사 끝에 경찰 수사는 아무 결론을 내리지 못하고 끝났다.

에스텔라는 주의 수도로 이사한 후에도 그곳에서 계속 농장을 관리했다. 그녀가 실성한 것 같다는 소식도 들렸다. 가는 곳마다 자기들을 해치려는 음모와 복수가 있다고 의심한다고 했다. 집에만 갇혀 살고, 남편이 살해당한 것처럼 자식들도 보복의 표적이 될 수 있다는 두려움을 자식들에게 계속 주입시킨다고 했다.

몇 달 후에 살인사건이 공공기관에 알려졌고 마침내 주민들의 토지에 관한 법적 문제를 다루고자 공무원들이 도착했다. 그들은 주민들로부터 토지 소유권에 대한 증언을 들었다. 주민들은 이 소식에 안심하고 환영했다. 모든 것이 불확실했고 소유권 문제가 해결되려면 얼마나 걸릴지 기약 없었지만 적어도 아구아 네그라 농장은 계속 지속될 것임을 의미하는 상황 전개였다. 그들은 이제 더 이상 눈에 안 보이는 존재이거나 무시할 수 있는 대상이 아니었다.

이런 변화들이 진행되는 동안 이나시오는 어머니의 집을 떠날 준비를 했다. 도시에 가서 공부를 하고 대학 입시를 준비해서 장차 교사가 될 계획이었다. 아버지가 했던 것처럼 노동 조합 활동에도 참여하길 원했다. 비비아나는 아들의 계획을 적극 독려했고 그녀의 삶에서 아들이 떠난 후 느낄 서운함을 절대 내색하지 않았다. 아들의 결정을 지지한다는 신뢰감을 보이는 데 주력했다. 이별을 앞두고 슬픔에 잠긴 건 벨로니시아였다. 벨로니시아는 조카들을 자기 자식처럼 사랑했다. 비비아나가 돌아온 후로 그들은 줄곧 함께 살았다. 도밍가스의 첫 아이가 곧 태어날 예정이었지만 이나시오를 떠나보내는 큰 슬픔은 그대로였다. 비비아나는 더 이상 아무와도 헤어지고 싶지 않았다.

이나시오가 떠나는 날 벨로니시아는 슬픔을 참고 비비아나를 위로할 결심을 했다. 할머니와 엄마, 이모, 형제들이 줄을 서서 차례로 이나시오를 껴안고 작별 인사를 나눴다. 플로라와 마리아는 오빠가 보고 싶을 것이며 직장을 갖게 되면 선물을 들고 오라는 내용의 편지를 썼다. 아나는 아버지와 할머니와 삼촌과 이모부, 온 식구가 함께 있는 그림을 그려서 오빠에게 내밀었다. 이나시오는 식구들 한 사람 한 사람을 포옹했고 엄마를 특히 오랫동안 끌어 안았고 벨로니시아 이모의 눈물을 닦아줬다. 이모에게 울지 말라고, 연말마다 식구들을 만나러 오겠다고 했다. 이모가 가르쳐준 모든 걸 기억하겠다고 했다. 벨로니시아는 꿀 한 병과 십자가를 지고 가는 예수님 그림과 묵주를 이나시오에게 주었다. 이 선물이 조카를 지켜주고 액운을 막아줄 것이라고 했다.

이나시오를 태운 차가 농장을 떠나고 다른 식구들은 하던 일을 다시 시작한 후에도 벨로니시아는 문 앞에 서서 길과 그 자리에서는 보이지 않는 많은 것을 응시하며 서있었다. 비비아나는 학생들 숙제를 보고 있던 식탁 의자에서 일어나 동생에게 다가갔다. 팔로 동생의 허리를 뒤에서 감싸고 동생의 어깨에 얼굴을 묻었다. 벨로니시아가 언니의 손을 잡았다. 두 자매는 눈을 감았고, 그 순간 충만한 은혜를 함께 느꼈다. 한참 동안을 그러고 있으면서 두 사람은 용서라고 부를 수 있는 어떤 감정을 마침내 경험하였다.

14

나는 들판을 달리고 강에서 헤엄치고 발과 몸으로 땅을 딛고 미끄러지고 싶다는 욕망을 더 이상 억제할 수 없었다. 한때는 하늘의 열쇠를 들고 있는 성 베드로를 새겨놓은 벽이 있었으나 가늘게 내리는 비에 허물어져 벽이 없어지고 폐허가 된 길 건너편 집을 바라보았다. 이제는 더 이상 존재하지 않는 의례가 열리던 밤마다 사람들 사이에서 움직이던 육체가 그리웠다. 신도 치료

약도 정의도 땅도 없는 곳, 아무것도 없이 비어 있던 카샹가 들판을 채우러 차례로 이곳에 왔던 인디언들, 흑인들, 백인들, 카톨릭 성자들, 숲에서 사는 사람들. 그들의 눈 속에, 기도 속에, 마법 속에는 깊은 진심이 있었다. 하지만 이제 사람들은 신령을 잊었고 그 이름을 더 이상 기억하지 못했다. 신령도 자신이 누구인지 잊었기에 완전히 사라질 날이 얼마 남지 않았다.

나는 숨결처럼 비비아나의 침대로 미끄러져 들어갔다. 버려진 들판에 자라난 덤불 같은 그녀의 고통을 위로하고 싶었다. 나의 존재가 그녀를 힘껏 안아줄 수 있도록 그녀의 호흡 안으로 들어가 그녀의 눈 속 공허함을 채우고 싶었다. 그런데 나는 살아있는 몸에 깃들 때 느끼는 활력이 어떤 건지 잊고 있었구나. 인간의 육체 속 피가 흐르는 강, 살아서 뛰는 심장 박동의 불꽃, 가슴이 벅차올라 뜨거워진 눈시울, 인간의 욕망과 자유 속에 다시 들어가는 것이 얼마나 좋은가를 잊고 있었다. 나는 비비아나를 침대에서 일으켜서 집 안 이곳 저곳을 걸어다녔고 거실 안을 돌면서 그녀의 팔을 들어올렸고 손가락 끝으로 검은 피부를 구석 구석 만져가며 숭배를 바쳤다.

이른 새벽에 집 주위를 걷는 것은 광활한 세상에서 우리가 함께 할 수 있는 일 중 사소한 것에 불과했다. 여자들이라면 누구나 자신의 삶 속에 흐르는 물결에 실린 자연의 힘을 알고 있다. 내가 가장 좋아하는 일을 하러, 강물에 발을 담그러 집을 나섰다. 비비아나를 부엉이 울음소리 들으며, 날 밝아오는 새벽 이슬에 몸을 적시며, 밤 한가운데로 걸어가게 했다. 그녀의 건장한 팔은 사냥감을 잡을 준비가 되었다. 구덩이를 파기 위해 곡괭이를 울퉁불퉁한 땅에 내리 꽂았고 흙덩어리를 부숴 파냈다. 어둠 속에서 두 눈이 등대처럼 앞을 밝혔다. 나는 비비아나를 아구아 네그라의 어딘가로 데려갔고 그녀의 몸 안에서는 이 땅에서 살아남은 자들의 사연이 소용돌이를 일으켰다. 곡괭이를 한 번 내리칠 때마다 내가 지켜봤던 끔찍한 악행들이 하나씩 바람이 되어 날아갔다. 노예가 되지 않도록 아들을 죽인 여자. 얻어 맞고 자토바 나뭇가지에 매달렸던 남자. 곡괭이질을 할 때마다 점점 더 많은 강둑의 젖은 땅이 파헤쳐지고 쌓였다. 비비아나는 곡괭이로 땅을 내리치고 또 내리쳤다. 흙덩이가 모래처럼 부서져 허공을 가로질러 강으로 던져지고 산딸기가 자란 덤불을 덮었다.

매일 밤 나는 길을 건너서 신령들이 살던 집의 폐허를 본다. 쟁기질한 땅을 만난 씨앗처럼 비비아나의 몸으로 미끄러져 들어간다. 그녀와 호흡을 맞춘다. 깊은 구덩이를 파헤칠 어제의 그곳으로 간다. 그곳은 우리의 밤 속에서 가장 어두운 곳. 곡괭이를 내리쳐서 구덩이의 윤곽을 정한다. 땅을 파서 함정을 만들 수 있다. 우리는 아구아 네그라의 주민들이 공포에 떨게 돌아다니는 맹수들을 사냥할 것이다. 당신의 할머니가 봤고, 오로지 그녀만이 목격하고서 사람들에게 조심하라고 경고했던 표범. 그녀의 아득한 오래전 기억이었던 표범이 마을 주민들을 겁주러 돌아왔다. 돌아온 표범은 정신 나간 아버지를 숲 한가운데에서 보호했던 그 표범이 아니었다. 우리가 사냥할 표범은 우리의 피를 흘리게 했고, 원하는 것을 얻을 때까지 더 많은 사람들의 살을 찢을 표범이었다.

여러 날 밤마다 땅을 파서 함정을 만들었기에 비비아나의 손은 갈가리 찢어졌다. 아침이 되어 내가 그녀의 몸을 떠나고 나면 비비아나는 우리의 지난밤의 사투로 인해 생긴 물집과 상처로 아픈 손바닥을 치료했다.

그래서 어느 날 나는 대지를 가로질러 벨로니시아에게 갔다. 그녀는 미우다처럼 혼자 사는 여인이었다. 그녀는 자연인이고 이 땅을 누구보다 잘 알고 있었다. 나는 그녀의 몸에 들어가서 땅 위를 걸어다녔고 마림부 숲 속을 달렸고 울타리를 넘었으며 강을 건넜고 집과 죽은 나무들 사이를 걸었다. 그녀는 누구보다 용감한 사람이었다. 밭에서 일하다 아이를 낳았고 혼자 힘으로 집을 세우고 땅을 일궜던 도나나의 혈통이었다. 해산이 임박했다는 아픔을 느끼고 조용히 누워서 아이를 세상에 내놓기 위해 입술을 깨물었던 여자. 두 남편을 땅에 묻었고 마지막 남편은 사냥감을 죽이듯 도살했기에 묻지 않았던 여자. 그 여자네 손녀의 몸 안에 들어간 나는 과거는 결코 우리에게서 떠나지 않는다는 걸 깨달았다. 벨로니시아는 시대를 관통하는 분노, 그 자체였다. 태어난 땅에서 강제로 분리되어 바다를 건너와 살아남은 강한 사람들, 꿈을 두고 떠나야 했지만 유배된 땅에서 새롭고 빛나는 삶을 개척한 사람들, 그 모든 일을 겪으며 자신들에게 가해진 잔혹한 세월을 견딘 사람들의 후예였다.

사람들이 두꺼운 옷을 껴입고 일하러 나가기 전인 쌀쌀한 이른 아침이었지만 비비아나의 몸은 불꽃처럼 달아올랐다. 표범이 근처에 있는 길을 돌아다니는 걸 감지했기 때문이다. 질문들이 떠올랐다. 누군가 표범을 도발하고 자극해서 숲으로 몰아넣은 것일까? 우리의 손과 선조들의 힘으로 만든 함정에 빠트리기 위해서? 평화를 얻기 위해 표범을 잡아 죽인다면 어떨까? 표범의 존재가 불러 일으키는 두려움을 떨치기 위해서? 한 번도 들어본 적 없는 도끼 찍는 소리가 나무 위로 떨어졌다. 그건 살점을 뜯어내는 쟁기 소리였다. 벨로니시아의 입으로는 낼 수 없는 소리였지만 그 순간 그 소리는 천둥처럼 강하게 울려퍼졌다.

나는 그녀의 눈 안에 비친 광경을 들여다본다.

표범은 함정 가장자리를 밟고 넘어졌고 구덩이 가운데로 굴러 떨어지지 않으려고 앞발로 몸을 지탱했다. 숲 길 중간에 마른 나뭇가지와 부리치 나뭇잎을 덮어 위장한 함정이었다. 오래전 농장 관리인들이 도망간 노예를 잡기 위해 똑같은 함정을 만든 적 있다는 얘기를 들은 적 있다. 표범은 땅에 얼굴을 부딪치며 바닥으로 떨어졌다. 입에서 흙 덩어리를 뱉었다. 뭐야, 이건 사냥감을 잡으러 놓은 바보 같은 함정이잖아. 하지만 그가 일어나기도 전에 일찍이 본 적 없는 격렬한 감정이 실린 단 한 번의 타격이 그의 목에 가해졌다.

강한 자는 이 땅 위에서 언제나 살아남는다.

휘어진 쟁기

1판 1쇄   2024년 7월 30일

지은이   이타마르 비에이라 주니오르
옮긴이   오진영
편집   김효진
교열   황진규
디자인   최주호
제작   재영 P&B
인쇄   천일문화사
펴낸곳   마르코폴로
등록   제2021-000005호
주소   세종시 다솜1로9
이메일   laissez@gmail.com
페이스북 www.facebook.com/marco.polo.livre

ISBN   979-11-92667-55-3   03870